九州缥缈录

NOVOLAND EAGLE FLAG

伍

一生之盟

江南 著

人民文学出版社

目录

第一章 群狼之主

一

胤成帝四年秋，瀚州北方。

旅人们踩着坚冰前进，头顶狂风呼啸。抬头看去，寒风裹着盐粒般大的雪扑面而来，仿佛全部来自北方天空的某一点。

桑都鲁哈音就是那个抬头的人，一个身高一丈五尺的夸父。他眯起眼睛迎着狂风，眺望天空里的那一点，想着那也许是世界的尽头，所有冰雪诞生的地方。那是天穹上的一个缺口，天穹之外冷到极限的虚空之气汹涌着扑进这片天地，席卷整个世界。

他所在的旅队越过雪线已经四十三天了。开始是乘马，然后是步行，桑都鲁哈音估计从雪线往北，他们已经推进了七百里。接下来他们会走得更慢，因为就在昨天，最后一匹夜北马死了。那匹可怜的畜生在跨越一条冰河时失去了控制，也许是想喝冰层下的水，也许是致命的寒冷让它再也不堪忍受，它忽然从桑都鲁哈音的手里挣脱出去，跳起来发疯一样用头撞击坚实的冰层。它的颅骨碎掉了，桑都鲁哈音第一次看见一匹马这样死去，血把冰面染红了一大片。

“很久以前，这里一定不像现在这么冷，水能够流动，我们脚下的就是一条大河。昨天我们经过的，只是这条大河的一条小小支流。”一个苍老的声音在桑都鲁哈音耳边飘过，“大河有两里宽，水量有宛州的建水和瀚州的雪嵩河加起来那么大，它在我们刚才路过的那个地方形成的一道巨大的瀑布，宽度有一里半，水流从大约五百尺的高空中急坠下去，打在下面的水潭里，水雾弥漫上百尺高，水雾里有一里半长的彩虹。那时候这里的景色是很壮丽的吧？”

桑都鲁哈音回忆他们刚走过的路，想象不出那是瀑布的遗迹。他们刚刚攀上一个台地，台地在冰原上忽然升起，大约五百尺高，他们走到台地下面仰头，觉得面前是一面巨壁接天矗立。

跟桑都鲁哈音说话的是一个裹着黑色毛毡大氅的老人，他已经很老了，佝偻着背，扶着长杖一步步往前挪动，让人怀疑一阵大风来就会卷走他那单薄的身躯。可他是这个旅队的首领，一个真正的首领。从踏上旅途开始，他始终冷静地安排着一切，和其他人一样靠自己的双腿跋涉，不曾流露一丝畏惧。

桑都鲁哈音信任这样的首领，只有这样强大的人才懂得生存的含义，能在最艰难的境地中找到活路。

“河……河在哪里？”一个年轻人拖着脚步跟在老人后面，脚步虚浮，嘴里喃喃，“我看不见河……”

年轻人有一张清秀的东陆人面孔，细腻白皙，看起来是个贵族子弟。桑都鲁哈音蛮喜欢这个年轻人。踏过雪线之前，年轻人是整个旅队的开心果，夜里守着火堆时，大家乐呵呵地看着他吹拉弹唱，说各种极逗乐的笑话和匪夷所思的轶闻。但现在年轻人自己已经笑不出来了，他的脸泛着死人般的青色，而嘴唇赤紫，雪花结满他的头发和脸。他的身体已经僵硬，双臂抱在胸前，双手鸡爪一样紧紧抓住自己的大氅，向前挪动的时候，像是脚腕上捆着几十斤的铁镣。

他站住了，慢慢向前扑倒：“老师，我要休息一下。”

老人一惊，回身抓住年轻人的肩膀。

“子禅！河就在你脚下！”老人直视年轻人的眼睛，用力摇晃他，“想想看，许多人一辈子都不能见到这样宽阔的河，可你看见了。我们就要接近前面的山口了，坚持一下，你不能停在这里，你还要回东陆去给你的朋友们讲这条大河。”

子禅抬眼看着老人，眼皮慢慢地下坠：“老师……我要休息一下。”

“不能在这里休息，子禅！”老人一掌打在子禅脸上，“睁开眼睛！”

“老师……我走不动了……你们走吧，让我在这里休息一下……”他青紫色的嘴唇翕动着，“老师你们走吧……扔下我……”

他的眼睛里渐渐只剩下空白：“我有点怕……不过没事的。”

老人沉默了一会儿，上前一步，把子禅的头抱在怀里，轻轻抚摸着他的头发：“不要怕，孩子，我知道你已经尽力了。你应当自豪，睡吧。”

“神会救我的灵魂么？”子禅哈出丝丝白气。

“神不救任何人的灵魂，它只是创造，和毁灭。”老人一只手仍在抚摸子禅的头发，另一只手从革囊里掏出刃长半尺的短匕首。匕首是古银质地，神秘而繁复的浮雕花纹覆盖了所有金属部分。

老人轻轻吻了子禅的顶心，将匕首从那里刺入。

桑都鲁哈音在一旁沉默地看着这一切，匕首刺破子禅头颅的瞬间，发出啪的闷响，就像打碎一只鸡蛋。也许寒冷已经让他的颅骨都变得像蛋壳那么脆了。过了一会儿，血才涌了出来，很快又凝结了。老人把尸体轻轻放倒，就着一把雪擦了擦匕首，把匕首收回革囊里。

他们走在旅队的最后，其他人没有注意到这一切。每个人都只低着头，看着自己一次次往前挪动的靴子，听着暴风雪的呼啸。

桑都鲁哈音帮着老人用雪将子禅简单地盖了起来，老人拿过子禅的拐杖，从自己的黑氅上割下一条，系在拐杖的一端，把拐杖插进脚下的冰雪里。桑都鲁哈音上去帮忙，千万年不曾融化的雪片一层层积压成冰，他们两个还费了点力气才把拐杖插好。

“走吧，”老人说，“这就是他的墓了，白氏皇族的后代白子禅，只有我们两个知道他被葬在这里。带上他的行囊。”

桑都鲁哈音最后看了一眼这简单的坟茔，那条黑色的毛毡带子在狂风中飞舞。他沉默了一会儿，捡起白子禅的行囊，放在自己的肩上。此时老人已经转身走向了前方。

“赶紧一步，我们得跟上前面的人。”老人淡漠的声音从绵密的风雪中传来。

老人这么做桑都鲁哈音并不意外。他们没法救白子禅，在这里没有人能救另外一个，自己活下去已经很不容易。桑都鲁哈音是个夸父，夸父们熟悉雪原，这里冷得可以把血液冻成冰碴，生存只靠流淌的热血和心里的勇气。白子禅失去了勇气，他的血流也会慢起来，再没有什么能保持他身体的温度，死亡只是迟早的事，不如尽早结束他的痛苦。

桑都鲁哈音跟上老人的步伐，抬起头，看着远处那个雪白的山谷，两侧雪峰直插入云。

他想自己也许还能活三到五天，他的体力也快要耗尽了，雪山之神就要来亲吻他的额头。

桑都鲁哈音有一丈五尺高，强壮，沉默，体重相当于八个成年东陆男人。如今他的肩上扛着全队的行囊，衣服已经全穿在身上了，行囊里是鹿肉、避风的油布帐篷和取暖的炭。他们已经没有马了，如果桑都鲁哈音也倒下，旅队再没有一人可以推进十里，因为没有任何人能搬运这些东西，而这些东西对于活下去是必需的。

“老师，我还能活三天，最多五天。”他走到老人身边，低声说。

“如果那样的话，谢谢你，桑都鲁哈音。到了那时，我会为你树一座像子禅一样的墓碑。”老人点点头，平静地看着前方。

“夸父不需要墓，请把我的尸体放在雪地里，面向西方。”

“想念殇州了么？”

“想念，但我并不为追随老师感到后悔。”

“我也不曾为追随星辰的指引而后悔，就算最后没有人为我树立墓碑。”老人轻声说，把手举高，拍了拍桑都鲁哈音熊一样厚实的背。

“如果我死了，老师就回转向南吧。没有人类曾在这么冷的地方活下去，夸父也坚持不久。瀚州北方的雪原我们夸父也很敬畏，萨满们说，极北的地方有雪山之神，他们住在世界的尽头。”

“你知道世界的尽头是什么样的么？”

桑都鲁哈音点点头：“萨满说过，世界的最北方，是一座巨大的雪山，它的山顶连着天空，冰雪十万年都不融化，没有夸父能够翻越那座山，人类也不行。雪山之神住在那座山里。”

“我也听过这个传说，”老人淡淡地说，“东陆有本叫作《涑水纪闻》的书，书上说，世界的最北方是一座顶天立地的雪山，所有的雪都是那里产生的，千万年雪山永不改变。风雪往南方去，就变成水进入江河。江河的水进入大海，大海的最南方是一个叫作星渊的深渊，无穷无尽，人掉进去直到老死，变成一具骷髅，都没法到底。星渊是一个宽数万里的巨大瀑布，全世界的水都在那里泻落，可是星渊永远不可能被填满。世界的东方是一片火焰般的大海，那里的海水是红色的，岩浆在海水下面流淌，永远都是水气弥漫，太阳就是从岩浆里浮起的，它是一团巨大的火焰，有数千里的直径，它每天升起的时候，整个大海都被它煮沸，海面上滚烫的海水掀起数百里的狂浪，海水蒸发，成为大团的云。而西方的海洋尽头是一个幽深的黑洞，世上所有的光线都在那里被吞进去，太阳、月亮和星辰都在那里碎成片之后坠落。那黑洞其实是海底一条古龙的嘴，它以光为食，贪婪至极，永远不能满足。”

老人顿了顿：“但那些都是假的，是些坐在家里异想天开的人编出来给人解闷的。”

“那真正的世界尽头是什么样的，老师是知道的吧？”桑都鲁哈音用力呼吸，想要摆脱身上的无力感。他并非恭维，在他心目中老师是无所不知的人，只是有些知识太过惊悚，是世人不可以轻易听闻的。

“世界的尽头，是我们穷一生也不能到达的地方。那里是神的国土，那里也是一片空虚。”老人眺望远方的雪谷，轻轻摇头，“到达那里的人，当先死去。”

桑都鲁哈音默默点头。他不能理解，可他相信老师所说的都隐藏着某种真义。

“如果我没猜错，穿过前面的雪谷我们就会看见大雪山山脉，这条冰河在没有封冻之前从那里发源。”老人手指前方，“我们为它而来。”

桑都鲁哈音点点头，有山是件好事，这样他们或许能够在山下找到一个避风的地方休整。在这个开阔的地方他们不能停，风雪太大了，停下的人会和白子禅一样永远留在这里。

“老师，雪山里有什么？”桑都鲁哈音有些好奇。

“有狼。”老人说。

桑都鲁哈音依然不能理解这回答，但他没有问。这支旅队里没人知道来这片死地是要寻找什么，他们也无须知道，只需跟着老师的脚印前进。

他们接近雪谷了。仰头看去，这里就像巨人城堡的入口，两边的雪峰组成城墙般的屏障，中间留下不到半里宽的缺口，前方的道路平坦，雪似乎也慢慢地小了起来。

桑都鲁哈音想老师是对的，这里曾是一条宽阔无比的大河，千万年前随着寒气的到来被封冻了，彻底冻成了一块巨冰，正是因此他们才能在四周狼牙般的冰川中找到这条宽阔平坦的道路。而从地势看这条河在变窄，那么前面应该就是它的发源地。

随从们振奋起来，加快了脚步，这样也许他们又能活过一天了。在这个空虚死寂的地方，活着让人觉得又孤独，又可贵。

“看见前面了么？大雪山的山脊，温柔得就像少女的背。”老人指向前方。

桑都鲁哈音眯起眼睛远眺。他的目光虽然没有羽人那么锐利，却也在远处的白茫茫中隐约看见了一条起伏的弧线。那确实是雪山！一片雄伟至极的大雪山，甚至比殇州北面的雪山群还要雄伟，山体庞大，白雪圣洁。一片光洒下，雪峰群现出妩媚动人的粉色，大雪山仿佛一个忽然揭开面纱的少女，露出了婉转的一笑。雪停了，那是短瞬间阳光从云层的空隙里透了下来，把令人不敢直视的美丽洒在这片荒芜之地上。

“那就是朱提山，或者圣女雪山，‘朱提’是蛮族的语言，圣女的意思。起名的人大概是说，这座山就像是圣女一样，几千几万年，她就在这里，神秘、美丽、危险，普通人只知道她的传说，永远看不到她的真面目。”老人叹息。

“有人到过这里么？”桑都鲁哈音问。如果老人不说，他会认为他们是第一批到达这里的人。

“有过，而且还活着回去了。否则没有后人会知道朱提山这个名字。”老人说，“其实这个名字在蛮族部落里流传，已经有数百年。”

前面的随从中出现了轻微的骚动。老人和桑都鲁哈音看过去的时候，也都吃了一惊。

他们看见了鹿。

连续十几日他们没有看见什么大的动物了。最后一次见到动物是七天前，他们在一个冰溪附近听到了水声，他们凿开冰面，看到了下面有灰色和白色的鱼。新鲜的鱼让他们饱餐了一顿，他们还把鱼骨堆起来焚烧，没耗什么木炭就烤了一会儿火。

而现在他们居然看见了鹿。那头鹿是他们从未见过的种类，优雅健硕，身形好比一匹成年夜北马，一身浓密的金色长毛，像牦牛那样一直垂到冰面上，背脊曲成极其有力的弓形，看起来是头极其善于跳跃的动物，头上那对大角泛着诱人的淡金色，异常光滑，像是被打磨过的玉器。

鹿对于这些陌生来客没有表露出畏惧，它的仪态就像一个握有大权的皇帝，这里是它的领地。它从容地扫了一眼这支包括了人类和夸父的旅队，栗色的眼睛里没有太多敌意，转头缓缓离去。

一名随从摘下了背后的弓，射杀这头鹿能让他们增加五六天的口粮。

鹿仿佛觉察到了人类的用心，走着走着开始奔跑，它踩着冰面发出咚咚的巨响，仿佛一匹疾驰中的马。随从们纷纷抽出了弓追在后面发箭，涂了油的牛筋弓弦冻得僵硬，没有一张弓能射出有威胁的箭去。鹿奔向雪谷，几名强壮的随从从背后拔出了投矛，鹿跑得不算太快，还没有离开人们的视线。

咚咚的巨响里掺杂了些异样的声音，桑都鲁哈音向四周扫视。他感觉到了危险，喉咙里发出警觉的低吼。脚下的冰面开始颤抖，颤抖渐渐加剧，新落的积雪在冰面上簌簌地滑动。追着鹿的随从们也觉察到这异状了，他们已经跑到了雪谷中央，紧张地四下张望。

“雪崩！老师！是雪崩！”桑都鲁哈音指着雪峰上方咆哮起来。

随从们也看见了，两侧的雪峰之上大片的积雪簌簌地往下滑落，整个雪壳正在剥落，卷起了漫天的雪尘。雪崩已经成形，数百万数千万钧的积雪即将如狂潮卷来，雪谷里的一切都会被埋葬。

桑都鲁哈音扔下行囊，抓住老人的肩膀要背起他逃走。他也许还能救一个人，他是个夸父，奔跑起来像骏马一样快。

老人伸手阻止了他：“快走，不要管我。带着那个最长的包袱，如果你能活着回去，告诉驻守在青茸原的学生们，我死在了朱提山下。”

“老师。”桑都鲁哈音跪下，这样他正好和老人一样高，面对着面。

“雪崩在这个狭窄的地方会很可怕，你可能需要跑出几里甚至十几里才能逃过，你要跑得像风一样！快走，不要浪费时间。”老人按住他的头，“你带一个人，也会死在这里。”

桑都鲁哈音抓起那个最长的包袱，转头向着来的方向狂奔。他选择服从老师的命令，即使这样老师会死去。

“桑都鲁哈音，谢谢你送我到这里。”老人看着他的背影，轻声说。

四面八方，滚滚雪浪向着老人汇聚。老人轻轻叹了口气，感觉到心底沉重的倦意。现在只剩他一个人了，没有学生在他身边，他便可以直面自己的犹豫和疲惫。其实在桑都鲁哈音告诉他自己只能活三到五天的时候，老人心里也估计了一下自己，体力可能撑不过两天。他曾是个拥有无比力量的人，可此时感觉到力量耗竭般的痛苦，否则他可以救白子禅。

“雷碧城，我就要葬身在这里了，终究不能回到东陆，去看你在那里掀起的战火。”老人想。

他想要坐下，他也想休息一下了，就像白子禅说的那样。

他比白子禅好些，他不会害怕，因为很久之前他就曾想到自己会这样死去，孤独而无力。

他缓缓地闭上了眼睛。

风围着他呼啸，风里仿佛有野兽和妖魔在吼叫，就要从虚空中扑出来撕碎他。吼声低沉空旷，像是狼在月下的长嚎。

“狼！”老人猛地睁开了眼睛。

他哆嗦了一下，他相信自己没听错！那是狼的长嚎，呼啸的风声里卷着低沉的狼嚎，不远，绝对不远！在他以为自己已经走到绝路的时候，他也已经接近了成功。

意志仿佛复苏的野兽，咆哮着从老人的心底蹿起。他感觉到自己身体里的力量正在滋生。这力量如此强大，让他想起很多年前，看见老师在一次呼吸之间命令整个战场上的鲜血渗入泥土，从泥土中开出最鲜艳的花。那一刻他泪流满面，因为他感觉到了沉静中有伟大的力量，在老师呼吸的那个瞬间蓬勃着向着四面八方席卷而去。

巨大的、可以改变一切、可以逆转一切的力量……正在发生！

桑都鲁哈音感觉到了身后的异样，虽然知道停下一步就可能死，他还是转过了身。

他看见老人在冰原之上舞蹈。

桑都鲁哈音也曾看见族里的萨满们在星空下挥舞短杖缓慢地起舞，去感应漫天的星辰。可是从未有一种舞蹈令他有这一瞬的感觉，仿佛旅行的人看见寂静的月夜里，密林深处，千年老树们挥舞枝条起舞，唱出天籁般曼妙的声音。那是太古之舞、神秘之舞、天上之舞……

神之舞！

那一瞬间，桑都鲁哈音呆住了，他感觉到一扇通往世界尽头的门在他眼前洞开。

老人缓缓地整理衣袖，舞蹈已经结束，雪地上他留下的脚印组成了古老的图腾花纹。他就站在那古老图腾的中心，呼吸整个天地。

奔腾的雪浪已经到面前了，数人高的一堵雪墙飞速移动着。

老人忽然跪下，长身向前扑倒，仿佛向一位君王行臣服的大礼。随即他拔出了腰间的古银匕首，用尽全力刺在图腾的中央。雪地被震动了，那巨大的图腾也被震动了，静了一瞬，澎湃而纯净的力量从花纹的中央刺空而起，仿佛一柄无形的巨剑。

雪墙在遭遇这股力量的瞬间被激起了数丈高的白色波涛，然而它再也不能推进半分，数百万数千万钧的积雪被阻挡着向天空激飞，而后再次落下，要把老人吞没。老人在自然伟力的面前，渺小得像是蚂蚁一样。

“老师，让我回忆起……您的力量！”老人在心底说。

老人看向自己的记忆里，再次看见了那个大袖飞舞的白衣公子。他站在被血染红的战场上，平静而淡漠地看着远方。他不属于这血腥的屠场，高洁得像是神，在云天之外看着人世间的变化无端，不叹息也不怜悯。

“不要哭，你可以，改变这世界。”公子转头看着老人，轻轻闭上眼睛，缓慢而深长地呼吸。

数百万数千万的花茎从泥土中钻了出来，青青翠翠的，抽出新绿的嫩叶，结出娇艳的花蕾，漫山遍野。在公子睁开眼睛的瞬间，花开了，大片大片的嫣红、粉紫、月白、海蓝、鹅黄……像是画师泼墨那样洒在整片大地上。

“不要哭，你可以，改变这世界。”公子看着老人。

那就是力量，无穷无尽的生生不息的力量！老人猛地仰望天空。那柄无形的力量之剑崩裂了，一瞬间仿佛火山喷发那样的伟力向着四面八方冲击出去，带着足以熔化金属的热，雪幕完全爆开，四散飞落。雪片在瞬间就被融化，变成细碎的水雾，水雾又在空中凝结成细雨，轻飘飘地洒落下来。

桑都鲁哈音伏在雪中膜拜。雪崩停止了，老人站在两人高的雪墙中央，他周围直径大约一丈的圈子里，没有一点雪，坚实的冰面也融化为冒着蒸气的水，只有老人立足的一小块是完好的。

“桑都鲁哈音，可以回来了，来拉我一把。”老人说。

桑都鲁哈音急忙奔回，慌慌张张地推了些积雪下去，把融化的冰面盖住了，而后小心地把老人拉到了周围高出一丈多的积雪地上。老人掸了掸自己大氅上的雪尘，站在蒙蒙的细雨中，微笑着仰头，看见半空里横过一道隐约的虹。

他从桑都鲁哈音手里拿过那个长包袱，打开来，里面是一根使者节杖似的长杖。杖头以浮雕的纯银来装饰，无数勾连的藤蔓中，有一颗银色的星辰和一弯锐利的月。

老人拄杖看向雪谷的方向，高声说：“对待远道而来的客人，不说话就引发雪崩，难道不想听听客人的来意么？”

那阵雪融形成的细雨很快就停了，此时桑都鲁哈音可以清楚地看见原来的雪峰在雪崩后露出了黑色的山脊。在山脊的最高处，站着一个影子。那是一个静得像是生铁般的人，骑在一头巨大的白狼背上，风扯着狼的长毛飞扬，仿佛一面战旗。桑都鲁哈音吃了一惊，他不敢相信自己的眼睛。在一切生机尽绝的极北雪原里，他看到了狼，还看到了活生生的人。

狼背上的人和老人隔着数里遥遥相望，没有一个人说话，也没有一个人挪动分毫。桑都鲁哈音看不清那个狼背上的人，却觉得自己像是被一头野兽注视那样不安。

终于，老人笑了：“辰月教‘寂’部教长山碧空，跋涉数千里，终于见到了狼主。”

二

同年同月，青州柏木尔城邦。

这座城市就是一片森林，如今已经化作熊熊烈火。数千年的古树和数百年的老树屋都在烈火中呻吟，还有那些困在树屋里不能逃离的可怜人。零星的战斗还在继续，肩甲上有翼氏斯达克家族枫叶徽记的步弓手正有序地射杀柏木尔城邦仅存的几百个青壮年，一千五百名轻步兵则已经包围了柏木尔城邦中最大的树屋。这座树屋看起来像是座宫殿，被十二棵纠缠在一起的千年青梓木举在半空里，嵌着河洛工艺的金绿色琉璃窗非常的考究，可那些珍贵的琉璃已经碎了，里面传出女人的哀哭声。

数百年来，这座树屋都属于柏木尔城邦的主人。此刻他正站在通往树屋的古藤阶梯上，手中提着家传的弓箭。一共十枚箭头缠绕着褐金丝的华贵羽箭，他已经使用了六枚，每一枚都洞穿了一名斯达克家族的轻步兵。他的背后，一对纯白的羽翼骄傲地展开。

柏木尔城邦这一代的主人云晰·勒古·柏木尔，是一位众所周知的鹤雪精锐，他曾为羽皇尽忠。他战败了，本可以高飞撤走，整个羽族罕有人能追上他，即便斯达克城邦的鹰眼射手令整个青州都赞叹，可是斯达克家族却没有一位鹤雪。

在羽人里，谁都知道只有鹤雪才能杀死鹤雪。

但是云晰没有逃走，也许是因为无法舍弃家人，也许是因为怒火。

古藤阶梯下站着斯达克家族的首领。那是一个年轻的羽人男子，提着斯达克家族传世的名弓“古络弓”，两名轻步兵在他前面高举着盾，一名负责遮蔽首领，一名负责遮蔽首领身边骑着黑马的老人。

“我听说云晰殿下是您幼时的朋友，”老人看着高处的云晰，轻声说，“他还曾冒着被逐出鹤雪团的危险为您向羽皇求情。”

“他就像我的兄弟。”首领看着云晰，眼睛里没有任何表情。

云晰也看着他，眼睛里的怒火可以烧掉整个世界。

“我们东陆人说，英雄能人所不能。”老人说。

“我知道您的意思。”首领说。

“搬掉挡路的石头，否则我们甚至无法踏出自己的家门，您以后还会杀别的人，也许有的更让您悲痛。”老人说，“如果犹豫，现在就回头吧，趁我们犯下的错误还不多。”

“已经很多了。”首领说。

他忽然张弓搭箭，完全不瞄准，直射云晰。云晰以弓梢拨飞了那支箭,迅速取箭准备回射。可是随即到来的是密集的箭雨,首领张弓的瞬间,一千五百名轻步兵都张开了弓。羽箭贯穿了云晰全身上下每一处，把他射得倒退几步，钉死在其中一棵青梓木上。那对象征着鹤雪的骄傲白羽翅在箭雨下粉碎了，羽毛无声地飘落，有些洁白，有些血红。

至死，他没有闭上眼睛，也没有放开自己的弓。

“我以兄弟的血向神证明我的忠诚，老师现在相信我的意志不可动摇了吧？”首领转头看着老人。

“神将回报你的忠诚,翼氏将重夺羽族之皇的地位,您将统治青州……也许整个世界！”老人说，“派出使节吧，告诉整个青州，他们可以选择顺服，或者和柏木尔城邦一样的结局！”

“本该是这样……我翼氏本该是羽族的主人！”首领说。

翼霖·维塔斯·斯达克，斯达克家族的主人，他高举古络弓对着天空咆哮的时候，看见了云晰那双被鲜血蒙住的眼睛。他的心里满是对征服世界的期待，眼泪却悄无声息地划过面颊。

三

同年深秋，天启城太清宫。

中午，雷碧城坐在初阳殿里冥思，身边一名黑衣从者按着刀柄侍坐。紫铜铸的香炉里，几缕轻烟笔直地上升。

如今宫里上上下下都知道一位新的国师住进了宫里。皇帝对这位新国师很器重，大事小事都来初阳殿里召国师商讨，甚至不避讳后宫妃嫔们向国师求助。这让人想起几年前喜皇帝还在世的时候，也有一位国师住在太清宫里，整日和喜皇帝讲自然生灭的道理。后来那位国师似乎奉命去办一件秘密的事，从此再也没有回来。年纪大的宫人说以前的国师和现在的国师有点像，黑衣、高洁、不染尘埃，只是以前那个国师还不时地笑笑，算得上平易近人，新国师却令人不敢亲近。

初阳殿外传来了轻微的鸽子声，这个瞬间，香烟忽地乱了。黑衣从者按刀而起，他的刀柄上银铸的空腔里，银珠子震动，发出清越的声音。一尾白色的鸽子掠进了初阳殿，仿佛飞鹰俯冲向猎物的时候那么快。在空中翻转一圈，落在黑衣从者的手腕上。

黑衣从者从鸽子脚上解下竹筒，递给雷碧城。雷碧城脸色凝重，取出竹筒中的信，读完，手一抖，信纸化为一团火焰，缓缓落下。

“教宗的旨意，我们的准备需要再快一些。”雷碧城低声说。

“准备什么？”从者问。

“剑与铁。”

“剑与铁？”

“加快准备连射弩与铠甲，蛮族大军南下的日子大概不远了，羽人的木兰长船也会渡海在澜州登陆,异族之间的战争随时会爆发。”雷碧城说，“大胤需要足够的兵力和蛮族羽族一战，我们不希望这场战争太快结束。”

“蛮族和羽族将对东陆开战？这件事已经筹划了十年,一直没有结果。现在教宗传令我们加速行动，必然是有了新的消息。”

“四十三天前，华碧海在青州烧毁了云氏的柏木尔城邦，杀死了它的君主云晰·勒古·柏木尔。他所侍奉的君主翼霖·维塔斯·斯达克向青州羽族的每一个城邦派去了使者，要求他们臣服，否则翼氏的大军将毁灭他们的家园。而五十六天前，山碧空在瀚州极北的雪原里找到了狼，”雷碧城轻声说，“白狼。”

他深深吸了口气：“你哥哥在殇阳关的失败使得我们落后于‘阴’和‘寂’了，这是‘阳’的耻辱，我们必须洗清这耻辱！”

“我立刻开始安排，”黑衣从者起身,“战火就要降临在瀚州和青州了，期待已久。”

“不，”雷碧城轻声说，“是整个世界。”

第二章 鹰之薨落

一

胤朝成帝四年冬，瀚州北都城。

按照蛮族纪年，这一年是风年。北风来得极早，跟着是狂飙的暴雪，天空难得放晴。朔方原上的青阳牧民都带着牲口避进了北都城里。两个月过去，瘦羊差不多杀光了，已经开始宰肥羊，羔子熬不过严冬，全部宰了，可是天还是阴沉的铁灰色，像是盘鞑天神震怒的脸色。城外雪深可以陷死人，不便骑马，也很难找路，没人轻易出城，好些日子没有外面的消息传回来了，人人心里都揣着不安。

十七年前有一场雪，可以和这场相比，像是末日。贵族们杀死奴隶祭天，女人们纷纷把夏天怀上的孩子给打掉了，因为即便生下来也养不活。那一年北都城里生下的不多的几个孩子中，有大君的幼子吕归尘·阿苏勒·帕苏尔。

盘鞑天神发怒了，在惩罚青阳。有人这么私下传着。

夏天时就有不好的兆头，一直健康的大君在出猎时从马背上摔了下去，从此就站不起来了。金帐里传出来的消息说大君已经看不见东西了，政务都落在了大王子吕守愚的手里，又有消息说几位大汗王和大王子在金帐中争吵，最后几乎拔刀相对。从此大汗王们各守自己的一片寨子，再也不进金帐议事。

深夜。

朔风卷雪，白茫茫地横空而过，寒风在帐篷周围盘旋呜咽。不知道是什么人在深夜吹笳，也是低低的呜咽，极容易和风声混淆起来，听着就像那吹笳的人其实并不存在，只是风引起的幻觉。

“听着真寂寞啊。”大王子吕守愚披着貂裘，背着手站在帐篷口，喃喃自语。

他把羊皮帘子拨开一线，雪花冲进来眯了他的眼睛。他微微闭了一下眼，睁开来默默地看着外面，神色郁郁。

他身后的二王子吕复急了起来：“哥哥！这可不是我们感叹的时候，大汗王们的刀枪就快递到我们喉咙口了，你可想想办法啊！”

“铁由[①]，你不懂的。听着这笳声，心里荒得像是长草，动刀动枪的事情就总是提不起精神。想想我们和几位伯父斗了那么多年，又把旭达罕[②]贬到了外面，可为的又是什么呢？都是青阳的子孙，谁也没得到什么好处。”

“哥哥你心里就算怀了慈悲，大汗王们却不对我们怜悯！”吕复更急了，“派出去的斥候有回报说，这几日大汗王们寨子里都是磨刀的声音，全部的羊都杀了烤，开了酒窖没日没夜地喝酒，这是要动手啊！哥哥你……”

“她睡了么？”吕守愚没有理睬弟弟，扭头去问旁边的小女奴。

“睡下了，睡前喝了一碗肉粥，现在大概已经睡着了。”

“你去那边伺候吧，这里不要别人进来。”

“是。”小女奴应了一声出去了。

帐篷里只剩下吕守愚和吕复，吕守愚低头沉吟了一会儿：“我那三个

① 铁由为二王子吕复的蛮族小名，蛮族人在称呼亲近的人时才会称小名。

② 旭达罕为三王子吕鹰扬的蛮族小名。

伯父什么时候能集中全部的人马？”

“若是集齐他们手里的三帐骑兵和所有能上阵的奴隶，一共是七万人，大概还要五天工夫，但是若是只等三帐骑兵到齐就动手，最多不过三天！九王那边，虎豹骑在过山口的地方遭遇了暴风雪，带马还不如步行快，只怕还有七天的路程，大哥，现在没了外援，死活都在我们自己的手里，不能等了！”

“三天……”吕守愚沉思着点了点头，“让我们的人保持戒备，等淳国的人来。”

“哥哥，这时候还等淳国的人？东陆人都是狐狸，那个洛子鄢怕是也不例外！”

帐篷外面忽然传来混乱的人声，刚刚出帐的小女奴又跑了回来。

“外面出了什么事情？”吕守愚皱着眉，“不是叫你去夫人那里伺候么？”

“有客人，东陆的客人来了！”

小女奴的话音没落，已经有人一把掀开了帘子，一个人影带着飞扬的雪花大步而入。掀帘子的是班扎烈，吕守愚最心腹的伴当，他跟在东陆客人后面进帐，把小女奴赶了出去，转身把帐篷帘子紧紧地拉上了。

“洛兄弟！”吕守愚上去抓住来客的小臂。

“这次为见大王子，拼掉了半条命！”洛子鄢甩头抖去风帽，一张脸透着生青，眉毛上被雪染得惨白。几年过去，他蓄了细细的胡须，因为嘴里哈出的热气融化了雪花，胡须上挂了几条细冰凌，看起来极其的狼狈。

他摔开吕守愚的手，疾步走到火盆边坐下，从袖子里探出双手凑上去：“手指冻僵了，这样下去怕是要坏死。”

吕守愚坐在他身边，看着他的手指勾着伸不开，几乎畸形，必然是严寒中一直握着马缰的结果。

“光烤火没有用，手不想废就得忍痛掰开。”吕守愚说。

“交给大王子了！”洛子鄢也干脆，立刻把一双手递过去。

“拿油来！”吕守愚命令小女奴。

他手上搓了细润的羊油，拉着洛子鄢的手在火边烤。洛子鄢的手上完全没有温度，摸上去的质感倒像是石头，吕守愚急速地搓动，让油慢慢渗透进去，皮肤表面也渐渐有了些温度。吕守愚手上动作慢了下来，慢慢捏住洛子鄢的一根手指，忽地用力抻直。洛子鄢吸了一口凉气，脸色涨得血红，憋住了没有喊痛。疼痛减退，那根僵死的手指已经可以略微弯曲了。

“才好了一根指头，忍点痛，慢慢来。这些关节不松动开，你以后一辈子都是握马缰的姿势了。”吕守愚说。

洛子鄢张嘴吐出舌头来：“大王子看看，我的舌头冻掉了么？”

吕守愚不懂他这话的意思，看他的表情有点促狭的意思，皱了皱眉：“能说话当然没有。”

洛子鄢笑：“手指残了就残了吧。我是个说客，不是武士，握不得刀剑，留住舌头就可以随大王子征战了。”

“说客见过不少，洛兄弟这种不怕死的少有。怎么弄得这么狼狈？”吕守愚也笑。他颇喜欢这个淳国特使，和草原上常见的东陆行商不一样，这个洛子鄢明明是个手无缚鸡之力的文士，却有股子草原人的野气，好烈酒，说话大声，游说起人来眉飞色舞，眼睛雪亮。

洛子鄢的神色肃然起来：“我们从南望峡口登岸，一路北行，最初还只是细雪，走到半路，积雪已经没到马胸了，漫天漫地的白雪，辨不出路来。多亏带的是夜北马，果然是耐寒，又按照大王子所说，带着那匹死了小驹的老马，靠它才找到了台纳勒河的河道，顺着结冰的河面一路上行到北都城，所带的五十个人，只有十七个活下来。”

吕守愚点头：“今年这场雪大得吓人，北都城和外面也好些日子没通消息了。不过若不是这场雪，北都城里怕还没这么平静。洛兄弟刚来大概还不知道，几个大汗王在金帐里和我翻了脸，发誓说若是父亲最后传位给我，就要带着自己的人口和牛羊离开北都城。不过如今大雪封路，他们也只能忍着。”

“忍着？”吕复哼了一声，“大汗王们哪里是忍着？人家夜夜在自己的帐篷里磨刀，等着来砍我们兄弟的头呢！洛先生您劝劝哥哥，他总也不行动，急得我团团转。”

洛子鄢笑笑:“大王子，二王子说得其实没错。虽然我不在北都城里，可是以我的猜测，几位大汗王不会离开北都城。他们都是您的伯父，姓帕苏尔，他们心里自己也可以是北都的主人。况且如果他们离开了北都城，靠着手里那些人口和牛羊，在草原上也就是个小部落，不知何时就被人吞掉了，几位大汗王那么精明的人，怎么会做傻事？”

吕守愚沉沉地点头：“我知道，铁由说我软弱，我也都认了。可是父亲现在病在床上，他还没有把豹尾系在我的手腕上，我现在惩治大汗王，会被人传是杀亲篡位。这样我对外无法威慑其他几个部落，对内也没法说服青阳的几个大贵族，就算我拿下了北都城，最后还是得这些人在库里格大会上奉我为大君。我过不得这一关，始终得不到草原上所有人的承认。”

洛子鄢呵呵笑了起来：“大王子这么说，倒有点我们东陆人讲王道正统的意思，那我就给大王子说一个东陆的典故。”

“受教了。”吕守愚恭恭敬敬的。

“风炎皇帝大王子是知道的，他在草原人心里是杀人的恶魔，可在我们东陆是不世出的英雄，史书里说起这位‘武皇帝’，那是连篇的褒词。可翻翻白氏皇族的家谱，风炎皇帝却是个庶出的皇子，他本来绝没有机会得位。当时风炎皇帝几位哥哥都握有大权，权力的脉络遍及东陆所有诸侯国，皇室大臣也分派系，可风炎皇帝身份低微而且年幼，真正支持他的只有几千名金吾卫。依靠几千金吾卫来扳动他几个哥哥，胜算渺茫，就算他可以在天启城内得胜，却还得面对那些暗地里支持他哥哥的东陆贵族世家和诸侯国。但此时，风炎皇帝的父亲仁皇帝即将驾崩，可以说如果仁皇帝的遗诏上写的不是风炎皇帝白清羽的名字，他就再也没有机会掌握东陆的权柄了……”洛子鄢幽幽地住了口。

“那风炎皇帝是如何决断的？”吕守愚听得入神的时候，却没了下文，仿佛被吊起在半空般难受。

洛子鄢笑，他的笑里三分悠然、三分张狂、三分狠厉，还有一分成竹在胸：“他以三千金吾卫在皇宫中起事，杀了他的哥哥们！”

吕守愚愣了一下，吸了一口凉气。他被打动了。遥想几十年前东陆深宫里那场血腥，兄弟阋墙，血溅王座，他忽地意识到自己还太年轻，把掌握权力这事看得太简单，远没有领会这其中的残酷和艰险。他知道风炎皇帝必然是成事了，在如此危急的时候以如此暴戾的手段成事，吕守愚以前从不敢想，那要多大的勇气和多深的智慧，吕守愚不知道。

他默默地站起身，整理自己的大袖，以东陆人的礼节向着洛子鄢长拜：“请洛兄弟教我吧！”

洛子鄢也起身，和吕守愚对拜：“我跋涉千里而来，就是想跟大王子讲明一件事。想要坐上权力宝座的人，无不要做最危险的赌博，胜则有天下，败则无埋骨之所。没有这样的勇气，还是当一个平凡人更好。风炎皇帝如果当时不起事，历史上也就不会有‘风炎皇帝’这四个字，他将只是仁皇帝的十三皇子，默默了却残生。他不想，是因为他要把他的名字写在青史之中，纵然为此而死，他也绝不后悔。大王子要做决定，就要想明白一件事，北陆大君的权力，是否是大王子愿意冒死去夺取的？”

吕守愚微微一震，低头沉思。

洛子鄢坐回火盆边，一根根地抻直自己的手指。每一次他的指关节都发出像是断裂的脆响，剧烈的疼痛让他面容扭曲，可这个年轻的文士依然不吭声，默默地看着火焰，动作没有丝毫停顿。吕复听着那些让人心惊胆战的声音，看看一旁垂头不语的吕守愚，急得直搓手。

“我倒想问洛兄弟一个问题。”吕守愚忽地抬头。

“知无不言。”

“洛兄弟并非淳国的权臣，在梁秋侯的幕府中也不出名，想必供养也不会很丰厚。可是洛兄弟每一次跋涉千里来北都城找我，都得冒人头落地的风险。这些年来洛兄弟一直劝我练兵养马，掌握政务，某一天父亲过世，可以登上大君之位。这一次洛兄弟几乎冻死在半路上，到了我的帐篷里，不是先照顾自己的手，而是给我讲了这个故事。”吕守愚顿了顿，直视洛子鄢，“洛兄弟有没有想清楚，你为什么而做这件事？”

“好！好！好！”洛子鄢忽地抚掌大笑，“这个问题好，我能回答。”

他收去了笑容，面沉如水：“我的爷爷是风炎皇帝手下三千个金吾卫之一，他也是风炎皇帝秘密组建的‘狮牙会’成员之一，如果不是在太清宫起事的那个晚上断了腿，他大概能和后来的‘铁驷车’一样有名。可惜他断了腿，从此就是个废人，只能拿一份俸禄回家等待他的同僚们北征的消息。但他从没有说过他后悔，他总对那个夜晚他做的事情津津乐道。本来我应该去皇室做个文书，可是我遇见了梁秋侯，从此走上了这条路。如今我回想我爷爷，觉得我和他是一样的人，我不是为了什么而冒险，不为钱，不为女人，也不为我在梁秋侯的幕府里有什么地位，我这么做，是因为我想做大事。就像我的爷爷是为了造反而造反，我洛子鄢是为了颠覆东陆的政局而颠覆东陆的政局。没什么特别的原因，有些男人生下来血管里就流着这种不安的血，为了权力和名誉不惜代价……”

他歪了歪嘴角，又笑了起来，仿佛自嘲：“这是我的命，我接受。”

吕守愚默默地站着，盯着炭火盆出神。所有人都不说话了，帐篷外的笳声变得清晰起来，千丝万缕，在风里纠缠复又解脱。天地间空旷哀凉。

“听着真是寂寞啊！”笳声断绝的时候，吕守愚又说。

二

风扯着帐篷前的白纛，呼啦啦地响。呼玛佝偻着背，披着沉重的羊皮袄子，捧着一盆新炭从纛杆下走过。她仰头去看风中急振的大纛，干涩的眼睛被风吹了，不由自主地流下眼泪来。她赶紧擦了擦，生怕被寒风冻在脸上了。这是她在金帐宫当女官的第四十个年头，她想自己怕是要死了。她没有丈夫，也不曾生过孩子，死了就扔在雪地里，春天来了架一堆草烧掉，也就这么没了。

金帐宫就是这么个地方，是男人的地方。女人，就算是大阏氏侧阏氏，也不过是捧炭盆端马奶生孩子的工具而已。

这话是二十多年前一个十五岁的女孩子说的，她的名字叫作勒摩，从朔北部来，发间插着一朵巨大的龙血花。后来她变成了青阳部的白帐侧阏氏。她和她的姐姐是一起嫁给大君的，下车时，姐姐惊恐不安，妹妹却像只怀着敌意的小野猫似的，死死盯着大君，小脸儿绷得紧紧的。大君只是笑笑，让呼玛伺候她在白帐里住下，女孩子被呼玛牵着走进帐篷的时候，冷漠地回头说了这么一句，大君听了只是沉默。

呼玛抓住绳子摇了摇白帐前的铜铃。

“是呼玛么？”男人低低的声音从里面传来。

“是我，给火盆添炭。”

“进来吧。”

呼玛揭开帘子钻了进去，听见磨刀的苍苍声。侧阏氏的白帐分成内外两层，外面是给守夜的女奴们住的，此时只有一个披着铁甲的汉子盘膝坐在地上，抓着磨石打磨手中凶蛮的重刀。那是铁益·巴夯·莫速尔，青阳有名的将军，他和他的哥哥铁晋·巴赫·莫速尔一起带着上万骑兵。铁益亲自在这里守夜有小半个月了，上次他们兄弟一起来看望大君，出帐的时候铁晋将军脸色不好，叮嘱铁益将军留下来保护大君。铁益再没离开，吃饭睡觉都在白帐里，憋不住了才跑出去拉屎撒尿。呼玛不太懂男人的事情，却也能嗅出一点味道来，最近城里传说大王子和几位大汗王在金帐里张弓搭箭，你不让我我不让你，乱糟糟的。这座白帐周围也多出些呼玛没见过的人来，神色鬼祟地张望。这些人但凡被铁益看见，铁益提刀就逼上去查问，渐渐地这些人才不敢靠近白帐了。

呼玛从炭盆里提出一瓶酒，艰难地弯下腰，放在铁益的身边："古尔沁的烈酒，带给将军喝的。"

铁益沉默着点点头，表示了谢意，继续磨他的刀。呼玛掀开内帐的帘子，就看见床上年老的男人。男人身上裹了一件东陆织造的绛红色软丝袍子，敞开的领口里露出依旧结实宽厚的胸膛。他身上盖着貂皮，静静地仰面躺着。他睁着眼睛，可是眼睛里没有生气，眼睛里那块白翳原本锋利，如今像是散开了，显得瞳子灰蒙蒙的。大君从马上跌下来之后一直是这样，呼玛知道他其实还能看见，只不过看不见左右两侧的东西，只能直直地看向前方，而且也是模模糊糊的。从那以后他就彻底地老了，吃喝都需要人服侍。

大君一直握着床边女人的手。女人带着笑，嘴里低低地不知哼着什么歌儿，她一只手被大君扯住了，另一只手搂着她心爱的娃娃，间或扯着脸颊边的细辫子。侧阏氏生了孩子以后就疯了，十几年了一直是这样，也不见老，像是当年那个头戴一朵龙血花的十五岁女孩。

呼玛蹲下身去，给火盆添炭。

"勒摩，你在么？"大君低低地问，虽然他就扣着女人的手。

"我在，我在，我抱着阿苏勒，吃忽速黑的松仁糖，听你讲故事给我听。"侧阏氏笑，"阿苏勒很乖啊，一点都不哭。"

"你在啊……"大君低低地叹了一口气，"刚才我做了一个梦，梦见我父亲。"

呼玛把一块一块的炭扔进火盆里，纷纷乱乱的火星飘了出来，在空中一闪而灭。

"梦见我父亲握着我的手，教我射箭。他的手很大，可以把我整个手都包住，把我抱在怀里，帮我拉开七十斤的硬弓，帮我射死了一头鹿。

"他一直是那样，把别人都看作他手里的木偶人，那时候他喜欢带着我登上北都的城墙，指着下面进进出出的人说，将来你要放牧我的羊群……

“我很小的时候，他骑着马，把我放马鞍前面，带我去南望峡看海。冬天，那里很多的鲷鱼……”

呼玛不说话，她也伺候过钦达翰王。她记忆中的钦达翰王却并非是那样温和的人，他可能因为暴怒而杀死从小一起长大的伴当，驱逐自己最心爱的母亲，甚至有人说他用鞭子绞死了自己的女儿。她一直以为大君其实是痛恨自己的父亲的。

她把炭灰铲在盆子里，起身要出去。

“呼玛，”大君在背后说，“把勒摩带去休息吧，她也很累了。”

“是，大君。”

呼玛上去搀扶侧阏氏，目光落在她和大君握着的手上。大君把手松开了，只是两根指头还勾着，和侧阏氏的手指勾在一起。侧阏氏跟着呼玛站起来，可是也不松手，孩子一样回头去看大君。

呼玛的心里动了一下：“大君，侧阏氏午后休息过了，还不急着睡，再说一会儿话吧，新添了炭，这间帐篷里暖和。”

“是么？”老人低低地说，“勒摩，你累了么？”

“我陪你说话，”侧阏氏认真地说，“阿苏勒也陪你。”

短暂的沉默后，老人的手又扣紧了。呼玛觉得一阵心酸和茫然，她还记得第一夜侧阏氏和大君同床，大君喝醉了，蛮横得像头牛，十五岁的女孩在帐篷里发疯一样地哭喊，听得人心都揪了起来。就这么二十多年过去，当初被强攥住的手自然而然地扣紧了，像是生来就可以融在一起那样。

呼玛想大君就要死了。前些日子，巫师拆玄明的骨头向盘鞑天神祈福，说是过了冬天大君的病就会好。可是呼玛不信，青阳部能洞彻神意的人只有大合萨，大合萨来看过大君几次，他有一次对呼玛说其实神的心是不可以打动的，不必向神祈求福庇，没有人听说过不死的英雄。

“勒摩，真热啊……”大君喃喃地说着，头渐渐向一边歪去，似乎就要睡着了。

呼玛忽然回过神来，急忙把手探进大君的睡袍中。大君的胸口热得烫手。

“发热了！”呼玛吃了一惊，急忙提着裙子往外面跑。

“什么人？”半梦半醒的铁益忽地跪坐而起，手按刀柄，像只蓄势的豹子。

呼玛被他吓到了：“是我，去给大君拿冰奶来，大君的身上发热了。”

铁益没有解除戒备，他完全不看呼玛，而是死死地盯着帐篷帘子。那张厚实的老羊皮帘子被风振动，拍在木框上啪啪地响。

“是我，”沉稳的声音从外面传来，“给父亲送药过来。”

“大王子……”铁益松了一口气。

帘子揭开，吕守愚扫视了一眼，对铁益和呼玛分别点头。几个伴当跟着他进来，手里都捧着漆木的药盒子。呼玛也松了一口气，如今大王子大婚了，和过去不一样，做事沉稳，白天坐在金帐里为大君处理政务，晚上经常带着药和东陆的大夫来探望。前些年几个王子之间斗得厉害，后来大君怒了，挑了三王子和四王子的错，把他们驱逐到南面的草场去放牧。二王子喜欢酒和女人，性格轻浮，就算来探望父亲也是匆匆地看一眼。只有大王子吕守愚细心，每次总要细细地询问大君最近的状况。女官们都把吕守愚看作了未来的大君，也没别的人选了，北都城只剩下两个王子，二王子吕复又是衷心支持吕守愚的，大君总不能传位给那个被送去东陆当人质的孩子。

“大王子来得正好，大君发热了，我得赶快去取点冰过的羊奶来。”呼玛说。

“不急，”吕守愚揽住她的手臂，“让大夫先看看。”

“大夫来了么？”

吕守愚看了看自己身后的伴当们：“他们中有两个懂一点药草，让我先进去看看父亲。”

吕守愚掀开帘子要进内帐，铁益却向帐篷帘子那边看了一眼，神色有些警觉："大王子，外面……"

吕守愚摆了摆手，示意他不必多说，拉着他一起进了内帐。

"白帐侧阏氏，"吕守愚按着胸口，先向女人致意，而后才缓步地走近床边，"父亲。"

"比莫干[1]我的儿子，是你么？"大君依然直直地看着帐篷顶。

"是我。今天有几件事，非常紧急。父亲生病，本来不应该过来打扰，不过如果不及时决断，怕是青阳的祸根，所以深夜来这里。"吕守愚低垂眼帘，看着地面。

"有什么事，你处理吧。我困了。"

"父亲可以看一眼么？看一眼就可以了。"

"什么？"大君努力地转过头来。

捧着药盒的伴当们揭去了盒盖，鲜血滴滴答答地流淌下来。呼玛惨叫了一声，跌跌撞撞地退后。铁益就要暴起，可几个身手快捷的伴当冲上去把刀架在了他的脖子上，逼着他一路后退，直到贴在了帐篷壁上。另一个伴当上前几步，扯住侧阏氏的领子把她从大君的床边拖开。

"大王子！"铁益怒喝。

"铁益，你和你哥哥一直阻止我这么做，不过都太迟了，"吕守愚还是低着头，轻轻地叹了口气，"已经成了定局。"

盒子里不是药材，而是人头。呼玛能清楚地认出台戈尔、苏哈和格勒三位大汗王的样子，他们死死地睁大眼睛，大概是至死都不敢相信眼前的一切。

"三位伯父召集了武士和奴隶，意图作乱推翻父亲，我接到消息的时候已经来不及和父亲商议，立刻带兵冲进伯父们的寨子。伯父们召集家奴抵抗，儿子没有办法，只能下令就地诛杀。儿子有擅权的地方，请父亲原谅，可这些都是为了青阳的将来。父亲要责怪儿子，儿子甘愿领受。"

① 比莫干是吕守愚的蛮族名。

吕守愚缓缓抬起头。

老人瞪大了眼睛，死死地看着那三颗头颅，像是和他们对视。他的嘴唇剧烈地颤抖着，可是说不出话，灰蒙蒙的眼睛里涌出了一些东西，说不清是震怖或者悲哀。被拖离床边的侧阏氏呜呜呜地喊着，去打那个伴当的手。吕守愚看着父亲，一言不发。

过了许久，大君转身躺平了，像是被抽掉了骨头。

“我的……好儿子，你还是下了手。我为你驱逐了旭达罕，因为我以为你的心比旭达罕的宽，你可以容下你的兄弟和叔伯们，虽然他们是你的敌人，”他喘息着，仿佛低声自语，“可是你还是下手了，我的好儿子……你还想从父亲这里得到什么呢？”

“父亲年纪已经大了，天暖和起来还是去南方休养。北都城的事情儿子可以为父亲承担，旭达罕被驱逐了，阿苏勒又在远方，儿子想父亲手写一卷文书，把豹尾和九尾大纛授给儿子。”吕守愚轻声说，“现在跟随伯父们作乱的叛逆已经被押到外面了，贵族和将军们也都被儿子传唤来了，父亲当众宣布一下，剩下的事情，儿子自会处置，保证不让父亲失望。”

“不让我失望……不让我……失望……”大君低低地笑了起来，“我的儿子，你冲进你父亲的帐篷，粗暴地对待如你母亲的人，拿刀威逼对你忠诚的将军，你没有让我失望。”

他的声音变得恍惚迷离：“父亲，帕苏尔家的命运，真是一代又一代地重复着啊……”

“你过来，”静了一会儿，他低声说，“让我看看你。”

吕守愚挪动了一下步子，又退了回去：“父亲责怪我么？”

“责怪你又能怎么样呢？把豹尾拿去吧，就在我的手腕上，你自己来摘了它，这不是你一直想要的么？”

吕守愚回头看了看伴当们，班扎烈用力对他点了点头，其他伴当也跟着点头。吕守愚想起洛子鄢对他说的那个故事来，最后风炎皇帝冲进父亲仁皇帝的寝宫，仁皇帝沉默地把早已写着“白清羽”名字的遗诏递给他。洛子鄢是对的，这世上的权力本不属于谁，却又谁都想要，只看谁去全力争取。他不再犹豫，大步上去坐在床边，探出身子径直去抓父亲的手。他横过父亲上方的时候，无意中看见了老人的眼睛。那双眼睛也正在看他。

“看清了啊……真是张可笑的脸。”老人低低地说。

吕守愚心里突地跳了一下。

大君猛地坐了起来！谁也不敢相信，这个病卧的人忽然间恢复了狮子般的力量，他一手狠狠地扯住吕守愚的领口，一手从旁边拔出伴随了他一生的重剑，架在儿子的脖子上。他扭头环视周围，目光凌厉得像是刀子，所有人都忍不住想要跪下。吕守愚还想挣扎，可他发现自己完全动弹不得，在父亲的手里他像是只被卡死脖子的鸟儿。

老人站了起来，深深地吸气，大吼：“放开他们！放开他们！不然我杀了你们的主子！”

伴当们不敢对抗他的威严，纷纷抛下佩刀，一齐跪倒。铁益趁机拔刀，把几个伴当踢到了一起，以刀指着他们的后颈：“大君，现在我们怎么办？”

大君没有回答他，而是直直地看着吕守愚：“我的儿子，我愚蠢的儿子！你根本就不明白这片草原的规则！你以为你够狠，先下手，你就能当草原的大君么？那你为什么不杀光所有的人？那样就再也没有人可以跟你争权力！你知不知道外面那些虎狼一样的人盯着你的北都城，他们会冲进来剖开你的胸膛挖出你的心，把它和你伯父们的人头放在一起！你以为你准备好了一切，你把所有人都召集到这里来看你的光荣，好！我就让你看看！”

他回头命令铁益：“放开那些人，让他们带着人头，跟我一起来！”

他拖着吕守愚大步出帐，正当盛年的吕守愚在他手里像是没有分量的纸人，铁益押着吕守愚的伴当们紧随在他身后。帘子掀开，朔风暴雪一起卷了进来，重锤一样打在他赤裸的胸口。他的袍子飞扬，散乱的头发也飞扬，像是一只愤怒的狮子。呼玛呆呆地看着那个背影，只觉得自己像是在梦中。

“郭勒尔[1]……郭勒尔……郭勒尔……”勒摩呆呆地念着大君的名字，她忽然把怀里的娃娃抛下了，大声地哭喊着，“郭勒尔！”

她想要跟着冲出去，却被呼玛抱住了腰。她挣扎不脱，奋力对着那个背影伸出手去，像是要抓住他，挽留他。

泪水打在呼玛的手上，呼玛心里一颤。十几年来侧阏氏一直笑，她从未流过一滴眼泪，今天她哭了，号啕大哭，就像一个小女孩失去了最心爱的玩具。

雪地上点着无数的火盆，照得周围一片通明，人影交叠，不知道多少人围在帐篷周围。看见这一幕，他们全部惊恐地跪了下去，铁益也跪下。只有老人昂然地站在人群中央，一手扯着儿子，一手提着重剑，抬起头去看天空。

鸦雀无声。

吕守愚不再挣扎。他的心里只剩下绝望，他知道自己要死了，只要父亲还站着，他就拥有整个北都，这片城是父亲用一生守卫的，即便是吕守愚的伴当，在这种时候也不敢在大君面前拔出刀来。这个时候吕守愚满脑子里都是那个女人的影子，耳边是她头发上的铃铛叮叮地响。他忽地后悔起来，他以为自己和洛子鄢一样已经想明白了，他要握住权柄，不惜一切。可他现在只想要一片草原跟那个女人去放牧。

老人吸了一口冰冷的空气，指着背后那些头颅，震耳欲聋地大吼：“这些人，你们都是认识的！是我的兄长们！他们现在死了，我的儿子比莫干杀了他们……”

他沉重地喘息，再次深深吸气：“比莫干做得很好！作乱的人！违背祖先的人！不是我们青阳的人！草原上没有埋葬他们的土地！”

吕守愚觉得耳朵像是被震聋了。他惊恐地抬头去看父亲，却被不由

① 郭勒尔是大君吕嵩的蛮族名。

分说地拉起来站直了。

老人扯下自己手腕上的豹尾，塞进了吕守愚的掌心，握着他的手腕高高举起："我的儿子比莫干，是我最心爱的儿子！我的身体已经不行了，我要把位子传给他，从此以后他就是你们的主人！库里格大会的盟主！北都城的新大君！"

雪地上回响着他的声音，无一人应答，人们看不明白眼前的一切。

"还愣着干什么？现在欢呼吧！欢呼你们的……新大君！"老人咆哮起来。

短暂的沉默后，整片雪地沸腾起来。人们高呼着拜倒，把脸埋在雪地里，他们呼喊着吕守愚的名字，扑打着积雪，洋洋的雪粉腾了起来，弥漫得很高。吕守愚茫然地站在人群中央，用力握手，手心里传来豹尾的温暖，这是他期待了很多年的东西，一直想知道握住它是什么样的感觉。可现在他觉得这一切根本就是梦。

他的手忽然落了下去，因为失去了父亲的支撑。老人斜斜地靠在他的肩膀上，慢慢地往下滑。吕守愚急忙转身去抱住他，听见他低低的声音："我愚蠢的儿子，我已经为你做了我能做的一切……"

那对长着白翳的眼睛最后看了一眼吕守愚，吕守愚没能看清父亲的眼神，或者是嘲弄，或者是叹息，又或者是关爱。那道白翳黯淡了，仿佛灯的熄灭。

吕守愚愣了一下，他觉得心口前杯子大的一块抽动了一下，而后剧烈地痛了起来。那种疼痛，像是有什么东西从里面裂开了。

钦达翰王的儿子吕嵩·郭勒尔·帕苏尔死在胤朝成帝四年的严冬里。在千万人的欢呼声中，他靠在儿子的肩膀上，身体缓缓地凉了下去。

对于这位统治草原超过三十年的君主，后世的评价并不出众。从他绝世英雄的父亲手中继承了浩瀚的瀚州后，吕嵩也曾有过出色的战功，以弱势兵力击溃了青阳部在草原上最大的敌人朔北部，并和朔北部狼主楼炎·蒙勒火儿·斡尔寒订盟结亲，保住了青阳部草原主人的地位。可他没能为蛮族人拓展疆域，也没能真正让贫苦牧人过上富裕平和的日子。他在年老的时候变得昏聩，诛杀了最支持他的澜马部达德里大汗王，更令虎豹骑彻底扫灭了弱小的真颜部，在夕阳中的铁线河里留下了上万具尸首。而最令人非议的是他居然对狐狸般不可信任的东陆人低头，以蛮族主人的身份向一个东陆诸侯国低头去结盟，并把自己最年幼的儿子送去了虎狼之地作为人质。总之，他的名字在父亲的赫赫威名下并不闪亮，牧人们的烈鬃琴歌里没有他的故事。人们说不上厌弃他，却也并不缅怀。

直到若干年后，青阳昭武公吕归尘·阿苏勒·帕苏尔拄剑站在山巅去眺望他父亲的坟墓。他对草原上每一个人说我的父亲是一位雄鹰般的君王，他深爱这片草原。

三

雪坡上架起了柴堆，铜号和夔鼓的交鸣声中，大合萨挥舞熊刀高唱《拜歌》。奴隶们从坡下一直跪到坡顶，他们高举双手，把马皮裹着的大君遗骸一手一手地传递上去。大合萨抛下了火绒，浸透火油的柴堆很快就变成燎天的火炬，照亮了远处大王子的眼睛，也照亮了坡下那些贼人的脸。他们每一人背后都站着一名虎豹骑，以刀指住他们的后颈，如果有任何反抗，虎豹骑会毫不犹豫地刺穿他们的脖子。这些人都是作乱的三位大汗王的家人，他们密谋在北都城起事，但是被大王子及时镇压下去了。这样的重罪按照草原上的规矩该塞进皮袋子里用马踏死。

“洛兄弟，你说我父亲这一生，到底是为了什么呢？”吕守愚低声说，“我原以为我想明白了，可现在我觉得我错了。我不明白的还太多。”

“无论为了什么而活，人总还是会死。大王子……”

洛子鄢瞥了吕守愚一眼，心里一动，改了称谓：“大君不必悲伤。作为北陆的大君，这一生该得到什么，我想您的父亲死前已经知道了。现在您是北陆的大君，很快也会知道。”

吕守愚默默地点头。

“那么明日正式发丧？告诉草原上所有的人，也告诉天启城的皇帝，新大君已经即位。东陆皇帝应该警觉了，风炎皇帝之后，蛮族在东陆的重压之下过了七十年。如今东陆已经开始衰弱，皇帝无能，大臣擅权。而北陆却迎来了年轻有为的大君，我们应当立刻准备收拢北陆的人心。草原人会崛起，北陆大君站起来和东陆皇帝平等说话的日子就要到了！”洛子鄢提高了声音。

吕守愚还是静静地看着远处的大火：“洛兄弟是东陆人，却说出这样的话，是站在淳国的立场，还是站在青阳的立场？”

洛子鄢愣了一瞬，微笑：“我也从未在大君面前自夸是个忠臣孝子吧？洛子鄢是个想颠覆东陆政局的人，我这么说，是站在淳国的立场。”

吕守愚转身看着洛子鄢：“十年之前，东陆的势力渗入北都，淳国和下唐国分别开出了条件。最后父亲选择了下唐国，我选择了淳国。如今淳国押宝押对了，从此我们就是盟友。但我想知道，通过支持我们，梁秋侯想得到什么？”

“淳国要的东西，和下唐要的没有分别，我们要天启城。”洛子鄢淡淡地说。

吕守愚目光一闪。洛子鄢莫名地惊了一下，他恍惚中有一种错觉，眼前的这双眼睛里面本该有一条森然的白翳，仿佛一只白眼的鹰。他觉得老大君死的那一夜之后，吕守愚有了很大的变化。

吕守愚的目光黯淡下去。他转过身继续眺望大火：“利用我们兄弟间的矛盾，扶助我成为北都的大君，把本来就是我们帕苏尔家的土地交给我，换得青阳骑兵的支援，从而在东陆诸侯的争雄中取得优势，梁秋侯的交易很划算。但是这样青阳能得到什么呢？洛兄弟你知道瀚州的草原很贫瘠，在这里种粮食，收不到东陆的一成，所以我们多年来迁移放牧，过着艰苦的日子。我们卷进了东陆诸侯的斗争，拿出了自己最强的骑兵，可是我们依然只有这片草原和牛羊。”

他微微摇头：“难怪我父亲说，草原人的敌人其实不是东陆人，而是我们自己。”

“世上真的有本来就属于帕苏尔家的土地么？”洛子鄢笑着耸耸肩，“就像世上本来也就没有属于梁秋侯的土地。九州浩瀚，就是神留给苍生的战场。我们都是自以为猛兽的人，不甘于成为别人口中的肉食，而要占据自己的一块领地。也只有猛兽会互相成为伙伴，如果我声称完全是作为大君的朋友而帮助大君，大君能相信我的话么？”

他低声地吟诵：

“王啊，你必须对你国土的敌人怀着仇恨，
同时你必须向太阳学习这条规则，
因为他从他的王座上
凯旋地挥舞他的宝刀时，
这世界才被他的阳光照亮。”[①]

“这是《逊王传》里的诗歌，尊格尔台大汗王劝说逊王的歌词，劝说逊王不要对屈服的敌人留情。”吕守愚说。

“十几年前，我奉梁秋侯之命出使北都，启程之前我读了所有能找到的蛮族文字，因为我想了解这草原上的事。如今过了那么多年，忘记了很多，只有这段像是烙在心头。《逊王传》大君比我更加熟悉，还记得逊王如何回答的么？”

“逊王说，我的朋友啊，长着羽翼的狮子尊格尔台大汗王，你劝我以火焰守护焦灼的大地么？”

“尊格尔台大汗王说，我雄伟的王，你手里握着火焰的宝刀，你挥向你的敌人，则你的敌人死去，你抛下它，它就燃烧你亲人的草原。”洛子鄢接过吕守愚的话，低低叹了口气，“我在东陆，自负听过圣人的大道，

① 该诗改写于志费尼《世界征服者史》（The History of the World–Conqueror）第三部第三章中，蒙古诸王和异密们劝说蒙哥汗惩罚叛逆者的诗。

读过无数的书，却没有一段话让我如此震撼。其实这世界，最真实的准则也最简单，大君，无论梁秋大人和您，手中都握着火焰的宝刀，不去砍杀敌人拓展疆土，您就连自己的土地也守不住。”

吕守愚沉默着。

洛子鄢缓缓地说：“我们并不仅把青阳看作一个以铁骑兵支援我们的盟友。我来之前，梁秋侯让我跟大君说明一件事，和我们合作的人，必须是英雄。我们期待有人和我们共享东陆！大君，是时候了，铁骑兵不该仅仅用来守卫北都城，该去外面拓展疆域。我可以代替梁秋侯向大君许诺，梁秋侯进驻天启城的一日，我们将割东陆一州为青阳的牧场！”

“如果我要的是最富饶的宛州呢？”

“予取予求！”洛子鄢说得斩钉截铁，却莞尔一笑，“只有天启城一地，不能割给大君，那是我东陆皇权所在。”

吕守愚默然良久，深深地吸气，点了点头。

他踏前一步，指着坡下跪着的人们，看向自己身边三个贵族：“这些人都是企图杀死我篡权的罪人，我现在剥夺他们的奴隶、牧场和牛羊，都赏赐给你们。”

三个贵族惊喜地跪下，拜谢这份惊人的赏赐。这是被诛杀的三位大汗王的全部财产——青阳部小半的人口和牛羊，吕守愚并没有收归自己，而是分发给了立刻宣布效忠他的贵族们。洛子鄢微微皱眉，却没说什么。他本意是吕守愚应该立刻接收这些东西，以壮大自己的实力。但他也明白吕守愚这么做的不得已，这三位贵族分别来自塔里寒、脱克勒、斡赤斤三大家族，这三个家族在青阳部仅次于吕氏帕苏尔家族和巢氏合鲁丁家族，他们的支持可以使吕守愚迅速稳固在北都城的地位，从而在库里格大会上震慑其他部落。

“至于你们，”吕守愚看着坡下那些罪人，“只要你们愿意跟随我的旗帜，我就不杀你们，赦免你们一切的罪过。你们虽然没有了财产和牛羊，可仍旧是贵族，从今以后你们编入军队，用战功洗清罪名。我们都是帕苏尔家族的人，我们没必要争斗，我们的刀应该一齐指向外人。”

罪人们没想到是这样的待遇在等着他们，他们心里本来只剩下漆黑的绝望,却有人忽地打开窗子透进了阳光。一时间静悄悄的,没人敢说话。

“你们愿意跟随我的旗帜、听我的命令、跟着我的宝刀！去打敌人么？”吕守愚忽然提高了声音，有如咆哮。

罪人们怔了一瞬，都俯拜下去。他们高呼着大君，有人以头抢地，有人哭出了声。指挥虎豹骑的九王举剑向山坡上的吕守愚致意，吕守愚却没有看他，只是眺望天空，听着高呼的声音一浪高过一浪。奴隶们跪了下去、武士们跪了下去、将军们跪了下去、淳国的使节们也跪了下去。最后，九王跪了下去。

“大君大婚之后，心软了许多，气魄大了许多，胸怀也宽了许多啊。”洛子鄢却没有跪，只是笑。

“木亥阳！”吕守愚低喝了一声。

大风帐的将军木亥阳走出人群跪在他前方等待命令。

“你带着我的手令，亲自去一次南方的草场，赦免旭达罕的罪，把他的牛羊和人口都还给他，允许他回北都。你告诉他，我和他的争斗已经结束了，只要他跟随我的旗帜，就仍是我的弟弟。父亲过世的消息暂不发布，等到阿苏勒也回来，我们兄弟五人会以最盛大的仪式送我父亲的灵魂去盘鞑天神的宫殿享福。”

洛子鄢吃了一惊，这件事吕守愚并未提前告诉他。他急忙上前，贴近吕守愚耳边：“这两件事关系重大，大君三思！老大君临死握着大君的手在众人面前传位，又宣布三位大汗王皆是叛逆，大君是名正言顺的继承人。应当立刻派遣使节向四方公布，这时候隐瞒消息，会让人觉得大君得位不正。赦免吕鹰扬本无不可，但是我有个很重要的消息还没有来得及告诉大君……”

吕守愚摆了摆手，示意他不必再说：“洛兄弟，我不想瞒你。旭达罕是我的弟弟中最有能力的一个，我现在召他回来，是要他和我一同治理北都。我们是盟友，可我不想变成淳国的傀儡。至于发丧的事，我想了很久。发丧之后我宣布即位，下唐的使节势必来北都城续订盟约。但是我们的盟友已经变成淳国，这时候下唐会怎么对待我的弟弟？”

“按照东陆的惯例……一方背盟，人质斩首。”洛子鄢说。

吕守愚拍了拍洛子鄢的肩膀：“我知道洛兄弟会说牺牲一个阿苏勒，会为我带来更大的好处。可什么都不必说，阿苏勒的事我曾对一个人做过极大的许诺。洛兄弟你该记得，我说过我们蛮族人没有东陆那样千金难买的玉璧，可是我们有千金不换的诺言！”

洛子鄢知道自己无法动摇这件事，只能轻轻地叹了口气，扭过头，去看很远的地方。那里停着一乘华贵的马车，织锦车盖，轻纱帘子，掩得结结实实。洛子鄢凝神去听，轻纱的帘子后传来清澈细微的叮叮声。

第三章 盈寸之翠

一

胤成帝五年三月，南淮城。

“采莲采莲，莲叶田田。

依依相望，尺水之间。”

夜风流转，柳瑜儿的歌声在风里一转三折，小苏抚琴相和，叮叮咚咚的像是雨水打落在风铃上。

吕归尘背靠宫墙，听隔壁俩枫园的琴声歌声。一墙之隔，他的归鸿馆这边只有屋里一盏灯，空落落的看不见人。初春，夜风沁着凉意，吹到身上觉得布衣单薄。他仰头去看爬上梢头的明月，月光洒落在院子的青砖地上，像是一泼清水。

他想着此时北都城外还是冰封大地，而南淮城里的垂柳远望去已经笼上了一层轻绿。今年他十七岁，离开家乡七年了。刚来这里的时候，他会很固执地爬到围墙高处，俯望门复门关复关的南淮城，觉得东陆的城市如此的局促封闭，想念着北方草原无边，女儿歌唱，风吹草低见牛羊。但是日复一日年复一年，对于北都城的记忆渐渐都淡去了似的。他喜欢上了南淮城里雾气笼罩的水面、斗拱勾檐的屋宇，窄小的巷子里常有枣树的树荫遮天，入夜了闹市里灯火川流不息，这些都是很美的，草原没有的。柳瑜儿清唱的宫调他听得也很习惯了，绵绵软软，柳絮随风，听久了让人生出一种倦怠和慵懒来。陪百里煜玩闹的那群女孩子一天天大了起来，没有小时候那么淘气，不会看见吕归尘就跳着脚喊小蛮子，她们和吕归尘擦肩而过的时候，也会脸上透点红意微微侧身一让，向他行礼。那个小时候喊小蛮子喊得最起劲的小苏还当了吕归尘的琴艺老师，隔几天就教他指法。

有时候吕归尘觉得自己都变成一个东陆人了，去年还跟着勤王大军去殇阳关打了一场仗，为东陆皇室奋战，差点没能活着回来。回来了又立刻被路夫子抓着继续讲读东陆经国的大道，整天像个东陆文士那样咿咿哦哦。

他无声地苦笑了一下。

“不错，但是意蕴终究还是缺了几分。这首诗以莲叶譬喻，意思还是落在‘尺水、相望’四个字上面，是隔水相望，是辗转思怀，是心轻如缕，是求不得。小苏的琴声太过外露，柳瑜儿的歌声却显得绵软了，不是那个味道。你们要想，是那种春来之际，隔着一水，隔着田田的莲叶，少男少女相望一眼，或者是少男有意少女无心，又或者是反之，但也可能是两人都有情，却不能表露。‘依依’二字平淡而见真情，是看一眼便又把视线转往别处，可忍不住还是要看第二眼的心情，是想说却又没有什么在嘴边，可是闷在心间又苦恼的感觉。”百里煜的声音从隔壁传来，温雅动人。

百里煜跟他同岁，也十七了，时过境迁，百里煜不会再把花球扔在吕归尘脑门上了。他出人意料地娴雅文静起来，整日都钻研辞赋，文笔在南淮城里堪称第一，有人就说百里氏后人终于有人接文睿国主的笔了。百里煜长得风度翩翩，又弹得一手好琴。他很少出宫门，倾慕他的贵族少女却多，常有女孩子成群结队而来等他出宫，百里煜就在宫墙这边听琴，一一指点其中的不足。

“尺水之深，终不可越，那人就在你身边，触手可及，却只能空怅惘，遥相望。”百里煜在那边轻轻地叹了口气，“你们从小长在宫里，终究不明白那种心绪。”

吕归尘心里微微动了一下。

“我们不懂，那煜少主就懂啦？我们没出宫，煜少主也只是跟仕女们隔墙听琴而已嘛。难道还真的对谁的琴声动了心？”小苏调笑。

“也未必就要出宫。动过一次心，自然也就明白其中意趣了，我这么说还是肤浅了，深的东西终究是说不出来，只有一张琴，奏到迷惘的时候，才能得其真味。”百里煜性子好，对这些女孩子更是温柔，也不恼火。

“少主也动过心？”柳瑜儿说。

“哪能没有呢？”小苏咯咯地笑着，“我说啊，是那年新春来暂住的茗公主。”

“才不是，一定是小舟公主了。你别看我们少主没见过人家几面，可是见一次，梳头还梳了半天呢。”

“胡说的丫头，都给我撵出去讨饭！”百里煜笑笑，却没来由地轻轻叹了口气。

吕归尘头顶上那株梧桐随风一震，叶子上蓄的雨水落了下来，淋在他的身上。他没有动，呆呆地看着空中月轮，有一些东西从心里泛了起来，绵绵的像是柳絮，可是层层叠叠地压在一起却是沉重的，把他的心都塞住了。

“姬野，你该请我的客了。”息辕松松地拉着缰绳，和姬野两个策马漫步在街上。入夜了，他们一天的武训刚结束，从大柳营回城。

“可别把我当有钱的阔佬，又怎么了？”姬野摘下头盔，打散满是汗的头发，狠狠地一甩头。

“我今天凑巧看见叔叔的文书，下个月禁军晋级十三人，你的军衔提升为牙将，不用再当青缨卫了。难道不该请我喝酒么？”息辕笑，“叔叔说国主也是觉得殇阳关一战中阵亡的将士太多，如果不安抚，恐怕冷了人心。”

姬野愣了一下，也笑笑 ：“我还以为我一辈子都升不上去呢。”

“你好像也不是很开心的样子，”息辕说，“牙将虽然不是什么高位，却是将官，和一般卫佐不同。而且你在禁军，又是叔叔的学生，升迁一定很快，再过了参将就可以升副将。大柳营演武那次，副将的军衔本该是你的，国主没赐下，可按你现在的势头，没准二十岁自己积功就能升到副将。这个速度很多世家子弟想都不敢想,你也算是讨回了你应得的。”

姬野低头看着起落的马蹄 ：“其实我以前也这么想，国主不赐我副将算不得什么。我自己积功升官，这样有朝一日我升上去变成副将，比国主赐的更体面，也许还能升得更高，升到后将军、前将军、也许大将军……”

“你是叔叔的学生，升到武殿都指挥使都不奇怪。”息辕笑。

“可是息辕，我们在殇阳关，死了那么多人，多少人和我一样，都是想升官，想晋级，想不缺钱，想不会被人看不起。不过他们都死了，也许再打一场大仗，我们两个也都回不来了。”姬野抬头看着息辕，“你说我们到底是为什么拼命呢？我老是想，可也想不清楚。”

息辕想了一会儿 ：“我觉得，我们几个都是想做大事。要做大事，就该像离公那样，敢拼命，无所顾忌。其实我看见离公在战场上挥刀一指，千军万马向他靠拢，我真的不觉得他是我的敌人，我想英雄就是那样的，那么多南蛮的勇士听他的号令，肯定有他们的理由。可惜能像离公那样的人，毕竟是太少了。你说得对，很多人一场仗过去就死了，就什么都没有了。”

“将军呢？你是将军的侄儿，不想像将军一样么？”姬野问。

息辕犹豫了一下 ：“姬野，你不觉得叔叔是个很难懂的人么？”

姬野愣了一下，点了点头 ：“你也这么说……其实我有时候觉得不懂将军在想些什么，可是不方便说，息辕你是从小就跟在将军身边么？”

息辕摇了摇头 ：“我家里的事情，也不用提了……我直到快死了，才知道我的叔叔是御殿羽将军，叔叔带着皇帝的手令来监牢里把我提了出去，他跟我在监牢对面的馆子里吃饭，说要送我去一个远方的亲戚那里。他说话很少，我也有些不敢跟他说话，后来他说有人会来接我，站起来要走，我就看着他的背影。走到门边他回头看了我一眼，然后过来拉了我，说那从此之后他就是我唯一的亲人，让我跟着他。”

“就这样？”

“就这样，叔叔是个很特别的人。”息辕叹了口气，“我觉得离公还是可以学的，叔叔是学不来的。”

“对了，你有升迁么？”姬野岔开了话题。

“我也有，我已经可以升为副将了，”息辕笑了起来，“不过我本来是牙将，这次越了一级是承袭了叔叔的功荫，叔叔说可能要为我谈一门亲，所以军衔升得高一些好。”

“你要论亲了啊？”姬野也笑了起来，隔着马在他胸口击了一拳，“那该你请我喝酒才对。”

息辕挠头，有些不好意思：“其实是还没有影子的事情。”

“对了，我得抄近路先走，我约了一个朋友。”姬野想了起来。

“是那个羽然吧？”息辕回了姬野一拳，“谁请谁真是难说得很！”

这次轮到姬野不好意思了，他的反应和息辕一样，低下头挠着乱发，觉得身上闷热得很。

“不过……”息辕犹豫了一下，“这话我也许本来不该说的，不过我是你的朋友……我昨天去文庙，想买一副马鞍，看见羽然和尘少主在那边挑坠子。尘少主也是喜欢她的吧？她那样一个女孩儿……”

他发觉自己说这话实在是别扭，于是兜转了马头：“我先走了，叔叔那里还不知道有多少文书等着我去整理呢。”

息辕的马蹄声远去了，姬野一个人立马在那里，觉得身上又凉了。他仰头从浓密的树荫间看出去，树枝树叶切碎的星月之光点点洒落在他一身鳞甲上。

二

羽然捧起一泼水，忽地一吹，水里倒映的星月之光破碎。水从她的指缝流下，带着所有的光一起。她又蹲在巨大的浴桶里面抬头去看月亮，模模糊糊的像是一个煎开的鸡蛋，她想着就想笑，忍不住吐了几个气泡咯咯笑着从水里探出头来。

“又笑！都是大女孩了，还喜欢玩水，洗好了赶快进屋来，衣服我为你烤干了。”翼天瞻的声音从很远处的屋子里传来。

羽然吐了吐舌头，从浴桶里面钻了出来，水面上本来浮了一件亵衣，直接贴在她身上。旁边是一块青石板，石板下面放着个小小的炭盆，上面是一件织锦的宽袍。宽袍被烤得干燥温暖，她把袍子裹上，赤着脚踏着冰凉的青石地一溜小跑回到屋里。

“好冷好冷好冷。”她在翼天瞻面前跳着脚。

“鞋子也不穿！”翼天瞻瞪了她一眼，把一块手巾盖在她头上。

羽然把宽袍一抛，转身过去摘下手巾擦拭头发。她已经长大，身段不再是小女孩的样子了，湿透了的亵衣紧贴着肌肤，清清楚楚地勾勒出细软的腰肢和贲突的胸口。翼天瞻看着她的背影，愣了一下。映着火光，他海蓝色的眼睛里有雾一样的东西慢慢浮起来。

“换好衣服叫我！大女孩了，不要遮拦都不懂！”翼天瞻低声呵斥了一声，起身出门。

他合门坐在台阶上，点燃了烟杆，深吸一口，轻轻吐出烟圈，眼睛里的雾气更加浓郁了。一会儿，门开了，羽然一跃而出。她换上一件白色的箭裙，腰间系着极宽的白帛腰带，头发扎成长长的马尾，像是东陆贵族少女出猎的模样。

“爷爷我今晚要出门去。”

“又跟谁约了？”

“反正不是阿苏勒就是姬野喽，我也不认识多少人。”

翼天瞻看她不想说，摇摇头，又沉默了一会儿：“羽然，阿苏勒和姬野，你喜欢他们么？”

“当然喜欢了，要不然我为什么要跟他们在一起？”

“更喜欢谁？”

羽然警惕地瞥了他一眼：“爷爷问这个干什么？”

“我刚才在想，也许我们会一生都住在南淮了，”翼天瞻抽了一口烟，“你长大了，我当然想知道你喜欢谁。”

“我不知道，他们都挺好的啊。我为什么要分更喜欢谁？”

“你只要想，如果让你跟他们中的一个人一辈子在一起，只能一个，你会选谁，你就明白了。”

“我不想……这样就挺好的。”羽然背过身去。

“傻丫头，世上才没有这样的事呢。就算再好的朋友，即便是亲生的兄弟，所爱的那个人，始终是不能跟人分的。就好像一颗心，分成两半，也就像琉璃那样碎掉了。”翼天瞻说着，忽地有些出神。

羽然拿手指把两个耳朵塞了起来，缩着头说：“我不听我不听我不听！”

翼天瞻低低地笑一声，摸了摸她的脑袋，继续抽烟。羽然背对着他站了一会儿，蹦蹦跳跳地出门去了。

翼天瞻的烟慢慢地燃尽了。他抬头去看升起到半空里的圆月，身体忽地僵住。晶莹圆满的月轮里，有一个漆黑的影子，随着风，似乎在轻轻地起伏。那个影子背后，鹰一般的双翼优雅地张开。翼天瞻摘下烟杆，缓缓地站了起来。他想起自己那副弓箭就在背后的屋子里，距离他只有不到五尺，可他已经没有机会奔回屋里了。他转身的时间足够那个人发三次箭，每一支都能洞穿他的颅骨。

羽族传说鹤雪的箭从不虚发，射出的箭必然要饱饮敌人的血，所以即便追到天涯海角也会命中。

一瞬间翼天瞻觉得自己是老了，在这个繁华绮丽的南淮城住久了，松懈懒散起来，失去了当年的警觉。对方逼近到这个距离上他才发现，对于天武者而言是从没有过的事。翼天瞻挺直身体，夜风撩起他白色的长袍，像是随时也要腾空而起。可他没有动，两个人都保持着绝对的静止。

月轮中的人忽地把羽翼张至极限！那个瞬间，翼天瞻仿佛被风吹动了似的向着自己的右侧飘移。金属破风，啸声尖厉，一支白色尾羽的长箭仿佛从月光中化出来那样，直射翼天瞻。翼天瞻的速度已经不够他避过，于是他忽地站住了，重新静止下来。翼天瞻看着那支箭到了他面前，伸出了烟杆。在绝对精准的瞬间，烟杆打在羽箭的箭镞上，溅出几点火星，把那枚箭拨开了一线。

箭插在屋门上，尾羽嗡嗡地颤动。翼天瞻看着自己烟杆上的伤痕，这根铜制的烟杆被箭镞剖开了一半。

“我刚想在南淮城也许要过一生了，你们就来了，来了多少人？都出来吧！”翼天瞻淡淡地说。

“如果来的是羽皇的杀手，你根本看不到人就有至少十支箭射过去，面对天武者，还没有人敢用一支箭去挑衅。那支箭，只是代表故乡的问候。”那个人影缓缓地振动双翼，从月轮中下降，轻盈地踩在屋脊上。

“你是一个鹤雪，难道不是羽皇的杀手？”翼天瞻冷冷地看着他，“你刚才那一箭的狠毒，距离杀死我已经不远了，那是你的问候么？”

“我对箭术自负，可是如果是斯达克城邦的主人，一定可以避开那样的一箭。”屋顶上的人拄着裹有金络的绿琉弓，半跪下去，低下头，报上了自己的名字，“斯达克城邦，翼罕。”

他抬起头：“羽皇已经死了。”

翼天瞻拨了拨灯芯，火光照亮了桌子两侧的人。翼罕把他的绿琉弓放在了桌上，还有随身的双匕首，他摊了摊双手，以示自己完全解除了武装。翼天瞻默默地抽烟，端详翼罕。他很多年没有见过来自故乡的人了，翼罕英俊雅致，嘴唇的弧线却有着刀锋般的凌厉，一头白色的长发，一双海蓝色的眼睛，一身镶嵌了金丝络的墨绿色漆甲。翼天瞻从他身上看到几个故人的影子。

“你是伯里克利·斯达克的儿子，那么你的母亲是塞雯娜？”

“是的，不过他们都去世了。”

“你的血统足以令你自豪，箭术也足够凌厉，在鹤雪里你也是很难得的了。”翼天瞻说。

“我很感谢您的赞扬，不过我来这里并不是听天武者评论我的家世和箭术。”翼罕直视翼天瞻的眼睛。

“你说羽皇死了？”翼天瞻笑笑，“你是为这个来的么？羽皇死了和我有什么关系呢？羽皇死了还会有新的羽皇，新的羽皇依然会把我看作整个羽族的敌人，我依然不能踏上青州的土地。”

“柏木尔城邦的勒古殿下三个月之前被烧死在他的树屋里，整个柏木尔城邦现在已经化为灰烬，所有的居民都被杀死在河里。河水流到斯达克城邦还是血红的。”翼罕缓缓地说，“一支军队正向着齐格林进发，就是毁灭柏木尔城邦的那支，沿路不断地征服城邦。现在他们已经拥有一万五千名纯血的羽族射手和六万人的轻甲步兵，这样一支力量足够把齐格林也毁掉。率领那支军队的人派出了刺客，在大臣们面前杀死了羽皇，这样强硬的手段震骇了整个羽族，齐格林已经失去了决战的信念，整个鹤雪团向他倒戈。”

翼天瞻的眼角一跳，他没能克制住心中的惊惧：“谁是那个率领军队的人？”

“一个您很熟悉的人。他的名字叫翼霖·维塔斯·斯达克，您的侄孙，也是现在斯达克城邦的主人。”

翼天瞻沉默了很久：“你说的这些都无法被证实。我所认识的维塔斯不是这样一个人，他是个时常感到悲伤和无助的年轻人，非常看重友情。勒古是他最好的朋友，他被羽皇放逐的时候，是勒古为他求得了宽恕。

就算他决心反叛羽皇，为什么要对勒古下手？”

翼罕冷冷地笑了：“古莫殿下，您离开青州太久了。人是会变的，如今的维塔斯·斯达克把自己看作斯达克城邦复兴的领袖，他要在世人面前为翼氏夺回羽皇的桂冠。他也许曾经是个时常感觉悲伤和无助的年轻人，但他已经强大起来，他所到之处，人们望着他的战旗下跪。其实在他起兵之前，青州的森林已经陷入了战乱。人们互相攻杀，不杀人的人，就会被别人杀死。维塔斯抓住了这个混乱的机会。”

“是什么改变了维塔斯？”翼天瞻低声问。

“也许就是悲伤和无助。”

翼天瞻沉默了一会儿，吸了一口烟：“你来告诉我这些，为什么？你站在哪一边？你是个斯达克城邦出身的鹤雪，你为维塔斯而战，或是为了已经死去的羽皇？”

“我是为了整个羽族！”翼罕一字一顿地说。

“整个羽族？”翼天瞻冷笑，“你还太年轻。”

翼罕猛地站了起来：“古莫殿下！也许我是太年轻，不过有些事我想我已经看得很清楚了。羽皇也许把您看作整个羽族的敌人，但是羽皇掌握权力的时候，鹤雪团的精锐威慑着四方的城邦，我们的族人仍能有平静的生活。但现在不同了，羽皇死了，整个羽族失去了主导。任何一个想当英雄的人都能在此时投身战场去夺取他的荣耀，而这荣耀是以杀人为代价！维塔斯殿下疯了，他被眼前的胜利蒙蔽了视线，报复很快会降临在我们的头顶。他杀死了羽皇，逼近齐格林，即将戴上羽皇的桂冠，可谁会承认他？他如今已经是整个羽族的敌人，战火迟早会蔓延到斯达克城邦，那时故乡的命运是不是会像柏木尔城邦那样呢？”

“这些你不该跟我说。我在齐格林和斯达克城邦留下了怎样的名声，你很清楚。我不会再回青州，我的族人们恨我，我也不想对他们解释。”

“不！不是那样的！你是天武者，最伟大的鹤雪，至今人们还在传诵你的名字。”

“那是因为他们并不知道叛徒古莫和天武者是同一个人。”

“这是借口！”翼罕大声说。

“这不是借口，”翼天瞻的声音硬得像是铁石，“我离开斯达克城邦的时候折断了我的弓，我现在只是一名天驱，不是鹤雪，更不是你口中的殿下。天武者并不是什么生来的英雄，他只是一个人，即使他还翱翔在青州的天空上，他也没有能力扑灭蔓延整个森林的大火。”

“不，古莫殿下，你有机会拯救我们的森林。只有你有这个能力。”翼罕抓着桌子的边沿，身体前倾，死死盯着翼天瞻的双眼，“只有你！”

翼天瞻看着他。

“我看见了公主殿下，我认得出她！她血管里流着最纯净的羽皇之血。如果她……”

翼天瞻海蓝色的瞳孔猛地收缩，目光羽箭一样锐利：“不可能！我绝对不会让她卷进你们的战争里！”

“这不是我们的战争，这是整个羽族的战争！蛮族还在勾戈大山外面觊觎着我们的土地，而我们的人在互相屠杀，任何一个羽人都应该去拯救我们的森林！她是羽氏的公主，最后一点纯净的血脉！羽皇死了！他没有继承人！没有其他人能够站出来代表羽氏！殿下，你明白不明白？”

翼天瞻沉默了很久：“如果我不答应呢？”

“我如今是鹤雪的叛徒。大部分的鹤雪已经向维塔斯殿下倒戈，据我所知，他派出的杀手正接近南淮城。他们的斥候已经发现了你们的踪迹。这样的生活还能继续多久？”翼罕深深吸了口气，“我对自己有信心，有信心说服你，我相信你还是天武者！你为了天驱的复兴可以作战那么多年，那你也不会忘记故国的人们还在期待翼氏和羽氏的再次联手，去拯救战火中的森林！”

“你对我太有信心了！”翼天瞻冷笑。

“古莫殿下，你不能太自私。我知道公主的奶奶是谁，我也知道她对你而言的意义，可是古莫殿下，她是整个羽族的公主，不是您宠爱的孙女。我们需要有人挺身而出，虽然挺身而出的人也要付出沉重的代价。”翼罕摇头，“我来到这里，也付出了很多的东西……”

翼罕取回了他的弓和匕首：“很多……再也无法找回来……”

“她还是我们所知的最后一个姬武神，”他出门之前转回头来，“如果你真的希望她只是一个平凡的人，为什么又要把关于泰格里斯之舞的一切教给她呢？”

三

“公子喜欢这个玉鼎么？六百八十枚金铢，以这个玉材，不算贵了。”玉工是个须发花白的老人，拿一只掸子扫着玉鼎上的浮灰，对看鼎的年轻人笑了笑。

“这么贵？”吕归尘吃了一惊，又去仔细地打量。

翡翠色的玉鼎在下午的阳光中是半透明的，底子是脂玉的白色，其中腾起一丝丝的深红，像是鲜奶里滴入了鲜血，底下最深，而后渐渐地浅了，最后鼎口是一圈纯白。

“黄金有价玉无价啊。”玉工笑，“这块原料是澜州来的，澜州产翡翠，比宛州的好，可是红色的翡翠少见。这块玉料来路还是挺有趣的，据说本来是白色的，后来离公伐晋北，四处搜掠珍宝，这块玉料的主人不愿出让，一头撞死在玉料上，把料给染红了。卖给我的人说若是切开会有鲜血涌出，我切的时候倒是没有，可这纹路倒确实是血纹翡翠的样子，若是猜得不错，是八松雪藏坑的坑头玉，如今剩下的不多了，采空了。”

“那确实是难得了，”吕归尘点了点头，“比起金银的东西，觉得厚重很多。”

玉工清了清嗓子：“也不是这么说。金饰中也有绝妙的手艺，可是再好的金饰，都可以打出第二件来，玉石就不同了，每一块好玉都有自己的纹路色泽，就算是瑕疵也是各不相同的。而一旦断了碎了，就再也接不回去，即便你走遍九州，也找不回一块一模一样的来。”

“听说城里的大商铺拍卖玉料，贵的有几万金铢的呢。”

玉工摇头：“那又是富豪人家的游戏了。爱玉的人，随身的玉，或许只有一块，你喜欢它的纹路色泽，也许连瑕疵都喜欢，所以一辈子不离不弃。玉是有灵的，应人的精魄，拍来的东西人家说好，你就真的喜欢？再贵的玉，你买了不带在身边，也是不值钱的。”

“玉能寄托人的精魄，我也听说过，是真的么？”

“只是寄托思念而已。故人不在了，你把他的旧玉带在身边，觉得能跟他的魂魄在一起，是你心里还记着他。所以玉石无价，也是说它其实根本就是石头，不值钱。”玉工淡淡地说，“我去后面打扫一下，公子在这里自己看，看到什么合意的东西叫我就可以了。”

“你不怕我拿了东西跑么？”吕归尘有些惊讶。这间铺子不大，里面陈列着几十样玉器，只有他和玉工两个人。

玉工笑笑：“我虽只是个磨玉的，也看得出公子是大贵。公子这种人来买的就是思念，再好的玉，公子不喜欢，也只是石头。”

吕归尘于是漫步在那些精美的玉器之中，走走停停。下午的阳光照在浮动的轻尘里，显得温暖慵懒，天青色的玉圭挂在窗前投下半透明的圆影，而酒红色的大玉海他围绕着要走三步，它里面真的盛着酒，荡漾着陆离的清光，黄玉的鹦鹉站在一个镏金的架子上，巧色的红嘴里面衔着一枚蓝莓。吕归尘觉得自己是走在一片又一片的流光中，周围没有实质。

玉工从后面掀帘子出来，看见吕归尘站在窗边望着外面的街道出神，笑了笑：“公子看了很久了，还是没有可意的东西么？铺子小，公子见笑了。”

吕归尘回过神来，急忙摇头：“不是，不是的。有很多漂亮的东西，像那对龙血水晶冻的方章，真是极品了，我从没见过那么好的材质。”

“那对方章啊？”玉工摇头，“确实是贵价的货色，不过那块龙血水晶冻石的材质太纯，也就没了韵味。公子若是喜欢，算三百枚金铢出让了。”

吕归尘迟疑了一下，上前恭恭敬敬地鞠了一躬：“其实我这次来，是想找一枚翡翠环的。听说这间铺子里有，可是找来找去却没有看见。”

“翡翠环？这东西本来很多，不过前些日子天启的一家大商户来看货，买去了不少。这些小东西不陈列在外面的，公子要的那枚环是什么样子的？”

“我没有见过，听朋友说，是一枚琉璃底的翡翠环，透明的，只有其中一点是深碧色的，把整块玉都染碧了。”吕归尘说。

玉工想了想，拍了拍脑袋：“哦，公子说的那枚，可能还在，等我去找找。”

他再次从后面出来的时候，手里捧了一只精巧的漆木盒子。他请吕归尘到铺子的一角坐下。吕归尘跪坐在细白的竹簟上，仰头看见一方天窗，阳光自镂花的格窗中直射下来。玉工含笑打开了盒子，一瞬间仿佛有翠色的光从盒子里溢了出来，映得玉工枯瘦的手指上都有绿意。

那是一环翠玉衬在绛红的重锦中，像是一湾凝住的春水，随时都会流淌开来。

“是这个，就是这个！”吕归尘惊喜地喊了起来。

他从盒子里拿出翡翠环来，惊异地发现那一泓绿意悄悄地褪去了，整只翡翠环其实是透明的，近乎水晶，只有粟米大的一点碧得发乌，丝丝缕缕的翠绿像是雾气那样向着周围弥漫，倒像是在一杯清水里投进了一枚刺破的蛇胆。

“确实是好货色，是北邙山的上等翡翠，难得绿得通透灵动，是水样的底子。不是我自夸，鸿胪寺祭天的青圭跟它比起来，也就是一块死玉。公子对着光看看，凝而不重，透而不散。北邙山玉矿已绝，以后要买这样的好玉，只怕有钱也难得了。”玉工略有几分得意。

吕归尘依着他的话，对着阳光翻转翡翠环，说来也奇怪，那枚玉环一转起来，绿色顿时就活了，青翠明晰的碧色一时明媚，一时又收敛，深的时候像是古潭深处的颜色，浅起来根本就是无色的。

“这块翡翠是有眼的，”玉工指着那粟米大的碧色，“这个就是玉眼，其实所有的绿都是那一点玉眼中沁出来的。旧话说这种玉是蛇盘玉，在玉坑里有毒蛇盘绕着守护，轻易不可得。”

吕归尘轻轻抚摩着，不由得露出了笑容：“这枚翡翠环怎么卖？”

“二百五十枚金铢。”

“这么好的玉还没有那对方章贵么？”吕归尘诧异地看着他。

玉工瞅着他认真的样子，不由得笑了起来：“还真没听说买玉的人嫌弃玉便宜的。这枚玉虽然好，天启那些富商却看不上，因为玉材太小，磨出来的环太小，最多只能套在女娃的手腕上，长大了，就戴不了了。若是穿了链子戴在脖子上，却又嫌大，所以价格抬不上去。”

“嗯，”吕归尘点了点头，“若是磨成带钩或者挂件，也许就值钱了。”

“说是这么说，我也知道的，”玉工笑着摇头，“可是这么好的玉材，磨成那种俗物可惜了，我舍不得。这枚玉还有一个好处。”

“哦？”

“这枚玉如果贴身戴着，体温会把玉暖起来，玉眼的绿色就会慢慢地溢开，若是戴上十年二十年，就应该整枚玉环都是翠绿的了。”

“真有这样的事？”

“当然是真的。”玉工解开领口露出自己脖子上一枚银链系着的翠玉貔貅来，“我这枚貔貅，初戴的时候只有半块是绿的，现在整块都是碧绿的了。老玉贴着铁放会有黄沁，这种绿沁其实也是一样，只不过是从玉本身里面沁出来的。”

吕归尘赞叹着点了点头：“这个倒是第一次听说。”

“温了它四十多年才绿透了，”玉工轻轻叹了口气，“是我妻子结婚时候陪嫁的东西，人已经不在了，留个想念。”

他把貔貅揣回领子里：“公子买这个，是定情么？”

“定情？”吕归尘吃了一惊。

“当然啊！玉环玉环，是图一个圆满。”玉工笑，“城里但凡家有余财的，聘礼里面都有玉环，这个东西是定情用的，有个俚俗的说法叫作姻缘套，套住，就跑不了了。我看公子的神情，也是为了给心上人买玉吧？”

吕归尘不说话了，手里轻轻翻转着玉环。它折射出的绿意虚无缥缈，像是一泓碧水溢出来流淌在白色的竹箪上。

“若是送一般的朋友，可以么？”许久，他抬起头来。

“只怕会有些误会吧？”玉工笑。

吕归尘又不说话了，轻轻拿绒布擦拭着玉环，盯着它出神。

“那公子慢慢看吧，我去周围转转。”玉工站了起来。

“公子！公子！”外面洒扫的小伙计掀开帘子，冒冒失失地冲了进来。

“没规矩！”玉工低低地呵斥，“有什么话不能慢些说么？”

“不是……不是……”小伙计急得满头是汗，“外面……外面有人找公子，说是……说是姓赤，大……大……大人物！”

“姓赤？”吕归尘吃了一惊，急忙起身。

他往外跑了几步又转身，对玉工鞠了一躬：“这枚玉环请先生帮我留住，我愿意出三百枚金铢。”

他急匆匆地跑了出去，玉工跟在后面，悄悄把帘子掀开了一条缝隙去偷看。小街中央赫然立着七匹枣红色的健马，都是铁掌铜镫，披着赤红色绣金的马衣。马上的骑士披着同色的绵甲，腰挎鲨皮鞘的长佩剑，其中一人高举的深红色旗帜上绘着金黄色怒放的菊花。那是下唐国主百里景洪的家徽。外姓人不能轻易奉此旗帜。

“是……是宫里的旗号，”小伙计战战兢兢的，“那个红旗下的，好像是执金吾的副统领赤浩年将军！”

玉工默默地点头。

红旗下策马等待的中年将军一身银色重铠，红色大氅，透着隐隐的官威，令人不敢直视。可吕归尘一走出铺子，他就骗腿下马，悄无声息地站在一旁，他身后的几名执金吾也是下马行礼，礼数周到。赤浩年上前凑在吕归尘的耳边说了两句，一行人随即上马，飙风一样驰向了小街的尽头。凰月坊的这条小街上都是玉石铺子，屋檐下挂了玉珂当作招牌，骏马带着一阵风，玉珂叮叮咚咚的声音不绝于耳，仿佛戏台上昭示暴风雨将来的锣鼓急奏，久久不停。

“是笼子里的孩子啊。”玉工喃喃自语。

四

落日余晖照在紫寰宫大殿深紫色的琉璃瓦上。晚霞漫天，像是火烧似的。宫人们在铜铸的龟鹤中投入沉香木点燃，缥缈的香烟从龟鹤的嘴里喷出，渐渐弥散开去，远处高阁上遥遥传来叩击云板的声音。

吕归尘双手笼在大袖中，端正姿势，静坐在台阶下，看着桌边的国主磨墨，心里隐隐有些不安。下唐国主百里景洪派出执金吾副统领赤浩年从外面急召他进宫觐见，这是罕有的事，他一个蛮族质子，在南淮城里最多只算得一个宾客，百里景洪是没有工夫见他的，只在新年时候，他和同为质子的楚卫公主小舟以及下唐少主百里煜一起进宫领个赏，那时候才得见到国主的尊颜。可是急匆匆赶到这里来，却没什么事儿似的，内监们请他在台阶下少坐，百里景洪一直就在那里磨墨。

紫寰宫以奢华著称，这间书房却简洁，四壁糊着白纸，挂着前代文睿国主的墨笔写意，立着几张海青色的绛丝屏风。服侍的内监只有一人，按住案上摊开的一卷白绵纸。

百里景洪放下条墨，提了紫毫，笔锋在纸面上一顿，凝而不发。少顷，他左右开阖，笔势凌厉雄健，竟然有一股武士挥舞刀剑的气魄。吕归尘刚起了好奇心，伸长脖子去看，百里景洪已把笔扔在青釉笔洗中，长长呼出一口气。内监小心翼翼地捧起纸卷，走下来呈在吕归尘面前。

纸上四个枯瘦张扬的大字：“励节孝亲”。

吕归尘听说过百里景洪精通书法，堪称东陆的名家之一，但是赐字却是罕见的，非亲信的大臣难以求得，息衍堂上就挂了一幅。他不知自己为何蒙此殊荣，不由得局促起来，急忙站起来躬身长拜，恭恭敬敬地接下。他手一摸，内监立刻又收了回去，高捧在头顶，下去装裱了。书房里面只剩下百里景洪和吕归尘两人。

百里景洪清了清嗓子："最近政务繁忙，都没空过问世子的生活起居，是本公疏忽了。不过路夫子和息将军都说世子的文武很有进境，不像我那个不成器的孩子。去年殇阳关勤王，世子跟随息将军立下了战功，我很欣慰，大君把世子交给我的时候，曾写信嘱咐我要让世子学习东陆文化，总算没有辜负大君的托付。这幅字送给世子，希望世子再进一步。"

"谢国主赐字。"吕归尘再次以大礼拜谢。

"不必那么多礼数，我们坐着说说话。"百里景洪招手让他坐下，"世子住在东宫，地方偏远了一点，食宿上有什么不方便的地方么？"

"都好。东宫里大家都很照顾我，禁军的方山都尉也是每旬第一天来看我一次。"

"东陆的饮食和北陆不同，也许吃不太惯吧？我已经传令后厨采买了一些羊，又有一个善于做羊排和羊羹的厨子，安排他去为世子做饭吧。"

"国主恩典……归尘叩谢。"吕归尘屁股刚刚落凳，却不能不又站起来。

"不要这样，"百里景洪淡淡地笑，"说好了我们坐着说说话的。"

吕归尘又一次坐了回去。他心里的不安越发的强烈，预感到有什么事情要发生。百里景洪温和的语气和无微不至的关怀都不同往常。两个人都沉默起来，百里景洪背着手，在书桌边踱步，书房里只有他嚓嚓的脚步声。

他忽地停步，转身对吕归尘笑笑："世子对书法有研究么？"

"路夫子说归尘的基础薄弱，还是练习写字，不敢妄谈书法。"吕归尘以一个东陆公卿少年应有的谦卑回答。

"嗯，书法也是一门学问，不是一朝一夕就可以领会的。"百里景洪点头，“我刚才用的是斩石体。如今的三家字体，洛辉阳的‘辉阳体’、皇室书法教师陈犁的‘泼云体’和谢斩石的‘斩石体’。辉阳体婉妙典雅，泼云体飘洒不羁，而谢斩石是左手提剑右手提笔的军机参谋，一手斩石体有如刀劈巨岩，碎石纷披，笔下是沙场落日英雄挥戈的豪烈风骨，喜皇帝也是书法的奇才，生前推崇谢斩石，说他‘最见得男儿肝胆’。世子要学他的骨气。”

“归尘记住了。”

“而我写‘励节孝亲’四个字，世子知道本公的用心么？”百里景洪话音忽地一转。

“望国主教诲。”

百里景洪微笑：“东陆对于世子而言，毕竟是异乡，早晚世子是要回到北陆去的。异乡生活，就算在王宫里也有不如意的地方，但是这是磨砺气节的好机会，而孝亲是人伦最关键的一节，大君对于世子非常慈爱，我听说曾有‘长生王’的期许，世子记着大君的期许，眼下的一切不如意，就都是小事了。”

“归尘明白了。”

“世子年纪多大了？”

“十七。”

“十七？”百里景洪微微点头，“在我们东陆，是嫁娶的年纪了。世子在北陆的时候，有婚配么？”

“归尘南行的时候只有九岁，北陆的风俗是十二岁可以为男孩订婚，所以没有议婚。”

“是么？”百里景洪呵呵地笑，“世子已经是跨马征战的英雄，是大人了。我们下唐的仕女，东陆诸国都称赞说是婉约可亲。世子来了南淮城，有没有结交？其中有没有心仪的人？”

吕归尘的心突突地跳了几下：“归尘年纪还小，不敢说心仪。”

他的目光有些游移，不敢对着百里景洪，不由得转头去看窗外的云霞。

百里景洪笑笑：“年纪大了知道爱慕，是人之常情。我听说北陆婚配，有‘叼狼会’的说法，富家的女儿到了出嫁的年纪，就要摆开酒坛，烤上黄羊，招募四方英武的年轻人，喝醉了酒后主人放出一只凶恶的狼，谁能骑马抢得狼回来，就是人人称赞的草原男儿，可以夺得美人归，是不是？”

“是！想不到这些国主都知道。”吕归尘有些惊讶。

叼狼会是草原上大户人家选女婿的办法，指望在周围的年轻人中选出最强悍最勇敢的男子汉，延续家族的血脉。他的父亲吕嵩当年就是在叼狼会上娶回了巢氏的女儿阿依翰。不过青阳的贵族们已经有数代不追逐水草牧羊为生了，用“叼狼”的办法来选女婿的已经很罕见，吕归尘也只是听说过。百里景洪一个东陆公爵，行止皆有东陆贵族的傲气，语气里对蛮族的态度也是有些冷漠的，却忽地表露出对草原上的习俗了如指掌，吕归尘不得不吃惊。

百里景洪笑着摆摆手：“这个不算什么，我知道有人说我只是个诗书公侯。不过他们不知道我在军政大事上下过多少的苦心。当年要和青阳部结为兄弟之邦，其实老臣子们里面很有非议，是我在朝堂上以己之力驳斥了他们，坚持派拓跋将军北行。这之前，我也足足在蛮族风土人物上花了三个月的心血啊！”

“国主英明！”

百里景洪点点头：“结盟是两国的大事，就好比婚嫁，一旦出门，也就不能再回头。我们跟青阳的盟约，是要维持一世的，所以我最近自省，世子远离家乡，一定备感孤独，本公政务繁忙，关心得少了。而既然世子年纪已经不小，又要结一世的盟约，那么不如先结一世的姻缘，本公有意为世子结亲于下唐的名门世族。”

“先结一世的姻缘”，吕归尘听到这几个字，浑身一震，只觉得耳边如有雷鸣。他不知道双手该怎么放了，伸出来不知是要摆手去拒绝，或只是在无意义地抖动。有些事是他不愿想的。比如他很想回到北陆，那里有浩瀚的草原、击天的雄鹰、喷香的獭子肉，可是那里没有勾檐，于是不会有羽然坐在高处漫不经心地唱歌。所以他便不愿想终有一日他是要回到草原上去的。他的两个伴当铁颜和铁叶偶尔也会说起世子将近大婚的年纪，自顾自地议论说要是在北陆，世子早该大婚，没准连孩子都生下来了，可他们作为人质困在这南淮城里。他们议论着便开始抱怨，却根本不曾注意到此时吕归尘总是漠无表情，呆呆看着什么地方出神。吕归尘是在设想一幅画面，他坐在金帐中，面前坐着一个女孩，他携着这个人的手走出金帐，人们围绕着他们高呼大君和阏。这时候他转头去看他的妻子，她的眼睛是深红色的么？

如果不是，那是何等的陌生啊！

结一世的姻缘么？就是一世看着别人的眼睛，慢慢地变老。

“国主……归尘尚没有成婚的打算！”吕归尘忽然起身。他听得出百里景洪的意思，心里有种火烧般的急迫，已经顾不得委婉。

百里景洪没有料到他这样激烈的反应，不禁皱了皱眉头，露出极为不悦的神色：“世子这么说，是何用意？”

“归尘……”吕归尘张着嘴，呆呆的。他能说什么？他自己都不知道。

“世子是看不上下唐女子的容姿？世子觉得东陆名门闺秀的身份尚不足以高攀？还是世子以为本公用心不诚？”百里景洪步步进逼。

“归尘……不敢。”吕归尘低下头去。

百里景洪得意于自己的威严慑服了这个忽然执拗起来的小蛮子，于是颜色稍稍缓和：“我知道，世子既然是青阳少主，也当有蛮族的妃子。不过下唐和青阳结盟，难道还要再区分血统？若说血统，当年风炎铁旅北征，贵部公主吕舜也曾跟随风炎皇帝回到天启城。如果不是风炎皇帝驾崩得早，吕舜未生下皇子，没准我们东陆的皇帝也都有蛮族的血统呢。”

吕归尘看着脚下，只觉得百里景洪声音飘忽，似乎近在耳畔，又似乎远在天边。其实那些话他都没听进去，只觉得脑海一片空白，空白中有一勾屋檐，一个摇晃着双腿的影子坐在巨大的落日中。

“男子三妻四妾，都是平常的事，世子将来返回北陆，再要迎娶北陆新人，也是常理，”百里景洪说得悠然，却没有留一丝余地，“此事本公已有打算，世子不必推辞！”

吕归尘没有回答。一瞬间他呆了傻了，他忽然发现自己是长大了，十七岁了，不再是个孩子。有些东西长大了就会失掉的，一生一世都再找不回来。

“这件事来得突然，本公也明白你现在心里没有着落。不过男儿大婚，终究是喜事。本公为你选妇，一定是下唐乃至整个东陆帝朝第一等的名门仕女，颜色才华都不会令世子失望。改日世子亲眼见到，一定喜欢。”

“归尘……”吕归尘抬起头，眼神空洞。

“不必说了，”百里景洪猛地挥手，“这一步，不光是为了世子，也是为了成就我们两国血脉之亲，以后世子不但是青阳的主君，还是我下唐的女婿，前途不可限量。其中的轻重得失，世子自己决断。送世子下去歇息！”

“世子请！”书房外的内监疾步走进书房，站在吕归尘面前阻隔了他看向百里景洪的视线。

百里景洪背着双手转过身去，面对绛丝屏风，不再说话。

吕归尘看着内监那张肥白的、带着假笑的脸，呆了许久，默默地起身，向着国主的背影长拜。内监提过一盏风灯，引他从侧门小步而出。百里景洪缓步走到侧门边，冷眼望着吕归尘远去的背影。宫中的步道很宽，这个少年独自行走，他的宽袍被风吹了起来，背影显得有些单薄。

百里景洪心里微微一动。

他叹了一口气，对着吕归尘的背影高声说：“事到如今，也不必瞒着世子了。根据我们的情报，世子的父亲吕嵩殿下已经在去年的冬天去世，只是隐瞒了消息，尚未发丧。”

此时此刻，宫殿上空的一声雁唳横过，吕归尘猛地转身。

他觉得那句话自己曾在梦里听见，他还记得前些天一个午后他小睡，蒙蒙眬眬地觉得床头坐着一个人，他看不清那人的脸，但是他知道那是他的父亲。他忽然觉得自己回到了极小极小的时候，父亲的身形比起他来太高大了，他要努力够着才能拉到他的手，父亲温暖的手。然后他们就在南淮的街头走过，漫步在一片光明里面，周围的一切都被光晕得看不清，能看清的只是父亲的手。

魂兮归来……他想到路夫子曾教他这个词。那个人的魂归来的时候，其实他已经永远地离开。

他觉得一股浓重的甜腥味从心里一直涌了上来，从鼻孔和嘴里直喷了出去，眼前一黑，失去了知觉。

内监们抬着昏迷的吕归尘，急匆匆地去了。百里景洪一直在门边，直到他们的背影消失在步道尽头，才反身回到书房。他并不为吕归尘的晕倒紧张，自始至终也只是在那里默默地看着，但他心里烦躁，父亲的丧讯对这个少年居然有这么大的影响，这让他有种感觉，觉得这少年心里其实有很多事，以后谈条件只怕还要费很多周折。

绛丝屏风后的人已经走出来，静静地候在台阶下，淡褐色的脸上满是刀削斧劈般的痕迹，四尺长的貔貅刀悬挂在腰间。那是下唐三军统帅拓跋山月。

“国主为什么忽然决定把这个消息告诉世子？”

百里景洪摆手：“等不得了，我看他对于联姻很犹豫，要逼他一逼，如果他不和下唐联姻，还想出南淮城的城门么？对了，吕嵩已死的消息，到底有几成的把握？”

“瀚州去年大雪，现在应该才解冻不久，我们的人还没能从北都带回第一手的消息，目前的消息是淳国宫中的内线通报的。梁秋颂虽然不是武士，谍报一直做得很强。这个消息该有八成把握。”

百里景洪点头：“吕嵩死了，却没有公开发丧……北都现在是什么状况？你又有什么应对的办法？”

拓跋山月沉吟了一会儿："如果猜得不错，大王子吕守愚已经控制了北都城，但是他不敢发丧，一是没有能够镇服诸部，二是还忌惮我国的反应。"

"忌惮我国？"百里景洪眉毛一挑。

"以吕守愚一直以来的心思，自认为是大君之位的继承人。他现在掌握北都城，想他自愿扶尘少主登位，大概没有什么机会。但是他没有获得诸部的支持，未必敢公开得罪下唐，所以不发丧而做准备。北陆草原宽广，牧民又是逐水草而居，吕守愚必定是在传递消息，召开新的库里格大会，意图确立他的位置，在此之前，我们还有转圜的机会。"

"转圜的机会？"百里景洪声音变冷，"你觉得吕守愚不会轻易和我们合作，是么？"

"背后支持吕守愚的，毫无疑问是梁秋颂。"拓跋山月反问，"国主觉得梁秋颂花了那么大的人力财力在吕守愚身上，会让这个果实落入我国的袋中么？"

"淳国梁秋颂素来是个让人觉得棘手的货色，"百里景洪微微点头，"说说你的计划。"

"梁秋颂是个秃鹰般的人物，他支持了吕守愚十年，十年足够他和吕守愚之间建立起信任。但是吕守愚想必也要权衡得失，毕竟我们名义上还是青阳部的盟友，他得罪了我们，在这个时候没有任何好处。这时我们要尽快派出使者，以示我们支持他当草原的大君，维持我们和青阳部之间的盟约。"

"我们支持吕守愚当大君？"百里景洪直视拓跋山月的眼睛。

"是！我想淳国的使者如今已经到达北都城了。他们也会向吕守愚开价，如果我们不派出使者，吕守愚就会彻底倒向淳国一边。而一旦我们开价，淳国就难以轻易得逞。蛮族人要的无非是东陆的冶铁术，吕守愚此刻已经掌握了北都城，他所需要的只是东陆的盟友，是我们或者是淳国，都无所谓。我们大可以告诉吕守愚，以前我们答应吕嵩的条件，我们也给他。这样就算吕守愚未必肯为我们放弃和淳国之间的交易，但我们至少可以继续现在的盟约。我建议立刻派出得力的使者，从青石港下水，顺风北上，只要两个月就可以抵达北都。这么估算起来八月就可以有确定的消息。”

“按你这个计划，我们转而支持吕守愚，吕归尘就只是一步弃子了。”百里景洪冷冷地瞥了拓跋一眼，把目光移开，“拓跋卿当日选这个幼子为人质，是不是有些失察了？”

拓跋山月单膝跪下：“臣下知罪！”

百里景洪摆了摆手让他起来：“你是无心的失误，我不怪你。不过这个弃子，走得正好！”

“国主的意思是？”

百里景洪冷冷地一笑：“国事不过一局棋，拓跋卿记不记得，你我对弈，你十有九负，我曾说拓跋卿中盘杀力之强，不亚于国手，可惜在大局上看不透？”

“国主教诲，拓跋不敢忘。”

“每走一步，不能只有一个计划，布下的闲子，其实是为了将来的进攻。敌变，我也变，万变不离我们的掌握。青阳部的三子吕鹰扬、四子吕贺和吕归尘一样，都是朔北部的母亲所出，现在吕鹰扬被贬黜，但是他心里未必就依附于吕守愚了，他还有实力。我觉得吕鹰扬不是俯首帖耳的人，一定恨不得杀吕守愚而后快！”百里景洪一笑，话锋微微一转，收去了狠意，“但是，吕鹰扬被贬黜了，实力不够，没有太多机会。而这个时候，假设我们下唐的甲士，带着世子吕归尘在南望峡登陆，吕鹰扬必然第一个奔来吻吕归尘的靴子，拥戴他为大君！和吕鹰扬的心情一样，草原上不服吕守愚的人都会向我们靠拢。我们为什么要跟淳国争这个盟友的位置？到了那时我们会向着北都城进军，拿下北都城！把蛮族铁骑握在我们自己的掌心里！”

拓跋山月微微愣了一下：“国主英明！”

百里景洪笑纳了这份恭维："这是备用的计划，第一步，如果吕守愚愿意听命于我们的调遣，我们就支持他继承大君的位置。"

"是！不过如果采取备用的计划，我只担心以吕归尘的身体，未必能够支持很久。我听过大夫们的汇报，以东陆的医术，下唐无数的名医，可是没有人能够真正猜透他的病因。大夫们能做的也只是用药石压制紊乱的血脉，有人说这种病的结果可能是暴卒，看着好好的，也许一下子就不行了。"

百里景洪笑着摆了摆手："一个弃子，能用到这个地步，也就用尽了，任他自生自灭。吕归尘不行也不要紧，我要他给我一个青阳血统的外孙。"

"外孙？"拓跋山月一惊。

"我要把阿缳嫁给这个北陆世子！"百里景洪冷笑，神色中隐隐有一丝狰狞，"吕嵩敢用他最心爱的儿子和我博这一局，我也不怕下注！"

五

傍晚时分，烫沽亭。

羽然把酒壶高高地提起，清澈的酒液化成一条细线坠入暖杯里。一杯酒满满地倒到杯口，一滴不多，酒液满满地沿着杯口凸出一线。

"好哦！"她握拳雀跃，"这次终于成功了！"

她把脸儿贴在桌面上，去端详杯口凸出的一线酒液。酒液映着窗口透进来的阳光，清澈动人，很薄的白瓷的杯子上漾着一环一环的光影。

"阿苏勒你最近去文庙没有？里面有个卖酒的商人，每次沽酒不用量器的，就是这么一倒，准准的，正好。阿苏勒你来倒着试试？"

吕归尘摇了摇头，看着窗外，像是在出神。

"今天下午我又去鸣珂里了，想找上次我看见的那只玉环，我给你说过的你记不记得？那枚绿色的，可是那家铺子真小，鸣珂里那么多家玉店，我转了好长时间都想不起是在哪家玉店找到的。也许姬野还记得，我是跟你和姬野一起看见的吧？”

吕归尘的嘴唇动了动，没有出声。

“阿苏勒你干吗啊？一整天不说话了。”

吕归尘看了她一眼，最终还是没有说什么。

“对了对了，有个好玩的事情！”羽然露出了促狭的神色，“你知不知道，石头的父亲要给他结亲了，石头吓死了，我就带着石头他们去那家门口等着，看见那个女孩出来。她长得……”

她一龇牙：“像是一只菜青虫。”

她期待着吕归尘跟她一起笑，以往她兴致勃勃地在背后说坏话的时候，吕归尘就坐在她身边轻轻地笑，所以她非常乐意和吕归尘说这些，因为姬野总是左顾右盼的不专心，而吕归尘永远都像是在听她说笑话。可是这次吕归尘没有，他木愣愣地坐着。

“不好玩啊？石头吓死了呢。”

吕归尘露出很淡的一丝笑来：“为什么像菜青虫？”

“因为绿绿的，又胖胖的，而且走路一扭一扭的呗。”

吕归尘还是轻轻地笑了一下，羽然失望起来，他居然也没问说一个人怎么会绿绿的。她话里留了一个扣子，那家的女孩正发疹子，脸上敷了绿色的药泥。她歪着头看着吕归尘，觉得有什么不对劲。可是她又不是很明白，吕归尘那双总是清澈的眼睛现在是灰蒙蒙的，他坐在那里，姿势和往常没有区别，却让人觉得像一具被剪断了吊线的木偶。

她觉得无聊起来：“我要走啦，我跟姬野说好了，要去看凤凰池那边的荷花场里的斗虾。阿苏勒你去不去？”

吕归尘沉默了一会儿，摇摇头：“我不去了。”

“那我走喽。”羽然站了起来。

“嗯，我也走了。”

两个人走出烫沽亭，落日的光照在他们的背后，周围一片昏黄。羽然急匆匆地走在前面，她走路的时候一跳一跳，像只兔子，把吕归尘落在了后面。她一心想着斗虾，没有注意到吕归尘越走越慢。吕归尘看着她蹦蹦跳跳的背影，忽然间那样强烈的酸楚从鼻腔里狠狠地涌了出来，全不给他半点抗拒和逃避的机会，他觉得全身很冷很木，他很累了，他想说羽然你走得太快了我跟不上，他又想说我其实是有话想跟你说的，可是你总那么唧唧喳喳。

可他说不出口，他站住了，羽然离他越来越远。

“羽然……我阿爸……死了……”他低低地说，“我阿爸，死啦！”

他想羽然也许根本听不到的，周围那么多人，又那么吵。可是他不能不说，他觉得自己会憋死的。

夕阳里那个蹦蹦跳跳的身影忽然凝滞在那里了。

羽然猛地转身，看见那个男孩子站在酒肆门口的阳光中，低头看着自己的脚尖。她根本看不见吕归尘的脸，却能够感觉到他的悲伤，无形的悲伤，从他身上向着她汹涌而来，像是冰冷的海潮。她想做点什么，可是又觉得自己能做的一切都无法抚平此时此刻吕归尘的悲伤，她很少觉得自己是那么的无能。

两个人面对面站了一会儿，吕归尘觉得有些尴尬，他想转身离开。这时候他看见羽然向他跑过去，风吹起她白色的衣带和金色的头发，夕阳里她的脸儿仿佛透明。羽然跑到他身边，眼对眼看了他一会儿，忽地踮起脚尖，把他轻轻抱住。

那个瞬间，吕归尘觉得自己的心跳停止了。

这是吕归尘记忆中羽然第一次抱他，这拥抱忽如其来，没有理由。他个头比羽然高，可他被羽然抱住了，无从逃避，也不能挣扎。羽然身上淡淡的香气把他笼罩起来，隔绝了周围一切的声音。他觉得羽然的身体是那么柔软，软得可以融化到他的身体里面，他又觉得其实那是因为他自己变得太柔软了，羽然用力捏一捏，他就变成了一个很小很小的人儿，可以放在羽然的口袋里，跟着羽然去很远的地方。

他伸出双手，像是铁被磁石吸过去。他的手轻轻地贴在羽然的背后，手在颤抖。

那股让他窒息的悲伤再不能被压住，一股脑地冲了出来。他用尽全身力气紧紧地抱住了羽然，泪水流下，号啕大哭，像是个无助的小孩。时间在此刻变得无比漫长，很多年以后吕归尘回忆起那个瞬间，无数人在他们的身边穿梭有如无物。在昏黄的夕阳里、穿梭的人流中，他抱着羽然，像是流水中万古不移的礁石。

那也是青阳昭武公的一生中，唯一一次拥抱这个他等待一生的女人。那时候他觉得莫大的悲伤和莫大的幸福一起到来，却不知道这也是他最后一次机会。大概神恰巧无聊，怜悯他的等待，在冥冥中以一根手指沾了些许蜜糖抹在他的唇上，之后神又遗忘了他，于是青阳昭武公只能在落日时独坐在他的金帐中，凭着记忆回味那一生中唯一的一次微甜。

马嘶声惊醒了吕归尘。

他和羽然一起转头，看见浑身鳞甲高举着战旗的禁军们立马在他们身边，仿佛列队。两个人窘迫地分开，羽然把手背在身后，抬头看着为首的姬野。吕归尘不敢看姬野，他只扫了一眼，看不懂姬野的眼神。他心里有种莫名的惊慌，像是小贼在行窃中被人发觉。他忽然想起烫沽亭前这条路正是姬野从大柳营回城必经的，或者他是来找羽然和他一起去斗虾的。

姬野一时间也蒙了，呆呆地看着他们俩，像个傻子。

“哟，”彭连云从一旁伸头过来瞅了一眼，“这不是……这不是……世子和羽大小姐么？”

“两位当街搭台唱戏啊！”方起召阴阳怪气的。

禁军们都放肆地笑了起来，息辕带马上来拦在吕归尘、羽然和姬野之间，他的军衔高于方起召，可是厉声喝止也没有用，笑声益发地高了起来。他挽住了姬野的胳膊，偷偷对吕归尘和羽然使着眼色。羽然没看他，也没说话，侧头看着路边，像是一个做错事情的孩了。

姬野忽地从息辕手里挣脱出来，掉转了马头。

“姬野！”吕归尘伸出手去。

姬野像是根本没有听见他的呼喊，策马消失在街道尽头。吕归尘的手悬在黄昏的夕阳里，失去了挽留的目标。

六

月下，有风塘。

刀剑一错而过，吕归尘反手提着影月踏前一步，息辕的重剑横在胸前。两人在瞬间同时静止下来，背向而对，金属的鸣响还未断绝。

“胜负分了！”息衍从一旁的座席上站起来。

吕归尘和息辕各自收了武器，退回到座席边。

“今夜姬野怎么没来？”息衍问侄儿。

息辕脸色有些难看：“跟他说了，他说有事，不能过来了，问叔叔告假。”

“哦？”息衍笑笑，“他以前告假，多半是和尘少主喝酒赌钱去了，还能有什么别的事？”

吕归尘低着头，没有说话。

“吕嵩殿下的事情，我也听说了。不过消息没有最终确证，世子也不要太过悲伤。即使是真的，其实也……”息衍斟酌了一下语气，低低叹了口气，“谁能够不死呢？得到的终究都是要失去的，失去的人总是悲痛怅惘。若是原本就没有，心里反而也就没什么事了，也有很多人生来连父亲都没有见过。记着父亲对你曾有的慈爱，就已经足够了。”

“将军的教诲我明白的，路夫子也这么跟我说了，说圣人哀而不伤。来的时候父亲让我多读东陆的书，真是有道理，学会了很多东西。”吕归尘点头。

“那就好。”息衍笑笑，“你今天心里不静啊。”

“将军是说？”吕归尘抬起头来。

“我看你刚才和息辕对阵的那一刀，是学了殇阳关下古月衣的一刀。古月衣刀术是晋北流派，晋北刀术所谓‘瞬杀’一法，要在一次呼吸中把体力和精神都挥发到极致。我教你的剑术虽然不像那样讲究强行爆发，也强调动念出剑的瞬间一定要精确。你以往试手，拔刀的时机极其精确，其实得到了古月衣的精髓。不过刚才那一刀，你动手犹豫，晚了一瞬，息辕其实已经占了上风。他怕伤到你，不敢把伐山之剑用到极致，表面上看来是战平了。”

“心里有些事情……总是静不下来。”吕归尘说。

“是啊，父亲刚刚去世，人的心境难免也有起落，”息衍说着，声音忽地一转，“她要过生日了吧？”

吕归尘心头一震，呆呆地看着息衍。

“我是说那个羽人女孩子，”息衍漫不经心地笑笑，“你们这些小家伙的事情，不是我这样的老家伙能管的。不过姬野刚刚问我说能不能预支三个月的饷，怕是要买东西送给人家吧？”息衍笑笑，“儿女情长占用点时间无妨的，正好这些天我有些事情要处理，你们不必来了。不过刀剑之术，最好一日也不要丢下，自己回去练习。”

“是！”吕归尘低低地应了一声，转身离去。

息辕走到叔叔的背后，欲言又止。

“有事说，别犹犹豫豫的。”息衍不必看也知道这个侄儿有事想说。

“叔叔不知道么？”息辕低声说，“尘少主心不在焉，不仅是他父亲去世……国主已经决定把缳公主下嫁给尘少主。”

“什么？”息衍大惊，不由自主地立起，“混账！谁劝国主做此决断的？”

“没有人劝，国主自己的决定，内监的消息说拓跋将军也曾力劝，但是回天乏术。国主今天召我进宫，说叔叔和尘少主有师生的情分，应该可以劝说尘少主为了两国的盟约而联姻。”

息衍脱口而出：“可笑！我去劝什么？百里景洪把我看作什么人？”

他意识到自己有些失态，稍稍平静下来，叹了口气："你也看到尘少主那副情根深种的样子。对着那双眼睛，你叫我怎么开口去说？说尘少主，我劝你为两国盟约大事，牺牲小我婚姻，忘了什么羽族姑娘，娶了我们缨公主吧？"

他苦着脸，无奈地摇摇头："这种话有损阴德，我说不出口。"

息辕沉默了一会儿："叔叔，我觉得给尘少主结亲这件事，另有很大的图谋啊。"

息衍脸上的表情缓缓褪去，低头思索，沉沉地点点头："我明白。在大君新死的时候急着为尘少主结亲，必定会有大的动作，结亲不过是个引子。缨公主是百里景洪最心爱的女儿，放出了这个棋子，他想要的一定是十倍百倍的回报。跟青阳部订盟这件事，百里景洪一个人做不出这样的决定，帝都必然有人支持他。他们从十年前开始下这盘棋，可是大君忽然去世，把这个棋盘打乱了。这些年下唐在青阳部花了很多钱，不会放任青阳投向别人的怀抱，藏在百里景洪背后的那个人大概也忍不住了，他们这群人要抢先出手！"

息辕默默地点头。息衍在把称呼从"国主"换到了"百里景洪"的瞬间，他已经在以天驱宗主的身份说话。息辕非常清楚息衍所担心的"藏在帝都的人"是谁，千百年来，辰月这支力量总能不断地渗入权力的核心里去。

息衍在自己腰带中摸索着烟杆："通知谢圭，在帝都要留意皇室宗亲和大臣的动向。"

"是否要召集一些人以备不测。"

息衍点上烟，抽了一口，沉思良久，摆了摆手："只要我们发出带鹰徽的召集令，哪怕是只发给少数人，也很难保证消息不外泄。如果隐藏在帷幕之后的真的是辰月，那么这些年来他们通过皇室已经蓄积了足够的力量。我们召集天驱，等若宣战。天驱和辰月的正式开战会引发什么样的结果，你知道么？"

"在殇阳关辰月几乎让我们全军覆没，难道还不是正式宣战？"

息衍微微摇头："不，还差得很远，殇阳关只是出动了一个尸武士。我们的人也是因为勤王而恰好聚集，辰月在那次尝试之后暂时地退却了，我们之间的战争没有完全爆发。但正式宣战，战场会是另一种模样，我们会看到辰月的教长和教宗联袂出场，天驱的宗主们也会一起出动，那会是场不死不休的战争。至少也会像真武侯屠龙破关那一战一样，苍云古齿剑那样的神器会再次出鞘，辰月的力量也会如虹霓经天。"

他深深吸了口气："那样的决战，还是晚一些为好。"

七

傍晚时分，吕归尘走上台阶，抬头看见门上匾额，"将军府"。

"世子请。"拓跋山月亲手开启中门，向吕归尘比了一个"请"的手势。

吕归尘撩起袍摆走进这个院落，四下扫视，诧异地发现所谓的将军府简单得像是一间民宅。宅子是一座老宅子，气度也算恢宏，不过看得出很久没有修葺了，廊上的漆皮剥落得厉害，青石铺成的地面上也坑坑洼洼，院子里只有一个年老的仆役在翻晒羊皮。中厅的桌子上摆着几个菜肴，拓跋山月请吕归尘在桌边坐下，自己坐在了对面。

"今天只有我们两个人，我想对世子开诚布公。"拓跋山月直视吕归尘，"今天贸然地请世子来这里，是国主请我劝说世子，两国合亲的事情不能再犹豫了。本来国主想让息将军代为劝说，不过息将军说这件事是拓跋山月种下恶根，也该拓跋山月去摘恶果。这话我不得不承认，所以虽则我听闻世子有喜欢的人了，却还要厚着脸皮来当这个说客。"

"我知道的。"吕归尘点了点头。

他的心哀哀地沉着，却有几分想笑。他想原来息衍也知道了，所谓恶根恶果那些话，倒也真是息衍的语气。可是息衍也做不了什么，他只能当作不知道。吕归尘想上次去有风塘试手的时候也许息衍已经知道了，他给自己放了几日的假，其实是因为自己婚期将至，或者可怜他让他再去找找羽然。

拓跋山月也不说话，似乎是知道他自己胡思乱想，不准备打断。

“这件事，我知道世子心里不愿，不过有些话我还是要说。”许久，拓跋山月终于还是打破了沉默，“我说完了，最终的抉择还是世子自己做。我们或许可以押着世子上战场，却不能押着世子进婚堂。”

吕归尘还是点头。

“世子对于自己的祖母知道多少？”

吕归尘摇头：“我没有生下来奶奶就死了，我只是知道她的名字，阿爸从来都不太提起。”

“这也难怪，其实是有不便提起的缘由。”拓跋山月为吕归尘斟上一杯茶，“世子的祖母豁兰八失大阏氏阿钦莫图殿下，本姓谢，名义上是东陆风炎皇帝的妹妹，赐名白明依，封号朔阳长公主。风炎皇帝愿意以他最小的妹妹嫁给钦达翰王殿下，表示他的诚意。而作为回报，钦达翰王献上了所能找到的金铢和骏马，青阳的大公主吕舜·玛耶·帕苏尔也作为人质随着大军去了天启，她最后嫁给了风炎皇帝陛下，不过只陪伴了他十四天，她其后的一生，都在天启城太清宫的一个别苑里面度过，风炎皇帝为她在那里铺设了一片不大的沙漠，上面扎了帐篷，而后风炎皇帝就死了。”

吕归尘双手握着茶杯，低头不说话。

“世子的母亲白帐侧阏氏楼苏·勒摩·斡尔寒也和阿钦莫图、玛耶两位殿下差不多，她和您父亲的婚姻，是一场和亲。那是您父亲继位之初，您的外公楼炎·蒙勒火儿·斡尔寒殿下率领白狼团进攻北都城未果，双方在城下订盟，楼炎殿下愿意接受库里格大会的三条白银之约，而您父亲放弃一切的报复。楼炎殿下将他的两个女儿嫁给您的父亲。世子的母亲就是其中之一，因为年纪小，而封在侧阏氏的白帐里面。”

“嗯。”吕归尘点点头。

“世子是个很聪明的人，我说这么多，世子应该已经明白了。男人的战场里，争夺的是几千几万人的生命，争的是祖宗的威严和传下来的土地，情爱根本没法卷进其中。世子不必说我不近人情，可若您是一念间决定数万人生死的英雄，一个女人对您是微不足道的。”

“若是微不足道，为什么国主还要我和亲？”吕归尘抬起头，和拓跋山月对视。

一瞬间拓跋山月想要避开那双眼睛，但他忍住了。

“我说微不足道，是说男女之间的情爱，却不是她的身份，和亲交易的是双方的身份。”

“身份很重要……”吕归尘低声重复拓跋山月的话。

“坦白地说，世子现在的处境非常危险。您的父亲去世后，您的大哥已经掌握了北都城的权力。在国主看来，我们手中的人质是一个不能即位的王子，那就是没有用的。没有用的东西，对于国主而言，应该丢掉。”拓跋山月缓缓地说，“可是国主没有，反而要保护您返回故乡。这不是什么好意，这是国主和您交易的条件。作为回报，您应该帮助国主实现他的心愿。国主的心愿，是扶世子登上大君的宝座，从而和青阳奠定长久的盟约。但不结亲，世子还是个外人，如何能让国主放心呢？”

“大哥当北都的大君比我合适，”吕归尘摇头，“我什么都不懂的。”

拓跋山月也摇头：“世子以为自己放弃就可以么？你是大君最小的儿子，蛮族的规矩是您继承您父亲的帐篷。您的三哥吕鹰扬殿下虽然被贬斥，可他还有实力，他和您的大哥之间，还会有一场争雄。您是世子，身份尊贵，您不回北都，北都城就是您哥哥们的战场。”

吕归尘吃了一惊，猛地睁大眼睛。

“我并不是夸张。草原上的战争一触即发，今天的青阳，已经不是钦达翰王时代的青阳，实力不足以震慑其他部落。如果王子们互相攻杀，进一步削弱自己，那朔北、澜马、沙池、九煵几个虎视眈眈的部落会伺机发起进攻。”

拓跋山月起身，在吕归尘肩上拍了拍：“世子，您已经长大，是个男人了。您应该担当起家族的使命。回北都去吧，留在南淮，您能做什么呢？”

“留在南淮，我能做什么呢？”吕归尘随着他的话低低自问。

拓跋山月走到门边，看着外面渐渐暗下来的天空：“世子，一个人的快乐，毕竟是庸碌的快乐啊。可您生来是青阳世子，您不能庸碌。我和您从北都城出发的时候，您的父亲说您要成为统治草原的‘长生王’。一个王，如果以臣民为乳牛，那么他的奢华和荣耀是在他臣民的尸骨之上的，而一个国家要富裕强大，臣民快乐，却可能是让臣民踩在王的尸骨之上的。”

吕归尘身子微微颤抖，觉得衣衫单薄。

“一句实话，国主鹰视狼顾，如果世子不和下唐绑在一条船上，我不能保证世子安全地离开南淮。”拓跋山月低声说，“作为臣子我为下唐运筹谋划是应当的，但我从当初选中世子开始，亏欠了您太多。”

他转回桌边：“菜快凉了，我这里没有厨子，是在紫梁街上好馆子里叫的菜，世子尝尝吧。”

“回到故国，继承您父亲的志向，这是唯一的机会。”他为自己斟满一杯酒，“我也很想回到银羊寨，可是我已经没有故乡可以回去，所以，请世子珍惜。”

“以此为敬。”拓跋山月一口饮尽了杯中的酒，“我不陪世子了，这种饭，想必世子也不乐意和我一起吃。”

他转身出门，吕归尘默默地对着一桌酒菜。过了很久，他抓过酒壶，缓缓地为自己斟满，酒恰恰高出杯沿一线。拓跋山月忘了点灯，吕归尘在黑暗里默默地坐着。

吕归尘离开将军府时已经是月明星稀的时候了，拓跋山月亲自相送。走到门边，吕归尘回头看了一眼，看见老仆人正躬着腰收拾晒好的羊皮。

“我这里除了亲兵，就只有他，是从故乡跟我来东陆的。”拓跋山月说，

“巴察。”

老仆人抬起头来，他的头发蜷曲而发褐，眼眶低陷，一副草原上常见的老牧民的样子。

“拓跋将军是独身一个人么？”吕归尘又走了几步，忽然问。

拓跋山月沉默了一刻：“我的女人已经死了，死了很多年了。”

“为什么没有再娶呢？”

拓跋一时间愣住了，说不出话来。吕归尘也没有等待他的回答，他低着头走了出去，背影在拓跋的眼里越来越小。远处升着红色的灯笼，灯笼下赤浩年高举着大旗牵着他的马匹，百里景洪昨日下令，赤浩年必须随身保护吕归尘，寸步不离。

八

八月初一，南淮城凤凰池边。

“这个缸真大，怎么做出来的？”

“是用石中火把碎的水晶融化，倒进模子里铸出来的。”

“我说呢，也不会有这么大的水晶啊，原来是铸出来的。”

“铸出来的水晶也是水晶，我们河洛的工匠铸出来的水晶，可纯净了，小姑娘你没有见过，跟挖出来的完全一样。你们宛州的黄洋岭说是产晶，可是最大的晶也不过碗口大，我们河洛的晶……”

“小东西吹的牛真大，要有就拿出来看看！”

“谁是小东西？我……我没有带在身边……”

“还是吹牛，被看出来了吧。被看出来你也不要脸红啊，害羞了吧……”

“我是生气，不是害羞！”

吕归尘看得出神。巨大的水晶鱼缸里，红芙蓉头的小鲫鱼摆动着身子，轻快地来去。这只鱼缸真是太大又太透明了，鱼儿大概不明白自己是在鱼缸里，以为是片晶莹的湖。它们闷头冲过去，顶着缸壁使劲地摆动身子，可是怎么也游不动了，鱼儿们想不明白为什么这透明的水一下子就那么坚硬了，于是又转身冲着另一边游去。羽然就站在吕归尘身边，一边瞪大眼睛地看鱼，一边有一句没一句地和那个卖鱼缸的河洛小伙子斗嘴。小个子河洛披着漂亮的灰鼠皮大氅，本来非常神气地看着那么多人关注他的鱼缸，可是这个精灵古怪的女孩子不知道从哪里挤进来，一个劲儿跟他斗嘴，把他气得满脸通红。

“羽然，”吕归尘拉了拉她的手，“别闹了。”

羽然挣脱了他，用手指顶起自己的鼻尖，跟那个河洛比了个鬼脸，就被吕归尘从人群里面拖了出去。

另一侧是波光粼粼的凤凰池，沿湖无数的摊子，五颜六色的排到看不见的远处，其中有人用三丈高的竹竿挑起了旗帜，又有人腆着肚子鼓足了中气在摊子前面招揽客人，还有的摊子里面不时地扔出几十枚铜锱，就有孩子守在一边等着捡，于是把人流都堵在那里了。南淮城里的规矩，每年的八月初一，商会在凤凰池大设市集，四面八方的商客都带着他们的货物来这里摆摊，有青州来的羽人，也有北邙山来的河洛，每年都能找到不少新奇的玩意儿。

“羽然你想要鱼么？”吕归尘问她。

羽然摇头，她双手背在后面伸了一个懒腰：“不过是逗逗那个小河洛，真是无聊，今年没有什么好玩的新东西。”

“看看，那边那个走钢丝的小猫！”她眼睛忽然亮了起来，又往人群里面挤去。

吕归尘一失神，羽然的背影已经消失在人堆里了。他努力地抬头去看，只看见众人头顶上方一只小猫颤巍巍地踏着钢丝走过，下面一片叫好声。临到最后一尺，小猫不走了，四足一蹬蹦到了对面的台子上，似乎是很委屈地喵呜一声，蹿下台子跑了。

班主也不急着找猫，赶快堆着笑对周围的人行礼，铜锱里面夹着银毫，都扔向了放在地上的盘子，吕归尘左顾右盼，没有羽然的影子。

于是只剩下他一个人了，他在湖边的小街上晃悠着前行，一路上看过驯狰的夸父、足有一人高的玉鼎炉和能够斩开玉石的名剑，不过最有趣的还是那只会炒菜的猴子，这个可怜的家伙虽然有模有样地炒菜，可是它的胳膊太短，总是被火焰热得蹿来蹿去，掌柜热情地招揽着客人吃猴子炒的菜。

吕归尘一边走，一边想着他家乡的草原。他觉得自己已经喜欢上了南淮城，离开的时候他会很留恋，他会怀念那株大枣树，他们总是去翻过围墙去偷枣子，南淮城的枣子树里真的是它结的最好吃，他也会怀念酿得好米酒的烫沽亭，自从息衍把那个酒肆的位置告诉他们，吕归尘已经数不清自己去过了多少次，他会怀念那个死了老婆的老板会在他们忘记带钱的时候让他们挂账，也会怀念他的小女儿总是嫩声嫩气地问他们讨钱。

他站住了，周围熙熙攘攘，人来人往。

他找不到羽然。

他默默地低下头去。

“喵呜！”一声细细的猫叫从他脚下传来。

一只盛满热栗子的竹匾下蹲着一只小猫，正瞪大眼睛看着吕归尘。他觉得这只猫有点眼熟，于是蹲下来伸出手去，猫愣了一下，转身想逃，还是被他抓住了。他把猫儿抱起来，捏捏它的小白爪儿，发现里面的爪被剪断磨圆了。他想了起来，是那只走钢丝的猫，它的主人怕爪子蹭着钢丝，所以为它剪短了。猫儿温驯地在他怀里趴着，用爪子抹了抹脸，竟像是要睡觉的样子。吕归尘回眼看去，那个走钢丝的杂耍班子已经距离很远了，也不知道这只小猫怎么跑了这么远。他抱着猫儿点了点它的头，退了几步从竹匾边走开，想着要不要抱它送回去，这时候有人从后面撞上了他的背。

他回头，看见一双深红色的眼睛。

“羽然？”他心头一跳。

“啊，小猫小猫！”羽然没有顾得上理他，第一眼就看见了他怀里的猫儿。

她把小猫抱了过去，挠着它的下巴颏儿，猫儿痒了起来，开始左闪右闪地不安分，羽然又拎着它的两条后腿，猫儿只好两条前腿撑在地下，这样就算它想挠羽然也挠不到，羽然一推它只好往前踏几步，往后一拉又惊惶地退回来，倒像是一架小推车。吕归尘看着不由得笑了起来，也不知道羽然从哪里学来的方法去折腾这只小猫，他知道青州的森林里其实是很少有猫的。

小猫终于受不了了，两条后腿一蹬，挣脱了羽然的掌握，一溜烟地跑向了小街后面。羽然想去追的时候，吕归尘拉了她的手：“别追了，它回去走钢丝了。”

羽然跺了跺脚，还是没去追，小猫越跑越远，只留下一个白色的小背影。吕归尘觉得自己的手心里是温热的，羽然没有甩开他的手。他忽然有个念头，让羽然就这么看着那只猫儿吧，他在后面拉着羽然的手看她……猫儿跑着跑着却永远跑不到小街的尽头，周围熙熙攘攘的人，他在这里看着羽然。

猫儿的背影消失在人群里了，羽然把手抽了回去。

小街不长，两个人终于走到了尽头，这里摊子已经很少了，人也稀稀寥寥。落日的光芒直射吕归尘的脸，他用手遮着阳光，在街口的地方站住了。

“我要走了，我要回去看书。”羽然也静了一下，然后说。

“看书？”吕归尘愣了一下，他知道羽然懂很多东西，但是想起羽然安安静静地坐在那里看书，确实是难以想象的。

“嗯！”羽然点了点头，“阿苏勒你去哪里？”

“明天我和煜少主约了，出城去楠宫看看，我骑马来了，送你回去吧。”

“不要了，”羽然摇头，“我坐大车去城南。”

南淮城地方大，商家有马车从城北往城南，两个铜锱就可以搭乘，和去外地的大车一样，一车可以坐上十几个人，在街口拦住它，到了地方让车夫停下就可以。

“嗯。那你小心。”

吕归尘看着羽然的背影消失在人流里，他的马寄存在小街的另一头，他要走相反的路。

秋风已经冷起来了，羽然推开烫沽亭的门，一股煮鱼鲜的蒸汽涌了出来，蒸汽浓得像是鱼汤，带着点点腥气。羽然抽动鼻子使劲嗅了嗅，觉得浑身都暖和起来。她搓着手左顾右盼。姬野就坐在靠窗的桌子边，桌上乱七八糟地放了五六个白瓷杯子。他手里还端着一杯，桌上的盘子里菜已经吃空了。

“我来了我来了！”羽然跑到桌子边坐下，对着掌柜喊，“今天煮的是什么？”

“是鲱鱼，来两条尝尝吧。”

“嗯，就要鲱鱼。”羽然回头看着一声不吭的姬野，“脸拉得那么长，我只晚了一会儿啊。”

“我没事，你干什么去了？”姬野努力想装得漫不经心一些。

“和阿苏勒去凤凰池那边逛街，我跟你说了的啊，你自己又说不去。”

“我不想去。”姬野知道自己是在赌气，可是心里还是隐隐地动了一下，涩涩的有点难受。

“小气！”羽然狠狠地皱着鼻头，冲他吐了吐舌头。

“我才不是！”姬野觉得自己的脸红了。他心里打鼓，不知道这些天晒黑了，能不能把血色压下去。

“你就是小气，你就是小气，你就是小气！”羽然一迭声地说，“阿苏勒的父亲去世了啊，这几个月，他心里一直都很难过的！我不陪他，你陪他么？他才不像你这个样子，有一点事情就挂在脸上，好像大家都欠你钱的样子，他就跟我说了一次，可我知道他心里一直很难过的！”

姬野终于不出声了。掌柜端了鲱鱼上来，看着气鼓鼓的女孩和一声不吭的男孩。

羽然狠狠地瞪了姬野一眼，拿起一条竹签穿好的鲱鱼放在他面前的盘子里，伸手过去在他鼻子上用力掐了一下。姬野没有防备，痛得眼泪都要出来了，可是他不敢回掐，只好低下头去吃鱼。

冷风灌了进来，掌柜上去关了窗子。

窗子关上了，吕归尘再也听不见什么。

他站在巷子里，背靠着墙，里面是他最好的朋友和注定要毁掉他一生安宁的女孩。

他想如果他不认识羽然就好了，最好也不认识姬野。这样他是南淮城里的一个小蛮子，他穿着蛮族式样的大袖，胸前骄傲地佩着他的小佩刀，虽然人人都看不上他。他虽然也会在秋风来的时候看着从北方来的大雁，想着他的父亲、母亲、苏玛和大合萨，不由得伤心，可是他不会像现在这么难受，这种难受是淤积在他心里的，让他很想大口地呼吸，把一切都呼出去。可是没有用，他的心里被黏稠的难受填满了，没有一点儿空隙。

如果真的没有了羽然和姬野，他的世界会变成什么样子呢？

他想不明白，真的很累了，他靠着墙慢慢地坐了下去，坐在空无一人的角落里。

秋风扫过街面，他觉得这风是草原上来的，带来了熟悉的味道。

九

八月初二。

竹桥下的溪水哗哗作响，打在礁石上，卷起白色的水沫。

“尘少主这边请。”百里煜亲自在桥头引路。

吕归尘鞠躬回礼，跟着他走上小道。两个人在花树夹道中时而过桥，时而上下台阶。这片花园贴着山壁营建，并不很大，可是工匠刻意雕琢，每转过一道弯景色都有变化。从悬空的竹桥越过山溪，他们已经上到半山的高度，远望出去人工栽培的花木颜色层层叠叠，嫣红压住了黛绿，而后粉紫又取代了嫣红。半山以下都是竹林，山顶却是高挺的金丝楠木。

“在天晴的时候，这里可以眺望到凤凰池。”百里煜指点着远处。

他又指着高处林木中的一角屋舍：“我们下唐的几座宫殿中，这座楠宫很是特别，虽然远在城外，可最别致，景色也好。我小的时候不想住东宫，吵着要住楠宫，父亲斥责我说堂堂的储君，却因为贪恋景色而不住东宫，我还因此生了很久的气。楠宫是我母亲生前的别馆，母亲去世后，父亲就让阿缳住了。”

他笑了笑：“以后也许就是尘少主的居所了，若是可以，尘少主就为我留一间读书的房子，我们还可以继续做邻居。”

“煜少主说笑话了。”吕归尘退一步行礼。

隐约的乐声从高处飘了下来，细听是笙箫合鸣的宫调，端庄雅正。

“到了到了。”百里煜挽住吕归尘的胳膊，“还有一件事要嘱咐尘少主。就是这次见面，一定要做出偶然相逢的样子，看见阿缳她们只说过去借一杯清水喝就好了。”

“为什么是这样？”

“这些也都是帝都公卿的旧习。贵族之间结亲，男女双方要相一相，看彼此是否中意。可是仕女平常不太出门，就算丑陋不堪也没人知道，如果男方看了反悔，就跌了两家公卿的面子。所以相亲都不安排在府邸里，多半是装作偶遇，说是借水喝，其实还是看人，如果实在看不中，也好推脱。帝都那边每年踏青节和‘霜华菊赏’两季，是待嫁仕女纷纷出行的时候，平民就挤在街两边围观，也是很好玩的。”百里煜说到这里，不禁笑了，“不过你放心，我这个妹妹容貌绝似我母亲，我担保你看了不会失望。”

“承煜少主教诲了。”吕归尘恭恭敬敬地鞠躬。

百里煜挽着他走出林间的夹道，眼前忽然就开阔了，是一片巨大的竹荫。竹林密密匝匝地挡住了阳光，地上只有星星点点的光影随风晃来晃去。这个季节正赶上竹子落叶，一片片梭形的叶子飘落，在地上积了薄薄的一层。竹荫中间是那条山溪横穿而过，对面的小坡上立着一架绘有金色菊花的丝织屏风，后面有人影，屏风边则露出一角锦绣宫衣。

百里煜微微点头，带着吕归尘涉水而过，直到屏风前十步的地方停下，恭敬地行礼：“出游的路人不知道能否借一杯清水解渴？”

笙箫声停下，屏风后走出了一个高髻宫妆的少女，捧着一个盘子，引吕归尘和百里煜到屏风外的席子上坐下，奉上清水，水中漂着茉莉花瓣。少女低头退了回去。

“茫茫远道，涉水相逢。杯水既解饮，愿得复相见。”百里煜饮了一口水，引用古风轻唱，“谢主人的款待，不知道主人能否出来一见？”

屏风后面静悄悄的。

百里煜皱了皱眉头：“主人能否出来一见？”

这一次屏风后面有了响动，却像是揪打的声音，忽然间又有嘶啦一声布帛裂开的声音，之后重归寂静。

“阿缳！阿缳！”百里煜惊讶地站了起来，“出了什么事？”

一会儿，刚才那个奉水的少女出来，战战兢兢地跪下：“煜少主，公主说……公主说……”

“阿缳说什么？”

“公主说要自尽！”

“自尽？”百里煜几乎跳了起来。

少女急忙摆手：“没事的没事的，公主只是说说……”

“什么只是说说？”屏风后传来女孩气急败坏的声音，“小染你闭嘴！我就是要自尽，我就是要自尽，我死也不嫁给蛮子！”

百里煜只觉得脑袋嗡的一声大了。回头看去，还好吕归尘只是并拢膝盖静静地端坐垂头，并没有什么异样的神色。

“阿缳！听话！忘记你今天来是干什么的么？”百里煜对着屏风低叱。

“我今天来就是要告诉那个蛮子，我宁死也不嫁给他！”屏风后的女孩丝毫不让。

“阿缳！”百里煜提高了声音，“不要这样没有礼貌，你是我们百里家的女儿，尘少主是北陆金帐国的世子，门户匹配，尘少主又是我的朋友，一直和我比邻而居，品性端方，你有什么不满？你这样放肆，我就告诉父亲！”

“我就是不愿意嫁给蛮子嘛！要嫁为什么不是你去嫁，为什么非要我去？”

“我……”百里煜急了起来，“我一个男子，怎么去嫁人？”

“不嫁人你可以娶蛮族的女人啊，你去你去！”

百里煜哭笑不得，只能摇头。

“哥哥，”缳公主发现赖皮并没有什么效果，带着哭腔软语哀求起来，“你跟父亲说嘛，跟父亲说嘛，说阿缳不想嫁人，阿缳就想留在他身边。”

百里煜一摊手：“哪里又有女孩子大了不嫁人的？”

“阿缳就是不要去蛮子的地方，听说那里没有糕饼吃，也没有水果，除了羊肉还是羊肉，那里的人半年都不洗澡，身上的泥刮下来有一斤重，每个人都是膻膻的，闻到就要吐了。你们都留在南淮，吃好的，喝好的，还能看花看歌舞，为什么要把我一个人扔到北陆去？哥哥你和父亲都不是好人，你们不要阿缳了！”缳公主说着呜呜呜呜地哭了起来，开始还只是低哭，最后干脆放开了声音号啕，远处陪着同来的侍卫们听见了，不由得面面相觑。

一旁的小宫女似乎也觉得伤感，抽抽搭搭地掉了几滴眼泪。

百里煜却冷笑了一声，在席子上用力一拍：“阿缳你不要又耍赖，我跟你一起长大，看不出你那点小心思？随你真哭假哭，这次父亲下了决心，绝对没有转圜的余地！我实话告诉你，鸿胪卿占卜了佳期，给各家诸侯的喜帖都已经发出去了！”

哭声就像被一刀砍断那样，忽然停住。屏风后面静了一会儿，一个纤纤巧巧的身影推翻屏风蹦了出来，使劲挥舞着双手跳着脚：“我不嫁我不嫁我就是不嫁！哥哥我恨死你了！”

吕归尘抬头看去。那是一个十五六岁的小公主，墨一样漆黑的长发堆在头顶，露出了修长的脖子。宽大而华贵的宫裙是雅致的水绿色，衬着她的肌肤白净，和白色的抹胸没有区别。她瞪圆了眼睛，嘴努力地噘了起来，蹦着跳着怒不可遏。那张小脸上满是孩子气，眉心弹着淡红的梅花痕。

他竟然忽地笑了。

百里缳也看见了那个蛮族世子。她诧异地发现他看起来和公卿少年并没有什么不同，他披着夔雷纹的金绣宽袍，头发用一个银箍束起在头顶，简简单单，安安静静，秀气得像是一个女孩。他也正看着她，一双眼睛深静如同湖水。她看不懂他的神情，只觉得很深又很遥远，跟她以前见过的公卿少年都不同。

她好奇起来，咬着手指仔细去瞅这个少年，大大的眼睛忽闪忽闪。她觉得脸有点烧，想这个少年那么认真地看着她笑，一定是喜欢上了她。

“缳公主，缳公主！”婆子急忙上来拉她，“送公主回后堂休息了，都瞎眼了么？快上来服侍！”

女侍们围了上来，隔断了吕归尘和百里缳之间的目光。她们打起了华丽的伞盖，簇拥着公主离开了，跟在后面的婆子跑得磕磕绊绊。

吕归尘低下了头，他想着缳公主眉心弹着的艳丽的红痕。他已经努力了很久，让自己不要再去想那些琐碎的事情，可是缳公主眉心弹着红痕，于是另外一个人的影子在他心里一动一动的，像是雏鸟在里面敲击蛋壳。他想着那天晚上他看着她在空中摘下了眉心弹着红痕的面具，手里捧着一盏灯火。

他想自己真没用，老是这么想这么想。可是他忍不住，他觉得心里真痛啊，像是拴了一根线，总是被不经意地拉扯一下。

百里煜移步上来："尘少主，也算是见过了。我们还是回东宫吧。"

吕归尘顺从地起身，百里煜又说："阿缳这边的花园是很好的，槿花刚刚开了，不如我们一起走几步，从后门出去？"

吕归尘愣了一下，点了点头。

"让车马移到后门等着。"百里煜对贴身的侍卫下令，"你们也跟着去，我跟尘少主两个人走走就可以了。"

侍卫们也离去了。百里煜在前面带着吕归尘绕过几道门，走上了后山的小道，两个人也不说话，只是一前一后地漫步。

走了很久，百里煜清了清嗓子："我这个妹妹，从小就长在母亲身边，确实是娇惯，不过她也没有什么坏心眼，东陆公卿家的仕女，十有八九都有这样的毛病，你不要见怪。"

百里煜想想又笑："其实阿缳长得很美，东陆诸侯的几位公主中，都说小舟公主是容色冠绝，不过阿缳也是出名的。前些日子陈国公派使者送来荔枝，其实是为储君求婚探父亲的口气，父亲没有答应。这次父亲执意让阿缳出嫁，开始我是很吃惊的。"

"我知道，缳公主是国主最珍爱的女儿，我能够得到国主的赏识，也觉得有幸。"吕归尘说。

两个人又走了几步，百里煜忽然停了下来："那个羽族的女孩子，尘少主打算怎么办？"

吕归尘微微哆嗦了一下："煜少主也……"

百里煜轻笑了一声，摇头："其实尘少主在南淮城算是有名的人了，这些事情，东宫里面那些禁军嘴快，也都告诉过我。"

他低低叹了口气："我是阿缳的哥哥，这话说来也许有些私心了。不过尘少主既然答应了父亲，要娶阿缳……我是个只懂书画诗文的人，两国的盟约我也说不出什么，不过婚姻是大事，希望尘少主能够对阿缳好，她虽然任性，终究是我的妹妹，你将来的妻子……不要辜负了她。"

吕归尘沉默了一会儿，点了点头：“不用煜少主叮嘱，我知道该怎么办。”

百里煜拍了拍他的肩膀，和他并行了几步，忽然低声说：“难道尘少主就没有想过逃走？”

吕归尘吃了一惊，站住了，呆呆地看着他。

百里煜似乎觉得自己失言了，低笑了几声，摇摇头：“说实话，有时候我也有很叛逆的想法，可是一个人生在世上，哪能自由自在呢？这东陆广大，门复门关复关，逃到哪里去呢……鸿胪寺定下的婚期是？”

“八月十二。”

百里煜点了点头，也不管吕归尘，沿着小径默默地走了。只剩下吕归尘一个人在黄昏的花园里，他抬起头，看见头顶的槿花开得正盛。

十

八月初三。

羽然小口抿着杯子里的白米酒，翻着眼睛去看桌子对面的吕归尘。吕归尘有些恍惚的样子，只是侧眼去看窗外的车马，下午的阳光从窗户里透进来，照在他的脸颊上，显得他端好如一个女孩。

羽然憋了一口气，忽然探过身子去在他耳边打雷一样地喊：“喂！”

吕归尘吃了一惊，转头看着她。

整个酒肆里的人都被引得看向这边，看见呆呆的少年和气鼓鼓的女孩儿，稍微静了一会儿，所有人都不约而同地低笑起来。羽然他们三个总来这个小酒肆，从掌柜到熟客都认识他们。

“你今天出门撞到头啦？那么傻乎乎的。叫我出来，又不说话。”羽然瞪了他一眼。

“哦，没有……”吕归尘这么说着，却像真的被撞到头那样揉了揉脑袋，“我在想……我也许很快就能回家了。”

“回家？国主愿意让你回家了么？”

“是啊，我阿爸过世了，按照我们蛮族的习俗，要所有的儿子骑着马，带着他的骨灰，放马跑到一个别人不知道的地方，然后挖一个坑把骨灰埋下去。还要随身带一头带崽的母骆驼，把骆驼崽在那里杀了，母骆驼就会非常的悲伤，这样以后要祭奠父亲，只要牵着母骆驼，它记着骆驼崽被杀的地方，自己能找到，别人却不行了。”

“真是残忍！”羽然扁了扁嘴。

“嗯……”吕归尘低低地说，“其实我也觉得很残忍的。”

“不过不过，”羽然抹了一下嘴边的酒水，“那母骆驼要是也死了，岂不是永远都找不到坟墓了？”

“嗯！”吕归尘点头，“可是骆驼的寿命很长的，等到骆驼都死了，那人的儿子们也差不多都死了。记得他的人都死了，也就不用再找他的坟墓了。”

“记得他的人都死了，也就不用再找他的坟墓了……”羽然有些忧郁的样子，“有一天我死了，谁来找我的坟墓啊？”

吕归尘呆了一下：“我会记得的……”

他摇摇头，改了话：“别想这个了，你不会死的，你会一直都这样，蹦蹦跳跳的。”

“一直都这样，还不变成妖怪啦？”羽然转瞬间又高兴起来。

吕归尘笑笑，羽然一边抿着米酒一边哼着歌。她点着头，额前那一缕倔强的头发轻轻地跳动。

“羽然你洗头了么？”

“嗯！”羽然点头，“今天早晨才洗的，我的头发有开叉啦。”

她扒拉着自己金色的长发，掀起来一缕一缕细细地看，那些头发扯开来散落，像是一层金色的帷幕。

“我……能不能摸摸你的头发？”

“嗯，你帮我看看还有没有分叉的，我已经剪掉好多了。”羽然背过身去。

于是吕归尘轻轻地把手放在了羽然的头顶，他能感觉到自己的手在颤抖，像是风里落下的一片叶子。他曾用这只手握着影月杀死过威震东陆的雷骑，可是这时候这只手好像根本不是他的。

许多年之后，青阳昭武公回想他一生中最温软的时光，是在南淮城的街头，他和他心爱的女孩儿并着肩走，有时候羽然也会拉住他的手，而有的时候，她蹦蹦跳跳地走在前面，高声呼喊让他走快一些，曾经在那些深寂的小巷里，她没来由地唱歌，这时候吕归尘总是以为他是在做一个很漫长的梦，长到不会再醒来。他们走累了会托着腮坐在那里，看着一辆又一辆的大车经过，羽然说我有一天要坐着这样的大车去远方，吕归尘说那我跟你去，羽然说那我要坐比你早一班的大车，这样我总是先到，你追着过来，我又跑掉了。

吕归尘会拼命地去回想他和羽然在一起的一点一滴，他怕遗忘，他想是否曾有那么一刻，羽然的心里对他有过那么一丝异样的情怀。可是他不知道。于是他仅仅能一再地回忆他的手指划过羽然的长发时，仿佛划过纤细如丝的时光。他揽不住时间，只能在风一般的触感里面去见证曾经有过的一切。

长发是顺滑的，像是丝缎，其实一点点的分叉都没有。吕归尘的手最后停在羽然的面颊边，他触到了羽然的耳朵，捏了捏她的耳垂。

“痒死了痒死了！”羽然咯咯地笑着闪开，用手把自己的两只耳朵都捏了起来，不让吕归尘碰到。

吕归尘看着自己的手，觉得那种柔软的感觉还在，只是像被风吹走那样一丝一丝地散去了。

“对了，今天我跟煜少主约了，有点事，我要先走了。”他站了起来。

“喂！记得结了账再走，我可没带钱。”

“哦。”

“还有，”羽然把手高高地举起来，“我还要米酒！”

吕归尘愣了一下，不由得笑了起来，摸出一枚金铢放在桌面上，对一旁的伙计说："还要米酒。"

伙计答应着去了。

吕归尘走到门边，看见羽然把自己那杯喝完了，舔了舔嘴唇，把吕归尘剩的半杯也都折进了自己的杯子里。她双手捧着杯子，一点一点地抿着，转着眼睛去看周围，像是个无聊的孩子。

"羽然……这些天我有点事，不能常出来了。"吕归尘觉得自己的声音在抖，他竭力忍住了。

"嗯！"羽然点头。

吕归尘揭开了帘子。

"真傻……"他轻声说。

他不知道自己在说谁，也许是说自己，也许是说羽然，说那么多隐隐约约的眷恋和表白你始终都不明白，只是在下午的阳光里雀跃着爬上树去摇晃挂满枣子的树枝。

"阿苏勒你说什么？"羽然在他背后说。

吕归尘不敢回答，也不敢回头，他装着没听见掀开帘子出去了，面对外面刀枪剑戟一般的阳光，他轻轻地闭上了眼睛。

他转过街口，在阳光照不到的巷子里，紫寰宫的执金吾们高举着金菊花大旗，牵着骏马在那里等候他。率领这些执金吾的，竟然是三军的统帅拓跋山月。

拓跋山月看了他一眼："尘少主，你是青阳的世子啊！你和一般人，是不同的。"

他不再说什么，亲手为吕归尘牵过战马，把缰绳递了过去。

吕归尘看着那根丝棕的缰绳，他知道这是一个选择。要么去接马缰，要么去接她的手，一旦接下了，漫漫长途，就再不能回头。这是背道而驰的两条路，一条通向广阔的草原和血色的战场，一条通向南淮城的街头，融融的月色下笛声楼头，温温软软的手。

“世子！”拓跋山月低声说。

吕归尘点了点头，接下了缰绳。

酒肆外的马蹄声像是一阵疾雷，震得地板都微微颤动。有人招展着红色大旗如风驰过，消失在小街尽头。

“当街就敢这样放马跑，撞着人可怎么办？”伙计嘟哝着，端了温好的米酒上来，放在了羽然的面前，“慢用。”

他无意中低头看了羽然一眼，忽然发现这个女孩儿一向灵动的眼睛黯淡下去，她不再眼睛转来转去地看周围，只是默默地盯着自己手里的杯子出神。她忽然把杯子往桌上一撂，急匆匆地跑了出去。

街头空无一人，下午的阳光晃着她的眼睛。她看不见那个少年的背影了，这条街显得那么空旷。

“阿苏勒……”她低声说，噘起了嘴。

十一

八月初四。

凰月坊，鸣珂里。

黄昏将尽，玉石铺子里面空荡荡的没客人，玉工手持着掸子在大件的玉器中漫步，轻轻掸去浮灰。

帘子哗啦一响。玉工抬头睁大了昏花的老眼，看见是一个年轻人走了进来。他的肩上垂下银质的菊花军徽，身上是以黑铁鳞穿成的扎甲。玉工忽地提起了小心，配银菊花军徽的是牙将了，以这客人的年纪，军衔不算低，而那件鳞甲更是禁军骑兵才装备的，禁军在南淮城里的名声比群狼恶虎好不到哪里去。

进来的年轻人全然不像是来买玉的样子，迎面碰上那只酒红色的大玉海就站住了，眼睛里带着些茫然，扫视着琳琅满目的圭璧璜璋。他的头发凌乱，满脸都是汗迹，甲胄的领口拉开了一半，领巾歪斜着，似乎是刚刚操演归来的样子。

玉工带着笑走到他身边："客人，我们要关门了，有什么喜欢的东西就快挑吧。"

远没有一个禁军少年军官应有的气概，年轻人局促地点了点头，也不看玉工，左右顾盼着走进玉器堆里。

玉工是见过世面的人，放下心来，依旧在周围转着掸拂灰尘。夕照一点一点地淡去，到了掌烛的时分，玉工转身想去柜子里取烛台，猛地吃了一惊。那个年轻人就跟在他身后，一声不吭的，也不知跟了多久了。凑近了，他的眼睛竟是纯黑的，深黯如墨。

年轻人抓了抓本已凌乱的头发："吓着你了么？我……想找个东西，没找到。"

玉工这时已经镇静下来，笑了笑："不是，客人眼睛的颜色特别，让我想起有种玉，叫作'墨胆'的。我年轻时候见过一块料石，即使放在烈日之下，也只一色纯黑，没有半点瑕疵，就像是一池浓墨。终生没有见过第二块……说多了，客人要找的是个什么玩意儿？"

"是枚玉环，"年轻人用手比了比，"大概是这么大，绿色的。"

他又犹豫起来，比了个小些的圆："大概没那么大，只有这么大。"

玉工笑了起来："客人说笑了。玉环是不值钱的东西，大铺子里每月还不磨出几百只来？我这个铺面小，每月还磨制十几只呢，颜色就是青白绿红黄，又是绿的最多，这样可没法找。客人是在我这里相中过么？"

年轻人摇摇头："我也没有见过，说不准什么样的。是我一个朋友说在这里见过的，大概是四月中的事情了。"

"四月中看中的玉，只怕是没有了，这种小东西，卖得可快了。"

"是么……"年轻人透出失望的神情。

玉工心里微微动了一下："我想起来了，客人等我一下。"

他再从后面出来的时候，举着支牛油烛，手里多了一只精巧的漆木盒子。盒子在烛光下打开的时候，年轻人低低地吸了一口气。一抹深碧在烛光中升了起来，绿得发乌，盒子里一枚玉环躺在绛红色的重锦中。玉工手指挑起玉环转动，它有时看着清澈透明，有时又是极深的墨绿，倒像是女孩画眉用的黛青。

“是！就是这个！”年轻人接过了玉环抚摩着，爱不释手。

“这枚蛇盘玉倒是亏得有这么些有眼光的客人能看上。”玉工老练，不动声色地赞着客人。

“多少钱？”

“二百五十枚金铢。”

“二百五十枚金铢？”年轻人愣了一下，“我在周围问过来，玉环在别的地方也就卖几十枚金铢，已经是最贵的了！”

“玉质有好坏。带玉眼的蛇盘玉本来就是可遇不可求的东西，我见过的料石中，这块也是最好的，二百五十枚，真的不贵。其实要是便宜的货色，反而好卖，留不到今天了。”

年轻人攥着那枚玉环沉默，他浓黑的眉毛不由自主地蹙起，嘴角也绷了起来，犀利明快。

玉工差点脱口而出说那便再便宜五十枚金铢。可是他忍住了，他瞥了一下年轻人全身上下，怎么也不像揣着两百枚金铢的样子。牙将不过是低阶的军官，如果只拿军饷，每月不过四五枚金铢，看起来年轻人还是没学会禁军中通行的那套弄钱把戏。既然这样，即便降到两百枚金铢，也不过令他更加难堪而已。

年轻人像是拿着一件很重的东西，摩挲了很久，把玉环放回了盒子里。他也不道别，转身就走。

“这枚贵了，后面还有别的货色，客人要看看么？”玉工追着问了一句。

年轻人半转身，摇了摇头：“我会回来的。”

月上中天时分，南淮城南的一处小院落。

“公主殿下，您准备好了么？”翼天瞻低沉的声音从门外传来。

屋里，羽然深深地呼吸，把那张银丝络子揭下来盖在脸上，推开了门。

一瞬间翼天瞻觉得月光不是从头顶照下来的，而是从小屋中涌了出来。他几乎认不出这个自己从小带大的女孩了，她的白色长裙上有月光在流淌，水一样汇到每一条褶皱中。裸露出来的肩膀有象牙般的质感，缠着镌刻着密罗星纹的臂钏。金色的长发高高束起，用纯银的双翼发冠压住。她的脸上遮着银丝的络子，络子间无数纯银的星星兰像是星辰那样闪耀，令人根本看不清她的模样。

“古莫，我准备好了。”羽然的声音平静。

翼天瞻手拄长枪，恭恭敬敬地半跪低头。这是他应有的礼节，可又不是完全出于礼节。隔了许多年，他再次看见这样装束的人站在月光下。久已平息的对于故乡的感觉回潮了，他仿佛又闻见了青州森林里的樟木香。恍惚中他想起很多年以前，他还是一个孩子，仰头看着泰格里斯神殿最高的树顶，白衣圣女幽幽地清唱。森林里静得就像天地初开的瞬间，所有人都流着泪拜伏下去，他却呆呆地站着，握紧他的小弓箭，发誓要捍卫这一切。

“古莫。”

翼天瞻回过神来，伸出了手臂。

院子正中以青樟原木垒起了三层的方形台子，有一人的高度。羽然扶着翼天瞻的手臂，缓缓登了上去。她展开巨大的裙摆，跪坐在正中的垫子上，低垂着头。翼天瞻侍立在木台前，轻轻拍了拍手。

院子的门无声地开了，月光照得门外那人一头白色的长发灿烂如银。他面无表情地走近了，身上斜挎着绿琉弓，一身华美的漆甲，右手紧紧地按着自己的胸口。

翼天瞻向着羽然躬身行礼：“公主殿下，这就是我对您说的，来自故乡的使者，斯达克城邦的翼罕。”

“斯达克城邦，翼罕·伏尔柯·斯达克。”翼罕郑重地半跪。

“故乡的武士，”羽然的声音远不像她平日的欢快，显得空旷高寒，“你从遥远的地方来这里，是怀了勇气和决心要捍卫泰格里斯的辉煌么？”

“是的，公主殿下！我跨越整个大地，终于找到了您，我把一个鹤雪全部的忠诚献给您，连带我的生命！”翼罕恭恭敬敬地回答，“祈求能获得您的祝福，在战乱的年代，每一个鹤雪都以能够获得泰格里斯姬武神的祝福为至高的荣耀。”

“你上来。”

翼罕低着头登上木台，他改用双膝下跪，阖上了眼睛。

羽然沉默了一会儿，轻轻把手放在他的头顶：“神的儿女，神珍爱你们，如珍爱自己的眼睛。倘你们要远行，只需仰首，风中有神的吻印在你们的额头。”

她掀起脸上的络子，轻轻吻在翼罕的额头。那一瞬间她诧异地发现这个沉默的青年的皮肤是火热的，烫着她的嘴唇。

羽然又盖上了络子，恢复了端正的坐姿。翼罕却还是紧紧地闭着眼睛，他轻轻地颤抖起来，他忽然用力叩首。

“我寻找了两年！我寻找了两年！我终于找到了！”他的声音颤抖，“我像是被射穿双翼的鸟儿那样逃离斯达克城邦，他们抓住了我未婚的妻子和我的母亲，他们要我回去。可是我没有回头，他们杀了她们！我失去了我的一切，可是我坚信我会带着姬武神的消息回到青州，带回我们最后的希望。”

“我终于找到了！找到了啊！”他的声音里面已经带了哭腔，他仰起头，对着澄澈的星空高举双手，“所有我头顶星辰的神啊，感谢你们的恩赐，赐给我们羽族以未来。”

这个高贵勇敢的鹤雪就这样趴伏在青樟木台上号啕痛哭。

翼天瞻上去拍了拍他的肩膀：“站起来孩子，你已经看见了泰格里斯神殿的光辉，还有什么值得你如此悲伤呢？”

翼罕擦去了泪水，跟着他回到木台下，坐在垫子上。他低着头，努力了很久，才终于克制住那股辛酸的泪水，再次仰起头来，发现木台上端坐的公主正透过一层银丝络子看他。他看不清公主的容貌，却觉出了她好奇的眼神。他忽然想起那毕竟只是个十六岁的女孩，他的脸微微红了起来。

“故乡还好么？”翼天瞻问。

“丝柏从它的地面消失，野草就霸占崇高丝柏的位子。齐格林的年木已经被烈火包围，故乡的森林无处不是浓烟。”翼罕叹息，“羽皇已经死去，没有继承人能够号令各个城邦，野心家们争先恐后地冲向战场。整个森林已经变成了战场，而昔日高贵的鹤雪武士变成了飞在天空中的杀手。”

他重新站起来向着羽然俯拜：“公主殿下，故乡需要姬武神的歌声！”

十二

八月初五，瀚州北都城。

吕守愚背着双手，在金帐里踱步，吕复和洛子鄢站在他两侧。洛子鄢一早被传唤到金帐里，看见的就是踱步的吕守愚。吕守愚对他不像往日那么亲近，一直没说话，洛子鄢心里隐隐地有些担忧。

“洛兄弟，今天早晨有消息从下唐来，说要向北都城派遣使节，他们承认我为大君，愿意把当初给父亲的条件转给我。”吕守愚终于开口了，“你怎么看？”

洛子鄢沉默了片刻，冷冷地一笑：“和我猜的差不多，下唐不愿承认他们在北陆的外交失败了，他们想从我们手里抢走和青阳之间的盟约。”

“哥哥，这十年来，洛兄弟和梁秋侯对我们可不薄，犯不着为了下唐的人得罪了淳国的好朋友。”吕复说。

“洛兄弟，我不跟你绕弯子，”吕守愚直视洛子鄢，“你是我的好朋友，我心里相信的是你。前次我也曾和下唐的使节拓跋山月谈过很久，虽然他是蛮族人，却没有你对我胃口，我觉得下唐用心叵测，不值得信赖。但是我说实话，我也不想在这个时候为了淳国得罪下唐。我们本该在春天开库里格大会，让草原上的部落都承认我大君的身份，但是他们中有些人不愿来，所以我现在还没坐稳大君的宝座。此时任何支持我的人对我都是有利的，下唐国也一样，他们的信谦恭有礼，我也不能一巴掌打在他们的脸上。”

洛子鄢耸耸肩：“大君的意思我很明白，我也不会因此而记恨大君。盟友之间，本来就要相互利用，这个无关我和大君之间的友情。不过，有一条情报八个月以来我始终没有告诉大君，听完之后，大君的决定大概会有所改变。”

“什么？”吕守愚警觉起来。

“大君是否还记得去年严冬我冒着被冻死的危险来到北都城，劝说大君及早动手？当时大君有没有疑惑过，为什么在那个时候我要不顾一切地往北都城赶？为什么我就不等到今年开春化雪的时候来？”

吕守愚点头：“当时疑惑过，但那时候事情太多，我后来忘记了。”

“大君是否知道，前年的深秋，在东陆殇阳关发生过一场诸侯大战。在那场战争中，足有十万人战死，那场大战的结果是诸侯霸主嬴无翳逃离天启城，皇室重新掌握了权力。”

“我听说过。”

“那么大君是否知道，在那一战中有数万人死而复生，和活人作战？”

吕守愚一惊：“死而复生？”

洛子鄢沉沉地点头：“皇室禁止散播这个消息，但是毕竟有数万士兵亲眼目睹过那一幕，消息还是流传出来。迄今为止，那件事都得不到解释，掌权的人讳莫如深。梁秋侯非常关心这件事，发动所有消息渠道暗查，最后我们确认了一件事，使那些死者复生的，是现在皇室供奉的国师。他的名字叫作雷碧城。”

“这件事和我们青阳有什么关系？”

“雷碧城大君不认识，那么山碧空呢？”洛子鄢一字一顿地吐出那个名字。

吕守愚感觉一股寒气从后背上流过，他想起那个名叫山碧空的大胤国师曾为他的弟弟阿苏勒施展起死回生的医术。这么想下去，雷碧城和山碧空两人的形象慢慢地重合在一起，仿佛同一个人。

“雷碧城和山碧空，是一个人？”吕守愚问。

“不，但是他们恰巧拥有相似的力量，又恰好都是大胤的国师，甚至有人说他们长得都很相似。”洛子鄢冷笑，“去年梁秋侯很意外地得到了一个消息，一支东陆旅队去了瀚州北边，他们在那里获得了朔北部世子呼都鲁汗的补给，之后继续向北……”

“继续向北？”吕复大吃一惊，“朔北部的地方再往北都是荒原，一年四季都是大雪，那里什么都没有，没人能活下去！”

“那个旅队的首领，非常像大君曾见过的山碧空！”洛子鄢的声音里透着寒意。

“山碧空？他为什么要去北方？”吕守愚忽然间有种极其不祥的预感。

“因为北方有狼！”

“狼？”吕守愚疑惑了一瞬间，脸色变了。

“白色的狼，八尺高，不带尾一丈长。”洛子鄢盯着吕守愚的眼睛，“大君，你已经想到了，在人类不能说涉足的极北之地，有这么一群狼已经等了三十年！”

“怎么？”吕复看两个人面色深重，却不明白他们在说什么，听来听去只觉得是个可怕的哑谜。

“朔北的白狼，楼炎·蒙勒火儿·斡尔寒的白狼团，我以为他十几年前就已经死了。”吕守愚低低地叹了口气，“铁由记不记得，差不多八年前，父亲邀请来访的下唐使团在沙伦堡围猎，忽然遭遇狼群。那匹头狼是白色的，被阿苏勒一刀杀了。那是朔北的狼。”

“我倒是听说过朔北人养狼……可难道是成群地养？”吕复的脸色有

些难看。

“成群地养，几千几万匹，而且你看到的那匹白狼如果放在白狼团的狼群中只能算是最小的，真正的巨狼和马一样大，楼炎的武士就骑在狼背上冲锋。这些人自称‘红骨的勇士’，有人说他们吃人肉喝人血，血把他们的骨头都染成红色。有人说他们长着人形，却有一颗狼心，可以和狼群一起捕猎，而没有食物的时候，他们就会反过来吃狼。但白狼团很少靠近北都城，据说是因为那些巨狼非常怕热。三十年前，朔北部打到北都城下，骑兵中就混着白狼团。有人说那一次阿爸设下埋伏，几乎全歼了他们。”吕守愚说。

“他们有多少人？”吕复问。

“三十年前据说是有两千。”吕守愚说。

吕复微微松了口气：“两千人不算什么，就算他们骑在狼背上，毕竟只是两千人，难道他们不怕我们的铁刀铁箭？我们青阳可有十万个能上马作战的男人。”

“我并不在意两千人，”吕守愚深深吸了口气，“但我在意楼炎……他若是还活着，比两千个骑狼的男人加起来都可怕！”

“如果我的情报没错，楼炎简直是恶鬼。”洛子鄢幽幽地说。

“是啊，是恶鬼。”吕守愚点了点头，转向洛子鄢，“那么山碧空、雷碧城、殇阳关活过来的死人、楼炎，这些之间到底有什么关系？”

“山碧空和雷碧城虽然不是一个人，但他们属于同一个组织。当初是这个组织说服了天启城里的东陆大皇帝，说诸侯有不臣之心，应当对外借助蛮族的力量。我想那时在位的喜皇帝相当愤怒，因为离国的诸侯强大起来，攻入了天启城，其他诸侯却各怀鬼胎，不能齐心勤王，他认为皇室的统治无法继续的原因，是外敌蛮族人已经削弱，这时候诸侯内乱就开始了。喜皇帝非常崇拜他的祖先风炎皇帝，他认为风炎皇帝所以能够统合诸侯两次北征，是因为那时蛮族势大，诸侯都意识到这个外敌的存在，不得不团结。所以他派山碧空为使节，以最忠于他的下唐国暗中和蛮族合盟，意图在蛮族进攻东陆的时候趁机统合诸侯。他宁可把祖先留下来的土地分给蛮族人，也不愿意继续留在诸侯们的手里。”洛子鄢顿了顿，“但喜皇帝死了，于是这个组织的计划失败了。为了引发战争，他们不得不出动一位阶级更高的人——雷碧城。可是雷碧城在殇阳关策划的一战虽然堪称秘术的杰作，却被一些人破坏了，最终诸侯联军仍旧获得小胜。东陆局势已经平静了一年，连离国公嬴无翳这个乱世的种子也意识到如果急于开战，可能落入某些人的圈套，所以一直在离国养兵。这个组织第二次受挫。于是他们做了第三次努力，这一次，他们重新启用山碧空，派他去瀚州极北，联络朔北部。这件事不得不说是您父亲一手造成的，您父亲太聪明，他很早就发觉东陆的这次合盟有问题，所以他并未按照盟约积极准备发动对淳国的进攻……”

“其实你们很早就知道下唐的盟约是他们支援舰船和武器，我们派骑兵进攻淳国，是么？”吕守愚问。

洛子鄢微微点头：“我们非常清楚，但是梁秋侯默默地忍了十年，一直和大君您搞好关系，而没有采取强硬的手段，是因为我们发觉您的父亲并不真的急于进攻淳国。恰恰相反，他把下唐国支援的武器铠甲都用于武装一支军队来对付草原骑兵，淳国骑兵的战术不同于草原骑兵，您父亲的目标不是淳国，而是朔北部。他一直在防范朔北部的复仇。这时候这个组织不得不放弃您父亲这个棋子，转而寻找一个更凶狠、对东陆更有野心的首领去支持，从这一点上说，朔北部无疑比青阳部更合适，无论是楼炎还是呼都鲁汗，都是为了土地和权力可以去死的人。”

“朔北部要南下，第一个目标就是攻下北都城！”吕守愚的脸色铁青。

“他们未必真的要进攻北都城，”洛子鄢冷笑，“大君您忘记了，我们这盘棋里还有一个下唐国。下唐国从一开始就坚决地和这个组织站在一起，下唐国主百里景洪应该是知道一切的。而他现在不但没有和您敌对的意思，他还要把当初和您父亲达成的盟约继续下去，给您更多的好处。您觉得这是为了什么？”

吕守愚沉思了一会儿："这是要让我疏于戒备。"

"是，但也不仅仅如此。下唐国手里还有一个人，您的小弟弟吕归尘·阿苏勒·帕苏尔，他是幼子，按照草原上的规矩他应该继承家业……对于大君您来说，更糟糕的是，您的小弟弟，他的母亲是一个朔北人，是楼炎·蒙勒火儿·斡尔寒最珍爱的女儿。某种意义上说，您的弟弟成为大君远比您更加合适，他会同时获得青阳和朔北两个大部落的支持，而且名正言顺。"洛子鄢凑近吕守愚，眼中带着刀一样的煞气，"所以库里格大会如果真的召开，可未必是您会被承认为大君。朔北部、下唐国、您另外两个弟弟吕鹰扬和吕贺，都会把您的小弟弟推上大君的位置，那些不满您的人则可能忽然倒戈！"

"朔北的狼崽子若是扶持阿苏勒，他们便能轻松惬意地拿下北都城！"吕复忽地明白了，声音高了起来，"下唐国跟我们结盟，其实是要做他们的内应！"

洛子鄢笑笑，退后一步，对吕守愚长揖为礼："这就是八个月前我想带给大君的情报，现在我已经把我知道的一切都说了出来。下唐国来使是以敌人还是朋友的身份来的，大君该怎么迎接他们，请大君自己决断。"

吕守愚盯着洛子鄢，紧紧抿着嘴唇，洛子鄢也坦然和他对视。金帐里静得如死，吕复感觉到那种紧张到极点的气氛，仿佛一根琴弦随时要绷断。

他忍不住站了起来："哥哥，洛兄弟的话说得很清楚了，我们该怎么办？可不能让下唐国的贼子们得逞啊！"

吕守愚伸手阻止了他，依旧死死地盯着洛子鄢。

许久，他缓缓发话："八个月之前洛兄弟就得到了这个消息，还冒着被冻死的危险赶到北都城来通知我，可为什么直到现在才说？"

"因为那时老大君竟然当众把位子传给了您，您拿下了北都城，暂时化解了那个危机。"洛子鄢的声音极其平静，"对于我和梁秋傒来说，不到迫不得已，我们不想说出关于那个组织的事。这是我们最大的秘密之一。”

“那个组织叫什么？”吕守愚紧接着洛子鄢的话追问，没有丝毫空隙。

“辰月。”洛子鄢缓缓吐出了这两个字。

“辰月的目的是什么？当东陆的皇帝么？”吕守愚目光咄咄逼人。

“不，他们只是要挑起战争，他们是一个宗教门派，为了战争而存在。我知道我这么说显得很可笑，可我要告诉大君的是，过去数百年间的战争背后，都有辰月的影子。九州的历史与其说是王者争权的历史，倒不如说是辰月的行迹记录，他们的力量不可思议，足以让死人复活，可他们所到之处，紧接着必然横尸千万，血流成河！”洛子鄢长长地吐出一口气，“我和梁秋傧追查这个组织已经超过十年。”

“你们和辰月是敌人？”吕守愚思索片刻，猛地发问。

“不，我们只是不能让他们破坏我们的大计……”洛子鄢忽地打住，“是！他们是我们的敌人！所有阻碍我们大计的，都是我们的敌人！”

“你们的大计是什么？”吕守愚放声大喝。

“我们要当……东陆皇帝！”洛子鄢以缓慢却沉重至极的声音回答。

吕守愚长长地出了一口气，疲惫地往后退去，缓缓坐在黄金的宝座上，低头沉思，久久不发一言。

过了很久，他抬起头，低声说：“洛兄弟，我早就知道你是个做大事的人，你和梁秋傧的棋盘上，我比莫干只是个棋子，你们是要当东陆皇帝的，你们有些事情不愿告诉我，我问也没有用。但是如今是我青阳生死关头，我如何决断，影响到我青阳几十万族人的未来。我还信你是我的兄弟，我要问你一句话……我的兄弟洛子鄢，你能以我们之间的友情向我保证，你所说的一切都是真的么？”

洛子鄢深深吸气，踏上一步，按住自己的胸口：“我的兄弟比莫干，我用我们的友情和我的命向你保证，我没有一句虚言！”

吕守愚点点头：“好，我已经知道如何迎接下唐的使者了。”

十三

八月初六，蛮舞原。

一支骑队高举着金菊花大旗，在泥泞的草原上深一脚浅一脚地跋涉，马背上都荷着牛皮包裹的箱子。那些箱子显然极其沉重，任马夫一再地打着响鞭，疲惫的驮马还是走得极缓。刚下了雨，周围都是白茫茫的水雾，草原上本来也没有道路，他们只能以远方插入云间的彤云大山作为方向。

“骑都尉大人，我们这么走，还有多久才到北都？”参将带马追上了最前方的领队。

“已经离开了雪嵩河，这么下去半天的工夫可以穿过蛮舞原，我们走彤云大山的兀思秃罕哈儿谷口，之后大约再两天的工夫就可以看见北都城。”雷云孟虎拍了拍属下的肩膀，“有点耐心，比起上次我和拓跋大人来的时候，这一路已经是顺畅得多了。”

他是雷云家的次子，和息辕并称南淮最有前途的年轻将军，相比息辕在殇阳关立下的战功，他还胜出一筹。他区区十八岁就跟着拓跋山月北行，充当使团的副官，回来的时候满城轰动。拓跋山月自己并未接受隆重的入城式，带领两百匹白色骏马走在最前面的，就是肩上有黄金千丝菊军徽的雷云孟虎，年轻英武，倾倒了无数的公卿仕女。那一年他已经升到了副将。

“都尉这一趟回去，怕能升到后将军吧？”参将谄媚地凑上来，捧上一个油纸小包。

“这是什么？”

“烟草，一路上贴身带着，没淋着雨水，给都尉解闷的。”

雷云孟虎摆了摆手：“还不到放松的时候，在我来看，这趟出使的风险还远远没有开始。”

“都尉这么说，兄弟们心里也没底了，你说这些蛮子，真的敢对我们无礼？冒犯了我们，没他们的好果子吃，当年风炎皇帝陛下可是一举打到了北都城下，逼得……”

“风炎皇帝陛下没有打到北都城。”雷云孟虎打断了他，以马鞭指了指自己的脚下，“如果我没有记错，风炎铁旅就是在雪嵩河上游的西岸，差不多是这片蛮舞原的地方遭遇了青阳的重骑铁浮屠。其实那场战役没有人取胜，否则以风炎皇帝的性格，决不会轻易撤兵。而且我们大胤，也有过景皇帝、安皇帝把蛮族奉为上朝的时代，蛮族骑兵的威力，不可以轻视。”

“都尉说得是，说得是……那我们这趟出使，还要注意些什么？”

“一切就按我来之前跟你们说的，其实也没什么，北都城现在的情况我们不清楚，伺机而动吧。越过彤云大山之后，把两百人分为两个百人队，一百人跟着我去北都，一百人驻扎在兀思秃罕哈儿谷口等待，有任何异动，等待的百人队立刻南撤，决不要停留！”

“是！”参将应了，眨巴着眼睛，“都尉能不能重复一下那个山谷的名字？什么秃什么谷的。”

“兀思秃罕哈儿。”

“蛮族人起的这个名字，也不知什么意思，倒是拗口得很。”

“兀思秃罕哈儿，蛮族语中，指鸣骸鸟。”

雷云孟虎鞭着战马过去了，参将愣了一下，眺望远方雾气中隐约可见的山谷口，像是一只张大的大嘴对着他们，忽然觉得一丝恶寒狰狞地从心底升了上来。他在甲胄的领口里捏了捏护身的玉坠子，嘴里低低地咒骂了一声，跟在了雷云孟虎的马后。

“停！”雷云孟虎忽然举手，勒住了自己的战马。

他们距离谷口只有大约一千步远了，以强弓而言，不过是三箭的路程。参将跟着雷云孟虎的视线拼命看向雾气中，隐约是一支大纛插在那里，周围静悄悄的没有人。这支孤零零的大纛和异样的寂静令参将觉得不安，他以眼神暗示后面的军士们摘下了马鞍上的十字弩，马夫们也驱赶着驮马聚集在一起，两百个战士把马群围绕起来。

“这个是什么东西？”参将压低了声音。

“大纛，是部落的旗号，青阳部是白色的，朔北部是黑色，澜马部是青的，别的我就没见过了。”雷云孟虎扣着他的战刀，年轻的脸绷紧，看不出神色。

大纛一振，轻轻扬了起来，是起风了。风迅速地拉薄了雾气，像是横着扯开了大幕，雾气后的骑队出现了，他们一色的黑色鳞甲，胯下是高出东陆战马一头的黑色骏马，护胸的铁镜边装饰有豹子的皮毛。一旁则已经展开了绒毯，上面摆着食物和酒器，为首的武士策马走近大纛，向着下唐的骑队挥手。

下唐的武士们彼此看着，最后都去看雷云孟虎。

“是青阳的虎豹骑，是来迎接我们的。”雷云孟虎点了点头，“我和拓跋将军上次来的时候，也是在附近的地方看见了大君的骑队。”

每个人都如释重负地露出笑容。他们在这片渺无人烟的草原上已经跋涉了超过一个月，除了偶尔能捕猎到野物，多半时间都只能吃干硬甚至发霉的饼，喝雪嵩河里没有滤过的水。所有人都想着要好好洗一个澡，尝一尝蛮族的烤羊排。武士们正了正盔甲，把下唐的金菊花大旗打高，列出了整齐的一字队列，缓缓地迎了上去。

参将跟在雷云孟虎的马后，举着盛有国书的金漆匣子。他的心情没有其他武士们那样轻松，他听其他出使过的禁军说递交国书是个极危险的事，国书上面若是好话，对方接了一笑就喝酒当朋友，国书上要是坏话，没准就脸色一变拔出刀来。他心里战战兢兢，想着路上受了那么多苦，发誓再也不为了升官跑到这么荒远的地方来。

“你能看清么？他们的马腿上是不是裹了皮子？”雷云孟虎皱了皱眉，忽然说。

参将使劲地看过去，被雾气遮着，隐隐约约地只看见蛮族黑骏的马腿上似乎是有什么东西从马蹄一直缠到了膝盖以上。

“是蹄裹吧？走泥路马蹄陷在泥里，怕拧伤硌伤了，所以拿皮子裹上。”

“这场雨是什么时候开始下的？”

参将想了想：“两天前，约莫黄昏的时候。”

雷云孟虎忽然勒住了战马，压低了声音：“你悄悄去后面，传令后队停下，弓弩戒备！前队一百人跟我过去。”

“怎么了？”参将愕然。

“从北都城到兀思秃罕哈儿谷口，至少有两天的路程。那些战马全部裹了蹄裹，是开始下雨了他们才出来的。仅仅两天，他们是急行军赶到这里的！”雷云孟虎说得很急，也不再压着声音，“停下！后队停下！”

“急行军……”参将悚然一惊，心底涌起恶寒。

已经迟了，居前的蛮族武士忽然一把拔起了大纛，他发出咆哮，整队虎豹骑像是决堤的洪水那样倾泻过来。武士们在头顶高举着锯刃的马刀，欢迎的队列一瞬间变成了狰狞的野兽。

整个下唐使团都在对方冲锋的气势下傻了，没有人料到这样的变故，虎豹骑们所处的地势更高，北陆骏马全力冲锋，即使践踏也足以踏平这支小小的使团。警觉的战马们首先狂嘶起来，意欲摆脱骑手的控制掉头逃走，驽钝的驮马们则只是惊慌，它们不但没有及时散开，反而拼命往一起聚集，像是马群被恶狼围住时结成圈子防御。

雷云孟虎明白做什么防御都是无用的，对方是虎豹骑，他们手里的战刀远比狼牙锋利，他们是纯粹为了杀戮而来的。这样的冲锋下不会留活口，对方根本没有生擒的打算。

“散开！散开！散开！”他咆哮着，抽出马鞍上的十字弩射出了一箭。

这是下唐骑兵唯一的一次进攻，箭从最前方一匹黑马的胸膛正面穿入，那匹骏马长嘶着带着它的主人滚倒，立刻就被跟随而上的铁蹄践踏。雷云孟虎知道自己已经做不了什么了，他第一个掉头，发疯一样鞭策着战马脱离战场。虎豹骑仅剩半箭的距离了，下唐骑兵们也明白了形势，他们争先恐后地带马逃脱，战马冲撞着可怜的驮马，胆小的驮马和马夫们一起被冲散开来，互相践踏着，驮马背上的箱子裂开了，耀眼的金光流溢出来，那是金锞子和米粒大的珍珠，是下唐准备馈赠给青阳的礼物。

虎豹骑赶到了，他们忽然就分为两路，沿着左右绕开。马刀平挥出去，驮马的血和马夫的血混在一起大片大片地泼洒开来，金锞子和珍珠像是泥沙那样散进草丛中，蛮族骏马直踏而过，追在来不及逃脱的骑兵后砍杀。他们生在马背上，下唐骑兵根本没有反击的余地，蛮族骏马逼近到逃亡者身后三尺的地方，它的主人轻松地平挥战刀，便砍下一颗头颅。颅腔中的血刚刚冲起，得手的虎豹骑已经带马驰过去寻找下一个猎物。

屠杀拖住了虎豹骑追击的步伐，雷云孟虎已经回撤到两箭之地外，他这才有机会回头去眺望。只看见刚才的战场上孤零零地只剩下一匹小驹子，它被数百骑高大的蛮族骏马包围着，惊恐地跑来跑去，像是被盛在铁桶中。它的母亲和其他驮马一起倒在了血地里，相隔不远另一片血泊里是刚刚逃出几步的骑兵和战马。

虎豹骑却并不追击，只是策动战马，渐渐围聚在手持大纛的武士周围。

“都尉，快走！快走啊！”参将跟在他后面逃出来，脸色白得像是死人。

“分散开来走！”雷云孟虎大吼，“聚在一起谁也逃不出去的！”

可是他的属下们却都在颤抖，没有人知道该怎么做。雷云孟虎拼命瞪视着他们，看见其中一人的手里还提着朱漆的木箱子。那是驮马背上的礼物箱子。

“混账！这个时候带这个东西有什么用？”他狠狠地一鞭子抽过去，把那名骑兵打下了马。

骑兵的箱子脱手了，他跌跌撞撞地扑过去捡：“不带也不见得能活着逃出去！有了这一箱，够我用一辈子了，我再不要当兵，不要再到这个死人的地方来，去他妈的！”

空气中响起了一道极犀利的声音，仿佛什么看不见的东西把雾气割开了。雷云孟虎只觉得有什么东西从他不远处掠过。那个扑向箱子的骑兵倒在了泥水里，一支黑羽箭从他的后颈刺入，整个地洞穿了喉咙，只留下箭羽在外面，箭头又穿透了他抱住的箱子。他的脸死死地贴住箱子，被箭钉在一起。

雷云孟虎看向来箭的方向，在很远的地方有一个飘忽不清的黑色影子。影子的箭刚刚出手，已经带转了马回撤，转眼就隐没在雾气中。

“鬼弓！[①]是鬼弓！”雷云孟虎愣了一瞬，嘶哑地大吼，“快走！快走啊！”

就在他呼喊的时候，更多的黑羽箭从四面八方射来。飘忽的黑影在各个方向一闪而逝，他们每一次都发出一支黑色尾羽的长箭，而后立刻隐没在雾气里。一个接一个的骑兵在雷云孟虎身边倒下，他们只能结队狂奔，可是那些黑羽箭还是不断地出现，没有一支错过目标！

“我们要死了！我们要死了！”参将拼命地吼着，带着哭腔，“他们会把我们都杀了的！”

雷云孟虎扬手狠狠地扇在他的脸上，趁着这个间隙回头。他的心凉了一下，周围再没有别的同伴了，背后一路是同伴们的尸体向着雾气里延伸。那些飘忽的黑影在他们身后一箭之地聚集，风吹开他们身上的黑色毡衣，像是一个个没有实质的鬼魂。

鬼弓们举起弓整齐开喊了一声，有一骑独自冲了出来。那是一骑纯黑的战马，它长长的鬃毛没有修剪过，飞扬起来像是一面战旗。无人可以想象这匹马奔行的速度，泥浆在它的铁蹄下飞溅，它跳跃着、长嘶着，长鬃飘洒，仿佛泥浆里跃出的龙。马背上的人却端坐着有如木偶，他稳稳地张开了手中的弓。

① 鬼弓武士是一支特殊的军队，它在人数最多的时期不过千人，仅仅听命于青阳部的主人。他们平时散布在外，过着放牧流浪的生活，唯一的区别就是他们几乎人人都是神箭手，是草原上最好的一群猎手。游射和暗杀是他们主要的作战手法，鬼弓通常不会出现在正面战场上，即使青阳的贵族们也只是听说过他们的存在，而很少能亲眼看见一名站出来的鬼弓。

“快走！分两路走！”雷云孟虎在疾奔中去推参将。

“要死一起死算了！”参将满脸都是鼻涕和眼泪，“怎么走都是死！”

“废物！”这是雷云孟虎唯一能够吼出来的话。

弓弦声响了。

雷云孟虎觉得周围静了短短的一瞬，随后硬而冰冷的东西从他的后心里猛地冲了进来，他整个胸膛忽地凉了下去，随即袭来的是仿佛烈火灼烧的剧痛。他不敢吐气，他知道自己还有最后一次呼吸的机会。他一刀劈在参将的马臀上，那匹马痛嘶着一跳，拼命地冲了出去。

雷云孟虎仰天从马背上倒下。

率领虎豹骑的中年武士带马上前，压下了黑马武士握弓的胳膊。箭已经在弦上，弓已经绷紧，却没有射出去，最后一个下唐骑兵的背影远远地消失在雾气里了。黑马背上是个年轻人，他侧过头来看着中年武士。他眼睛细长，似乎有精光从细细的眼缝中溢出来，皮肤黝黑而干燥，年纪不大眼尾已经有了刀刻般的丝丝痕迹，一直延伸到发线边，看着像草原上普通的贫苦牧民。可是他的弓却沉重异常，黝黑的看不出来材质，沉甸甸有着金属般的光泽。

“放他去吧,就像打黄羊要留下羔子。他对我们有用。”中年武士笑笑。

“大汗王下令，不花剌就听从。”年轻人的回答简单有力，他熟练地转着弓，收回到自己马鞍后的弓囊里。

九王是青阳仅剩的一位大汗王了，现在进金帐议事的时候，他坐在大君的下首，人们对他行和对大君相同的礼。如今人们只要说起大汗王，就是九王。

“大汗王以吕守愚王子的手令召唤我们，不花剌连夜带着十名鬼弓从铁线河边赶来，终于在最后关头赶上了。请问大汗王还有什么事需要我做么？”年轻人恭恭敬敬地说。

“多亏了鬼弓们的神箭，否则要在这样宽阔的草原上全歼敌人，要调动多少人才行啊？感谢盘鞑天神赐予我们草原上第一的好猎手不花剌，你的神箭总是饱尝敌人的鲜血，从来不去亲吻树木和土地。”九王微微笑着，“人们叫我青阳的神弓，我看不花刺才是我们青阳的神弓！”

披着黑色毡衣的鬼弓们此时正带着马靠近不花刺，他们高举了弓一齐欢呼，虎豹骑的武士们也跟着欢呼，用马刀敲击着鞍子。

潮水般的欢呼里不花刺却没有笑，他的神色更加恭敬 ：“如果大汗王是剑齿豹的牙齿，不花刺只是它的一根细毛，不敢接受这样的夸赞。”

九王挥手止住了呼声 ：“你的父亲死了六年了吧？可惜临死我没有能见他一面，最近常常想起和他并肩战斗的时候，可惜老朋友们却先离开了。”

“他死得非常安详，因为他一生都为了守护大君而握着弓箭，盘鞑天神会接他去云间的神殿享福，谢谢大汗王的关心。”

“别里古台虽然离开了，可是看到别里古台的儿子变成了更年轻更英勇的别里古台，真是让人高兴！”九王直视不花刺的眼睛，“新的大君就要正式即位，我们青阳好运道就要来了。不花刺，这是你的人建立功业的机会。如果不介意听我的号令，就让鬼弓和我的虎豹骑编在一起吧。虎豹骑只要有一口好酒，就不会忘记鬼弓的兄弟们。”

所有人的视线都汇聚在不花刺的身上，他静静地没有表情。

“大汗王应该知道，从有鬼弓的那一天开始，我们就只听命于金帐的主人。除此之外我们只是草原上的猎手，我们不像九王的虎豹骑，不是成群的猛兽，我们只是一只只散漫在天空里的鹰。金帐的主人命我们为他惩罚叛逆，我们就去啄瞎他们的眼睛，我们却不能为他开拓疆土。”不花刺以手按着左胸，“感谢大汗王的盛情，可惜不花刺无法接受。”

“如果没有别的差遣，不花刺就带着他们回去放牧了。”不花刺带着自己长鬃的黑马一步一步倒退出去。

他没有等待九王的回答，忽地转身。鬼弓们紧紧跟随在他马后，一起驰向了雾气中的兀思秃罕哈儿谷口，很快，雾气就遮住了他们的背影，消失和来时一样的飘忽。九王望着他们，默默地抚摸着战马的鬃毛。

一名百夫长靠近九王的身边，恨恨地说："不花剌这个猖狂的人，大汗王赐给他机会，他却不知道感恩，该受惩罚！"

"不必，这才是不花剌。他说得没错，你可以杀死雄鹰，却不能让它低头舔你的靴子。"九王无声地笑笑。

他瞥了一眼远处雷云孟虎的尸体，这个年轻的下唐武士仰面对着天空，不花剌那一箭整个地洞穿了他的锻钢鳞甲，连箭尾也没了进去，穿过了他的心脏。

"在这里竖一根木桩，把他的尸体挂在木桩上，让来来往往的人都能看见。"九王策马离去了。

十四

八月十一，深夜，南淮城。

百里煜拿起剪子剪去烛花，屋里亮了一些。

归鸿馆里静悄悄的，纵然以木屏风一层层隔开，还是显得太空旷了些。吕归尘和百里煜隔着一张桌子对坐，两个人都不怎么说话，只有外面的蛙声蛩鸣。

"真冷清啊，"百里煜没话找话，"隔着一堵墙，以前却很少来尘少主这边走动，没想到这么安静。比起来我俩枫园那边，倒显得浮华不实了。"

"小苏和柳瑜儿在的时候还好，不过不知道今晚她们都去哪里了。"吕归尘说。

"我让她们过去陪阿缳了。女孩子出嫁前，怎么都是害怕的，少不得几个人陪房。阿缳性子更娇贵，今夜她那边陪房的不下十几个，我叫小苏和柳瑜儿过去，是因为尘少主的人品她们再熟悉不过，可以安阿缳的心。"

"煜少主想得真是周到。夜深了，煜少主倦了么？"吕归尘低着头，说得恭谦，其实是送客的意思。

"没什么事，陪尘少主说说话。"

两个人又沉默了一会儿，百里煜忽然说："这些年，真是对不起。"

吕归尘诧异地抬起头来。

百里煜笑了笑："记得尘少主初来的时候，我口口声声地叫尘少主蛮子，还在路夫子那里说了尘少主不少的坏话。父亲要让小苏和柳瑜儿来伺候尘少主，我要赖不让，后来又老是夜里拉着她们两个去俩枫园那边玩闹。心里未尝没有冷落尘少主的意思。现在坐在归鸿馆里，想着那么多年，不知道多少个晚上，尘少主就是自己一个人坐在这里，孤零零的，要是我，只怕得疯了。心里真是歉疚。"

"煜少主说得过了，"吕归尘不知所措地摆着手，"其实都是些小事。在这里，大家都对我很好，我要是回了北都，一定会想念南淮的。"

"尘少主大概会想念南淮，却不是想念我们了。"百里煜笑了起来。

他注意到吕归尘的神色微微一变，不知怎么的，那一变中，窗外透进的秋寒一下子重了起来。百里煜收了笑，起身关上了窗子。两个人对坐着，又开始了沉默。

"尘少主，现在是什么感觉？"百里煜低声问。

"其实……"吕归尘犹豫了一下，"不瞒煜少主，白天的时候心里很乱，只觉得……她的样子不断在眼前晃来晃去。听着外面的人声，那么多人来来去去为我准备婚礼，只是觉得不知道该做什么，不知道把自己放在哪里，也不知道这么些年一切都是为了什么。"

百里煜低低叹了口气："心里想必是很痛的吧？"

"是，以前只看书上说心痛，还不知道心痛到底是什么感觉。现在有点明白了，就像心被人捏住了，怎么都没有办法甩开。想要大声喊，又想咬什么东西，"吕归尘微微地脸红，"我就吃了很多的酥饼，吃得很撑，可是觉得使劲地吃东西，就有个事情在做了，就好些。小苏她们都奇怪，说我以前没那么能吃的。"

"可是，"他的笑容褪去了，"怎么吃，心里还是难受，只是很难受……

很难受。”

百里煜愣了，许久没有言声。

吕归尘又笑了笑：“不过坐在这里，跟煜少主说着话，人不由自主地就安静了，想起很多很多的事情来。记得我很小的时候阿爸总是指着进金帐拜谒的女孩子问我喜欢哪个，说是喜欢了，他就早早派人帮我订下，免得被谁家的儿子先抢去了……我那时候才四五岁，不懂事，就说这个好，那个也好，最后说我都要了，都陪我玩儿。阿爸和大合萨就都笑我。现在我终于要大婚了，可惜阿爸看不到啦。以后我每天早晨起来都会看见我的妻子，跟她一起吃早饭，午后我看书，看她在外面逗鸟逗猫什么的，晚上也有人跟我说话了，我要是生病了，她会照顾我，她生病了，我也会守着她的，以前女孩子怎么想的我都不明白，她就会告诉我。”

他喃喃地说：“其实这么想着，好像心里也有点高兴似的……”

百里煜点了点头：“阿缳见了你，其实是很满意的，开始还装着闹闹，到晚上就没事了。白天时候我过去，看她正被几个婆子围着梳头，试她的新嫁衣，她自己哼着曲儿在她那堆首饰里面东挑西拣的。我忍不住逗了她两句，她就脸红，红到了脖子根，我跟她兄妹那么多年，以前倒没觉得自己的妹妹可以那么娇媚的。”

“归尘记着那天在楠宫对煜少主说的话，既然决定要娶缳公主，我决不会辜负她。”

“我们大概都是太孩子气了。其实这个世上，多少人都是见几次面就定了婚期，然后就是嫁娶，说不上什么爱恋，也就这么过了一生。”

“煜少主，你是说小舟公主么？”静了一会儿，吕归尘低低地说。

百里煜一惊，直直地看着吕归尘。吕归尘也看着百里煜，他的目光安安静静的，没有一丝的调侃或者嘲弄。百里煜呆了好一阵子，转过头去：“尘少主怎么忽然说起这个来？”

“只是忽然想了起来。去年新春我和小舟公主一起被召进紫寰宫赏赐糕饼，小舟公主在殿前为国主吹笙，记得那时候煜少主站在一旁听，手一直捏着腰间那块白玉珰，直到曲终人散都没有松开。不是入神到了极点，不会这样。”

百里煜的脸红了起来：“想不到尘少主的心思那么细……这些都看了出来。”

“小舟公主也快十五了吧？差不多到了定亲的年纪。”

百里煜想了想，只是叹了一口气。

“煜少主你不必担心的，小舟公主是楚卫国主最宠爱的女儿，放眼东陆诸国，能够配得上楚国公的门第很少，要说能够配得上小舟公主的人，就更少了。小舟公主嫁给煜少主，对大家都是好事。”

百里煜摇摇头：“这些也都不过是我自己的痴想而已，小舟也不太见我，我派人送东西给她，她也只收诗文集和琴谱，还回赠些瓷器，礼数一点不缺。而且楚卫和下唐两国的交谊，也不是那样的牢固，我心里知道的，要是真的牢固，又何苦把小舟送到下唐来当作人质？我的心事我也跟父亲说了几次，不过父亲说男儿当有远大的志向，单为了娶一个女人而娶，就是市井里的贩夫走卒的做法。”

“国主对煜少主满怀期待吧？”

“我哪里行？我是个软弱的人，本不该生在这样动荡的时代。尘少主，你不同的，你是英雄。”

“英雄？”吕归尘愣了一下，笑着摇了摇头，“煜少主，我教你一个办法，你试试就知道小舟公主的心里是不是记挂着你了。”

“哦？”百里煜睁大了眼睛，“尘少主有什么教我的？”

“不敢说教，我哪有那个本事？只是我想……若是小舟公主在意煜少主，一定会在意煜少主身边的小事。好比你喜欢谁，就会记得初见时候她穿的衣服，记得她跟你说的琐碎事情。煜少主以琴诗闻名，下次送诗文集的时候，可以誊写一本自己的诗文，刻意抄错几个字。小舟公主如果翻阅了，发觉错字，应该会在回礼时的书信中提到，那样的话，就是真的在意煜少主了。”

百里煜愣了一下，用力拍掌：“好！真是好办法！我怎么就从来不曾想到？”

吕归尘看着他站起来，搓着手掌来回踱步，像是恨不得立刻去誊录诗集的模样，不禁微微地笑了。

“明日的婚礼是什么时候呢？”

百里煜停下脚步：“明日黄昏。东陆文字，所谓‘婚’者，就是黄昏的‘昏’，黄昏行拜礼，入夜行夫妇大礼。”

“嗯，”吕归尘点点头，“我想去外面吹吹笛子。”

“我听说尘少主喜欢吹笛子，可是从没有听过，今天有幸跟着听听。”百里煜看他默默地抚摩着案子上的紫竹笛，心里忽然惊醒，自己的举动有些离谱了。

两个人走到露台上，看着月下的东宫屋宇，屋檐相连着绵延出去，琉璃瓦片上层叠的青光反射像是海波。宫人提着红纱的灯笼在远处的巷子里走过，光一闪而没。寂静中，吕归尘以袖口擦了擦笛管，试了几个音。

他吹了起来，像是水从每个笛孔中溢出来那样。百里煜吃了一惊，他知道笛子是蛮族的乐器，却从来都觉得东陆乐师吹奏得更好。而现在吕归尘的笛声只在低处轻轻回旋，却有无数的变化，千丝万缕绵绵展开。许久，笛声里才有了跳跃，却不像乐师的曲子那样花样百出，只是欢悦轻轻一闪，旋即又转为低回。他精通曲乐，拼命去琢磨其中的变化和意味，不由得神思恍惚，直到吕归尘一曲尽了，他才浑身一颤。

“有些时候不吹了，不太熟了。”吕归尘摇头。

百里煜拍了拍掌：“我明白了！是怀人之意，其实是亲情。”

“亲情？”

“我初听的时候不明白，后来想到茫茫草原，终于听懂。尘少主吹的，是亲情啊。好比草原一望无际，亲人远行，吹笛的人留在帐篷外，看着风吹草低，等着那人回归。所以曲调始终低转，只有偶尔风来，看见远方来的牧人马群，迎上去，却不是，于是又只有风声，仍旧是依依相望。只是多了几分失落。”百里煜赞叹不已，“要说灵性，这一曲笛子，已经是绝品了。”

吕归尘呆了许久，低下头去。苏玛的影子忽然从他脑海里跳了出来，他发现自己有些时候没想起苏玛了。而这曲子是苏玛教他的，临行的时候，苏玛为他整好了行装，服侍他睡下，轻轻抚摩他的额头。他感觉苏玛的手那么温暖轻柔，于是一切的担心也都消散，终于沉沉地睡着了。

夜很深的时候他醒来，帐篷外隐约传来这曲笛声，回转着，漫漫的一夜。

羽然猛地坐了起来，在黑暗中惊恐地瞪大眼睛，她的亵衣湿透，呼吸凌乱。

她呆呆地坐了很久，摸黑找到自己的袍子披在身上，起床推开了门。一阵淡蓝色的烟雾袅袅地在她面前升起，她吃惊地发现翼天瞻正坐在门口，背向着她，叼着乌木烟杆。她在门口的石阶上坐下，和翼天瞻并肩。

“又做梦了？”翼天瞻吐出一口青烟，并不看她，目光散漫地投向远处。

“我又看见我姐姐啦，到处都是火……她站在最高的那棵树上唱歌。”

“都那么多年过去了，你还是做这个梦。我骑马带着你越过勾戈大山，一路上你没有说一句话，可是我们遇见第一个蛮族牧人的营寨，你已经开始和那些孩子骑马了。我就以为你其实是个开心的孩子。可是我错了，你就忘不掉那个场面。羽然，有时候我都不知道你心里想着些什么，你的心，真是太深了啊。”翼天瞻磕了磕烟灰。

“其实我没有想什么啊，”羽然摇了摇头，“我只是想大家就这么开开心心的，可是对我好的那些人，他们一个一个，就都死了。”

“想又有什么用呢？”翼天瞻扭头看着她，“过去的，始终都是过去了。他们用了一切的努力让你活下来，可不是想你活着悲伤的。”

“可是……为什么是我活下来呢？学会泰格里斯之舞的人是我啊！可是他们以为姐姐才是姬武神，姐姐是代替我死的，是不是？”羽然托着自己的脸儿，像个茫然的孩子，“为什么姐姐觉得，我活下来比她活下来更重要呢？她死了，孔多塞也不会自己活着。”

“你恨我没有救她么，孩子？对不起，即使天武者也不可能带走两个人。”

羽然摇了摇头。

“其实每个人都有些事情是比他的命更重要的，”翼天瞻说，“只是大家都不会说。但是相处很久，你就会明白的，比如对你姐姐而言，你就比她自己还要重要。”

羽然沉默了一会儿：“阿苏勒也说过差不多的话……我有点担心阿苏勒。”

“怎么？”

“不知道，好几天没有见到他了。上次他约我在烫沽亭见面，我总觉得他有很多话要对我说。我就等他说等他说，他还是不说，”她嘟了嘟嘴，“阿苏勒就是那样，闷死了，看他坐在那里一声不吭的，我都要急了。他说他也许可以回北陆去了，真不知道他要是当上了大君，会是个什么样子。”

“他会是一个仁慈的君王吧？”翼天瞻说，“别担心他，以他那个性子，不和别人争什么，反而会平安无事。”

“我也是这么想，可是不知道怎么的心里有点不安，”羽然抱着双腿，把下巴搁在膝盖上，“刚才我听见他吹笛子了……在梦里。”

“阿苏勒可以回北陆，应该是值得高兴的事。”

“可是他看起来也不那么开心。”

“那么回青州呢？你开心么？”

“我可不是阿苏勒，他还有哥哥、大合萨，还有什么苏玛在家乡呢。我可没有，在青州我什么都没有啦，要是可以，我永远都不回去。”

“可是那是你一生一定要回去的地方。”

“我知道。”

“只希望你将来不要怪我……”翼天瞻伸出手，轻轻地抚摩着她的脸儿。

羽然看着他海蓝色的眼睛里面有什么东西慢慢地弥漫开来，像是暴风雨到来之前海上铁灰色的大雾。很偶尔地，她会感觉到翼天瞻的这种眼神，这时候翼天瞻像是变了一个人。

她凑过去搂住翼天瞻的脖子，轻轻颤抖起来：“爷爷，我怕。”

“别怕，我会保护你。而且……”翼天瞻轻轻拍着她的背，“无人能伤害你……你是神的孩子啊。”

十五

八月十二，黎明将至，有风塘。

翼天瞻在息辕引领之下走进息衍的书房，看见地上铺了一张大席，各处散落的纸卷堆起半人高，息衍正拢着蜡烛一一浏览归类。

“我以为你是个武士，所以文书的工作必定不擅长。”翼天瞻说。

“我以为羽人也是要睡觉的，所以不会凌晨时分来人家中拜访。”息衍依旧凝神在那些纸卷上，往旁边挪了挪，腾出一块空地，“桌椅都挪到外面去了，将就着坐一下。”

翼天瞻坐在他身边，沉默了一会儿：“这时候来拜访有点冒昧，不过明天夜里我将离开南淮。”

息衍微微一愣，慢慢放下手中纸卷，抬起头来：“在这个特殊的时候么？除了尘少主的父亲新丧，我得到的情报还有青州局势陷入了混乱，此外青阳部的宿敌朔北部最近大量地从商人手中购买铁刀和铁马镫，都以黄金支付，这是备战的迹象。我本想整理完这些卷宗去找你，告诉你我的结论，那就是辰月将有新一轮动作。这一次我们可能被迫和他们正面开战。这时候你作为一宗的宗主忽然离开，我会缺少援手。”

“这些卷宗是什么？”翼天瞻问。

“过去二十年来我在东陆找到的所有天驱，共计一千一百六十四人，我铺设了一张大网，遍及整个东陆，如果我们需要，只要发出带有鹰徽的信，他们将应我们的召集而来，再次举起鹰旗。”息衍拍了拍那些纸卷，“可一旦发出召集，我们的全部力量就会公之于众，我们也就再也无路可退，只能和辰月不死不休。所以我想和你商量。”

“会死很多人吧？那是你我都不愿意看到的。”翼天瞻沉默了一会儿，叹了口气，“你这张大网是如何工作的？”

“你知道东陆这边这些年来有个新兴的商业叫作‘竹筒盐行’么？这些盐行获得皇室的特许，在东陆四处经营盐业，他们和其他盐商不同的是他们派伙计送盐上门，这些盐封在竹筒里，就叫作竹筒盐，都是产自青石的上好海盐，价钱比别家的还便宜一些。所以竹筒盐行的生意遍及各个诸侯国，只是被同行所恨，因为它基本不赚钱，皇帝给的那张盐引原本值很多钱，可是这个盐行却没有打算用它来牟利。”息衍说，“但是某些人收到的竹筒里，不仅仅是盐，还会有信。这样的人共有一千一百六十四个。”

翼天瞻微微点头：“你是这个竹筒盐行的老板？”

息衍摇头：“我没钱做那么大的生意……但我恰好有个姓江的朋友做这个生意，他不介意给帮我点忙。”

“用东陆每年几十万金铢的买卖帮你这个忙，宛州江氏一代代主人还真是热衷政治。”翼天瞻说。

息衍忽地直视翼天瞻的眼睛：“战争一触即发，此刻能否留下？”

翼天瞻沉默了很久，没有直接回答："我们去年才在殇阳关阻止了他们一次，他们这么快就能恢复过来，可见这些年里他们已经积攒了很强的力量。战死十万人，在辰月的眼里依然只是一次小挫啊。"

"当然，"息衍冷冷地笑，"要颠覆世界的人，哪会把十万人的命看作什么大事呢？"

翼天瞻深深吸了口气："很快也许会有十万羽人死去……我的侄孙翼霖已经成为羽族各方力量中的最强者，他刺杀了羽皇，正逼近齐格林，他期待着在那里为自己加冕。他已经迷失在杀人和成为羽人皇帝的梦里，毫无疑问，辰月的使者教了他什么东西。四面八方，同时燃起了战火。这是全面开战的征兆，我理应留下来协助你，可……我是一个羽人，不是么？我的族人正在受苦，我应该回青州去，尽我的力。"

息衍沉默了很久，摇摇头，无奈地一笑："这理由让人无从反驳，你在成为一个天驱之前就是一个羽人了，我不该劝阻你回去帮助你的族人……不过真的有用么？你被羽皇放逐，也许他恨不得杀了你，整个羽族都知道。"

"我们也曾下令追杀幽长吉，可他依然觉得他是个天驱，他以天驱大宗主的身份死去。"翼天瞻说，"这样想来我和他一样固执。"

"以你对于翼霖的了解，你认为辰月煽动他的目的何在？"

翼天瞻思考片刻："翼霖已经获得了鹤雪团的支持，他一旦拿下齐格林，辰月会把他的野心引向东陆。比当羽皇更荣耀的，是当整个九州的皇帝，也许鹤雪团的精锐将出现在天启的上空，把足够洞穿骨头的箭对着大胤皇帝射下去？紧接着两国宣战，木兰长船渡海……同时蛮族骑兵也会渡海南下，为他们战死在风炎朝的祖辈向东陆人复仇？那时候就算晋北那头白虎、离国那头狮子能和我们联手，我们也无法阻挡整个大胤帝国分崩离析。东陆会变成混乱的战场。"

"那就是辰月期待的崩裂之世啊。"息衍幽幽地叹了口气，"是啊，跟这样的计划相比，殇阳关不过是小小的挫败。"

翼天瞻点了点头："以整个九州为棋盘发起一场混战，这要何等磅礴的想象，何等强大的力量……雷碧城不会是最高的领袖，我能感觉到，站在雷碧城身后的人，远远比雷碧城高大……数十倍……数百倍！"

"那就杀了他背后的人！"息衍向翼天瞻伸出了手。

翼天瞻看着他的手，不解其意。

"握个手，算是告别吧。你去青州，东陆留给我，你我互为呼应，遥隔数千里。"息衍笑，"可不要老死在青州了，我的朋友已经不多了。有一天回到这里，还会有十里霜红和弹琴的老朋友。"

翼天瞻伸手和他紧握，两人手上的力量极大，仿佛铁钳，可裂金石，但是脸上都没有表情，两人默默地对视。

两人同时撒开手，翼天瞻起身退后几步，转身出门。

在门口他举起右手竖起拇指，让那枚铁青色的扳指反射着月华："铁甲依然在！"

"依然在！"息衍放声大笑，"你我老朋友了，不必那些客套，我不送你，出去带上门，别让小贼进来偷我的花。"

翼天瞻踏着黎明前的月色出门，穿过花圃走到大门边，听见背后一声弦鸣。琴曲如一个英气的女子酒醉之后临风歌舞，高台之上，送别故人。

十六

八月十三日晨，帝都，桂宫。

雷碧城疾步踏入宫殿，女侍们刚刚把香薰的坐垫铺好，长公主一头长发不曾梳理，拥着一袭轻纱睡袍从后堂匆匆出来，宁卿跟在后面帮她撩起袍脚，他也只披了一件织锦的长衣，开襟处露出白皙如女子的胸口。

"碧城先生急着找我，有什么紧急的事么？"长公主急着落座，挥手打了女侍一巴掌让她闪开。

"刚刚得到的消息，下唐使团在蛮舞原全军覆没！"

"全军覆没？"长公主大惊。

"青阳部的新主人吕守愚甚至没有给他们一个去北都城递交国书的机会，他派遣贴身的护卫鬼弓武士们在鸣骸鸟谷口杀死了几乎全部的使团成员，只有一个参将逃脱，这应该是他们故意留下来报信的。参将是我们的人，他放出了两只鸽子，一只刚刚到达帝都，另外一只应该还在去南淮城的路上。"

"吕守愚这是想干什么？"长公主拍着扶手大怒，"敢无视我大胤皇室的尊严么？"

宁卿微微躬身凑到她耳边："吕守愚采用这样的雷霆手段，是表示他要和我们决裂。我们手中握有他的幼弟，当年的青阳世子，按照结盟的规矩，他敢于诛杀使团，我们就会杀死人质来报复，从此他和我们就是死敌了。他这一手，全然没有留余地。"

"宁卿公子说得没错，吕守愚已经派遣使节告诉所有蛮族人，他的父亲吕嵩死前当着众人的面，把青阳部交给了他。此时这个幼弟对于他而言不但没有用，反而是绊脚石，他不会在乎弟弟的死活，他的矛头指向我们！指向长公主！"雷碧城说。

长公主摆了摆手："吕守愚知道下唐国的后面是我么？"

"有人会告诉他，"雷碧城沉声说，"我想，在背后支持吕守愚的，是东陆的一位重要人物。"

长公主转着黑白分明的眼睛思索，忽地她站了起来："淳国，梁秋颂！"

"长公主英明！"雷碧城长拜。

"我早就怀疑梁秋颂，梁秋颂看似一直尽忠皇室，可是这些年来他在淳国坐大，根本就是要自立为主。梁秋颂也许和嬴无翳一样危险，"长公主疾步来往，又忽地站住，"不！他比嬴无翳更危险，嬴无翳是头吃人的狮子，梁秋颂是条藏在我们怀里的蛇！"

"那么长公主想到梁秋颂获得蛮族支持之后，会怎么办吗？"雷碧城问。

“他会唆使蛮族南下。”宁卿答了，“首先接战的会是淳国，梁秋颂会诈败，一旦蛮族铁骑通过淳国把守的唐兀关天险，他们会直指天启……就像文景年间蛮蝗肆虐时一样。”

“远比那更严重，七十年前来东陆的是些在瀚州活不下去的游牧民，如今我们将面对青阳大君吕守愚的虎豹骑！”雷碧城的声音如金铁交鸣。

长公主面色骤然一变，默默地站着，看向远处。

雷碧城走到长公主面前，冷冷地一笑：“恭喜长公主，贺喜长公主。”

长公主瞥了他一眼，露出警觉的神色：“有什么可喜？”

“白氏皇族重新统一东陆的机会就在眼前，难道不值得庆祝么？”雷碧城目光如电。

“重新统一东陆？”长公主疑惑起来。

雷碧城微微点头：“梁秋颂要和吕守愚一起来，在我看来是求之不得的事。一旦蛮族入侵，我们就有理由传令诸侯，合兵抗蛮。我们大可以打开殇阳关的城门，让诸侯大军通过王域，进入淳国内部和吕守愚的骑兵开战。那时候，双方必定都死伤惨重，而我已经为长公主准备了另外四万张连击弩，这种武器的威力长公主已经看过，当日在殇阳关下，逼得白毅不能后撤。弩手可以从平民中招募，只要很简单的训练就可以送上战场，一万连击弩发射起来，有如十万长弓。长公主依靠这支力量，足以外御蛮族内压诸侯，那时候长公主是皇族的英雄，诸侯的属地也不得不划入王域。普天之下莫非王土，东陆四州每一寸土地，都该是王域！”

宁卿微微一震，却没有说话。

长公主沉吟片刻：“以我大胤如今的军力，真和蛮族开战……在碧城先生面前没什么不能说的，要说国之财富，我大胤一个诸侯也胜过蛮族七部的总和，可要说军力，我大胤立国七百年来，能正面抗衡蛮族的只有武皇帝。武皇帝天纵英烈，兼有铁驷之车为羽翼，宛州商会为财库，会天下诸侯之兵，两次北征蛮族，皆胜。可是到头来民怨沸腾国力衰微，武皇帝本人也是郁郁而终。”

“如今皇室不振，诸侯离散，能够真心为白氏出力的，只有楚卫、下唐、淳国三家，如今梁秋颂以淳国公为傀儡，窃取淳国大权后，以楚卫、下唐两国兵力对抗蛮族铁骑，几乎没有胜算。”雷碧城淡淡地笑，“这是长公主心里所想的吧？”

长公主叹息：“正是，如今诸侯中兵雄马壮的，北面是淳国和晋北，南面是‘天南三国’楚卫、下唐和离国。晋北的国君雷千叶也是个两面三刀的人，看起来恭顺，其实用心险恶。我听人说雷千叶是头雪山里的白虎，睡醒了就要吃人。五国里这样就去了三国，算下来只有楚卫、下唐还能调用。”

“长公主漏了一个人。”雷碧城含笑说。

“离国公，嬴无翳。”宁卿忽然说。

“痴人说梦！”长公主冷笑，“嬴无翳是头狮子，难道还想为他戴上笼头供你驱策？净说些没用的废话！”

“不，宁卿公子说得没有错，”雷碧城缓缓说道，“东陆的雄狮，那时必然会站在我们这边，因为他比任何人都更不愿看着蛮族人在东陆横行，他把东陆看作是他的地方，他一定会起兵呼应我们。而且青阳部也有后患，他一旦踏入东陆，那后患就会爆发，一头狼已经在北方觊觎了很久了，它始终闻着南方来的味道，一旦闻到死人的味道，它就要南下掠食了。”

“后患？”长公主问。

“朔北狼主，楼炎·蒙勒火儿·斡尔寒，他是草原上一百年来仅次于钦达翰王的英雄，没有人能阻止他，除非钦达翰王复生！”雷碧城说，“我派出的人已经和朔北狼主达成了协议，他们将是我们的朋友……虽然和狼王做朋友总是有些危险，可好在我们有共同的敌人。”

长公主沉默了很久，默默地退后几步，在坐床上疲惫地坐下，对于如此之多的消息扑面涌来，她的年纪让她已经有些畏惧了。

她在旁边摸到凉玉的梳子，默默地梳理自己的长发，良久，叹了口气：“我一直都是相信碧城先生的。不过碧城先生运筹帷幄，以天下为棋盘，这一局的输赢横跨九州南北，赌得很大啊！”

雷碧城恭恭敬敬地行礼：“长公主曾说皇室衰落之际，自己身为一介女流，仍要挺身而出，做男人们做不到的事。这是绝世的志气，雷碧城为长公主做的，正是世上绝大多数人做不到的事。我不在意这棋盘有多大，输赢有多艰险，我是领了神的旨意为实现长公主的抱负而来。人生在世，不能统一四方，而固守一方王域，仿佛结牢自困，不是英雄的作为！”

“人生在世，不能统一四方，而固守一方王域，仿佛结牢自困，不是英雄的作为……”长公主喃喃自语，忽地，她眼睛亮了起来，提高了声音，“好！碧城先生惊醒梦中之人，白凌波这一生，若只是满足于在这王域里叱咤，未免惹人耻笑！那样后人说起我，不过只是个见识短浅的女人，一个描眉画眼胸无大志之辈！碧城先生请教我该当如何处置。”

雷碧城微笑：“无需长公主动手，我们只需静静作壁上观，很快，北都城就会有新的消息传来。”

宁卿思索片刻，上前一步：“不过消息如果传到南淮城，可不知百里公爵会做什么反应。长公主是否还是应该写一封亲笔信，快马传书，以安其心？他对这次和青阳的会谈抱了很大的期待，还有那个青阳世子……”

“按照背盟的规矩，斩首。”雷碧城缓缓说道。

“斩首？”宁卿微微犹豫，“此刻如果把人质斩首，虽然足以威慑，却没有什么实际用处。我听说那个世子虽然有些刀马功夫，性格却很懦弱，留他性命，未必不能……”

“不，”雷碧城打断了他，“斩首，我见过那个孩子，他对于我们非常危险。吕嵩已死，他没有用了，绝不能留！”

“唉，一个小孩算什么，碧城先生说斩首，就斩首好了。”长公主阻止了宁卿，“宁卿，替我写信给百里景洪。”

“还有，让百里景洪立刻监禁息衍，就算不能杀了他，也不能给他自由，禁止任何人跟他联络。”雷碧城说。

长公主愣了一下，微微蹙眉，面有难色：“百里景洪非常依仗息衍，虽说息衍这个人很是危险，可这些年来对百里景洪他倒显得很臣服。让百里景洪监禁息衍，等于削掉他的臂助，我只怕他心里会有不满。而且息衍作乱的证据没有收集完整，此人在东陆军人中声望极高，又是勤王之臣，现在对他动手，只怕会有骚乱。碧城先生真觉得值得么？”

雷碧城再次躬身，行长拜大礼：“长公主请相信我，要杀那个青阳世子，息衍必然铤而走险，把他的乱党同伙都召集起来，那时候要扑灭祸乱，就难上百倍了。”

长公主沉默良久，转向宁卿：“宁卿，百里景洪坐拥宛州之富，是皇帝的股肱。以他现在的地位，会抗拒我们的决定么？”

“禀长公主，百里家数百年来，对那些不忠于皇室的分家，从不容半分亲情。”宁卿整理衣袖，趴在坐席上俯拜，“宁卿以身家性命为下唐国主作保。如果百里景洪敢不忠于长公主，我愿只身提刀，策马千里，取百里景洪的头颅献于公主驾前。”

“很好。”长公主微微点头，轻轻叹了口气，“宁卿，你这话里有一股杀气……你长大了，再不是那个乖乖的孩子了。你身上流着百里长青的血，迟早你会像你的父亲那样一飞冲天吧？”

“一飞冲天也是长公主的鹰。”

长公主微微点头，猛地挥手：“宁卿，向百里景洪下令！”

雷碧城挥袖，身后的黑衣从者近前一步，将一封早已准备好的信放在宁卿面前。

宁卿从侍女手中接过刃长不过两寸的薄刀，划破自己的手指。他从袖子里滑出一枚似乎是乌玉质地的小印，将鲜血涂抹在印纹上。印章忽然起了变化，漆黑的印石忽然变得透明，不再是黑色，而是浓重的红褐色，似乎有流质在印石中缓缓流淌。

宁卿将印章押在信的末尾，那些红褐色的流质流出印石，慢慢渗入纸里。

第四章 一生之盟

一

八月十二日傍晚，南淮城，楠宫。

两侧宾客对坐，寂寂无声，所有人都以玄红为衣色，玄红是正色，东陆贵族的婚服都是黑中隐约透着红意的丝锦。新人们衣袖相挽，站在堂前，昏黄的阳光从窗格里照进来，在坐席上投下一对修长的影子。侍从以托盘奉上一只葫芦，旁边是一柄白帛裹着的短刀。吕归尘看了看身边的百里缳，百里缳低着头，把一只白皙柔软的小手按在刀柄上，吕归尘伸手握住了她的手，合力抓起短刀。

清光一闪，葫芦从中间漂亮地裂成两半。

宾客们鼓起掌来。

侍从又捧上了酒坛，百里缳和吕归尘各自以一片葫芦舀了酒品尝。

宾客们又鼓起掌来。

吕归尘默默地把葫芦放回托盘上，知道这样他就算是一个有家室的男人了。婚礼上的一切都圆满，葫芦裂得干净利落，恰好分成两个完整的瓢，这是很好的兆头。他环视周围，宾客不多，但显然都是有身份的人物。东陆贵族的婚礼讲究简单郑重，邀请入婚堂的宾客都是家族里的老人，代表家族和血缘。此外的人只能送上礼物，隔着几十步远远地观礼。老人们呆若木鸡，目光昏昏地看着前方，昏花的老眼只怕连新人的相貌也看不清，只有坐在末席的百里煜对吕归尘眨了眨眼睛，嘴角含着笑。他如今是堂堂正正的下唐储君，可是在庞大森严的百里家族里，他还只能算个孩子。吕归尘微微点头回礼，心里有点奇怪，国主百里景洪没有出现在宾客中。

宾客们整齐地起身，一一退了出去。婚礼已经结束，剩下的是入洞房行夫妇间的大礼。

偌大的婚堂忽然空荡荡的只剩下几个人，吕归尘扭头看他的新婚妻子。百里缳仍是低垂着头，她的长发漆黑，脸上的粉妆很厚，看不出太多表情，倒是从衣领看见她一抹白皙如雪的脖子如今红得让人可怜。百里煜没有和家族长者一起离去，这个只会弹琴写诗的年轻人今天却是一身戎装，端坐在婚堂门口，手持百里氏的家传名剑“青桑”。他是家族里年轻的未婚男子，应当充当新婚之夜守夜的责任，仗剑使鬼神不得作乱。吕归尘看他一脸肃正目不斜视，不禁也有些想笑。

侍女们上来行礼：“请世子殿下和公主殿下随我来。”

两个人并肩走过长长的步道，两侧都是红烛，火光里百里缳的面颊娇红，手微微颤抖。吕归尘悄悄瞥了她一眼，心想此刻这个娇纵少女的心里，大概也满是期待或者不安吧？如今她是他的妻子了，漫漫长长的一世，他将和这个小女孩在一起，同桌吃饭，相拥而眠，病中互相照顾，春来同车远游，就这么时光穿梭，两个人一天天看着彼此长出白发、生出皱纹、牙齿脱落、腰背佝偻，有朝一日他死了，为他痛哭的是这个女孩，而不是其他人。她会趴在他的棺盖上号啕着说为什么你这么早就离开了我？你离开了我该怎么办？这样想着，他心里忽地就有了一点怜惜，于是轻轻去拉了她颤抖的手。百里缳手猛地哆嗦了一下，然后不动了，手心里渐渐传来一丝暖意。吕归尘感觉到百里缳的身子靠他近了一些，胳膊和他的轻轻摩擦，隔着丝锦能够感觉到少女肌肤细腻如丝。

“别怕。”他轻声说。

“其实我也怕……”他又说。

走了几步，吕归尘听见百里缨轻轻地一笑。

“父亲！父亲！”百里煜的惊叫忽然从外面传来。

吕归尘和百里缨都吃了一惊，猛地止步，回头就看见百里景洪的脸。他大步而来，神色狰狞，额头的青筋跳动，身后跟着一队匆匆忙忙的大臣。

“国主不可……国主不可啊！”一名长史想去挽国主的衣袖，“不是时候，不是时候啊！”

百里景洪狠狠地甩开了他，转身瞪着吕归尘：“世子知不知道，你的哥哥已经杀了我们下唐的整个使团，宣称和下唐断盟，转而和淳国结盟？”

吕归尘愣住了。事情太突然，他完全不知该如何回答。

“我把我最心爱的女儿嫁给你，给青阳部馈赠了无数的精铁和武器，在下唐奉你为上宾整整八年！难道就是这个回报么？”百里景洪的声音越来越高，“我现在给你两个选择！”

“选择？”

“第一，你还是我下唐的女婿。你是青阳的世子，你手写一份文书呈上天启城，告诉皇帝你才是蛮族的主人，你的哥哥只是个夺位暴政的强盗。我下唐十万铁甲，保你回到北都，夺回属于你的位置，你就是北陆的大君，草原的主人！第二！”百里景洪解下腰间佩剑，狠狠地摔在地上。

一片死寂，没有人敢说话。百里煜和那些试图阻止百里景洪的大臣也都不敢在那柄剑前再说什么，战战兢兢地跪了下去。百里缨按着额头，摇晃了一下，倒在侍女的怀里，可是没有人注意她，她的父亲背对着她死死盯着她的丈夫，而她的丈夫静静地看着地下的剑。

“国主是要把我当作下唐的奴隶，押着我上战场么？”吕归尘终于抬头。

“你的哥哥即位，你又怎么做主人？”百里景洪竭尽全力，把他的暴怒藏在阴阴的语气里，“只是选择当谁的奴隶而已！”

“尘少主，尘少主！阿苏勒，阿苏勒！还有转圜的余地啊，父亲，父亲……”百里煜忍不下去了，上去死死拉住父亲的袖子，大声喊着。

吕归尘深深吸了一口气，对着蒙着红锦的屋顶轻轻吐出。

“我们青阳的男子汉，谁的奴隶，都不做！”他看着百里景洪的眼睛，一个字一个字地说了出来。

说完了这句，他忽然觉得浑身都轻松了。他忽然想起苏玛的姐姐，那个红衣服绝美的女孩龙格沁·乌央玛·枯萨尔，想起她在临死前说的话，隔了这么些年，他才发现这话说得真是好，让你说出来，一生都不后悔。百里煜身子一颤，软软地坐了下去，眼睛里满是悲哀。

“煜少主，过去的几年，多谢你啦。”吕归尘看着他的眼睛，认真地说。

他不再看所有人，转过身，背向他的妻子、他的岳父，缓缓走出了他的婚堂。

二

就着月光，翼天瞻把最后一个包裹拴在马鞍上，扯了扯，确定跑上几百里它也不会掉下来。

“都准备好了么？”他回头扫视羽然和翼罕。

“好了，等待公主殿下的命令！”翼罕回答。

翼罕的马是一匹青色的蛮族骏马，俊美而优雅，他换了东陆的装束，以斗篷上的风帽盖住了自己银白色的头发，背着弓，稍微落后羽然的马半个马身，翼护着她。羽然也是同样的装束，只是脸上蒙了面纱，翼罕从未见过这位公主的真容，只看见过那双深黯的玫瑰色的眼睛。此刻这双眼睛低垂着看着脚下，翼罕也不敢惊扰，只是静静地等候。

“好了。”羽然抬起头。

翼天瞻点了点头，掷出手中的火把。火把落在屋顶上，淋了火油的茅草立刻被点着了，火焰迅速吞噬了整栋屋子，熊熊烈火在漆黑的夜色中亮得让人不敢直视。翼天瞻想起九年前，他用了一百二十枚金铢买下了这栋屋子，如今如果出售它值一百八十枚金铢了，这些年里，羽然从一个蹦蹦跳跳的小女孩长成了现在的公主殿下。这么回想起来，他才惊觉九年时间竟然是如此的长。

他翻身上马，策马走到羽然和翼罕的身边，看了翼罕一眼：“你先去城门那里探一下，我和公主随后跟上来。”

翼罕不明白这道命令，犹豫了一下。

“去！”翼天瞻加重了语气。

翼罕立刻掉转马头，风一样离开了。

翼天瞻拉了羽然坐马的缰绳，羽然的马就跟在他的马后慢慢地走。

“真的不要道别？”走了很久，翼天瞻忽然说。

“我不知道怎么说，”羽然摇了摇头，“不如就这样吧，他们也不需要知道我是谁。我就这样来了，也就这样走了。他们只知道我叫作羽然，没有玉古伦公主，没有羽皇的女儿，也没有泰格里斯姬武神。”

“是担心为他们带来灾祸么？”

“希望姬野和阿苏勒一直开开心心的。”

“承袭了鹰徽的孩子，他们是武神手里的剑，不会开开心心的。”翼天瞻说。

羽然不说话了，两个人任马儿慢慢地向前走。

又过了很久，翼天瞻忽然问：“羽然，他们两个人里面，你更喜欢哪一个呢？”

羽然低着头，很久没有回答，马蹄声滴滴答答像是一场稀疏的春雨。

“其实我心里，是知道的。”她很轻很轻地说。

翼天瞻沉默了一会儿，无声地笑笑：“知道就好了，用不着告诉我。羽然知道自己最喜欢的人，就是长大啦。”

“我们还会回来的！对不对？”羽然抬起了头。翼天瞻觉得她的眼睛忽地亮了，星辰一般。

他沉吟了片刻："我不知道，公主殿下，我不能许诺你任何事。可是你要面对的是整个羽族的将来，你是泰格里斯的姬武神、公主、圣女，你所到的地方有人会跪下来把你看作神赐给森林的救主，也有人会为了杀死你而引起战争，你一辈子总会跟灾难和荣耀同行……即使那样，你还想再回到这里么？"

"我知道青州是我一定要回去的地方，可是南淮也是，"羽然的声音轻且细，却带着十二分的郑重，不容拒绝和怀疑，"所以我会回来，一定会！"

翼天瞻觉得自己心里有块地方忽地颤了一下，像是坚冰被带着暖意的风吹化。他忍不住笑笑，想着自己一把年纪了却会因为一个十六岁女孩一句天真的话而忽然觉得天地万物都温暖起来，他忍不住要嘲笑自己。

他收敛了笑容，转过头，目不转睛地看着羽然："如果是这样，我的殿下，无论如何，你将会归来！无论有多少阻碍，翼天瞻·古莫·斯达克将手持长枪做你归途上的扈从！"

羽然触到了他的眼神，隔了一会儿，玫瑰色的眼睛里露出了孩子般的笑意。

南淮城门上挂着玄红色的旗幡。夜深人静，快到闭门的时候，守卫城门的军士们透着一股喜庆劲儿，正围着一只大锅煮肉。

"什么人深夜出城？"为首的什长警觉一些，注意到了夜幕中逼近的三骑。

翼罕浑身绷紧，悄悄按住了肩挎的绿琉弓。翼天瞻知道这个出色的鹤雪并没有足够的经验对付东陆人，于是带马略略突前，拦在翼罕身前，干脆摘下了自己的风帽："军爷，我们是羽族的商人，贩运货物出城，还要赶青石城出港的大船呢。"

什长领着几个军士，围着三匹马转了一圈，最后目光汇聚到翼天瞻手中的长枪上："带着武器？行牒上写明了可以带武器么？"

翼天瞻把三张行牒呈了上去："三个人，带了一张弓和一支长枪，行牒上都写明了。我可是个羽族的路护啊，没有武器，怎么保护我的主人呢？"

他指了指神色紧绷的翼罕。翼罕是个英俊的年轻人，斯达克城邦的贵族子弟，他绷着脸的时候，尤其有种不可亲近的感觉，确实像是这行人的头领。

"呵呵，这么老的路护，吃这碗饭也不容易啊！"什长喟叹了一声，忽地又问，"那你们带的货物是什么？贩运货物出城，也不带马车？"

翼天瞻微微愣了一下，立刻反应过来，指着隐藏在斗篷里的羽然，露出市侩般的笑："军爷，不是只有死的东西才能算货物的，活的也可以是货物啊！"

什长恍然大悟地点点头："原来你们是……"

翼天瞻含笑拉住他的手，悄悄把一枚金铢滑到他手心里去。

"好，好！没问题，出城吧！走夜路可要小心啊！"什长会心地笑了起来，转过身去冲自己手下的兄弟比了个眼色，炫耀地把那枚金铢在手指间转了一圈，"真是个好日子，一人一条羊腿吃得你们舒服了，还有小笔横财！"

翼罕护着羽然，率先走出城门，翼天瞻赔着笑，最后漫不经心地问了一句："一人一条羊腿啊？真是好日子。"

"今天是金帐国的尘少主和我们缳公主大婚的日子啊！国主有令，守夜的人一人赏赐一瓶酒、一条羊腿，这都快炖烂了，你们赶路的就快走吧，不然也留你们喝一口，添个热闹。"

羽然忽然转头，她的风帽落了下去，面纱也滑落，一头金色的长发在夜风里轻轻地扬起来。

"阿苏勒……"她低低地说。

翼罕紧张起来，急忙去扯她的胳膊，可他拉不动，羽然的身子绷得紧紧的。

“哟，你们贩的……怎么是个羽人啊……还用得着贩羽人去青州么？”什长呆呆地看着羽然，“不过长得真是……”

急促的马蹄声传来，传令的军士高举金菊花令牌，在城门口勒马人立起来，大声呼喊：“闭城！闭城！国主有令，今夜就此封城！快闭城！”

什长急忙上去行礼：“怎么又要闭城？不是大好的日子么？兄弟们正在煮肉喝酒，还想休息休息呢！”

传令军士低头在什长耳边说了些什么，什长的脸色忽地变了。

“闭城！闭城！”他对着军士们大吼，“赶快闭城！”

翼天瞻的脸色也变了，他握着长枪的手上青筋跳动。他有些后悔自己的大胆，试图骑马出城，其实他们本可凝出羽翼飞越南淮城墙，但是根据翼罕的消息，追杀而来的鹤雪已经赶到南淮，在这样明朗的月夜展翅也有不小的风险。

“你们几个，什么人？”传令军士瞪着翼天瞻。

“唉，几个商人，已经验过行牒了，走吧走吧！”什长上来拦在中间，用力在翼天瞻的马屁股上拍了一巴掌，“闭城！快闭城！”

翼天瞻的白马长嘶着冲过城门，他猛地扯过羽然的马缰，带着她飞奔起来。翼罕紧跟在他们的马后，这是他第一次看见公主的脸，像是心头被针扎了一样。她的美丽是神赐的礼物，又是致命的毒药，令人惶恐、惊悚，又痛苦。

三骑没入了漆黑的夜色，城门在他们背后缓慢地合拢。

“到底为什么闭城？”军士们抱怨着推动城门。

“金帐国杀了我们的使节，这盟约破了，联姻也不成了！”什长大声地抱怨，“明儿要把尘少主砍头了！”

三

午夜已经过了。

姬野蹲在树上，跺了跺脚，觉得自己的软靴还算合脚。他没有穿那身荣耀的禁军鳞甲，只着一身漆黑的武衣，肩上挎了一条长绳。

他从书里听过这种装束，据说是天罗的刺客们穿着的，这样他们隐没在黑暗里无人可以分辨，走路也没有丝毫声音，午夜杀人悄无声息。《四州长战录》上说，蔷薇皇帝军中就有不少这样的好手，往往兵势不能胜过对方，却能让对方的将军夜里莫名其妙地丢掉头颅。姬野从一个商贩那里买了一套，夜里家人都睡下了，他就穿起黑衣来练枪，想象自己是蔷薇皇帝麾下一个倏忽来去的神秘武士。

可今天不同了，第一次他要把这身衣服派点实际用场。

他把拴着搭钩的绳子举过头顶旋转，却发现这玩意儿转起来呼呼作响，远称不上悄无声息。他想收点力气，可是绳子立刻软下来，差点把他缠了起来。他只得把自己解了出来，重新挥舞起来。练了一阵子，他终于对这飞钩有了些感觉，可是一扬手，不但没有钩中墙后那棵树，反而把墙角的一只破缸打得粉碎。

巨大的声响在静夜里传出很远，他惊得缩头在树荫里，很久只看见街角的一只猫无声地蹿过，竟然没有一人过来。

姬野长长地舒了一口气，又不禁想原来蔷薇皇帝军中的那些刺客们也未必都是神乎其技的好手，或者他们也曾打烂过人家的缸，只是被粗心的守夜人忽略了。

连着试了几次，搭钩终于碰巧搭上了一根够粗的树丫。姬野高兴起来，扯了扯，猛地一蹿，荡进了院子里。落地还算顺利，他敏捷地一滚身，握着腰间的青鲨，左右顾盼，没发现人影。他心里略有些得意，贴着墙根蹿了几步，背靠着墙半蹲着，听了听屋子里的动静。屋里静悄悄的，窗户里也没有灯光。他抬头看了看天，乌云漫天，遮住了夜色，按书上的说法，这是下手的好时机。

他贴着墙壁闪到正门前。撬锁他没有学过，心里有些忐忑，也不知道河洛商人贩卖的那把据说能开世上九成锁的钥匙会不会管用。他摸到了门锁，拉了拉，啪的一声，锁竟然自己落了下来。姬野急忙弯腰把它捞在手里，一点声音也没有发出，他心里叫了一声庆幸，这块锁差点坏了他的事。他想玉石铺子这些人也真是粗心，居然夜里也不锁门，这些价值都是上百金铢的高价货色，若是碰上了贼，还不给偷个精光么？

他想了想，明白自己就是个贼，心里好像有些不舒服。

他摸进了屋子里，轻手轻脚地越过了大玉海，在巧色的玉雕鹦鹉下低头闪过。他上次来的时候暗自留心记了方位，虽然昏暗，可是借着影子，也能判断得差不离。那块青色的玉圭还挂在窗口上，只有一轮漆黑的影子，他对这个没有兴趣，摸索着去探通向后堂的门。外面的灯光透进来，所有玉器都反射着莹莹的微光，让他勉强可以看清通道。

后堂的门应该在屋子的右角，隐没在一片黑暗中，他估摸着再走几步就到了，不由得加快了步子。

他忽然觉得自己踩到了什么，一头栽了下去。多年习武毕竟不是浪费时间，他在失去平衡的瞬间弯腰侧滚，半蹲在黑暗里。他刚刚在心里说好险，就看见眼前一点火光跳了起来，火光的背后是一张枯瘦的老脸，上面两只昏花的眼睛正迷蒙地看着他。姬野惊得几乎跳了起来，差点喊出声来，却听见那个人低低地笑了一声："原来是你啊！是来找那枚玉环的吧？"

是那个年老的玉工。

姬野愣了一会儿，摸了摸自己的脸，发现自己忘记蒙上面纱了。面纱还揣在他的腰带里。他彻底失去了信心，犹豫着看了看举着火绒的玉工，干脆盘膝坐了下来。

"你说要回来，我还等着你呢，却没料到是这样回来。"玉工笑了笑，吹灭了火绒。

姬野低着头，不出声。他明白刚才其实是踩在了玉工的腿上，玉工就坐在那堆玉器里面。

"本来玉环我是给你留着的，不过有人白天来，买走啦。"玉工拍了拍腿上的灰说，“也是以前来过的主顾，喜欢那枚玉环，我也不好拒绝。”

姬野呆了很久：“您……深夜不睡么？”

“起来看看这些东西，没有料到会有人进来。”

姬野忽然明白了为什么那把锁是开着的。他的脸悄悄地红了，看来当一个刺客确实不是容易的事情，连小贼他也当不好。

“是钱不够吧？”玉工平和地说，“看你是个不懂弄钱的禁军，靠军饷，没多少钱。”

姬野的头更低了。他确实没有钱，虽然姬谦正从不要他的钱，可是他攒来攒去的几个钱，还没有二十个金铢，喝酒赌钱常常还是吕归尘拿钱出来，他不好意思，又把攒的金铢推给吕归尘。吕归尘总是不要，可是姬野硬推给他，吕归尘也就只好拿了。

“其实玉石是不值钱的东西啊，”玉工叹了口气，“没必要这样的。”

“先生为什么深夜不睡？”姬野刚说出口，就觉得自己的问题真是傻。

“我要离开这里了，舍不得，起来看看这些东西。”

“离开？”

“南淮城的房租，太贵了。这些玉器的原石又越来越贵，赚的钱都要付不起房租了。我这是个小铺子，不比大铺子有买卖，有时候十天半个月也卖不出东西去。趁着以前还攒了一点钱，我想回沁阳去了。可是舍不得。”玉工低低地说。

两个人都沉默起来。

“呵呵，也算是有点缘分，”玉工笑笑，“蛇盘玉没了，我也送不起，别的玉环要不要挑一件？算我送你了，最后一个主顾了。”

姬野摇了摇头。

“是送给朋友么？”

姬野点了点头。

“白水淘尽沙，丫头鬓发白。浣纱人归晚，同舟共采莲。”玉工低低地哼着一曲小调。

不知怎么的，姬野觉得心里沉甸甸的，两个人对坐了一会儿，姬野悄无声息地退了出去，玉工也没有再和他说话。

四

姬家大宅。

门楣上挂着两盏红纱灯笼，照得门前一片暗红。姬野悄悄推开门，左右看了一眼，沿着墙根自顾自地走向自己住的北厢房。不知道什么时候开始，这成了他的习惯，他进家门不从中堂的大道走，而是沿着他自己在草地上踩出来的一条小道走向自己的卧房。他倒是不怕什么，可是他也不愿看那些脸色。

“野儿！”一个低低的声音。

姬野正想着自己的心事，猛地抬头，看见了不远处站在屋檐下的姬谦正。

“父亲。”他漫不经心地打了个招呼，心里却诧异，父亲从不会深更半夜等他。往往一家三口都睡了，姬野才一个人悄悄回家，天没亮，他又去城外的大柳营操练，整日不得相见。姬谦正早对这个儿子放弃了希望，只是让使女给他留个门，就像喂条不着家的狗，随他去了。

“这么晚，去哪里了？”姬谦正皱着眉。

“出去走走。”姬野懒懒地说。

姬谦正鄙夷地上下打量着他：“十八岁了！十八岁啊！我十八岁的时候，已经在皇室少府出仕了！你好歹也是一个禁军军官，一点威仪没有，倒像个流浪的浑人！”

姬野不说话，低着头。他已经比父亲高了，低着头姬谦正也能看清他那双墨黑的眼睛。看着看着，姬谦正叹了口气。

“明天要祭祖！猛虎啸牙枪给我收着，我要打磨上油。”姬谦正没好气地说。

“哦。”姬野应了，回自己屋里取出虎牙。

姬谦正一把收了过去，瞥了他一眼：“这些日子城里不安稳，明天祭祖，不要再出去瞎跑了，早点睡吧！”

姬谦正转身走了，姬野这才忽然想起八月并非什么祭祖的日子。他隐隐觉得有什么不对的地方，却想不明白。

他回到自己屋里，也不解衣，把自己在床上放平，望着屋顶叹了一口气。有几日他没有见到羽然了，没见到吕归尘的日子更多些，眼看就是羽然的生日了，按照往年的样子，吕归尘和他都少不得要送羽然礼物。想到三个人坐在一起把礼物拿出来，他就觉得很多很烦心的事情一起涌了上来，恨不得蒙头就睡过去，也就不必烦了。他坐了起来，想吹灭蜡烛，忽然看见桌上的信。姬家虽然落魄了，毕竟也曾是帝都望族，按帝都公卿的规矩，信件都是使女收下，一一送到家主和公子们的桌上。姬野记忆里他从来就没有过信，而今天桌上居然叠放着两封，用青石镇纸压着。

他拿起两封信，更诧异的是两封信都没有署名。

他打开第一封，认出了熟悉的笔迹。羽然的字一向是这么歪歪斜斜。她对东陆文字语言都熟悉，却不肯在书法上多下半点功夫：

“姬野、阿苏勒：

对不起，我要走了。故乡的使者来了，我知道他总会来的。我从来没跟你们说我是谁，我想你们也不想知道。我知道有一天我要回青州，可是我不知道是哪一天。然后这天忽然就来了。

我没有跟你们说，是因为我不想告别。我记得我来的时候谁也没告诉，只是和爷爷一起骑了一匹马，走了很远的路，就到了。有一天我还会这样回来的，和爷爷一起骑一匹马，就这么就回来了。

我会在很远的地方想你们的，可是我不想老是想你们，所以我很快就会回来。”

落款是“萨西摩尔·槿花”，这个签名很漂亮，因为吕归尘花过很多的时间教羽然写这几个字，姬野也不知道羽然为什么要用这几个字做自己的落款，每次问她她都是一副神秘的表情，只说这个名字是个秘密，看到这个名字，她最好的朋友就知道那是她留下的字迹。最后在信角，羽然用很小的字加了一句：“姬野你把信给阿苏勒看吧，我本来想写两封信，可是我怎么写还是一模一样的两封信，所以我决定只写一封，写给你们两个。”

姬野默默地读了很多遍，最后信从他手里滑落，落在了烛火上。刚刚被烧了一个洞，姬野急忙扑上去拍灭了，然后他坐在床上看着窗外摇曳的海棠树，呆呆的，像是一个傻子。

过了很久，他打开了另外一封信。又是熟悉的笔迹，是吕归尘清秀的辉阳体，路夫子的亲传：

“姬野：

对不起，我要走了。我父亲过世，北都城里听说很乱，国主说，是我回北陆的时候了。他还把缳公主嫁给我，我本来应该提早告诉你的，可是我真的不知道怎么说。

翡翠环是羽然说她喜欢的，我买了，本想等到她生日的时候送给她，可是我就要走了。你送给她吧，我知道她真的很喜欢，她说过很多次的。不用说是我买的，我没有告诉她我要成婚的消息，她一定很气我。

这些年真是谢谢你，要是没有你和羽然，我就只是南淮城里一个没人过问的小蛮子。”

下面的署名是“阿苏勒”，信封里有什么东西沉甸甸的。姬野急切地把信封倒过来，一枚青翠的玉环滑入他手心。他的手颤抖起来，他捏着那枚玉环在烛火下翻转，于是沉郁的翠绿色流转在桌面上，一时溢开，一时隐没。

姬野觉得自己再也受不了了，他冲到窗边把头探出去，大口大口地呼吸着夜风，他说不出为什么，只觉得自己的心里堵住了，异常的难受。

隔着一堵墙，宅子外的街道上传来急促的马蹄声，有人当当地敲着梆子。这是极罕见的事情，姬野是军官，知道只有十万火急的情况下才会派出快马全城传递消息。他从墙上那个一直没有修补的豁口翻了出去，看见一个军士正立马在墙边张贴告示，他凑上去看了一眼，浑身的血都凉了。

很长的告示中他只看清楚了一句：

“金帐国质子吕归尘，明晨斩决！”

五

城西酒肆。

这么深的夜，酒客都已经散去了，只剩角落里的一张桌上还有两个客人对饮，掌柜却已经困得趴在酒坛上睡着了。外面马蹄声急促，风雷般卷来，毫不停留，越去越远。两个客人中的一个起身站到窗边，把窗户拉开一条缝隙，偷眼看出去。

“回来！”守在桌边的客人压低了声音。

“他们是在找我们！哥哥，他们一定是在满城搜捕我们！”窗边的客人声音低而急切。

“巴扎！”

铁叶只得坐回了桌边，面对着石头般沉静的哥哥。铁颜稳稳地端起一杯酒喝了下去，手上没有一丝的颤抖。铁叶死死盯着哥哥，却只看到一张绷紧的脸。

“宫里传了宵禁令。满城快马，是张贴明日处斩世子的告示。你也在下唐的军营里磨练了那么多年，怎么还是不懂东陆人的规矩？遇见变故，就慌得像是被刨了窝的狍子，大君要我们保护世子来南淮，不是要你来出丑的！”铁颜低低地呵斥弟弟，“不过他们也确实会搜捕我们，只是他们会派人去大柳营，而不是这里。”

“现在我们怎么办？世子就要处斩，北都一点消息都没有过来，大君真的过世了么？”

“小声！”铁颜瞥了一眼掌柜，“你想把人都吵醒么？”

铁叶也跟着他看向掌柜，狠狠地握住刀柄，脸上露出一丝狰狞。

“废物！你的刀是杀这种人的么？”铁颜一掌扇在弟弟的脸上，“现在你听我的！立刻去城东那个宅子，把弘吉剌带走！你藏在城门附近，什么都不要做，等到天亮。处斩世子时很多人会去围观，场面会非常混乱，守城的军队会被调去戒备，那时候就是你的机会，凭你的本事突出城门不是问题。”

铁叶愣了一下：“怎么是我？为什么是我？”

“弘吉剌只有三岁！他还没有见过家乡的草原！你要带着他回去！”

“弘吉剌是哥哥你的儿子！我知道你在想什么！你要我走，要自己留下来去救世子，”铁叶的声音又高了起来，“我不走！我不要像个懦夫那样回北都，一生一世都抬不起头来！”

“愚蠢！”铁颜的脸色变了。

“哥哥是世子的伴当，我也是世子的伴当。我们做伴当的，就是跟着主子去上阵杀敌的，哥哥要当英雄，却让我当懦夫，我要是答应了，我才是愚蠢！”铁叶恶狠狠地瞪着哥哥，仰头把满满一杯白酒灌了下去。

“可笑！你知道我为什么要去？”

“我不知道！我也不在乎！我就知道我是世子的伴当，我们是兄弟！轮到要死了，我们蛮族的男人，没有缩头的！”铁叶的酒量小，眼睛已经红了。

铁颜死死地盯着弟弟的眼睛，铁叶却没有丝毫的退让，也狠狠地瞪回去。

铁颜终于低低地叹了一口气：“巴扎，我说你蠢，你不信，可是你懂什么？你知道为什么大君挑了我们做世子的伴当么？”

铁叶愣住了，不知如何回答。

铁颜摇了摇头：“因为世子的身体，根本就不可能支撑他当上新的大君！大君是明白这件事的，他喜欢世子，可是治不好世子的病。你以为大君说世子会成为长生王，就真的是想要立他么？青阳怎么可能立一个随时要死的大君？但是大君要世子一生一世都不受伤害，所以必须给他找最得力的伴当。这个好比大君娶了巢氏的大阏氏，而钦达翰王是不可能放弃巢氏的，巢氏是我们青阳除了帕苏尔家外最大的家族，所以大君能够继承北都！大君自始至终都知道他唯一能立的儿子就是大王子，而父亲是长子窝棚的人，把我们派给世子当伴当，我们莫速尔家就只有一生一世地守护着世子。大君是在下棋啊，我们，就是要保护世子一生的棋子！”

铁叶的脸色骤然变得灰暗，他的嘴唇哆嗦了两下，什么都没说出来。

“可是出了这事，谁都没有估计到，”铁颜深深吸了口气，“无论大君怎么想的，我们都已经是世子的伴当了。我们铁氏就是要保护世子！我去，我知道我也救不了世子，可是我不死，铁氏的名声就不能保全！你去，你只是跟我一起死！又有什么用？”

铁叶呆呆的像是一尊雕塑，过了许久，他恶狠狠地举起整个酒壶，仰头灌了下去。

他站了起来：“我不管了！我不管什么世子！我也不管什么大君！我是你的弟弟，你是我的哥哥。我扔下你走，我一生都会内疚！不就是死么？巴扎不怕死！”

他酒劲泛起来，猛地扯开衣襟拍着赤裸的胸口：“一刀从这里砍进去，挖了我的心出来，也就是那么简单！哥哥去的地方，就是巴扎去的地方！”

铁颜怔怔地看着自己的弟弟，铁叶也低头看他，铁叶的眼睛更红了，渐渐地湿润起来。

“巴扎……”铁颜低下头，摇了摇，“你长大了……你长大了！”

他给弟弟倒上了酒，举起自己的杯子：“那好，我们莫速尔家的男人，从来没有怕过什么，当然也不怕死！”

“不怕死！”铁叶又是一仰脖子，把满杯的白酒灌了下去。

就在他仰脖子的瞬间，铁颜忽然动了。他魁梧的身躯变得格外的轻巧，一闪到了弟弟的身后，以臂弯卡住了他的脖子。

“哥哥你……”铁叶想说话，却只是吐出一口酒来。

铁颜的神色还是冷冰冰的，像块石头。他低低地呵斥：“你的父亲只有两个儿子，都死了，他怎么办？你这个废物！”

“哥哥！”

铁颜不再给他说话的机会，沉重有力的一掌劈在他的后脑上。铁叶的身子颤了颤，无力地趴在桌上。

铁颜最后看了弟弟一眼，拾起桌上的长刀配在了腰间，以风帽遮住了面目，走向酒肆门口。推开酒肆的门，微凉的夜风卷了进来。他微微闭了一下眼睛睁开，心里猛地一惊。门口站着一个人，魁梧的躯干像堵墙那样堵住了他的去路。铁颜知道这么近的距离根本无从拔刀，他不假思索地冲前一步，撞进了对方的胸口，巧妙地拧住了他的胳膊。这是蛮族通行的摔角，铁颜仗着这一招打败了大柳营无数的东陆武士，只有真正在草原上摔打过的人才知道这么简简单单的一拧一摔中蕴含着何等精妙的变化。

可这一次铁颜完全地失败了，对方狠狠地一圈，反而把他圈进了怀里，而后一扯他的双臂。铁颜失去了力量，觉得天旋地转。对方竟然把他举过了头顶！

“小子！敢挑战我了么？”对方轻蔑地大笑。

六

有风塘。

息衍静静地坐在池塘边，一粒一粒地往池塘里面投掷鱼食。已经是中秋时节，夜来天气凉了，鱼儿懒懒地沉在水底，并不浮上来争食。一切都静悄悄的，只有鱼食落下激起的水声。息辕就站在叔叔的背后，使劲地搓着手。他的手已经搓得通红，可他不敢说话。他跟了息衍那么多年，知道叔叔的性格。息衍这样漫不经心的时候，就绝对不允许打搅。这时候这个散漫的人身上带着真正属于一个将军的、临阵决生死的气概，锋利得像是刀剑。

这件事叔叔不可能不关心，这一点息辕是确信的，满街梆子声，有风塘里听得清清楚楚，而在此之前，必然有其他消息渠道把情报送到这里来。

过了许久，息衍从暖壶里端起温热的白酒，轻轻地抿了一口："息辕，你是不是有话要对我说？"

"叔叔……"

"不必说了，"息衍直接打断了他，"你出门看看。"

"出门？"息辕不解。

"随便选一个门，走出去看看。"

息辕点了点头，径直去了有风塘前门。推开大门，他惊讶地发现成排的黑衣甲士封住了出去的路，他们每个人的肩甲上都有蝙蝠叼着匕首的徽记，每个人手中的刀都反射着月色，寒芒慑人。那是息衍亲自训练的鬼蝠营武士，大柳营精锐中的精锐，可息衍却从不曾调集他们守卫自己的家门。

为首的鬼蝠转过身，看了息辕一眼，恭恭敬敬地上前行礼。息辕认得出那是鬼蝠营的一名百夫长，副将雷云伯烈，雷云家的长子。虽然南淮城里知道他弟弟雷云孟虎的人远远多于知道雷云伯烈的人，但是息辕却明白雷云伯烈在军中的地位远超过他自己出尽风头的弟弟。雷云伯烈仅仅二十七岁，息衍不在的时候，他掌管鬼蝠营，是鬼蝠营实际上的统帅。

"少将军早点休息吧。"雷云伯烈说。

"你怎么会在这里？"息辕看着雷云伯烈的眼睛，缓缓退后，按住腰间的剑柄，他觉察到了对方话里的敌意。

雷云伯烈微微摇头："请少将军转告将军，世子的事情还是不要管了。

国主示下，只要息将军在有风塘安养，绝不会加罪。”

“加罪？”息辕吃了一惊，“我们叔侄有什么罪？”

“听说是帝都皇室传来的消息，有人指认息将军勾结朋党，祸国乱政。”雷云伯烈低声说，“少将军该明白，我们都是军人，是将军一手训练出来的人。我们只执行命令，绝不通融。国主手令传达，从今日起息将军不得踏出有风塘，直到事情水落石出。我们的责任就是守住这个门口，任何人不能出入。”

息辕深吸了一口气：“既然叔叔被问罪，那对我也是一样的吧？”

“任何人不得出入，自然少将军也不例外。”雷云伯烈回答。

他面无表情，鬼蝠们同时把手按在刀柄上，上百柄刀在鞘中摩擦，鸣声凄然。息辕心底彻寒。

七

午夜，紫寰宫听政殿。

拓跋山月雕塑般站在大殿中央，手紧握着貔貅刀的刀柄。值夜的两个内监看他那副神情，忐忑不安，却又不敢近前，只是彼此递着眼色。三军统帅在这里已经站了半个晚上，全然没有退去的意思。

胆子稍大一些的内监轻手轻脚地捧了一盏茶上去：“将军饮一口茶解渴。”

拓跋山月摇了摇头：“不是饮茶的时候。”

内监小心翼翼地赔着笑脸：“将军啊，不是我们下人多嘴，不过国主的性情，将军也该知道。国主定下的事情，就是大臣们排着队在这里跪上一年，也不会有用。将军求见的帖子，我们已经递进去三道了，国主没有一道旨意出来，这是不可挽回的意思啊。将军留在这里，也只是让我们这些下人为难而已。”

拓跋山月面无表情地看了他一眼，内监微微一哆嗦，倒像那一瞥里面有锥子似的。

“国家的事，不容你们说，也不容我退！”拓跋山月说得斩钉截铁。

内监犹豫了一下，还想再劝，外面却传来了喧哗声。

他疾走几步来到殿门外：“什么人敢在听政殿前喧哗？”

远远的几只灯笼过来，他还没有看清对方的模样，已经被当胸推了一把：“闪开！”

“你！”听政殿里伺候的内监都是有身份的内臣，刚刚瞪大了眼睛要呵斥，话却无法出口。

百里煜疾步进殿：“我要见父亲！我要见父亲！”

后面追来拦阻他的几个内监跌跌撞撞地赶上，却不敢去拉扯世子，只能跟在后面疾走，其中一个不小心绊倒在门槛上，“哎哟”一声，竟然摔断了两颗门牙。拓跋山月一回头，和百里煜的目光对上。两个人都愣了一下，各退了一步行礼。

“将军来这里是……”百里煜问。

“煜少主是为尘少主求情来的么？”拓跋山月直接点破了。

“是！”百里煜走到他身边，和他并肩而立，“我想了许久，下了决心。虽然我是个没用的储君，也不曾听政管事，但是父亲这个决定，实在是太草率了。我不能不劝！”

拓跋山月侧头打量这个年轻人，看见那张柔腻俊秀的脸上竟然有一分决然的神色，不禁微微点头：“煜少主为了这件事不惜深夜入宫拜谒，是为了国政，还是为了和尘少主的私交呢？”

百里煜没有料到他这么问，犹豫了一刻，低下头去：“国政我不明白，但是我读圣人之书，学天下大道，无非是依照律法行事，善赏恶罚，这个我还是懂的。雷云孟虎死在北陆，金帐国断交和淳国结盟，我们就该兴师讨伐，尘少主那么多年在南淮，和北陆的音讯都不通，他和这事没有关系。无论尘少主和我是不是朋友，我不能看着他死！”

拓跋山月叹息一声：“煜少主说的这些都是理由，其实还是为了朋友而来的吧？以煜少主的性情，下这个决心想必很不容易。”

百里煜知道多说也是没有用的，深深吸了口气：“容易不容易，我也已经站在这里了，和将军一起找父亲辩个是非。”

“不管是为国事还是为朋友，能有这样的坚持，就是做人的根本了！”拓跋山月低低地说，“好！”

百里煜自幼就是储君，可是他不听政，也很少接触大臣。息衍以下唐军武第一人的身份，有时接见来使，百里煜还有些机会拜会，和三军统帅拓跋山月说过的话却可以一句一句数出来。他从小听说拓跋山月治军极其严谨，心里先有了敬畏，往往是没有说话先胆怯了，却没有料到在此地能获得他的嘉许。

百里煜退后一步，整理袍袖，行了一个大礼。

“煜少主还是回去吧。”

百里煜一惊：“将军怎么……”

拓跋山月摇了摇头：“煜少主不清楚这里面的关节。我在这里，以军国大事劝说国主，或许还可以挽回。煜少主在这里，倒像是借着人多势众逼国主收回成命了。”

“可是……”

“煜少主，还有一句话我不得不说，”拓跋山月瞥了他一眼，“所谓圣人大道，善赏恶罚，在这个世上，是从来没有的。尘少主是金帐国的人质，他就代表金帐国，背盟就该被斩决！你跟我站在这里，也不过冒险去触怒你父亲而已。”

百里煜被他冰冷的话噎了一下：“既然尘少主该当斩决，将军为什么还……”

“我这么做，只是不甘心我们那么多年的经营毁于一旦。现在金帐国初和淳国结盟，盟约未必多么稳固，还有挽回的机会。可是斩了尘少主，从此两国就是死敌！国主是明白的人，不该看不透这些，这个决定，做得草率了。”

“那……父亲肯听将军的话么？”

拓跋山月摇了摇头：“国主若是肯听我的进言，早已经坐在这里了。我现在等的，其实是息衍。”

“息将军？”

“如果下唐国内还有什么人能够挽回这场局面，那个人一定是息衍。他是御殿羽将军，皇室册封的伯爵，尘少主是他的学生。他站在这里，国主应该会出来见他一面。我已经派人送信去有风塘，以息衍的性格，大事上他拿得准，不该无动于衷。”

“对对！”百里煜忽地振作起来，“将军说得是，息将军我是知道的，他若是知道，绝不会不管尘少主！”

他的话音还没落，听政殿外传来了沉重急促的声音。

拓跋山月脸色微微变化，疾步走到门边。一名亲兵满脸热汗，半跪在拓跋面前，呼吸急促：“将军！有风塘那边的消息……息将军因为勾结朋党获罪，已经被囚禁在家中……鬼蝠营已经封锁了有风塘附近的半条街，我们的人根本进不去！”

“什么？”百里煜呆住了。

拓跋山月愣了一下，逼上一步：“获罪？这时候获罪？你们看到了国主的手令么？鬼蝠营出动的是谁？”

“鬼蝠营出动的是副将雷云伯烈，我们确实看到他持有国主亲笔的手令，加盖国玺！”

拓跋山月默然，百里煜如同被一道雷劈在顶门。

“息衍获罪……”拓跋山月低声说，“谁要绝我？”

他猛然抬头，百里煜禁不住退了一步。他清清楚楚地看见拓跋山月的脸上横过一道狰狞，而后回复到面无表情。拓跋山月走到殿脚，那里陈设着巨大的铜制云板。

“将军不可！”内监慌了。

拓跋山月拾起木槌，用力敲击在云板上。云板轰然鸣响，声音贯穿了整个大殿，在暗夜之中遥遥地传播出去，只怕整个紫寰宫都会被这巨大的声音惊醒。内监来不及阻拦，只能狠狠地跺脚。云板是在前方战事紧急时臣子求见国主用的，历来下唐平安，这东西很少动用，只是陈列着作为礼器。内监记得最近的一次还是一个言官进谏，不得采纳，悲愤之下一头撞死在云板上。为此国主大怒，说言官的血玷污庙堂，下令把尸体抛在荒郊让野狗撕咬。

拓跋山月已经敲响了云板，结果谁也猜不出。百里煜觉得身上微微发凉，他隐约有种感觉，那一瞬间，他在拓跋山月脸上看到的并非对于国事的焦急，而是张牙舞爪的愤怒，和不甘！

拓跋山月用力敲击，一阵阵声如雷鸣。

通往后殿的门悄无声息地开了。紫衣的掌香内监捧着托盘，疾步来到拓跋山月背后，躬下腰，把托盘高高地举了上去。

拓跋山月从托盘里拾起一角信笺，缓缓打开。他微微抖了一下，而后呆呆地站在那里，持着木槌的手无力地低垂下去。百里煜凑上去看，那角信笺是从一封信上撕下来的，上面只有三个字："斩，立决。"

三个字上押着一枚小章，是"三蠹"两个字，印泥红润如血，仿佛还在纸上缓缓地流动。

"将军……"他还不明白到底是怎么回事，心里已经被绝望占据了。

拓跋山月不再说话，摆了摆手，转身出门，只把茫然无措的百里煜留在听政殿里。

"主人！"年老的仆人巴察牵着马在宫墙的阴影里候着。

拓跋山月缓步走来，目光平视远处，手持一角信笺。

"主人，回去么？"巴察正了正马鞍，迎了上去。

拓跋山月站住了，没有回答，沉默得像是雕像。

巴察不再说话，低头静静地候在一旁。

拓跋把那角信笺扔在夜风里，用最冷漠也最森严的声音说："百里家以妖魔治国，九州偌大，将成地狱！”

八

东宫偏殿。

吕归尘蜷缩在角落里，裹紧身上的衣服，冷得瑟瑟发抖。这间偏殿四面都是镂空花窗，夏天的时候百里煜喜欢在这里和路夫子下棋，吕归尘棋艺很差，只是跟在一旁看，凉风习习，悠然穿堂而过，舒畅写意。那时候他却从未想到有一天会被监禁在这里。不过不知怎么的，他心里倒也不很害怕，透过窗格仰望夜空中的星辰，北辰的光芒如同铁色的利剑，它就要升到天心了，像是要从中央把天空划成两半。

“这是一个时代，”他记得那个总是藏在纱幕背后的老师说，“神给了剑柄，只看这世间谁能握住它。”

他曾经因这句话热血澎湃，可如今这个时代就要跟他没有关系了。他靠在这里，安安静静地想起来，其实这世间偌大，跟他有关系的也只是那几个人而已。百里煜说他是英雄，但是他知道自己不是，他觉得自己既不像蔷薇皇帝那样可以开创一个帝国，也不像爷爷那样可以抵御外辱，他曾经梦想着拔出刀，保护他喜欢的那些人。他现在把影月用得很好了，能在殇阳关无数丧尸中杀出一条生路，可忽然发现自己毕竟还是个孱弱的孩子，保护不了什么人，更罔论家国。

就这样死了么？孤零零的，跟一切都永远了断了关系。

门吱呀一声开了，一个人影低低地喊了一声：“尘少主。”

那人悄没声地进来，把一个托盘放在吕归尘面前，转身想要退出去。托盘里面是一壶酒、一碗面和一碗冒着热气的羊羹。吕归尘抬眼去看那个人的背影，忽然觉得那个背影有些熟悉。

“方山？”他试着喊了这个名字。

那人站住了，犹豫了一刻转身过来，恭恭敬敬地喊了一声：“尘少主，是我。”

吕归尘没有认错，那是奉命伺候他的禁军都尉方山。他心里一直清楚方山被派来，名为伺候他，其实是监视他，却也能理解。方山性格懦弱，是南淮城里的世家子弟，参军想谋个功勋，却没有上阵搏杀的胆量，看见刀光就会吓得抱头鼠窜，也只能干些伺候人的活儿。不过自从殇阳关一战后，方山大概也觉得自己是管不住这个蛮族世子了，很少在吕归尘身边露脸，只每月初一来拜见一下。

“真是你啊，还麻烦你做这些。”吕归尘淡淡地说。

“回尘少主的话，我前半夜刚在家里睡下，这就被召来伺候尘少主，那些军士粗手粗脚的，怕是有所怠慢。”方山大概没料到自己被认出来了，有点手脚无措，胡乱地拍拍自己的衣裳，像是要掸去灰尘，“这里冷，尘少主要不要加床毯子？我让他们去归鸿馆里拿，都是尘少主用过的，不脏……”

“有点冷，”吕归尘说，“不过没事的，我就要死了吧，快死的人还怕冷么？”

方山抓着自己的衣角，默默地站了一会儿，没找到什么话来安慰吕归尘，只得低头行礼：“尘少主饿了吧，快吃了吧，我知道尘少主喜欢羊羹捞面，赶了厨子们起来现做的。”

“是最后一餐吧？”吕归尘点了点头，“辛苦方都尉了。”

“尘少主不要这么说……”方山从那淡淡的话里听出了悲伤，鼻子里不由得一酸。

“方都尉，你能帮我一个忙么？”

方山愣了一下，浑身一哆嗦，跪了下去：“尘少主，我们也知道尘少主委屈，可是国主有令，是没办法的事。尘少主可怜我们只是从军混饷的，实在是不敢担当什么事。”

吕归尘看他惶恐，赶紧摆了摆手：“没事的，没事的，你别怕，我只是想问个问题罢了。”

“问题？”

“嗯！不知道我死了之后，我的尸体该怎么处置呢？”

方山没料到是这样的问题，稍稍愣了片刻，还是恭恭敬敬地答了：“国主说是斩决，若是死囚，斩首之后尸体就埋在城东的荒坟场，不过尘少主是贵胄，按照惯例，是由家属收尸的。”

“哦，是这样，”吕归尘点了点头，“我明白了。你能为我拿笔墨么？”

“是！”

方山端来了笔墨，退了出去。

“方都尉，这些年多谢你了，我总是不老实，偷偷出去玩，你一次也没有向国主告密，我心里都知道，却总也找不到机会说声谢谢。我又不安分，给你添了很多麻烦，都赖你事后悄悄帮我花钱把事情解决……”吕归尘在他背后轻声说，“我其实心里都知道的。”

方山在殿外扣上门，眼泪忽地涌出来，拿袖子擦着，悄无声息下去了。

脚步声消失了，吕归尘席地而坐，就着外面透进来的灯光，解下了自己的外衣。他体虚畏寒，中秋时节已经穿上了皮子的坎肩，里面衬着白色的罗绢。他把坎肩的衬里翻过来，平铺在地上，沉思了一会儿才落笔：

“比莫干哥哥如鉴：

弟阿苏勒将死，可惜不能拜谒父亲的陵墓，和哥哥们团聚。临行短书，望哥哥们珍重，代我在父亲的坟前祷告。父亲的灵魂保佑我们帕苏尔家的子孙。请不必为我发兵下唐，政事和军务我都不懂，只希望我的一死可以对青阳有用。请照顾我阿妈，也请哥哥把你的仁慈赐予我的女奴苏玛。”

他隔了一段，题头写上：

“大合萨如鉴：

我不能回北都看您了，想念您和阿摩敕[①]，也想念您的巴呆。我没有做成什么事，辜负了您的期望，但是我也没有忘记您的教导。我会仰着我的头，不会给青阳丢脸。”

① 阿摩敕是大合萨的学生颜静龙的蛮族名。

他想到了苏玛，忽地有点难过，呆了很久，仿佛还能听见风里熟悉的叮叮声，那个女孩就站在他的门外。他想起很多年前北都城的雨夜，她摸在自己头上的温暖的手。过了很久，他写下了：

“给苏玛：

你教我吹的笛子我还记得，我想你再教我吹更多的曲子，可惜没有机会了。我把你托付给了我的哥哥比莫干，他是可以依赖的人。苏玛我很想自己保护你的，可惜我没有这个本事。但是我努力了，我一直都记着我对你说的话，吕归尘·阿苏勒·帕苏尔不要当个懦夫，即使我死了，我也要像个青铜家族的男孩。”

他再写下了“姬野”，从领口里面把银链子拴着的指套抠了出来，在袖子上蹭了蹭，蹭亮了，然后用小佩刀割开内衬的一角，把指套塞了进去。

“收到我的信了么？没想到变化那么快，我要死了，要是让我选，我宁愿死在殇阳关的战场上。

对不起，惹得你不开心，其实那次你看见我和羽然，只是因我阿爸死了，羽然可怜我。她一直都很好心，什么东西她都可怜。羽然是喜欢你的，其实不用我说，你就该知道的，如果她不喜欢你，又能喜欢谁呢？”

他呆了很久，觉得最后一句实在没什么道理，于是拿笔涂去了，接着写了下去：

“请代我问候将军，我不留信给他，怕给他惹上麻烦。这件衣服里面有个铁东西，你找找，留给你吧，会有人比我更适合戴着它。”

他绕了很大的圈子，可他知道自己还是会绕回那个名字。总是这样的，他想要避开，他绷紧了脸，想把心也绷紧。可是绷出的只是一个很脆的蛋壳，那只沉睡的雏鸟总在他不经意的时候醒来，用尖尖的喙叩击着蛋壳，要钻出来。他的手开始微微地发抖，他落笔写下“羽然”两个字，笔却停在了空中。他心里有很多很多的话，可以在这件不大的坎肩上写满蝇头小楷。可他不知道第一个字是什么，只是那么多那么多的东西混在一起，在他心里缓缓地起伏。

他想要是这时候羽然就坐在他的身边，他会用绝大的勇气伸手去摸她的脸儿，对她说我第一次看见你的时候你真的很美，从天空降到我的面前；对她说我藏着你送给我的那只松烟墨盒呢，我在深夜里写字，写一会儿停下来，手指在墨盒上轻轻地滑过；对她说你知道不知道我们北陆的爬地菊，我想跟你说让你跟我一起去北陆看着整个朔方原的爬地菊盛开，可是我怕你不答应，所以我等到一个你高兴的时候跟你说，这样你就会开心地点头了……

他知道自己最想说的是："羽然其实我对你……"

可他又想，即便羽然就在他面前而他即将死去，这句话他也说不出来。

他疲倦地靠在墙壁上。

"羽然，我该拿你怎么办？"他喃喃地说，看着笔尖的墨水滴落在白色的罗绢上，晕出一个个墨点，"我拿你……怎么办？"

门开了，一列挎刀的禁军进来，领头的是方山。

"尘少主，该上路了。"方山走到吕归尘面前，行了大礼。

吕归尘呆了片刻，忽地笑了笑，抛下了笔，套上了皮坎肩，迎着朝阳的第一缕光辉，走出了偏殿。

九

黎明已经到来。黎明是整个夜晚最冷的时候，姬野觉得自己的血都要冻住了。

他坐在地上，靠着一块倒伏的石碑，呆呆地看着阳光照在焚烧后的废墟上，残烟仍在袅袅升起。阳光盖过大地，新的一天开始。东陆诸国都沿用皇室的规矩，斩刑在正午日光最盛的时候，姬野知道那个时刻在一点一点逼近。

他已经去过有风塘，可大群的禁军把那里重重包围起来，他找不到息衍，也找不到息辕。他跑到这里来，存着一线希望说羽然还没有走，虽然他知道羽然也不会有什么办法，可是至少有一个人可以跟他说话。如今那个树荫掩映的小院落只剩下一片焦土，他看着石墁地上刻着的剑圈枪圆，恍惚有种错觉，觉得这一切是很久很久以前的事，久远得不真实。

也许翼天瞻和羽然根本就是他的一个梦而已，他在这个南淮城里没有朋友，他是一个小妾生的孩子，孤独地生活在这个城市里。那些曾经让他觉得可寄托的东西，歌声、笑声、朋友、师长，其实都是他自己编造出来的，本不存在。

现在这个梦醒了，于是他们消失了。

他觉得自己心里缺了一块，他一直把这一块存在一个梦里，现在没有了，于是他的心空得生痛。

他抬头看着天空里火烧般的霞光，竭力回忆那个男孩的笑容。

“我……我叫吕归尘，吕归尘·阿苏勒，你可以叫我阿苏勒。”

“原来羽族是这样唱歌的啊，你真了不起，还懂得羽族的文字。”

“我把这柄刀送给你，以后有谁敢踩你的脸，也就是我阿苏勒的敌人，盘鞑天神在上，这个誓言只要我不死，就都有效。”

“姬野！姬野！快逃！快逃啊！”

羽然的样子忽然蹦了出来，她用力地点头：“对！我们三个是朋友！”

无数的记忆在同一个瞬间向他汹涌而来，像是冰流一样穿透了他的胸口。他的心里空空如也，他一无所有，他在南淮城里只是个孤独而卑贱的少年，日复一日，拖着他的长枪在夕阳里走过。他忽地有种绝大的恐惧，他要离开这片荒凉的林子和废墟，他要找一个暖和一些的有人的地方，他需要找个人跟他说话。他跳了起来飞快地越过了树林，越过了池塘，越过了街道……可是街头寂寂的，一个人影都没有。

于是他只能不停地跑，去找那个他所不知道的地方。

他就这么发疯般地迎着曙光奔跑，张大了嘴去呼吸微冷的空气。

“阿苏勒……阿苏勒就要死了……”他的心里有个声音在喊，“我跑到哪里去……我该跑到哪里去？”

十

八月十五，南淮城，菱花坊。

正午的阳光利剑一样悬在头顶。吕归尘低头，看着自己脚下的影子，听着周围一阵阵人声沸腾。

行刑的地点安排在菱花坊前的广场，这里长宽都有上千步，足以容纳万人。按照国主百里景洪的谕示，处斩蛮族世子不禁围观，这正是立威的时候。广场中央铺着红毯，搭起了高台，百里景洪和大臣们的位置都在高台上，吕归尘远远地看了朝服盛装的百里景洪一眼，觉得这个人自己根本就不认识。

吕归尘披了一件玄红色的宽袍，像极了他的婚服，方山说这样他脖子里的血涌出来会隐没在玄红色里，不会太过难看。方山又说行刑前吕归尘应该先如厕，否则砍头的时候全身肌肉惊恐失控，怕是失了威仪。吕归尘都一一照做，只是方山捧了一碗烈酒给他，凑在他耳边悄声说酒里下了药，喝下去人昏昏沉沉，没什么疼痛就过去了。吕归尘推开了那酒，摇摇头说："其实我不怕的。"

说是这么说，真的看见那柄重斧的时候，吕归尘还是怕了。他微微地哆嗦了一下，想象那数十斤的斧斩落下来，砍下一颗人头和砍鸡脖子没有区别。

"尘少主别怕，"方山退下去前低声说，"其实斧子也只是看起来吓人，却比刀剑利落，少吃很多的苦头。"

声浪一潮高过一潮，远处的神巫跳舞祭祀天地和祖先的灵魂，拿着一页燃烧的火纸，一一点燃九碗烈酒。行刑的军士半跪着接过酒，一齐仰头喝了下去，各自摔碎了碗。其中最魁梧的是刽子手，他一扯胸前的皮带，把整个胸甲卸脱下来，露出肌肉虬结的胸膛，密密匝匝的都是卷曲的黑毛。他在一阵刺耳的欢呼声中把斧子高举过顶，围观的人们以更大的欢呼来回应他。

吕归尘看着那些陌生却兴奋的脸，不知道为什么他的死会让这些人觉得如此有趣。

刽子手把整整一坛酒淋在身上，瞪着发红的眼睛环顾周围，凶狠得像是一头烈鬃熊。触到他的眼神，吕归尘心里一寒，他上过阵，却没有见过这种眼神，凶蛮中带着夸耀和兴奋。他忽然明了了这一切的用意。他懂得贵族行刑的礼法，本应简单而肃穆，国主所以把这些东西搬到这里来，只是要让他死得卑微，就像一个卑贱的死囚那样。

一股气在心里撑住了他，众目睽睽之下，吕归尘忽然仰起了头，默默地对着天空。雁唳中一只孤雁滑过天边一角，吕归尘嘴角带起一丝淡淡的笑。

人群中又起一阵喧哗。

沉重的铁蹄声从场边传来。四名重装铁骑笼罩在巨大黑氅里，策马缓步而来，手中高举绣着金菊花的长幡。铁面甲遮住了他们的样子，但是吕归尘扫了一眼，还是认出了他们中的一人。那是方起召，虽然都穿着制式的铠甲，但是方起召配了他家传的名剑。

重装铁骑绕场一周，经过吕归尘面前的时候，一人持着长幡的手颤抖起来，长幡在空中摇晃。

“雷云！”方起召在他身旁低喝，“别丢了威仪！这家伙马上就要死了，不过是块死肉！”

那是雷云正柯。吕归尘扭过头不愿看他的眼睛，他明白为什么雷云正柯会这么恨他，毕竟是他的族人杀了雷云正柯的哥哥雷云孟虎。以前他们还能一起聊天的时候，雷云正柯说起这个哥哥总是一脸的自豪，又懊丧地说我一辈子都超不过他。铁骑绕场一周后，站定在行刑台的四角，负责行刑的武士则有八人把行刑台围作铁桶，那个赤裸上身的刽子手也不知是真的喝醉了或是做戏，摇摇晃晃地走上台来，瞥了一眼吕归尘，倒像是屠户看一头待宰的猪。

他忽地一脚踹在吕归尘的膝盖后弯，同时一巴掌狠狠压在他后颈上。吕归尘不由自主地跪下，抬不起头来。全场爆发出一阵欢呼。

一根带着倒刺的铁链兜头扣下来把吕归尘缠住了，刽子手在他背后狠狠收紧，倒刺嵌进肉里，吕归尘的喉咙里发出低低的呻吟。

“管你是金帐国的少主还是一个铜钿不值的贱人，到了这里就是我的地方！”刽子手压低了声音在吕归尘耳边说，“都是将死的人了，不要摆出死硬的样子。好好收场，我们做事的也好给你个痛快！”

一名武士把几乎一尺厚的木枕推过来垫在吕归尘的脖子下，另一个人把一只铜盆放在木枕前。

“这一下要卖力啊！”推木枕的军士说，“国主在上面看着，利索点兄弟们都有面子。”

刽子手在手里掂着斧头：“小事，保证连木枕一劈两断！”

高台上的百里景洪扬了扬手，全场都安静下来。鼓点响了起来，鼓槌在鼓面上急促地跳跃，越来越重，越来越急。每个人都不约而同地屏住了呼吸。

吕归尘知道这是他最后的机会了，最后一次呼吸，最后一次思考，最后一次看这个世界！他要做点什么，他早已经想好，他不会无声无息地让自己的头落下。两个军士全力压住了吕归尘肩膀，可这驯服如绵羊的蛮族少年忽然挣扎起来。他不顾一切地用力，他想要站起来！军士们大惊，用上全身力气，刽子手上前一步一脚踩住吕归尘的后颈，把他的脖子踩进木枕上半圆形的凹陷里。可吕归尘仍在挣扎，不把最后的力气用尽，他不会停下。他努力抬起头去看周围的人，阳光耀花了他的眼睛，他看不清，只觉得人海人山。他想象着那一双双眼睛带着无辜的好奇，像是看一场大戏。这些人在看着他死，可是他要告诉这些人他心里并不怕，他是青阳吕氏帕苏尔家的男孩，什么都不怕。他要用一个蛮子的眼神去回敬这些人，傲气地嘲笑他们。

姬野会在他们中么？羽然会在他们中么？吕归尘忽然想，支撑他的那股傲气忽地有些虚弱，他微微战栗，茫然失措。鼓点越来越急，他就要死了，最后他能不能看见那双深红色的眼睛？他想到这两个人，心里变得很乱很乱，他发觉自己心底极深处仍有一丝渺茫的期待，姬野会不会来救他？姬野……那个骑着黑马手把长枪，目光像是黑电的孩子，总是那么强韧，是可以依赖的朋友。

刽子手狠狠地在他脖子上踩了踩："不老实，死得更难受！"

"难受？"吕归尘想，他在心里笑，满是蔑视。他想你懂什么难受？砍头就难受么？

行刑的军士做这行是老手，两膀膂力大得惊人，吕归尘觉得挣扎不动了。一直被他压住的绝望终于升了起来，把他整颗心都裹住了。姬野不会来救他的，吕归尘想，姬野是什么？其实也只是一个在家里永远低着头的孩子，他有时候像只愤怒的刺猬，那是他害怕，他怕自己不竖起那些尖刺，别人就会从他身上踩过去。最后一声鼓点落下，一切归于寂静。吕归尘忽地用力攥拳，他还留了最后一丝力气。这是他一生的结束，这以后不会有人再嘲笑他的懦弱，他懦弱了十几年，应该勇敢一次……他要用尽他一生的力量去喊那个名字，这样即使他变成了飘忽的鬼魂，这最后一次的大胆会让他不虚此生。

重斧在他头顶高高地举了起来。

吕归尘攥着双拳，让肺里吸足了气，把嘴巴张到最大，把气吐出去，对着所有人呼喊："羽……"

羽……

羽……

羽……

他听见自己心底的回声，他狂喜，觉得浑身每一个毛孔都有一股气息直冲出去。

然而更强烈的声音把他的呼喊忽地截断，吕归尘哆嗦了一下，那是箭鸣！是羽箭急速切开空气的啸声！在殇阳关的战场上不知多少次他听见这种声音在他附近掠过，随即战友们倒在血泊里。这一次，他觉得有什么黏稠的液体溅在自己的后颈里，重斧没有落下，他还活着。他仰起头，看见刽子手狰狞的神情僵住了，斧头从他手里坠落，他软绵绵地跪下，双手颤抖着去拔那支箭。那支箭准确地洞穿他喉咙，只剩下箭羽留在外面。

雷云正柯一把扯下了自己的黑色大氅，连着森严的铁面甲一起抛入空中。他提着沉重的铁弓，腰间捆满箭囊，马鞍上捆着明晃晃的十二柄长刀。那真的是一只刺猬，一只愤怒的刺猬，它的目光漆黑得像是雷电。

“姬……姬野……怎么是姬野？”方起召惊恐地大喊。

“有……有人劫法场！”行刑军士中有人嘶哑地喊。

“啊！”围观的人群中一片倒抽冷气的声音。

这个在演义小说中重复过千百遍的情节真真实实发生在人们面前时，谁也不敢相信了。而且只有一个人，一个十八岁的年轻人，孤零零地要劫一个数千甲士守卫的法场。

吕归尘看着那个十八岁的年轻人，就像八年之前，第一次在演武场，两个人隔着重重的人墙目光相对，眼神里还带着一点陌生一点犹疑。

“阿苏勒，我来救你了。”姬野说。

他算不得是个口齿伶俐的人，也不知道此时此刻该说些什么。可是他面对吕归尘的眼睛，还略感窘迫，觉得自己非得说点什么。于是这句话脱口而出，非常自然，就像是无数次夕阳下他带着战马说：“阿苏勒，我们喝酒去。”

非常自然，就是这样！

说完这句话，他策动了战马，爆发出把全场声音都压下去的吼叫。

“姬野！姬野！”几乎在同时，吕归尘也不顾一切地吼了起来，“快走！快走！没用的！别管我了！”

不知道多少军士从四面八方拥入刑场。方起召这批人身为仪仗，是下唐军人的颜面，虽然腿肚子哆嗦，却也不能退后，剩下的三名铁甲重骑一齐拔出了佩剑，挡住姬野冲向行刑台的道路。

连续的三次箭鸣。

吕归尘熟悉姬野轮指连环箭的速度，可是这一次姬野更快了，他学了出云骑军左右驰射的办法，第一箭直接贯穿了方起召的头颅，第二箭洞穿彭连云的手臂，这个饶舌的家伙只来得及发出一声哀号就栽下了马背，第三箭射出，吕归尘背后的一名行刑军士肩头中箭，箭上的力道带着他倒栽出去。他的肩胛骨大概是被箭镞击碎了，蜷缩着身体哀号打滚。

方起召的尸体落马，头盔摔掉，露出张死人脸来。姬野扫了一眼，再没有顾忌了。他杀人了，杀了方起召，南淮巨富方氏的小儿子，从此他完完全全地和下唐站在了战场上对立的两侧。他们如果抓到他，会对他施寸磔之刑，把他剐成碎片。在那些人眼里他是什么？不过是个流亡贵族家里庶出的男孩，狗一样卑贱，不名一文，杀他几十次都不够偿还那些世家公子的命。不过这样也很好,他本就不在乎这些,他有一个朋友，他不能让他死去。为了这个，他可以杀更多的人！

士兵们潮水一样涌来，把他和行刑台隔开。他面前有几十人或者几百人，他不知道，眼前黑压压一片人影闪动，让他觉得回到了殇阳关前惨烈的战场。这种感觉让他极度兴奋，他熟悉战场，知道这时该怎么做。

他连续不停地开弓射箭，士兵们没有带盾，不敢过于逼近，前面的几人中箭，后面的人惊慌中只好以尸体作为盾牌。他这种“轮指连环箭”耗箭极快，一会儿再摸箭囊，已经空空如也。他遗憾这还不是真正的战场，战场上息衍总在阵后准备好辎重大车，车上满载箭支。他抛出铁弓，砸在一个冒险偷进的步卒脸上，双手从马鞍上拔起了两柄长刀。士兵们大吼着冲了上来，姬野的长刀劈了进去，他陷入了包围，可心里没有恐惧。成片的飞血、中刀之后的哀号、飞起的断肢，战场气息越来越浓烈，他胸膛里的血滚烫。

“逆贼！逆贼！抓活的！要活的！凌迟处死！”观礼台上，百里景洪拍着桌子，几乎要咬碎自己的牙齿。

“国主放心。”拓跋山月挥手召来了自己的亲兵，“传我的令，急调弩手和盾牌手各一营过来。”

“笑话！”百里景洪怒极反笑，“我们这里禁军有两千人，难道就挡不住一个逆贼？还要另外调兵？”

“国主听臣下一句话，禁军根本就是无用之军。而这两个人亲身上过战场，亲手杀人，是不同的！还有……”拓跋山月犹疑了一刻，不再说下去。

姬野双手的刀插进同一个军士的小腹里，那个军士垂死之际却有一股拼命的勇气，双手紧紧地攥住了两柄刀，不让姬野拔出。

姬野低头，看见他肩甲上烙印着一只蝙蝠，这是一个隐藏在禁军中的鬼蝠。背后有金属破风声传来，他不必回头也知道有人趁机偷袭。他双手紧握刀柄，双臂左右一振，脆薄的长刀从中间断裂。姬野一脚甩脱马镫，踢翻了那个鬼蝠的尸体，双手断刀左右横切出去，划开了两侧各一个禁军的喉咙。血光中他一手从马鞍上拔出一柄新的长刀，翻身直刺，把一个跳起从半空扑下的鬼蝠贯胸穿透。困在人群里，战马已经完全没有用处了，姬野一按马鞍，蹲在马背上，长刀横扫一圈逼退了身边的人，而后猛地跃起，落地劈斩，劈断了一名禁军的琵琶骨，把他的上半身几乎劈成两半。这是嬴无翳的霸刀，姬野放手把嵌在禁军身体里的长刀抛弃，左手抓下马鞍格住了一支斜刺过来的长枪，右手再拔一柄长刀。

他预计到了这样的情况，没有把马鞍束在马背上，只是虚压着，这时候巨大的马鞍覆盖了他左半身，他右手长刀压住了另一侧。

“阿苏勒！站起来啊！站起来！”他在人墙的缝隙中看见吕归尘依旧被行刑的军士压在木枕上，心里焦急，嘶哑地吼叫起来，“站起来啊！我们杀出去！”

“姬野！走啊！快走！没用的！你疯了么？”吕归尘也是嘶哑地吼着回应。

“废话！都是废话！怎么能走呢？”姬野一记膝击，把靠近他的禁军下巴磕落了，那人的佩刀也斩在了他的腰间，幸好不是很深的伤口，他跟着一脚踩在那人的胸口上，听到脚下胸骨开裂的声音。

他把手中的长刀掷出，长刀飞旋着扎在吕归尘面前不远处：“拔刀啊傻子！拔刀啊！”

他再拔一柄长刀，高举起手给吕归尘看自己腰间的伤口：“你再不拔刀，我就死了！”

背后传来了烫伤一样的剧痛，他跌跌撞撞地向前奔了几步，右手收回背后用手背一蹭，满是淋漓的鲜血。得手的还是一名鬼蝠，姬野知道息衍训练的这支斥候部队散布在整个禁军中，可他也不知道确切有多少人。鬼蝠手里只有一柄短匕首，正犹疑着是否该扑上去再补一刀，姬野穿着骑军的鳞甲，他不知道那一刀割破甲胄留下了多深的伤痕。这是他的最后一个念头，姬野一扬手，把整柄长刀抛掷出去，从鬼蝠的脑袋正中劈斩进去。

那记投掷耗掉了姬野全部的力气，他一时呼吸接不上，跌跌撞撞地退了两步，还要再拔刀。这一次他没有机会了，两个禁军钻了这个空隙，左右扑上来抱住他的双腿。他和禁军们一起摔倒，落地的一瞬间，他拔出胸口的青鲨扎在其中一人的后颈里，猛地发力，把一尺长的刀刃整个推了进去。更多的人扑了上来，他们已经得手了，也不再用刀。百里景洪下令活捉，他们每个人都只是扑上去按住这只野兽，像是几十个人扭翻一头发怒的犀牛。

灰尘起落，吕归尘模模糊糊地看见姬野有时甩开几个人，可立刻又被压了回去。禁军挡住了他的视线，他只能偶尔看见姬野的手从人堆里探出来一瞬，血红的手用力拍打地面。吕归尘觉得自己像是要被撕裂了，他的胸膛里有两个搏动，不同的频率，像是两个人在里面挥舞鼓槌疯狂敲击。很多年不这样了，这是他幼年时发病的征兆，有一种从内而外的力量，要把他撕成两半。

“阿苏勒！阿苏勒！”姬野被无数只手抓住了每一处关节，完全动不了了，只能嘶哑地大吼，“不要死啊！羽然会想你的，羽然……她会想你的啊！”

他用尽全力咬在一个禁军的胳膊上，那个禁军痛叫了一声，松开了姬野的右手。唯一的一个空隙，姬野从甲带的缝隙里扯出那页信纸，狠狠地把它抛向了吕归尘。

瞬间，他就被禁军再次淹没。

没有人去管行刑台这边，吕归尘看见那页信纸飘飘悠悠地随风而来，最后来到他面前，摊平在地上，上面烧了一个洞。那封信说：

“姬野、阿苏勒：

对不起，我要走了。故乡的使者来了，我知道他总会来的。我从来没给你们说我是谁，我想你们也不想知道。我知道有一天我要回青州，可是我不知道是哪一天。然后这天忽然就来了。

我没有跟你们说，是因为我不想告别。我记得我来的时候谁也没告诉，只是和爷爷一起骑了一匹马，走了很远的路，就到了。有一天我还会这样回来的，和爷爷一起骑一匹马，就这么就回来了。

我会在很远的地方想你们的，可是我不想老是想你们，所以我很快就会回来。”

然后风带着信纸走了。

许多年之后吕归尘回想那个瞬间，觉得风里是神祇的手在指点他们的去路。在他觉得一切希望都已经远离他的时候，神祇打开了一扇门，告诉他光永远不死。恍惚中他听见熟悉的歌声：

“紫槐花开放的季节，让我说爱，

爱飞翔的蒲公英都要走了，让我们唱歌，

那些唱歌的松树都结籽了，让我们永远都在一起。

让我们说爱，

让我们唱歌，

让我们永远都在一起。”

吕归尘一生中过去的十七年里，从没有任何时候像这一瞬。这一瞬吕归尘想活下去，想要看见明天早晨的阳光，看见晨光中他的朋友们，看见金色的长发在风中飘洒如光缕。

想要闻见那种香味。

想要不经意触到时的温软。

想要很宽松的拥抱和很漫长的时间，一起眺望护城河的河水在落日下灿灿如金。

姬野的声音像是狼嚎："阿苏勒！你这个傻子！睁开你的眼睛看看啊！你看见了么？不要死啊！羽然会想你的。”

吕归尘嘴角一动，笑了笑。他想你才是傻子呢，你带着十二柄长刀冲到这个砍头的地方来，就是为了告诉我这句话么？

一瞬间，天地寂静！

胸膛中要把他撕裂的两个律动合而为一，那潜藏在心底的、带着血腥气的甜香卷了起来，黑暗像是渐渐涌起的潮水把他吞噬。扣着铁链压着他双肩的军士们瞪大了眼睛，不敢相信自己双手上的感觉。无数的死囚在他们手上伏法，这些人中不乏魁梧如熊的匪徒，却从未有一人能在这条带着倒刺的铁链下挣扎出去。可铁链锁住的少年正在一点一点地往前爬，拖着他们往前挪动！倒刺钩在他的肉里划出了深深的血痕，这少年像是根本没有感觉。

行刑军士都傻了，看着他拖着两个军士爬过木枕，向着前方伸出了手。

他要去抓那柄长刀！军士们忽地明白过来。

一个人抢上一步想拔走那柄刀，可是已经晚了！吕归尘猛地站了起来，双手掐住了左右两个军士的脖子，对着天空举了起来，把他们的头狠狠地撞在一起。鲜血和脑浆淋漓而下，洒在他的脸上，半红半白，像是古老神秘的图腾，他清秀的面孔此刻看起来狰狞可怖。他已经变了一个人，仿佛魔鬼在他身体里苏醒。他环顾四周，目光所到之处，每个人都觉得心里一片冰冷。

吕归尘走到长刀前，看着那个握着刀柄双腿哆嗦的军士，一字一顿：“拿开你的脏手！”

军士完全傻了。

吕归尘猛地拔刀，拖过那个军士的衣领，把他的脖子压在木枕上。他根本连想都没想，挥刀劈落。木枕和脖子一切分成两半，血一直溅了五尺远近，无头的尸体还在挣扎，吕归尘一脚把它踢翻在一边。他捂着脸，低低地笑了起来，而后这种笑声变得野蛮而疯狂，他张开双臂仰天狂笑，脸上鲜血和泪水并流。

“依马德、古拉尔、纳戈尔轰加，这是我祖宗的血。他们的灵魂在黑暗中看我，他们传给我尊贵的血和肉，他们传给我天神的祝福。我们注定是草原之主，我们注定是世界的皇帝，我们注定是神唯一的使者。”他喃喃地念着这些咒语一样的东西。

他全身泛出赤红，每一寸皮肤下都有搏动的血管暴突出来，仿佛活蛇。

只有拓跋山月明白这些咒语一样的话意味着什么，他浑身凛然，不由自主地踏上一步挡在百里景洪面前，声音异常：“国主避一下，快避一下！”

“笑话！”百里景洪怒吼，“区区一条蛮狗，本公要避他么？”

“不是蛮狗，是青铜家族历代祖先的灵魂！”

随着拓跋山月的话，吕归尘放声咆哮起来。这种声音根本不像是这个年纪的男孩能发出来的，他背后有如站着太古的巨龙。要冲向他的军士们全都呆住了，他们觉得迎面来了一阵狂风，风里如有刀子剜着他们的脸。吕归尘冲向禁军最密集的地方，长刀划出巨大的扇面，两个靠他最近的军士被拦腰斩成了两段。他每踏一步就发出震耳欲聋的吼叫，没有人敢正面对抗他的刀锋，这种力量不属于人类，铁甲、刀剑、身躯，每一样挡在刀锋前的东西都被斩为两段，就像是铁刀裁纸那样。紧急调来的盾营根本就没有布阵的时间，三百人散乱地围了上去，他们手持铜皮锻打成的圆盾，结成一线推进。恐惧至极的禁军丢下几十具尸体，撤到盾营的背后。吕归尘长刀虚劈，刀断成了两截，斩过太多的骨骼和铠甲，姬野从武器店里买来的便宜长刀早已满是裂纹。他扔掉断刀，踢着附近的尸体，并不看步步逼近的盾营武士。

他从一具尸体上拾到了阔刃铜剑，从另一具尸体上找到了厚背的重刀。

人们看到他脸上露出了笑容。盾营的武士们还没有明白吕归尘到底在笑什么的时候，他忽然转过身，伏低身形，狂风一样逼近了盾营的战线。看似坚固的战线随着他重剑第一次斩下就彻底地崩溃了。一剑平挥，三只盾牌被斩裂，吕归尘大鹫一样飞跃起来，踢翻了最靠近他的一人，他落下的时候以膝盖压在那个人的胸口，那个人已经是个死人了。随即他双手的刀剑一齐轮转，在盾营军士中来去，整个人像是一架沾着血肉旋转的风车。

“双手刀剑之术！”

拓跋山月从他身上看见了息衍的影子。平素息衍只配单独的一柄重剑，可是拓跋山月却知道息衍年轻时以双手刀剑成名。

“废物！都是废物！骑兵！骑兵出去！”百里景洪惊恐且愤怒，咆哮着下令。

混乱不堪的盾营左右分开回撤，四名重骑兵平端骑枪列成一排，他们都是全副河洛打造的重甲，浑身上下没有弱点。吕归尘没有追杀盾营，刚才的杀戮大概已经耗尽了他的力气，他沉重地喘息，双手刀剑插进土里支撑着身体，背对着重骑兵，似乎完全没有察觉到危险的铁蹄声。重骑兵们对了对眼神，都觉得这是机会。他们看见了这个疯子一样的少年怎么成排地屠杀了数十名禁军和盾营的军士，可是他们还有自信，自己厚实的锻钢重甲是重斧也不能劈开的，而且这疯子样的少年大概已经支撑不住了。

他们同时策动战马，并排冲了上去，骑枪和盾牌在面前组成两道防御。

吕归尘没有回头，只是喘息。重骑们看不见他的脸，只有站在另一面的人才看见他满头乱发上沾着血污，脸上第二次露出笑容。这笑容一如他捡到那对刀剑的时候，森严残酷，令人想到地狱。

他喉咙里发出一声鸟鸣似的怪叫，忽然整个人带着沉重的刀剑腾起在空中，足有一人的高度。他在空中翻身旋转，在准确的瞬间避过了重骑扫来的长矛。而后刀剑左右递了出去，沿着头盔和甲胄间的缝隙劈斩进去。两匹战马止不住步伐，又跑了十几步，缝隙中才涌出鲜血，两支骑枪同时落在地下。

“息将军！息将军的……铁骑马反身逆手杀！”一个带过兵的老臣尖声地叫了起来。

“息衍！息衍这个混账！教出来的都是逆贼！”百里景洪扭曲的脸上再没有儒雅的痕迹。

第三名重骑被吕归尘一刀扫去了两只马蹄，他和战马一起倒在尘土里的时候，吕归尘鬼影般逼上，刀尖贴在他的胸口顿了一下，骤然发力，刺穿了他的心脏，重甲上留下手掌长的切口，厚实的铁皮在边缘翻卷起来。

吕归尘转过身，看着最后一名重骑。那名重骑只觉得自己所在根本不是人间。心里空空如也，连逃走的念头也没有。吕归尘忽然加速奔跑，借势跃起，在空中一剑劈斩，直中骑兵的头盔。金属撞击的声音几乎要撕破人们的耳膜，吕归尘落在地上，看着手里的重剑断成了两截。确实是值得骄傲的锻钢头盔，正面冲击，剑被头盔弹开了。那名骑兵静静坐在马鞍上，片刻，一股鲜血忽地流了满脸，他的身子歪了歪，整个头盔分崩离析。

军士们围绕着吕归尘。吕归尘提着一双刀剑，踩着尸体，默默地在广场中央踱步。不计其数的刀尖枪尖指向他，可是没有人敢冲上来。吕归尘所到之处，一丈内无人敢踏入，军士们像是一群蚂蚁，围绕着一只巨大的、危险的甲虫。

吕归尘走向姬野所在的地方。两个军士还压着姬野的双臂，呆呆地看着吕归尘一步步走近。终于有一个人清醒过来，忘记了军法和任何的惩罚，跳起来怪叫一声，跌跌撞撞地往回跑。吕归尘停下脚步，看着最后一个军士在哆嗦。姬野和那个军士一起看向吕归尘，胸膛里也有一股浸骨的寒气。殇阳关前，兰亭驿辎重大营里，那个雷骑撤退的月夜，姬野第一次看见吕归尘杀人。这个文静内敛的少年忽然如妖魔附体，拔出影月大鹰一样跃起，在人群里忘我地砍杀。从那时起，姬野隐隐约约知道总有这么一天，吕归尘压不住自己身体里某种可怕的东西。此刻吕归尘俯视他们，眼睛里面只剩一片森严的惨红色，那不光是因为充血，还带着审视猎物的意味。

他一手把那个军士提了起来。军士在惊恐中鼓起勇气，一刀砍向他的肩膀。刀砍中了，却被贯注了力量的肌肉夹紧，仅仅陷入了一寸，吕归尘的动作根本没有因此受到任何影响，他默默地发力，把军士的一条胳膊生生撕了下来。军士哀号一声昏死过去，吕归尘对这个猎物失去了兴趣，把人和断臂一起扔在一旁。

吕归尘的目光对上了姬野的。姬野也想退后，可他的脚步虚软，吕归尘一把拎起了他，像是拎起一只待宰的鸡，单手如铁钳卡住他的脖子举向空中。

姬野从没有感觉到这样的无力，他悬在空中无从挣扎，支撑他重量的是那只铁钳般的手和他自己的喉骨。他听见自己喉骨处传来了可怕的声音，那块脆弱的骨头随时会碎掉。他没有任何反抗的余地，他的颈部青紫，血流在那里瘀积，脑海里一片空白。那片空白中有个不甘的声音——

就要死了么？死在自己最好的朋友手里？不是朋友么？一起上过战场，背靠背面对围上来的敌人，也一起喝酒赌钱偷东西，像被猎人追逐的野狐狸那样并肩奔逃在南淮的夜色里。应该是最好的朋友吧？可以为了他人头落地。为什么愿意？理由说不出来，大概是没法看着他人头落地，那样的话心里会比死还难过吧？

那自己对吕归尘是否也一样？

那片空白忽然被一个强大的念头击穿了，仿佛雷击！他清醒过来，他不信，不信吕归尘会杀了自己！

那个凶兽般的吕归尘其实是在犹豫，遇见姬野之前从没有人能在他刀剑下活过两个照面，以他此时的力量根本无需缓缓地捏碎姬野的喉骨。他只要释放出压抑在手里的力量，姬野的脊椎都会被捏碎。

他在犹豫！

姬野瞪大眼睛，看着吕归尘，用尽最后的力量："阿苏勒……"

惨红色的眼睛里出现了一瞬间的空白。

"是我……是我！醒醒！"

"不要停……"吕归尘嘶哑地咆哮，"喊我！喊我的……名字！"

他一手依然锁死姬野的脖子，一手用力按着自己的头，手指伸进乱发里，像是要把头发揪下来。

"阿……阿苏勒！"姬野忍着喉骨的剧痛，放声大吼。

吕归尘的身体忽然僵硬了，那股凶蛮的力量离开了他。姬野坠落在地，剧烈地咳嗽起来，他的头部缺血，只觉得天旋地转，趴在那里很久站不起来。视野慢慢清晰起来后，他再次抬头，触到了一双熟悉的眼睛。湖水般清澈、平静，带着初醒般的迷茫。吕归尘仿佛被人从身体里拎走了骨头，软软地倒下，姬野扑上去接住了他。

"姬野……你到底为什么……要来啊？"吕归尘低声问。

"我是你的朋友啊！你这个傻子！"姬野擦了擦自己脸上的血污，无可奈何地在好朋友的脑袋上拍了一巴掌。

他们背后，军士们持着刀枪小心地逼近，残存的盾营再次集结起来，桶状的包围已经成形。

观礼台上，百里景洪看着不远处的一幕，愤怒得浑身颤抖。

"国主，事到如今，只有出动弩营！直接杀了这两个人。如果真的让他们逃走，我们将无法对帝都的百里氏主家交代吧？下唐国在东陆诸侯里，也会颜面丧尽。”拓跋山月低声说。

“我还以为拓跋卿是想我放那个蛮子一条生路。”百里景洪克制着怒气。

“那时候我们还未被逼上绝路，此时此刻，下唐国的尊严已经被押了上去，我们无法后退。”拓跋山月平静地说，“我想提醒国主记得，是谁把我们逼到了绝境。”

“鬼蝠呢？鬼蝠营在哪里？”百里景洪想起了这支特别训练的斥候军队，不再理会拓跋山月。

一名禁卫百夫长近前，压低了声音：“今晨有风塘中传了息将军手令，临时调走了禁军中九成的鬼蝠。刚才来的消息，息将军还下令守城军士迅速回大柳营报到，城里现在所剩的兵力不过三五千人……”

“谁让你们听息衍的令！”百里景洪愣了一下，放声大吼。

百夫长惊得跪下：“禁军中也只有少数人知道国主解除了息将军的兵权，普通士兵更是一无所知，他是武殿都指挥使，我国军武的最高指挥，他的手令，效力仅次于国主的手令……”

“好！好！息衍！好逆贼啊！”百里景洪跌跌撞撞地退后，“我本不想杀你，我本还想去帝都为你求情，我本还要用你为将……”

“弩营！弩营！”他咆哮起来，“出动弩营！杀了他们！”

令旗掷下，弩手们出列，从四面八方围聚过去，他们手持做工精良的十字弩，弩弓上搭着淬毒的短矢。他们把弩箭从盾牌上方伸出，只要扣动扳机，数百支短矢可以把中央的两人完全埋葬。

“终于……终于要死了啊！”姬野吐出了一口含血的唾沫，笑了起来，露出了满是血丝的牙齿。

“这么死……真的比砍头好啊！”吕归尘跟着他笑，“比砍头好，好太多了！”

“废话！站起来！我们站起来！”姬野咆哮，“这样我们是站着死啊！好过被狗一样压在地上砍头！”

他挽住吕归尘的手，两个人支撑着重新站了起来。

姬野紧紧地攥住了握刀的手腕，用尽了最后的力气，仰望天空："阿苏勒！一起来，我们一起来！铁甲……依然在！"

吕归尘从坎肩的夹层里抠出了指套，珍而重之地把它套在自己的右手拇指上，铁青色的光点亮了他的眼睛。他对着天空高高举起握刀的手："依然……在！"

年轻人们把这句话咬在牙齿间，猛地喷发出去，声如雷霆，仿佛要与整个世界为敌。而后他们互相拥抱，放声大笑，把背心留给了逼近的弩手们。

"天……驱！"百里景洪面如死灰，"天驱！真的是天驱！那么息衍也是天驱……我一直不知道在我的南淮城里，这些乱国的逆贼猖狂如此……"

拓跋山月默默地眺望，轻轻抚摸自己的心口。这就是天驱，太古时代铁皇的后裔。曾经辉煌如日的尊严残留在古老的青铁指套中，不曾死去，只是沉睡。现在铁皇们的灵魂苏醒了！尊严升腾起来了！年轻人们用力把套着指套的手举向天空，他们在炫耀，他们在大笑。拓跋山月听过关于天驱的传闻，却并不理解为什么总有人会效命于那个叫作天驱的团体。他们所求的是什么？拓跋山月想象这些人在深夜围聚在荒原上围绕着火堆披着重甲，他们的身影高大而沉重，像是祭祀某个远古的神明。可是他们又信仰着什么？

这个瞬间他忽然有种奇怪的感觉，那就是天驱——天驱就是两个拥抱在一起的年轻人的背影。

十一

大地震动起来。

观礼台上的大臣们和下面的军士们脸色都变了。这可怕的声音仿佛一群身高十丈的夸父用石锤敲打着地面，步步逼近。这一天里发生了太多的事，没人知道还有什么可怕的事情会发生。拓跋山月的脸色也变了，那不是地震，他的直觉告诉他，震动里藏着绝大的危险。他没有听到过这种声音，像是战马奔驰的铁蹄声，可没有战马那样沉重。震动越来越剧烈，广场上石板缝隙里一股股灰尘上蹿。轰隆隆的巨响是来自广场对面的宽街，所有人的目光都投了过去，那里烟尘弥漫，阳光照在烟尘上模糊了视线。

“铁……铁……铁……”一个僵坐在观礼台上的老臣忽然站了起来。

他说不下去，喉结剧烈地颤动，拓跋山月从他眼睛里看出了绝大的恐惧，那恐惧是种在一个人灵魂深处的，扑出来可以把人心撕碎。

“铁……铁……铁……”老臣挥舞着胳膊，野狗般蹿来蹿去。他想要逃走，却找不到路。

“铁……铁……铁……铁浮屠[①]！”

他最后的声音几乎是号哭，随即全身颤抖着跪下，像是看见了末日。

拓跋山月的呼吸中断了，强烈的恐惧仿佛一只冰冷的大手捏住了他的心。那个老臣已经八十多岁，行将就木。然而北离十七年，他还是一个十六岁的年轻人，作为唐国尉官追随风炎皇帝的“第二铁旅”北征，杀至瀚州铁线河，在那里他见到了本不该存在于这世界上的军队，青阳铁

① 铁浮屠：铁浮屠在胤末燮初的战场上是一支占据绝对强大地位的重型骑兵军队。和东陆的重骑兵相比，它采用来自河洛的技术，装备整体铸造的重型金属铠甲，这种铠甲更具备了多层不同材料复合的工艺和关节活动设计，是一件超越那个时代的制品。但是即便如此，它可怕的重量也只有少数的蛮族骏马可以负荷。和它相比，东陆的重骑兵采用的是金属的锁子甲或者明光甲，在防御上的效果差别很大。但是遗憾的，这点也是铁浮屠这支军队装备的费用异常高昂的原因，无法广泛建立制式军队。东陆重骑和北陆重骑的区别，很接近历史上东方的铁骑和西方的重骑兵之间的差异，在很多历史记载中提到的中国『铁骑』，根据推测往往只是在要害部位装备金属护甲的轻型骑兵，而骄傲的法兰西重骑兵盔甲则只有家境殷实的贵族才可以配备。

浮屠！那些武神般的骑兵把胤朝的整整一代英雄埋葬在瀚州的长草下。如今还能记得那场战役的人已经很少了，活下来的人也该埋入黄土了。拓跋山月曾试图询问那个老臣到底什么是铁浮屠，然而老臣只是摆摆手，佝偻着背走过。有人告诉拓跋山月这个老臣从铁线河上回来后再也不敢骑马，因为马在他眼里是噩梦般的凶兽，更不会提起那个战场，因为那会让他自己在午夜梦回时惊醒。

现在那些噩梦般的战马回来了，拓跋山月一直以来的预感也应验了。青阳大君吕嵩那个男人并不平庸，不会俯首在东陆人的令旗下。他暗中恢复了铁浮屠。东陆和北陆之间的安宁已经太久了，蛮族对于东陆的野心又开始勃勃跳动。

噩梦般的战马从烟尘中露出了本相。所有人都觉得那根本就是梦里才会出现的怪物，纯黑色的战马，纯黑色的铠甲，组合起来却不是什么骑兵，而是狰狞的猛兽。那些铠甲上刀刃般的刺反射着日光，骑士们手中形制森严可怖的铁枪长达一丈二尺，而战马的胸膛宽阔如墙，东陆的马在它们面前根本就是些驴子，它们可以昂然地踩着东陆马的马头，把它们踩成肉泥。常人无法想象的铠甲铸造工艺使得那些黑色的骑兵毫无破绽，连马的蹄腕也被锁子甲严密地保护起来，从厚度看那些铠甲大约有数百斤之重，但是不可思议的是，战马依旧可以负荷，骑士们也依旧可以自由地活动手臂。他们罩上面甲，把指向天空的骑枪缓缓平放，扣进铠甲上的机括里，右手臂弯嵌入了自己腰间的托架，他们以左手在马鞍之间和骑枪之间扣上了纯黑色的铁链，那些铁链的每一环均带着倒钩，试图从两匹马之间闪过的人会被刮去皮肉变成森森白骨，随后他们以左手拔出了腰刀。一连串的响声后，现在那套铠甲已经完全进入了作战的状态，它变成一套由人、马和铠甲组成的机括。他们是骑兵，也是战车，还是被战马驱动的木雷……或者，他们根本就是违背世界规则的妖魔！

巨大的恐惧从天而降，人们互相推搡、挤压，想从两边疏散。可是广场上四面八方无处不是人，人流没有出口，只是卷入越来越剧烈的漩涡。铁浮屠发动了，如巨石般滚来，碾压着血肉。正面迎上的人尸骨被挂在枪尖上，少数人避过了枪尖，却被铁浮屠的左手刀干净利落地一刀斩首，有些人则撞在马铠的铁刺上，尸体被两匹互相靠近的战马挤压之后挂在马匹间的铁链上，再滚到巨大的铁蹄下。弩营把箭矢全部投了过去，可根本不奏效，铠甲弹开了所有的箭矢，那些铠甲甚至甲缝都不是破绽。

七十年前风炎皇帝的论断依然有效："弓箭无法伤害他们，他们是重骑兵战场上的皇帝。"

尖锐的箭啸声随即传来。不同于下唐弩弓发射的短矢，这些箭是漆黑的，更长，也更快。铁浮屠的背后，披着黑色毡衣的蛮族骑射手们把三尺长的狼牙箭投向了盾营和弩营中的军官。他们的首领冲在最前面，骑着一匹不曾修剪马鬃的黑马，黑色的马鬃飞扬起来像是一面旗帜。他在距离观礼台三百步的地方弯弓搭箭，拓跋山月拔刀一格，震开了射向百里景洪眉心的一箭，手上感到微微的酸麻。百里景洪完全傻了，盾营中紧急拨调过来的军士手持铜盾护住了他。拓跋山月挥了挥手，盾营把失魂落魄的国主拖了下去。

拓跋山月提着貔貅刀，走到观礼台的栏杆边，俯视已经沦为战场的刑场："是不花刺么？铁浮屠和鬼弓，一天之中，北陆的精锐都来了啊！"

不花刺投来了骄傲而森冷的一笑，带转黑马急速后撤。下唐的弩手刚刚发出弩箭，他已经离开了十字弩的射程。他的弓射程更远，在回撤中他转身发箭，两名弩手百夫长咽喉中箭。鬼弓们从四面八方向着不花刺汇集，他们聚成一圈，带马奔跑，举弓呼吼，而后又如水银泻地般散开。只有不花刺留下了，唇边带着轻微的笑意，捻着自己的弓弦，面对整整一营下唐弩手。

"冲过去！冲过去！杀了他！"弩营百夫长举剑下令。他的腿已经在打颤，但这已经是两国交兵的战场，按照下唐军律，退后者死。

没有人动。不花刺忽然大笑起来，给黑马加上一鞭。他突进了，向着整整三百人的弩营发起了冲锋！

“齐射！齐射！”百夫长大喊。

三百人的齐射本足以要了对手的命，可百夫长的命令没能唤醒呆滞的军士们，稀稀拉拉的几支短矢被不花剌轻易地闪过。下唐弩营不曾见过这样的冲锋，一个人对三百人。长箭的呼啸忽然从左左右右各个方向到来，散开于各处的鬼弓们一齐出现，他们射出的箭并不多，可是但凡有人举起十字弩，喉咙就被贯穿。不花剌的战术是完美的，他清楚他的人有什么样的本领，他在正面吸引视线，把攻击的任务交给部下。

“齐射！我叫你们齐射！别管剩下的人！”百夫长恶狠狠的一剑，砍翻了一名军士。

不花剌冷笑，洒脱地从背后的箭囊中取了一支箭出来，捻弦开弓。他做这一切的时候，细锐如鹰的眼睛始终盯着百夫长，每个人都知道他要干什么，百夫长自己更加清楚。他想往后退，可不花剌的笑和冷酷让他觉得覆灭之灾已经临头。他预感到自己逃不掉了，抛弃了一切尊严，发疯般地想躲到军士们后面。军士们也躲避他，他周围空出一大片，他奔向哪里，哪里的人就散去。不花剌距离盾营只剩下一百步了，百夫长在绝望中双手交叠，封住了自己的喉咙。他曾经听说过鬼弓们最喜欢取的是咽喉，因为这样在狙杀的时候，对手无法发出呼救的声音。

不花剌松开了弓弦。箭尖啸着离弦，他立刻拨转马头风一般回撤，不多看一眼。

那支黑箭从百夫长交叠的手腕处贯穿，再贯穿了他的喉咙，半尺长的箭杆从后颈里探出来。尸体木木地倒地，到死百夫长没能发出任何声音。

恐惧从头到脚笼罩了每一个人，弩营瞬间崩溃。

姬野和吕归尘正面迎着铁浮屠的冲锋，同样无从闪避。滚滚铁流扫荡着人群，仿佛神的鞭子抽打人类小小的沙盘。正面撞上战马的人被冲得飞了起来，又被铁蹄踩烂，每支骑枪上都挂着不止一具尸骨，这些枪完全固定在铠甲上，尸体和枪的重量都被铠甲均匀地卸给战马，骑士们的注意力更多地集中在左手的刀上，而那些马每一匹都喷吐着一尺长白气，马眼通红，带着草原上野物的暴躁和凶煞，屠杀令它们分外的振奋。

姬野曾经以为雷骑的冲锋就是世上最霸道的战术了，可时隔不久他又一次被震骇了。雷骑无法和铁浮屠相比，雷骑是英勇的武士，铁浮屠却是骑兵的皇帝，它们踏上战场，只是为了荣耀，因为它们根本无可匹敌。

铁浮屠接近姬野和吕归尘，当先的十人队里有一人断开马鞍和骑枪上的铁链，于是十人队分为两个五人队，在两人的侧面划出两个巨大的弧，掠了过去，继续追击溃逃的下唐军队。姬野和吕归尘呆呆地站着，看见下一个十人队从很远就开始减低马速，最后艰难地停在他们面前。

一名骑兵摘下了笼罩整个面部的头盔："铁益来救世子了！铁益来晚了！"

青阳部名将铁益·巴夯·莫速尔，他努力弯下了腰在吕归尘的肩上按了按："世子终于长大了，提起了刀，是我们青阳的男子汉，你的父亲没有错看你！"

他转而去看姬野的时候，那对纯黑的眸子刺得他警觉了一瞬，而后他笑了起来。

"这就是打败我儿子们的东陆武士么？还会有你这样老虎似的东陆人啊！"铁益点了点头。

"儿子们！"铁益举刀向天，向着散开的第一支十人队大吼着下令，"再来一次！再来一次！让东陆人看看，这就是我们青阳真正的铁骑！"

十人队按照他的命令，在人群中穿插。

"给世子武装！"铁益回头对部下喝令。

一名铁浮屠翻身下马，不是亲眼所见姬野完全不能相信穿着那身沉重甲胄的那名骑兵居然还能活动自如。那名铁浮屠把吕归尘扶上自己的战马，后面跟来的人带着驮马，扯开油布，马背上是一套纯黑色的铠甲整齐地码着。整整一个十人队为吕归尘披甲，不同的铠甲盔甲部件在吕归尘身上响亮地拼合起来，随后有人为他调整关节，配上马刀和骑枪。那个文弱的孩子被笼罩在厚重的钢铁中，威严得像是一位真正的草原君王。

姬野用羡慕甚至妒忌的目光扫视着他的朋友。他几乎认不出来了，这还是他熟悉的吕归尘？或者这样的草原君王才是真正的吕归尘，他其实并非一个文弱怯懦的孩子啊，他是草原未来的主人。姬野一时有些分不清楚。

“姬野！”吕归尘向姬野伸出了手，“跟我一起来！我们去瀚州！那里的草原够大，你想跑到哪里去，我们就可以跑到哪里去！我们可以在瀚州做一番事业，让所有人都记住我们两个的名字！我们青阳有最烈的古尔沁美酒，要喝多少有多少！来！姬野！我们一起去！”

姬野歪着头，默默地看着吕归尘的手，沉默着。

他忽然跳了起来，狠狠地拍在吕归尘的手心。可是他没有拉那只手，他一步一步倒退出去，使劲摇头。

“阿苏勒，我不去北陆。”他大声说，“等你当上了大君，回东陆来吧，你会听见大家在谈我的名字。”

他挥舞拳头：“我会变得很有名！”

吕归尘也愣住了，呆呆地看着他的朋友。两个人对视的目光里有很多很多的东西在跳跃在闪动，吕归尘说不明白，可是他知道自己看懂了。他看着姬野转身跑了，背影即将没入阳光和漫漫的灰尘里。

“姬野！”吕归尘忽地大喊，“想当东陆的皇帝么？”

这是一个玩笑，在殇阳关的军营里，他们谈论蔷薇皇帝、风炎皇帝，也谈论威武王时，曾开过的一个玩笑。直到今日，吕归尘才忽然明白那其实并不只是玩笑……那是姬野的理想，他曾经听过东陆绝代帝王的故事，又亲眼见到了东陆强绝的霸主，甚至接下了绝世的一刀。他已经看到了英雄的路。

“皇帝有什么了不起！就当给你看！”姬野一边奔跑，一边回头大喊。

“那你当了皇帝，我跟你订盟！”吕归尘举拳。

姬野也举拳，两个人都亮出了铁青色的指套，也亮出了笑容。

铁益默默地掉转马头，低声下令：“掩护世子撤离。”

他的马前不远处，拓跋山月提着貔貅刀，骑着一匹棕色的翻毛马，下唐军队正向他靠拢。

“铁浮屠……这就是青阳这些年的经营么？国主低估了大君，他想要的，是整个东陆么？”拓跋山月面无表情地发问。

“我们草原上的男子汉，难道不是一生都在指望这一天么？如果有机会，我们的马蹄当然会把东陆人的城关踏成最广阔的牧场！”铁益缓缓拉下了面甲，“拓跋山月，你这个蛮族人的叛徒，早在你第一次踏进北都城的时候我就想要和你比一比刀。”

“这时代终要把每个人逼上战场啊！”拓跋山月猛地挥刀向前，“杀！”

十二

姬家大宅。

姬野一脚踢开虚掩的大门，冲了进去。他没有留心脚下的绳索，被绊倒在通向正厅的石板路上，几个强壮的家奴早已埋伏在树丛后，此刻扑了上去，狠狠地把他按住，把他的脸压得贴上了冰冷的路面。

姬野奋力地抬起头：“你们干什么？”

刺眼的阳光中，他看见了昌夜模糊的脸。

昌夜蹲下来捏了捏姬野的脸，狠狠地一巴掌扇了过去：“还问我？姬家在南淮城这么多年的经营，就这么被你毁了！你干了什么你自己该清楚！你是要把我们都送去给你陪葬么？你这个贱种！”

这是姬野第一次看见昌夜露出这样的愤怒和暴戾。一时间他愣住了，不知道那个在他眼里狡黠乖巧善撒娇的弟弟和眼前这个凶狠的男子到底哪个才是真实的。

有人提着袍角从正厅那边跑了过来，跑得跌跌撞撞。那是他的父亲姬谦正，满面怒容，咬牙切齿。姬谦正手里提着虎牙，姬野看他一步步逼近，不知道父亲会不会什么也不问一枪刺死他这个孽种。

“父亲！我抓住他了，交出去给禁军，或者还有机会！”昌夜迎了上去。

他完全没有料到迎面来的是一记耳光，姬谦正用尽全力的耳光。他被抽得在原地转了个圈，转回来呆呆地看着父亲愤怒的眼睛。

“混账东西！”姬谦正的嘴唇和胡须一起剧烈地颤抖，“他是……他是你哥哥啊！”

姬谦正扯着姬野的领子，眼角在抖，手也在抖。他握着枪，一枪可以扎死他，他知道昌夜说得没错，大义灭亲也许还有指望，可是他现在只想好好地看清这个儿子的脸。他忽地发现儿子真的长大了，那漆黑的眉毛和咬起牙来颊边锋利的线条让他不由得就想起那个女人。

“真是像啊，太像了……”他心里说。

他把虎牙狠狠地摔在姬野的面前，连踢带推驱散了家奴。

“滚！你滚！快滚！”

姬野茫然地看着父亲，外面传来了急促的脚步声。

“关门！关门！”姬谦正大吼，“从后门走，从后门！”

姬野知道不能再拖延了，他抓起枪，不顾一切地冲向后门。临到门前，他忍不住回头。

“滚啊！你怎么还不滚！”姬谦正冲着他嘶哑地大吼。

外面的人已经在疯狂地擂门了，姬谦正靠在门后，双手死死把着门杠。姬野以为父亲的眼里会流下泪来，可是姬谦正没有，他只是瞪大了眼睛，眼睛通红。

这是姬野的一生中最后一次看他的父亲，看他无比疲倦地靠在门上，却又用尽全力顶住那扇门。很久以前的记忆碎片在他心里闪了一下，那是一个下午阳光中的院子，孩子努力地把球抛出去，父亲跑出去捡回来给他，孩子又抛出去，父亲又去捡回来……抛了，捡回来……抛了，捡回来……孩子回头笑了，屋檐下静坐的女人一只白得如玉的手轻轻调着一壶茶。

女人……那个女人……姬野觉得有一把刀子横在他脑海里。他不敢再想，转过头，像是一头失去了窝的野兽，冲进外面刺眼的阳光中。

［历史］

关于燮羽烈王和他的父亲“大燮文祖皇帝”姬谦正之间的关系，历史学家中一直存在着争论。

有相当多的史料表明燮羽烈王年少时并不得父亲的宠爱，只是他本人从不提起，大概作为庶出的孩子，他本人确实也因此感到些许的自卑。而“大燮文祖皇帝”也是由他的弟弟姬昌夜即皇帝位后追封的，并非姬野在位期间的事。

但是另外一些事又暗示了燮羽烈王对于自己的父亲有着很深的感情。在“南淮劫囚案”之后，寄居南淮城的姬家遭到重创，在文祖皇帝倾家荡产请托关系之后，依旧被举家逐出南淮城，此后这家人过着颠沛流离的生活，为了敬德帝的教育，文祖皇帝甚至不得不和妻子离婚，令敬德帝改姓，从而得以把他们母子送回天启，寄养在妻子娘家。而他自己在宛州一路行商，艰难地赚钱寄往天启以养活自己的妻儿。

文祖皇帝的去世是姬氏皇族非常羞于记载在史书中的，却又很难回避，史官们不得不以曲笔暗示。这件事大约发生在胤威帝二年到三年之间，具体时间无从考证，文祖皇帝在淮安附近行商的时候，被一些商人诈骗，从当地的商人那里借取了一笔高利贷，从事船泊位的倒卖。文祖皇帝有一封存世的信恰巧是在胤威帝二年写给自己离婚了远在天启的妻子，表示自己很快就能有一笔大的收入以便给敬德帝在宫中谋职用，而在这封信里，关于爕羽烈王只字未提。但是很快传来的消息就是因为战争而致的禁海令使得原本昂贵的泊位忽然一钱不值了，而那些和文祖皇帝一起出钱的商人们事实上和当地的高利贷钱庄暗中合伙，在文祖皇帝焦头烂额的时候不断地催促还款。才华和学识过人的文祖皇帝作为公卿后人，本来已经为自己和商人混迹感到耻辱，经历这样的大挫折无法忍受，终于病倒在淮安。但他还太不了解淮安商人的狡诈和刻毒，钱庄伙计不断地在他的病榻前催促还款，并且表示如果不及时还款就要把这位姬氏后人的名字公然写在钱庄的欠款名录里。文祖皇帝不得不把随身的一切东西典当，甚至住进了郊外不要钱的武神庙里以偿还部分款项，这一切加剧了他的病情，据记载在一个雨夜里，年久失修的武神庙遭雷，屋顶坍塌，瓦片砸在文祖皇帝的额头上，因为无人发现，这位新帝朝皇帝的父亲流血而死。

他死时睡在稻草上，身边只剩下十几个铜锱和一块姬氏家传的玉玦，那是姬氏祖先出仕皇室的时候得到的赏赐。发现他尸体之后，钱庄伙计搜走了铜锱和玉玦，甚至把文祖皇帝的外袍也拿走去偿还债务了，文祖皇帝仅仅穿着破旧的中衣，下葬时没有任何棺椁。

爕羽烈王立国之后，宛州商会以江氏为首争相投靠这位东陆新贵，其中一人是淮安大豪储若白。储若白此人粗陋无文，但是聪慧圆滑，他直奔天启城表示效忠姬野时，随身带了一块玉玦。这是他多年之前从自己当铺中发现的，以他看玉的眼光，一眼就知道是前朝皇帝的赐物，上面还有姬氏的双虎家徽，他知道此物的价值，始终没有出手，这时候觉得拿来作为讨好新霸主的见面礼再合适不过。但是聪明反被聪明误，储若白献上这枚玉玦，爕羽烈王反而直接斥退了他。在战战兢兢三四天之后，储若白被爕羽烈王召见，一顿毫不留情的鞭打之后，强行罚没了他的家产。这个决定对立足未稳的爕羽烈王来说，在政治上是极不合理的，鞭打准备献上大批金铢宣誓效忠的商人，不但损失声誉，更让其他豪商为之止步。

而夔羽烈王这么做的唯一理由是，贷款给文祖皇帝的那个钱庄其实也是储若白的产业，只是储若白完全不知道一个姓姬的小行商客死淮安是因为他手下的伙计逼着偿还贷款。

夔羽烈王最后连文祖皇帝的那件外袍也得到了，检视之后发现这件外袍只有外面光鲜，衬里和不易发觉的地方多处缝补，其实相当的寒酸。而钱庄可查的记录是，文祖皇帝每年都寄回不小的一笔钱给天启的妻儿。据太师谢墨说，这两样东西摊在夔羽烈王的灯下，这位素来阴冷沉默的天驱军团大都护沉默良久，之后披上了父亲的旧袍，站在殿外的秋风里叹息着说："君为昌夜，自苦若此。此诚父爱，宁不惜我。"

"你为了昌夜那么自苦，这诚然是父爱，可是你就不怜惜我么？"此刻夔羽烈王的声音里也透出了一股源自少年时的辛酸孤独，却也见得他对自己的父亲还是抱着某种隐藏很深的期待了。

十三

有风塘。

息衍撣了撣卷宗上的灰，翻了翻，扔进火盆里。火焰卷得更高了，上升的热气带着纸灰一直飘出窗外。息衍坐在火盆边抽着烟，若有所思地看着那些翻飞如蝴蝶的灰烬。他站了起来，环顾四周，这间书房如今已是空荡荡的了，只剩下墙角笼子里的一只鸽子，被烟熏得不安，跳上跳下的。息衍打开笼子，掏出那只鸽子，鸽子站在他肩膀上，并不飞走。息衍坐在桌边，展开二指宽的竹纸条，沉思了片刻，下笔潦草："水归其壑，虾蟆潜底，慎之慎之。"

他把竹纸卷成极细的一轴，塞进鸽子脚上小指粗的竹管里，摸了摸鸽子的头。

迅疾的脚步声逼近了，却整齐地停在一窗之隔的屋外，忽然间都没了声音。息衍向着门的方向瞥了一眼，走到窗边放出了鸽子，看着它扑啦啦地扇着翅膀，迅捷地直插云天。

他再一次环顾屋子，看见了墙上的画。那是一幅淡墨的山水，一片湖面，一片林子，靠近湖面的地方有一栋小屋，屋檐下隐隐约约有个人临窗眺望。

“留不住的啊！”他叹息一声，摘下了画，轻轻抚摩纸面，也把它投进了火盆中。火焰里画渐渐地卷曲变焦，忽然间他有种错觉，那个屋檐下的人活了起来，宫衣高髻，神色依依。很快地，画变成了一堆赤红色的灰烬，在火盆里慢慢地坍塌下去。他想起自己在清冶湖边买的那栋房子，如今是不是已经积满了灰尘？

他背着手，曼声长吟，走了出去：

“庙堂既高，箫鼓老也。

烛泪堆红，几人歌吹？”

原本守在有风塘外的数百名鬼蝠都拥了进来，为首的雷云伯烈手中捧着钢制的重铐。但是他们没能逼近到书房边，因为息辕一身鳞甲，手按剑柄席地而坐，封住了通往书房的道路。雷云伯烈距离息辕只有一步之遥，是举剑就能击中的距离，但是雷云伯烈不动，息辕也不动，两人的身体都绷得极紧。

息衍走出书房，神色淡然，看了息辕和雷云伯烈一眼：“这是干什么？用得着动武么？”

鬼蝠们犹豫了一瞬，以雷云伯烈为首，一齐跪了下去。

“将军，国主说……”雷云伯烈低着头。

“我知道他会说什么，不必重复了，我们走吧。”息衍伸出双手。

息辕起身，解下佩剑扔在雷云伯烈面前，也坦然伸出双手。

雷云伯烈长拜之后，起身亲自给息衍上铐，另一名鬼蝠铐住了息辕。重铐扣合的时候当的一声闷响，息衍点了点头，信步向外走去，数百名鬼蝠们在他身后亦步亦趋。

到门口的时候，息衍停步回头："我的花要按时锄草浇水。"

"是！"不必雷云伯烈下令，鬼蝠们同时半跪。

息衍笑了笑，像是饭后一场漫无目的的散步，悠然地走进了有风塘外炽烈的阳光里。

［历史］

胤成帝四年秋。

北都城十万人发丧，青阳部邀请四面八方的部落参加老大君吕嵩·郭勒尔·帕苏尔的葬礼，此前老大君已经被火化，骨灰存在一只黄金坛子里。老大君的葬礼上只有他嫡出的四个儿子，幼子吕归尘·阿苏勒·帕苏尔未能出席，这并不合乎蛮族的习俗，于是有人说新大君吕守愚·比莫干·帕苏尔在此时发丧，是为了召集各个部落的主君来承认他的地位，因为他在春天试图召开库里格大会却失败了。出于这方面的顾虑，只有九煵和沙池两个部落的主君出席了这次葬礼。葬礼上最惹人注目的并非这些主君，而是东陆淳国的特使洛子鄢。他带来了淳国监国重臣梁秋颂的悼词和大量的金银器皿作为陪葬，新大君在葬礼上宣布他们和淳国正式结盟，在风炎皇帝的北征后的七十年里，这是第一次蛮族和东陆宣布结盟。

几乎同时，楚卫国名将白毅遭到左相路仲凯的弹劾，尽管楚公爵试图保护她的得力将军，但是路仲凯的弹劾出乎意料地得到了帝都的支持，而且白毅密谋结党的证据也得到了披露。楚公爵不得不收走了白毅的军权，让这位名将暂时闲置在家。

但是出人意料的是，一直忌惮白毅而把防线收缩在九原附近的离国公嬴无翳并未趁机进攻。他命令部下张博带领游骑兵在离国门户沧澜道巡行，他本人和赤旅本部却固守九原城，出人意料地采取了观望的姿态。显然这头乱世的狮子觉察到了东陆的军事局面可能向他不可预知的方向变化，所以不愿意轻举妄动。

诸侯们都隐约地预感到雷霆风暴即将到来，各国的战备均被提升。

就在这个人心惶惶的时候，一小股蛮族铁骑伪装进入南淮，在刑场上救走了青阳部人质吕归尘。这个事件在胤末史书中被称作“南淮劫囚案”，令皇室和诸侯都为之哗然。这是风炎皇帝的北征后，北陆和东陆的第一次正式对抗，战争一触即发。这个事件也直接导致了武殿都指挥使息衍的落马。更令人恐惧的是，七十年前覆灭于山阵下的重骑兵皇帝“铁浮屠”再次踏上了战争舞台，它的雄风如同当年一样令人望而战栗，可是能够对抗它的风炎皇帝已经化作了飞灰。

十四

帝都，桂宫。

“怎么可能这样？怎么可能这样？”长公主气急无言，只是重复着这句话从宫殿这头走到那头，宁卿小心地跟在她身后，雷碧城沉默地坐在一旁。

“百里景洪简直是个废物！”长公主转身看见宁卿手里捧着一个紫铜的手炉，盛怒中一掌拍翻了，对着宁卿大吼起来，“以他下唐十万之兵，杀不得一个蛮族世子！居然就被一个十八岁的军官救走了！居然就让蛮族骑兵混入了南淮城！还敢写信说是息衍在幕后操纵？息衍就算能耐通天，还不是托了百里景洪这个废物的福？何况我们难道没有提醒他息衍是个天驱，是个逆贼？”

宁卿屏住呼吸，不敢多言。

“长公主息怒，”雷碧城缓缓地开口了，“以我看来，百里国主虽有雄心，不过确实软弱，这件事出乎我的预料，但也未尝不是好事。至少，我们逼得某些人站出来了。”

“谁？”长公主猛地转头看着雷碧城。

“梁秋颂。蛮族骑兵潜入南淮，劫走人质，这等若双方宣战。梁秋颂不会对这件事完全不知道吧？可他依然命令他的使者和青阳部缔结盟约，这是公开表示他不会再接受皇室的命令了。他以淳国和青阳订盟，是要引狼入室，做整个东陆的敌人。”雷碧城淡淡地说，“以我看梁秋颂所想的位置，是太清宫里陛下的位置。”

“他妄想！”长公主怒喝，“我白氏的权柄，是几个逆贼能夺走的么？”

“不能，但是这件事恰恰证明了我前几日在长公主面前所做的推断，梁秋颂早有不臣之心，也许更多的诸侯，比如晋北的雷千叶，和他一样有不臣之心。对于这些人来说，白氏皇族已经没有存在的必要，如果天启城从此消失，他们就可以成为自己封地上的皇帝，何乐而不为？此刻应有十分的觉悟，长公主当以雷霆手段削平诸侯，重掌东陆大权！”

长公主望向大殿顶上的藻井，语调森寒，一字一顿：“好！天生我白凌波，就是要对付这些逆臣！碧城先生的大计何日可以展开？”

“我们还有最后一个平安的冬天可以过，最晚明年冬天，朔北的白狼会攻入淳国！”雷碧城举起旁边的一杯茶，缓缓饮尽，“看过了今冬的雪，接下来看到的都是血了。”

他沉默了一会儿，放下茶杯：“这次让青阳世子逃走，也坚定了百里景洪要除掉息衍的心，这样很好……我只有一个小小的担心……”

“我还不能确知，从我们笼子里逃走的，到底是白兔，还是狮子。”他幽幽地说。

第五章 苍狼之旗

一

胤成帝五年秋，朔方原。

苍空中漂浮着铁色的云块，苍空下长草依依。一处隆起的坡地上，两个老人并骑南望。

遥远的地平线上，一座雄伟的大城孤独矗立。

“前方就是北都城，草原人共同的故乡，天地的中央。很快，那里就是大君的了。”

“你叫我什么？”

“大君。吕嵩·郭勒尔·帕苏尔之后，除了狼神的后代，高贵的楼炎·蒙勒火儿·斡尔寒殿下，又有什么人能坐上草原大君的宝座？”

“说到吕嵩·郭勒尔·帕苏尔，山碧空，你认识我亲爱的女婿吧？”

“岂止认识，我曾经和故去的青阳大君一起在他的金帐里饮酒，施术救活了他的小儿子，还千里迢迢地为他呈上东陆大皇帝的书信。他是一位威严体面的君王。”

“山碧空，你们东陆人不知道背弃信义是男人最大的羞耻么？居然能在我面前这样平静地说你曾经是我女婿的朋友。而如今呢？你又千里迢迢穿越冰原来找我，说辰月教认可我为草原的大君，说我的战斧应该砍下东陆皇帝的头。”

“我们并不羞耻，我们只是尊奉了神的旨意，我们是神的使者。”

“那只是你们东陆人的神。”

“东陆人的神和草原人的神区别那么大么？”

“你们的神，高高在上，你们的人用黄金和濯银铸造成星辰的样子嵌在神庙的穹顶上，作为这些神的象征。人们跪下去膜拜，焚烧香木奉上礼物，求他们为自己降福。而我们的神，他生着狼的头，熊的背，双脚是一对牦牛的蹄子，背后有雄鹰的双翼，他一手持着开辟天地的斧头，一手持着毁灭生灵的战刀，就在天空里慢慢地旋转，他每转一圈，天地就诞生和毁灭一次。即便有些放牧的蠢货供奉血牲，哪怕献上新生的婴儿去哀求，他也无动于衷，他就在那里慢慢地旋转，有一天，要把所有人都杀了。”

“想不到狼主对于东陆的风情还有了解，不过我也听说逊王令蛮族七部都承认自己是盘鞑天神的子孙，世世代代结为兄弟。在狼主的眼里，盘鞑天神是如此的残暴么？”

“不是残暴，不过神就是神，人就是人，”朔北狼主忽然举手指向天空，声音嘶哑，“我还没有蠢到向天上那个非我族类的东西乞求什么。就像你会在意那些被你捕猎的野兽么？如果你不在意，那么神为什么要管人的死活？”

“非我族类的东西？这是狼主对神的认识么？穿越北荒之前我听人说狼主残忍凶暴，像是魔鬼，可现在我不那么以为了。那些浅薄的人在背后非议狼主，却根本没有狼主这样深邃的心。”山碧空低声笑了，“可是狼主也看轻了我们，我不敢说我知道草原人心中的神到底是怎样的，不过我们所供奉的神，也并非金银铸造的偶像。我们的神，居住在这个世界之外，无动于衷地看着千万人死去，天地毁灭。”

“这些我听不懂。”

“狼主是草原的英雄，不是我们辰月教的教徒，不必懂这些。”

“说吧，你们帮助我们，需要什么回报？草原上有的东西，我都可以给你，但是，不包括土地和狼神子孙的尊严。”

“我们什么都不要，我们只需要狼主得胜，取下北都城。我可以说出实话，如果吕嵩·郭勒尔·帕苏尔能够再活二十年，更有野心，我们未必会转而和狼主合作。可惜他死得太早，而且从心里还是一个软弱的人。”

“我听说辰月的使者需要的只是战争？”

“未必，可是我们现在需要战争。”

“我的儿子呼都鲁汗说你们就像死牦牛尸体旁嗡嗡嗡飞来飞去的苍蝇那样讨厌，我觉得他说得很对。”

“这么说我也并不反对。”

狼主转头看了山碧空一眼，冷冷的。他的眸子颜色诡异，从黑里透出血红来，不像是人的瞳孔，“不过我的女婿并非你们想的那样，他是个可怕的敌人。如果不是低估了他，早在二十多年前我已经是草原的主人了，我也不会变成现在这个样子。”

山碧空没有因这可怕的凝视而不安，反而转过去打量着狼主。这是一个怎样的老人啊，他整张脸被埋在浓密的须发中，像是几十年里都没有修剪过，身上裹着没有硝制过的羊皮，唯一裸露出来的是一条臂膀，文满青色和红色的图腾，手中提着青铜色的巨钺。他身上的皮肤没有一寸是光滑的，满是伤痕和皱纹，肤色苍白得像是死人。常年不沐浴的结果是污垢深深地填入了每一道伤痕和皱纹，他和最贫苦的牧民一样肮脏。他跨着一匹肩膀和战马同高的白色巨狼，那狼魁梧得像是头熊，狼颈上洒落的长毛像是马鬃，它那双血红眼一动不动地凝视着南方地平线上的城池。

两个人在这次对视中都没有取胜，于是各自移开了目光。

“加快行军，只要一天就可以兵临城下了吧？”山碧空说。

“不，我们在这里等。今天的草原上不会再有人帮助帕苏尔家，让那些脆弱的孩子们蜷缩在北都城里惊恐吧，他们正在拼命地磨刀，喂饱他们的战马等待我们出现在城外。那我们就慢一些，再慢一些，他们一天不见到我们，就有一天的心急。我知道他们已经快要忍不住了，恐惧和等待会把年轻人磨成胆怯的旅鼠。”

山碧空微微点头，“狼主对于攻心，真是有学问。”

“我不懂什么攻心，我甚至看不懂战书。不过我懂得这二十多年来的艰辛，我要一点一点地都报答在吕嵩的儿子们身上。”狼主说。

他笑了，脸上的皱纹像是枯木般扭曲起来，“其实，我的心里也很急。我的外孙们，我从未相见的外孙们啊，让我看看你们是否长大了！”

此时从他们所在的坡地上俯视，下面是片平坦的谷地，成百上千的木桩树立在那里，一眼望不到边，每一根桩子上都高吊着尸体。赤裸着上身的战士们大声地呼吼，他们的巨狼以强劲有力的后腿跳跃起来，去撕咬那些已经僵硬的骨肉。空气中浮动着野兽的臊味和鲜血的腥气，初升的太阳照在巨狼的背上，长毛晕出黄金一样的光。

［历史］

以东陆的纪年算，胤成帝五年九月初四，流浪在北荒雪原中长达二十余年的白狼团踏着腥风回来了。

朔北狼主楼炎·蒙勒火儿·斡尔寒和他的白狼团在二十多年前败于青阳部之后，就一直远避于贫瘠的北方，即使朔北部的族人也不知道自己的狼主在哪里，代替楼炎管理朔北部牧民的是他的儿子呼都鲁汗。

北方的冰雪荒原是人迹罕至的地方，无休无止的北风在天空中旋转咆哮，大地平坦荒芜。那里每年有一半时间为冰雪所覆盖，只分温寒两个季节，温季还有耐寒的野草，寒季则只有石头上的苔藓地衣，披着长毛的牦牛和雪羚羊就是靠着这些食物度过寒冬。几乎没有牧民敢于深入那片土地，而楼炎和他的战士们带着战败的耻辱，一头扎进了北方的风雪，再没有回来。

族人们猜测狼主只是想找个地方埋葬自己。

可是楼炎没有死，他和他的几千头巨狼，几千名狼背上的武士在那里繁衍生息。人们能在他偶尔返回草原掠夺的时候见到他，他并不掠夺牛羊和骏马，楼炎不需要财产，他只是需要女人。他手下野兽一样的狼骑兵会趁夜冲进牧民的寨子里，强暴所有的女人，从十岁的幼女到行动蹒跚的老妇。而在十个月之后，这支饱受屈辱的牧民队伍迎来了大批新生婴儿的时候，那些野兽般的男人又会回来，他们抢走所有的婴儿，依照模糊的回忆分辨这些孩子的母亲，以便找到自己的孩子。牧民的男人们一律被杀光，因为这些孩子中有些或许流着牧民的血，因此不能留下任何一个可能的父亲，从此这个孩子只属于朔北部的狼群。

还没有生产的女人，他们有时会剖开她的肚子挖走婴儿，不顾母亲和孩子的死活。

这样的暴行令人发指，于是接近北荒的草原成为危险的禁区，普通牧民不敢去那里放牧。

人们敬畏这位苍老而凶残的狼主，也对他怀着刻骨的仇恨。可是没办法，即便北都城的大君也对狼主的暴行保持沉默，没有表示过要讨伐他暴虐的岳父。时间缓慢地流逝，人们已经七八年没有听到狼骑兵出现的消息，有人已经在心怀侥幸地猜测这位威震北方的狼主其实已经死了。是啊，楼炎也不是什么魔鬼，他和其他人一样会慢慢地变老，然后死去。他是朔北部最后一个能率领狼骑兵的领袖，他死后凶蛮如野兽的狼骑兵大概也会慢慢凋零吧？

可楼炎终于回来了，在青阳大君吕嵩·郭勒尔·帕苏尔去世后的一年零八个月。这个速度已经不算慢，他的狼骑兵要穿越茫茫的北荒迁徙回来，再会合呼都鲁汗的骑兵团。历史学家们则猜测在得知吕嵩死讯的同时，楼炎已经开始筹备对北都城的进攻了。吕嵩之后再无人能阻挡他的野心，唯有时间的神，楼炎太老了，他随时可能死去，但他要在呼吸停止前完成他一生的伟业——成为草原的主人！

第一场雪落下之前，朔北大军推进到北都城下，把苍狼的旗帜插在土地里，正式向青阳宣战。

这场战争在东陆的史书中被称为“豹狼之乱”，吕氏帕苏尔家的“豹”和楼氏斡尔寒家族的“狼”，这对草原上的死敌再次爪牙交错，恶狠狠地要咬断对方的喉咙。

二

九月十三日，清晨。

不花剌站在北都城的城头，站在风里，提着他乌沉沉的长弓，眺望远处。

他带着几十个兄弟。他的兄弟们都是最精锐的鬼弓，这些蛮族汉子看外表就像是普通牧民，却有着鹰一样的眼睛。几十双眼睛和不花剌看向同一处。他们周围是貔貅帐下的三千名射手，也都是从年幼时就开始拉弓射雁的精锐，普通人眼里天空中的一个黑点，他们能分辨出那是黑头雕或者秃鹰，这几千双眼睛也看向同一处。

初冬的早晨，北都的城头，几千个人听着风声，看着同一个人。

北都城北面，距离城墙五百步，那个人骑着一匹火焰般赤红的骏马。骏马迎风低吼，它的主人轻轻拍着它的脖子让它安静。主人身上赤红的织锦大袍和骏马的颜色一样鲜明，在衰草连天的草原上仿佛一朵跳跃的火焰。只有东陆织女才有那样繁复奢华的手工，袍子上的图案是一针针用金线绣出来的，一幅完整的瀚州地图。似乎这件袍子还不足以体现主人的豪奢，他又在袍子外挂满了金链。那些纯金的链子怕有上百条，粗细和男人手指差不多，层层叠叠，就像甲胄。主人裸露的半边肩臂上也是一片金色，那是文身，巨大的金色龙兽缠绕他肌肉贲突的胳膊。

他身后一百步，骑兵们列一字阵，整齐地展开。几千匹桀骜的骏马被马背上的主人控制着，烦躁地低声嘶叫。它们都是战马，北方草原的薛灵哥种，闻见战场的气味会兴奋，它们嗅出了空气中的紧张。骑兵们穿着各色牧民衣裳，有的在外面罩着简单的牛皮筒子铠，马鞍里插着长刃大钺或者阔身铁刀，腰间的箭壶里满是黑雕尾羽的箭。

火红马的主人手擎一面大旗，风卷旗扬，一只青色的狼在旗中翻滚。

朔北的苍狼旗，几十年后又一次飘扬在朔方原上。

不花剌没有见过那个人，但是知道他的名字。朔北部的世子呼都鲁汗，和他父亲楼炎一样豪迈雄武。他喜欢妖娆的女人，所以娶了数百个妻子。他很好客，有客人从远方来的时候会用最烈的好酒款待，他自己带头畅饮，就像喝水一样。他豪迈洒脱，醉后就跳动人的舞蹈，舞姿雄壮又妩媚，此刻他美貌的妻子们会走进帐篷拍着手围绕他为他助兴。可如果有人惹他发怒，他那对铁一样的胳膊能拧断公牛的脖子。他又像他的父亲一样聪明，懂得利用朔北部领地上的几条河流淘取沙金，蛮族贵族如果想买黄金，只有朔北部的呼都鲁汗和东陆客商两个选择。呼都鲁汗用黄金换来牛羊、女人和珍贵的熏香，远行的人经过呼都鲁汗的帐篷，会觉得自己是到了另一个世界，金碧辉煌的大帐中飘浮着龙涎香的芬芳，雄伟的男人搂着半裸的少女，在黑貂皮的垫子上畅饮烈酒。

草原上人们称呼都鲁汗为“黄金王”，羡慕他的财富，也畏惧他的力量。

不花剌从未羡慕呼都鲁汗，因为他从不羡慕敌人。听到关于呼都鲁汗的传闻时，不花剌还只有十三岁，可他感觉到了千里之外那个生活在黄金、熏香和美女里的男人带着野兽般的凶煞。他预感到自己有一天会和这个男人在战场上相遇，这一天来了，比他想的还要早。

呼都鲁汗也在眺望，看着看着，咧开嘴，无声地笑了，露出雪白的牙。他手一振，一名鹰隼般精悍的朔北武士从后面策马出阵，接过了呼都鲁汗手里的苍狼大旗。他带着旗前奔，到了距离北都城城墙只有两百步的地方，将旗杆插进泥土里。

此刻太阳从东边破云升起，苍狼旗在风中飞扬，纯金包裹的旗杆反射出逼人的光芒。

“第三天。”一名鬼弓武士低声说。

“是啊，第三天了，很准时。”不花剌淡淡地说。

这是朔北部在北都城外列阵的第三日，每天日出前，都有一位朔北武士把那面苍狼大旗插在北都城的北门前。除此之外，朔北部没有其他的动静。他们没有递来书信，也从不叫阵，“黄金王”显露出极好的耐心。北都城已经连续三天城门封闭，大君下令，擅自出城者斩。城里各种传闻都有，很多人相信那面旗是说朔北部要和青阳部重新划分领地。从此之后，那面旗以北都是朔北的领地。

不花剌抬头，看着自己头顶的战旗，青阳部的豹子图腾在风里仿佛活了过来，显露出不安的进攻姿态。

朔北武士兜转战马绕旗一周，就要返回本阵，这时候城墙上传来了平静有力的声音。

“尊贵的青阳部主人、草原上人所共仰的大君、盘鞑天神挑选的人，他有信赐予你们！朔北部世子呼都鲁汗，收信！”

不花剌说着，从箭囊中取箭。他的箭漆成黑色，狼牙为镞，雕羽为尾，箭杆是普通的轻木。草原上很多牧人用这样的材料制箭，不花剌的箭并不特别，只是比普通的箭长出了八寸。

朔北武士抬眼回望城墙的瞬间，听见了箭啸。他心里一惊，却来不及有任何动作。他没预料到有人会在两百步外开弓，那么远的距离即使微弱的风也会让箭彻底偏离目标。

箭啸停息，淡淡的尘土扬起，一支箭斜插在他身后一步的泥土里，漆黑的箭杆上扎着白绢细卷。

不花剌收起弓，把手心里那枚狼牙箭镞随手塞进腰带。

朔北武士拔出箭，看见光秃秃的箭杆上没有箭头。他瞟了一眼城墙上方，轻蔑地笑笑，带着信返回本阵，恭恭敬敬地举过头顶递给呼都鲁汗。呼都鲁汗抓过那封信把玩，看见封口处盖着红色的火漆。豹子花纹的火漆是青阳部主人的徽记，这确实是一封大君的亲笔信。

“大君信中说什么？”一名鬼弓贴近不花剌。

“最后的通牒，不管他们为什么而来，如果三日内他们不撤走，我们就会视他们为敌人，发起进攻。”

呼都鲁汗并没有读信，而是凑在那名朔北武士的耳边说了些什么。朔北武士带马回到了苍狼大旗下，抖开了白绢，高高举起给城上的人看。随后，他缓缓地把白绢撕成了碎片，高举起来松开手，让风把绢片吹上城头。

“他们……撕了大君的信！”鬼弓们几乎不敢相信自己的眼睛。青阳大君是草原上最有权力的人，在一般牧民的眼里和神一样高大威严，当他发出怒吼的时候猛虎都会畏惧，可是他给朔北部的最后通牒呼都鲁汗甚至看都没看。

箭啸声比前一次更细微，却更锐利，连续两响。苍狼旗的旗杆猛地一震，缓缓倒下，一支漆黑的长羽箭插在旗杆顶上。在大旗落地的同一瞬间，那名朔北武士摔下了战马。另一支箭钻透了他的心脏，那支箭飞过两百步，刺穿了寒风，没有偏离目标。

呼都鲁汗冷漠地看着，笑笑。他不说任何话，掉转马头挥了挥手，数千朔北武士跟着他一起离去。那匹失去主人的战马舔了舔武士渐渐冷却的脸，没有得到回应，明白主人已经死了，低低地嘶鸣一声，也追随呼都鲁汗的队伍远去了。

清晨寂寥的草原上，只剩下一面倒伏的苍狼旗，和一具孤零零的尸体。

“不用在他们身上浪费什么仁慈了，他们不是为了划分什么领地。他们是为了战争而来。”不花剌收起弓，面无表情地说。

三

金帐外，夔鼓声急促；金帐里，青阳的贵族和将军们都席地而坐。所有人都到了，正交头接耳，大君的宝座却仍然空着。

新大君和老大君习惯不同。在以前，夔鼓敲响之前，老大君已经坐在了金帐中，面色如铁，等着贵族们觐见，如果夔鼓声终止还有人没能赶到，就要重罚。那时候金帐是个让人畏惧的地方，老大君很少有笑容，眼睛里一道森严的白翳令人不敢直视，他高大的影子总压在贵族们身上，逼得他们带着一点点不安仰视他。直到老大君倒在雪地里，很多人才想起吕嵩·郭勒尔·帕苏尔这个男人也是会死的，北都城不会永远被他的身影笼罩。新大君继位，金帐里的规矩也改了。吕守愚喜欢大家一起畅所欲言，听取了大家的意见之后再做决定。这是他从东陆的书上学来的，叫作“纳言”。即便是那些人微言轻的小贵族，只要说得合吕守愚的心意，他也会慷慨地赐给古尔沁烈酒，而老大君在位时，这份殊荣通常只给予立了战功回来的勇士。

“去催催大君，悄悄地去，快！”吕复发觉金帐里的人们等得有些不耐烦了，悄悄招来自己的一个侍从吩咐下去。

巢氏合鲁丁家族、纪氏脱克勒家族、李氏斡赤斤家族的主人都到了。在几十年前，这三个家族在青阳部里还说不上什么话，那时候五大家族是吕氏帕苏尔家族、巢氏合鲁丁家族、厉氏巢德拉及家族、颜氏古拉延家族和铁氏积拉多家族，那时候年轻的世子继位，五大家族的主人会踏入金帐一起辅佐新大君，称为“五老议政”。可钦达翰王在位的时候，因为母亲的死对那些大家族怀恨，于是不断削弱他们的地位，最终使得新的四大家族出现，除了吕氏帕苏尔家和巢氏合鲁丁家保持了自己的地位之外，从前是小家族的纪氏脱克勒家族和李氏斡赤斤家族晋升为大家族，而原来的几个大家族却衰落了。

如今这些大家族不但自命为血统高贵，而且极其富有，名下有数以万计的牛羊和数以万计的奴隶。家族之间用通婚来加强血缘，吕守愚的母亲就出自巢氏合鲁丁家族，名叫阿依翰·合鲁丁，老大君吕嵩·郭勒尔·帕苏尔正是通过联姻获得合鲁丁家族的支持，才登上了大君的宝座。吕守愚上台之后，为了笼络这些大家族，把原来几个大汗王的牛羊和人口分赐给他们，换得了这些家族的效忠。

几大家族的主人很少来金帐里走动，他们不愿像东陆大臣拜皇帝那样匍匐在吕守愚面前，一般吕守愚也不愿找他们。可今天不同，这是朔北大军在北都城外插旗的第三天，家主们已经在自家帐篷里心惊肉跳地议论了整整两天。他们巴不得这夔鼓赶快敲起来，吕守愚赶快召他们议事，他们等不下去了，想知道到底该怎么办。

新封的两位那颜吕鹰扬和吕贺并排坐着，孤零零的没什么人理睬。吕贺显得焦躁不安，看着贵族们交头接耳，几次想要站起来插话，都被吕鹰扬默默地按了回去。吕守愚对被贬的异母弟弟吕鹰扬和吕贺开恩，让他们返回北都城，授予他们“那颜”的称号，归还他们的牛羊和人口。可事实上吕守愚却没有重用这对兄弟，吕复对其中的原因再清楚不过，最初吕守愚未尝没有把他们纳入自己麾下的打算，可是洛子鄢带来的消息太过惊悚，如果那个叫作“辰月”的组织已经暗中勾结了朔北部，吕守愚就绝不能容忍这对有朔北血统的兄弟在北都城里掌握权力。

九王似乎也不屑于加入贵族们的圈子，在一旁和大君的伴当班扎烈耳语。九王吕豹隐·厄鲁·帕苏尔，是老大君的堂弟，有“青阳之弓”的称号，是青阳部战功最显赫的亲王，战场指挥的经验仅次于木犁。他最大的功勋是击溃了“狮子王”龙格真煌·伯鲁哈·枯萨尔的军团，夷平了整个真颜部，那时候青阳的军力在瀚州达到了巅峰。吕守愚还是区区一介王子时，九王便是“长子窝棚”里的支柱，吕守愚当上大君，有这位堂叔一半的功劳，所以对他极其倚重。原来青阳部有四位“万世罔替”的大汗王，其他三个都反对吕守愚，于是被诛杀，如今九王是唯一的大汗王，权力仅次于大君。

大合萨则不和任何人说话，在金帐一角缓慢地踱步，他的学生颜静龙沉默着，站在旁边看着老师枯瘦的身影单调地从左往右从右往左。在每个蛮族部落里，大合萨都是唯一的、地位最高的巫师，除了他无人能主持祭祀盘韃天神的大典，他也可以通过观察星空来获得神的启示。这一任的大合萨出自没落的厉氏巢德拉及家族，是老大君童年的好友，和历代大合萨相比，他多少有点古怪，好酒、好肉、懒惰，甚至疯疯癫癫。他对于祭祀这种大事不太上心，却喜欢捉弄试图讨好他的贵族。但是无人能否认他的智慧，私下里有人猜测当初老大君能够继位，恰恰是这个大合萨在幕布后为他谋划的结果，他对于星相古本《石鼓卷》的研究，也是历代大合萨中顶尖的。

但是大合萨很少做出预言，在这个急需他预言战争凶吉的关口，他更是保持了沉默。从朔北大军出现的那一刻起，大合萨每夜都裹着羊裘坐在风里，对着海镜观看星空，一看就是一宿。

靠下首的位置，莫速尔家的将军铁晋默不作声，缓缓地往自己的刀柄上缠牛皮。他并非古老的贵族铁氏积拉多家族，他出身的莫速尔家原本只是个小贵族，没有多少牛羊人口，依附在巢氏合鲁丁家族下，靠着战功渐渐获得了地位，最后被老大君提拔，脱离了合鲁丁家族。他和他的弟弟铁益·巴夯·莫速尔并称，却和他魁梧雄壮且大大咧咧的弟弟迥然不同，他看起来瘦削短小，有些丑陋，天生有些结巴，所以不愿意多说话，可是北都城里每个人都知道只要铁晋说话，铁益就会闭上嘴，因为铁益知道哥哥只要说话，他就一定会被说服。

无人怀疑铁晋·巴赫·莫速尔是未来青阳部最杰出的武士，但是，首先要木犁死去。

木犁活着，“青阳部最杰出的武士”这个称号就属于他，无论任何人做了任何事，都无法挑战他的地位。

木犁的举动让人不安。这个枯瘦的老人跪坐在羊皮垫子上，平视前方，面无表情，他的拇指扣住刀镡，把腰刀拔出五寸，再推回去，不断重复。

利刃摩擦着刀鞘的声音极其刺耳，尤其现在，城外朔北部大军围城，城里风声鹤唳。坐在上首的几个大贵族家主都露出厌恶的神色来，可谁也没有说话，只是向着木犁那边投去了烦躁而愤怒的目光。木犁以前是个奴隶崽子，却也是老大君最倚重的将军，在莫速尔家的两兄弟为人所知之前，木犁已经是青阳部无可匹敌的勇士，他的声威赫赫如日光。现在木犁老了，却仍旧手握重兵。吕复也不敢上去劝阻，和这个老人说话时，总让他觉得像是面对父亲似的。

斡赤斤家族的主人等得不耐烦了，起身踱步，皱着眉头，并不掩饰自己的情绪。

吕复知道吕守愚这个新大君还没有真正赢得贵族们的尊敬。贵族们对吕守愚不能说不恭顺，但是仅仅恭顺是不够的，大君需要的是带着畏惧的尊敬。

吕复也知道吕守愚想改规矩。吕守愚不是父亲，一当上大君就打败了青阳的强敌朔北，靠着刀剑和勇气折服了那些桀骜的大贵族。在那几个老成精怪的大贵族眼里，吕守愚还是个没见过大阵仗的毛头小子。吕守愚想靠自己的心胸气度走出条和父亲不同的路。吕守愚最信任的朋友中有个东陆人洛子鄢，洛子鄢说吕守愚可以学学东陆人的政治，让大贵族们都知道，时代不一样了，靠着刀剑和勇气统治偌大的草原不是最好的办法。吕守愚将会是一个心胸宽大的主子，治理青阳靠的是远比勇气更有用的智慧。吕守愚很是赞同这想法。

吕复也觉得智慧和宽仁都是好东西，可靠这个统治草原，太难了。毕竟这里是“蛮”的故乡，蛮族敬畏和赞美的，不是什么智慧和宽仁，而是力量，足以拯救也足以毁灭的力量！

夔鼓声越来越高亢激昂，催促的意味也越来越明显。鼓槌定在鼓面上，最后一击，声震如雷，吕守愚掀开了金帐的帘子，时间丝毫不差。他向所有人点头致意，坐上了大君的豹皮座椅。吕复舒了一口气，心里知道这是吕守愚刻意安排的，让大贵族们都知道，等待大君是应有的礼节。

“诸位辛苦。”吕守愚举手，示意所有人保持安静。

“今天召大家来的原因大家想必都清楚了。”吕守愚环视众人，“朔北部的大军前天开到了北都城外三十里。三十里，是一匹好马跑上一身汗的距离。那么朔北部的几万匹战马只要跑上一身汗，就能到达我北都城下。朔北部没送战书来，可我们心里都清楚他们是来干什么的。”

人们悄悄递着眼神，都不说话，只有角落里的木犁缓缓拔刀收刀，声音单调刺耳。

吕守愚看了一眼木犁，皱了皱眉，却也没说什么。

“铁晋，你派了斥候出去，说说外面的情况吧。至少得知道朔北的狼崽子想怎么对付我们，有多少人，多少口刀，多少匹马。”吕守愚看向铁晋。

“斥候凑近看了，领兵的是朔北世子呼都鲁汗，至少有三万骑兵，都是年轻男人，每个人带三匹马，配铁刀，带弓箭。呼都鲁汗靠金沙赚了钱，有不少上好武器，可甲胄不行，比不上虎豹骑。他们的营地在北面，离开北都三十里，呼都鲁汗在那里扎了个金顶帐篷，帐篷里有几十个女人。”铁晋的回答极缓慢，简明扼要。

“我听说楼炎从北荒回来了，带着白狼团，可你的斥候至今还没有亲眼看见狼主。是不是？”吕守愚又问。

“斥候没看见白狼，也没看见狼主，朔北人的营地里只有骑兵。”铁晋说。

吕守愚沉思了一会儿，“差不多十年前，下唐国拓跋山月出使来北都城，父亲带他和我们兄弟在沙伦堡附近围猎，遇上了狼群，差点丢了命。我当时看见那匹头狼是白色的，心里不安，跟父亲说是不是朔北人引了狼群来，父亲没理睬我。”

他扫视周围的人，“白狼团的传说在草原上流传了很多年，楼炎的名字小孩听了夜里都不敢哭。如今我们也许就要对上这样的敌人，可这金帐里，究竟几个人见过白狼团？”

他首先看吕鹰扬和吕贺，这对兄弟都摇了摇头；他又看向几大家族的主人，这些人也摇了摇头；他看向九王和铁晋，这两人还是摇头。吕守愚抬头去看金帐角落里的大合萨和木犁，大合萨还是来回踱步，而木犁低着头，自顾自拔刀收刀，他的话这两个人似乎全然没有听见。吕守愚在心里低低地叹了口气。

他清了清嗓子，“我知道这些天城里都在议论白狼团怎么怎么样，听到白狼团的名字，比看见恶鬼还要害怕。可我始终有个疑问，北荒那边都是冻土和冰层，只长苔藓和地衣，没有草，更别说野兽，据说就是骑牦牛都不能活着到那里。白狼团在那里是怎么活下来的呢？几千头驰狼组成的狼群何等巨大，要多少猎物才养得活？”

众人再一次沉默。吕守愚的话有道理，白狼团对于绝大多数人更像是一个传说，有些虚幻。因为他们总是刻意地隐藏自己的行迹，朔北人很少把这支危险的军队置于人们的眼前，过去的三十年里几次传出白狼团逼近北都，虎豹骑全体戒备，却没有人看见一匹真正的驰狼出现。而在北部草原，据说白狼团经过的地方不留活人，很少有人能说明白这支军队的真面目。连朔北部的世子呼都鲁汗也一度对别人说，他不知道自己的父亲在哪里，也许已经死了，狼骑兵所做的事情和朔北部没有关系，那些人只是野兽。

“大君听说过朱提山么？”九王打破了沉默。

“小时候听过，说朱提山是北荒尽头的一座极大的雪山，看见朱提山，才知道自己的渺小，和它相比其他雪山不过是侏儒。”吕守愚说，“可听起来不过是传说，因为没人能活着到达那里。”

“是，按照传说，要去朱提山，就得穿越万年不化的冻土和冰层，走上半年，一路上没有人没有动物，什么都没有。”九王说，“可是又有一种说法，朱提山是一座极大的火山，时常喷发，岩浆把朱提山下一片地面烧热了，那里是没有积雪的，是一片方圆千里的繁茂草原。曾经去过那里又活着回来的人说，那片草原上都是不知道名字的动物，马一样大的鹿，肩高一人的野马，全身金色的岩羊群，就相安无事地隔着几百步吃草，美得就像天堂一样。有人说这是那些人在雪地里冻得将死时候的幻觉，也有人猜，白狼团就是藏匿在那一带，那是朔北部几百年来的圣地，是斡尔寒家最大的秘密。它曾有一个名字，答儿干姆草原，意思是流淌美酒的草原，只有斡尔寒家的人知道如何穿越北荒到达那里。”

“冰原里的一片绿洲。”吕守愚沉默了一会儿，微微点头，“所以确实有这种可能，朔北部有一支几千头驰狼骑兵组成的军队，这并非朔北人编造出来威吓我们的。是么？”

“我倒是希望所谓朱提山、答儿干姆草原只是些传说。”九王说，“但白狼团的传闻如此之多，不像是编造出来的。”

吕守愚微微点头，“若只是对付呼都鲁汗的骑兵，这仗就好打很多。”

脱克勒家族的主人近前几步，“大君，现在不是对比兵力的时候。无论楼炎是不是还活着，朔北有没有狼骑兵，我们都应该试着坐下来谈谈条件。如今老大君新死，人心还不稳，库里格大会还没有召开，此刻和朔北开战，即便是小小的战败，也会影响我们青阳的威名，到时候我们怎么劝说那些部落的主君来参加库里格大会，正式承认大君是草原的主人？朔北人性格凶悍，我们兵力就算有优势，未必能轻易取胜。抛开楼炎不谈，呼都鲁汗这个人是可以跟他谈条件的，反正他最多不过要求些领地，总不能还想当大君吧？”

“能够和谈当然是最好的。如果楼炎还活着，我们去跟朔北部打一场硬仗，损失不会小。不如直接折成牛羊给他们，让他们退去。”斡赤斤家族的主人也站了出来。

“说得很好啊，如果去跟朔北部打一场硬仗，损失会很大。今天的青阳部里谁能跟楼炎那匹老狼为敌呢？站到楼炎面前也不过是给他侮辱的。”一个沙哑的声音跳了出来，冷冷地笑，“大君，别存侥幸的心，几千匹驰狼组成的白狼团真的有过，三十年前大君还在襁褓里，我用这双眼睛看着白狼团攻进北都，在这金帐前的地面上吃人！”

木犁拔刀收刀的声音忽地中断，这个老人抬起头，一双焦黄的眼睛盯着吕守愚。

吕守愚吸了一口凉气，脱口而出，“白狼团？在这里？吃人？”

“木犁！你要用这种没根据的话吓唬谁？”忙哥撒尔家的主人走了出来，他是个腰缠肥膘的老人，口气不容置疑，“大君年轻，我可很老了，是活过那场恶战的人，我从没听说驰狼攻到过金帐前来。”

“尊贵的忙哥撒尔家主人，您那时候在哪里？”木犁吊起眼角，冷冷地看着那位老贵族，“您那时候带着家人在南边的腾诃阿草原避难，你亲眼看过北都的战场么？”

“胡说！我也没有听过白狼团在金帐前吃人什么的，我也活了六十岁了！”合鲁丁家族的主人忍不住了，站出来要呵斥这个曾经的奴隶崽子。

“合鲁丁家主人，那时候你在澜马部达德里大汗王的庇护之下，距离北都城有八百多里！”木犁冷冷地看着他。

合鲁丁家的主人心里一哆嗦，只觉得那双眼睛里尽是鄙夷和嘲讽。一股怒气攻心，同时胸膛里一股寒气上涌，最后寒气压过了怒气。他挪开视线不再说话。其余几个家主刚要发作，迎面都撞上了木犁的目光。

“脱克勒家族主人，那时候您也在真颜部。”木犁在这位尊贵的大贵族面前缓缓走过。

“还有斡赤斤家族主人，一样。”

他环视众人，目光在每个贵族的脸上略略停留，带着孤狼般的桀骜和凶狠，“诸位都没有资格说什么，因为那时候诸位要么在腾诃阿草原，接受狮子王龙格真煌 · 伯鲁哈 · 枯萨尔的保护，要么在澜马部避难，要么还只是些孩子。”

所有人都只得沉默，因为木犁说的是事实。过了几十年，他们回头审视上一场青阳和朔北的战争时，不得不承认这场战争属于吕嵩 · 郭勒尔 · 帕苏尔和楼炎 · 蒙勒火儿 · 斡尔寒，而不属于他们。他们居然没有一个在北都城亲历了战事。那时候吕嵩刚刚继位，楼炎知道北都城里已经没有了钦达翰王，立刻挥兵南下。没有人相信年轻的吕嵩可以对抗朔北狼主，贵族们都选择了逃亡，在朔北大军还未逼近的时候，北都城里几乎已经撤空了，上万辆大车和数十万匹马带着贵族们的人口撤向安全的南方，他们带走的还有数以百万计的牛羊。而北都城里驻守的，只剩下吕嵩和忠于他的少部分武士。这恰恰是楼炎的期望，他勒兵缓缓而行，当他到达北都的时候，应该面对一个敞开大门的空城，迎接他这位新的草原霸主。

在远方避难的贵族们不知道后来的事了，直到几个月之后，吕嵩的信使来告诉他们战争已经结束，朔北部和青阳部缔结盟约，并且献上了楼炎娇美的女儿们作为吕嵩的妻子。这意味着吕嵩战胜了，贵族们不敢相信自己的耳朵。直到他们派出的亲信从北都城返回，带回朔北大军确实已经北撤的消息，他们才勉强接受了这不可思议的结果。吕嵩平静地接纳他们重新进入北都，却很少描述他击败楼炎的细节，那场战争如何取胜，变成了吕嵩和忠于他的武士们的秘密，随着那些武士中的绝大多数次年战死在平定沙池部叛乱的战争中，这秘密就完全地被时间掩埋起来了。

“那就让木犁将军给我们说说三十年前父亲和狼主决战是怎么回事。”吕守愚说。

木犁深深吸了一口气，“老大君初即位的时候，诸帐的兵马还没有完全顺从。贵族们带着几万的武士已经提前撤走了。我们那时候能指挥得动的，只有区区一万两千人，里面只有两千名是骑兵。老大君定下了一个狼主绝没有想到的计策，他把战场放在了北都城里。我们和朔北交战的骑兵转眼就败了，撤回的时候被朔北部突破了城门，狼主狂喜地带着白狼团杀进北都城里，那些狼已经饿到了极点，看见活人就不顾一切地扑上去咬死吃肉。他们混乱的时候，恰恰是我们的机会，狼主带着人扑到金帐这边来抢大纛的时候，我们埋伏了他。北都城里四处都埋了捕猎猛兽的陷阱，金帐前面尤其的多。那些狼一头头陷进陷阱里，被兽夹夹住的时候，我们的武士就冲出来向朔北人射箭。周围都是陷阱，骑兵一点用处也没有，我们每个武士都能射死朔北的一名狼骑，朔北人乱了阵脚，狼主这才发觉他看轻了您的父亲，以为吕嵩·郭勒尔·帕苏尔不过是个新即位什么都不懂的毛头小子。否则以他的狡诈，绝不会中这样的圈套。”

他环顾众人，冷笑，“狼主现在回来了，你们以为狼主是什么人？朔北狼主是为了一点领地和牛羊放弃目标的人么？不要让楼炎那头老狼发笑了。”

他轮次指着金帐里的每个人，“我可以告诉你们，这个城里只有三样能算是狼主的战利品，大君的人头、大君的尊号，还有这个城！”

吕复看吕守愚的脸色略略发白，却自己强行克制住了，没有说什么。

铁晋近前一步，“木犁将军说得也许没错，不过大君不必过于担心楼炎的狼骑兵，毕竟青阳部的虎豹骑被称为草原上最强的骑兵，而不是白狼们获得了这个头衔。我听说那些北荒的驰狼不像马，其实并不适合负重，只是它们的形体远比一般的狼巨大，人才可以骑在它们的脖子上。它们如果每天背着人奔驰会疲惫不堪，而且无论人和狼都不能披挂护身的铠甲，否则驰狼会不能承受。所以我们只要列好阵形，在白狼们出击的时候以弓箭对敌，胜算还是很高的。”

吕守愚略略觉得安慰，微微点了点头。

“铁晋！大君没有亲自带过大队的骑兵，可你也不懂么？随时我们都会和朔北的白狼们开战，说这些安慰的话有什么用？”木犁对着铁晋扬眉怒叱。

铁晋默默地后退一步，显然他依然无法对抗木犁这个老将军在青阳的声威。

“大君，白狼团是草原上最可怕的对手之一。不错，铁晋说得都对，驰狼跑得并不算很快，也不耐久，可它们嗜血！它们没吃饱肉食之前，见到血就会发疯一样兴奋。它们跳起来能有两个人的高度，从那么高的地方扑下来，一般的骑兵绝不能幸免！”木犁冷冷地看着吕守愚，“我们青阳的虎豹骑被称为草原上最强骑兵的原因，只是因为您的祖先，您的祖先吕青阳·依马德·帕苏尔曾经带领这支军队扫平草原！可是大君和先祖是不同的！”

吕守愚愣了半晌，低低地叹了口气，“是啊，我和先祖不同，先祖有青铜之血，是草原上人人畏惧的狂战士。”

“大君，有没有狂血是生来的，不由大君掌握。可大君手下还有我们这些忠勇的武士，一个男人捏着刀柄，总不必去怕恶狼。您的父亲也没有狂血，不也曾击败了楼炎，让那个恶魔退守北方雪原几十年？对付白狼，靠我们的战术。”木犁近前一步，双目炯炯，“拖延时间，不能在驰狼劲头正足的时候开战；尽量用弓箭，不到迫不得已，不要肉搏。大君如果相信木犁，木犁可以骑马挥刀，自己冲进白狼团的本阵，为大君立下功劳！”

“相信你？”塔里寒家族的主人带着怒气嘲笑，“木犁你已经六十岁了，你凭什么敢说你能对付楼炎的狼骑兵？”

“楼炎已经快七十岁了！”木犁猛地回头，凶狠地反击，“没有和白狼团作战的贵族没有什么资格来议论武士的年纪！”

“贸然的进攻会让青阳死无葬身之地！”斡赤斤家族的主人大喊，“就靠你打败楼炎？我们为什么要相信自己都快死的老东西能救青阳？木犁你还能活十年么？你只要赌自己十年的寿命，却要青阳部几十万人跟你一起赌博。”

他走近吕守愚的宝座，“大君，不要听这疯子的胡言乱语。”

“谁是疯子？”木犁低声嘶吼。

“我说的是只知道骑马舞刀的疯子！”斡赤斤家族的主人也怒了，毫不相让。

木犁不再说话，紧紧扣着刀，踏上一步。

“只会用刀来解决问题的人，不是疯子么？”斡赤斤家族的主人退后一步，也按住了刀柄。

几位家主都不约而同地按住了刀柄，金帐里木犁和一排贵族家主扣着刀柄，彼此之间虎视眈眈。

吕鹰扬那颜走到两拨人之间，分开了他们，他淡定的神色冲淡了金帐里浓重的敌意，木犁和家主们各退了一步。

吕鹰扬转向吕守愚，“开战不开战，要看兵力对比。弟弟不太明白的是，为什么朔北部围困北都城选在了冬天。弟弟读过东陆人的兵法，围城最适宜是在秋天，天气高爽不需要加厚军帐，城外还可以收割成熟的秋麦作为军粮。而若是长期围困，也该从春天开始。严冬时节住在城外环境之恶劣不必说，而且缺乏粮食，后勤的供给也艰难。我们住在城里反而有屋子和结实的大帐篷遮风挡雪，朔北部为什么会选择这样的时机呢？”

“吕鹰扬那颜的话在一般的军队是没有错，可您的外公楼炎·蒙勒火儿·斡尔寒是草原上罕见的兵法家，他对时机的理解和别人不同。选择冬天，是因为如果其他部落想要救援我们，风雪和寒冷就是最大的障碍，草都枯死了，长途驰援需要带大量的马草。”木犁说，“所以现在，我们被拴死在这里了，楼炎选择了最好的机会，和我们一对一。”

吕守愚低低地叹了口气，“不错，这个时机反而对我们是最不利的。”

“我们在城里还有羊群和储存的马草，他们的粮食不会比我们更多，”吕贺那颜站了起来，“我们可以坚守不出。”

“那些巨狼确实可以放出去捕猎，但是朔北部的狼骑兵并不经常做这样的事情。”木犁低声说。

吕贺愣了一下，“那么狼群的食物……”

“它们吃人，它们渴望开战，这样驰狼可以吃死人的尸体！”木犁环顾众人，每个人心里都生起一股阴寒。

“没有绝对的把握，我们不会出城迎敌。任何一具尸体都是给白狼团的军粮。”木犁缓缓握紧拳头，“而我们一旦出城，就得要了楼炎那头老狼的命！”

“大君，看得出木犁的疯狂了么？就算他知道白狼团，就算他和白狼团打过仗，可是明知道敌人的军力远强过我们，木犁还是要开战。”塔里寒家族的主人提高了声音，“木犁，你是为了什么？为了你和楼炎之间的仇恨？还是为了你的战功？”

木犁紧绷着嘴唇，不说话，再次抓住了刀柄。

“疯子！”家主们再也克制不住怒气，纷纷拔刀出鞘一尺，同时向着木犁逼近。而木犁不退，吕鹰扬和九王都想插入两拨人之间，却没有机会，木犁和家主们之间只剩下拔刀就能砍中对方面门的距离。

“够了！放肆！”吕守愚霍然起身，脸上隐隐地透着怒气。

“无非是开战，或者对朔北部低头。两天之后还是这个时候来这里，我告诉你们我的决定！”说完之后，吕守愚头也不回地离去了。

木犁踏出金帐，听见后面紧随而来的脚步声。他没有回头，也不停步。

“木犁！你真要赌那么多人的命去杀朔北的老狼？”大合萨低声说。

“大合萨，你想说什么。”木犁站住了，却没有回头。

“三十年前朔北的狼在北都城里吃人的时候，大君没看见、几位那颜没看见、莫速尔家那对兄弟没看见，甚至吕豹隐大汗王都没有看见，可是你和我，我们这两个老头子，是亲眼见过的……”大合萨的嘴唇哆嗦着，手指也颤抖，指指木犁，又指指自己，“仅靠着拖延时间和弓箭，能破得了朔北的狼群？木犁，摸摸你的胸口，大声地告诉我，你那样答应大君，你心里有多少把握？”

“我没有把握。”木犁慢慢地转过身来。

“你！”大合萨瞪大眼睛，老眼里满是愤怒，“你是在赌青阳的战士和全部人的命！”

“可是我知道今天金帐里一半的人，他们真正的目的是要劝大君弃城南逃。那些吃羔喝奶满身肥膘刀都举不起来的贵族，他们是来劝大君弃城南逃的。”木犁说，声音淡淡的没有起伏，“大合萨沙翰·巢德拉及，你摸摸自己的胸口，大声地告诉我，弃城南逃会死多少人？”

大合萨愣了一下。他心里的防线被击溃了，他感觉到自己的虚弱。

他呆了许久，摇摇晃晃地退了一步，低声说："木犁，何不坦诚一些？吕嵩都死了，在这青阳部里，你是最后一个喊我沙翰的人。有什么话不能对老朋友说？你到底怎么想的？"

"现在北都城里有七十万人，"木犁幽幽地说，"靠着城墙，朔北部攻不进来，只能围困。可如果弃城，只有骑着快马的人有机会逃脱。可那些老人孩子、那些女人、那些病弱的人，他们怎么办？他们骑不了马，最后会变成白狼团的食物，给骑着快马的人赢得一点逃跑的时间。"

他指了指自己，又指向大合萨，最后指向金帐，"沙翰，那时候真的能逃脱的，是我，是你，是那些脑满肠肥的大贵族！可青阳若是只剩下我们这些人，和灭族又有什么区别？若是这样我不如像真颜部的伯鲁哈·枯萨尔一样，带着全族的人战死！"

"宁可战死么……木犁，你疯了么？"

"祖宗留下来的土地，只有懦夫才会把它交给吃人的野兽！"木犁说完，大步离去。

四

落日之前，向北一路推进的骑队抵达了铁线河边。那是一百多名蛮族武士组成的骑队，每人两匹神骏的龙血马，一匹驮人，一匹载着行装，推进极快。越过天拓海峡登岸之后，七天之内他们已经深入草原六百多里。

为首的青阳将军铁益在河边停下，喘息的战马饮着河水，一轮巨大的落日渐渐沉入地平线。

铁益眺望着河对面，"世子，再有十天，我们就可以到达北都城，最多十二天。"

"我认识路，这里是腾诃阿草原啊，我长大的地方。"阿苏勒低声说。

他从头到脚都换上了蛮族的服饰，月白色的大袖，缀着铁片的牛皮筒子甲，漆黑的头发在头顶结了一根大辫子，用乌金的丝络盘在头顶心，把影月用麻布卷了起来挂在马鞍的一侧，除了那张作为蛮族人而言太俊秀了点儿的脸，看上去已经是个地道的蛮族小伙子了。

他们和不花剌的一队鬼弓已经分开了将近半年，不花剌带队先行返回北都，而阿苏勒和铁益所带的一百名铁浮屠骑兵太过显眼，光那些可以荷载铁浮屠铠甲的龙血马就比东陆最高的战马还要高一个头。他们足足在东陆隐藏了三个月之久，直到廷尉府出动搜捕的人都疲倦了，才在一些商人的帮助下登上一条名为“黑鲭鱼”的船，沿着中州西边的海岸线悄悄向北航行。“黑鲭鱼”名为商船，其实是一艘走私人口的船，那些活不下去的蛮族牧民有的会把所有的牛羊折成钱交给东陆的商人，商人就在“黑鲭鱼”封闭在货仓之下的船舱里给他一个位置，千里迢迢带着牧民漂泊到宛州去，正是这样特殊的设计让他们几次避过了大胤“海事监”的登船搜查。

阿苏勒低头看着流水无声的铁线河，夕阳把河水染成红的。他不由得想起多年前那个夜晚，这里的河水真的是红的。一半是水，一半是血，黑夜里大火燃烧着那些帐篷，火焰燎天。

他克制着不去想这些让人心里难过的事情，扭头去看铁益，“今夜在这里扎营？”

“在这里扎营，”铁益点了点头，依旧看着河对岸，“过了铁线河，就算是帕苏尔家的领地里，是你的家。”

他沉默了一会儿，“世子，从渡过这条河开始我不能叫您世子了。”

阿苏勒一愣，不解地看着铁益。

“路上一直想说，却不知道怎么开口。我是个不善于说这种话的人。”铁益抓着脑袋，“虽然还没有正式举行祭天的大典，但是老大君死前拉着你哥哥的手把大君的位子传给了他。现在北都城里的新大君是您的哥哥吕守愚，世子应该是他最小的儿子，而您的称号将改为阿苏勒大那颜。

您的其他几位哥哥都称那颜，您曾是青阳的世子，称大那颜。”

蛮族所谓“那颜”是尊称地位特殊的贵族，大那颜是仅次于汗王的尊贵称号。

阿苏勒低头想了想，抬起头来笑笑，“铁益，我知道的，我不是个能当大君的人。哥哥当了大君，我很为他高兴。大那颜很好啊，以前人家叫我世子，我也没想着自己真要当大君。”

他嘴里这么说，心里却有一种古怪的情绪悄悄地弥漫开来，不是因为他觉得失去了什么，而是觉得十年之后他再回到这片生他养他的草原，很多东西都已经不一样了。

铁益微微点头，深深吸了一口气，“还有一件事，不是大君说的，是大阏氏让我告诉您的。”

“哥哥结婚了？”阿苏勒吃了一惊。吕守愚还是大王子的时候，一夜一夜地跟年轻女人在月下唱歌。帐篷里不同的女人出出入入，他对每个女人都温柔体贴，很多女人都想着嫁给大王子，可是吕守愚不肯娶她们。吕守愚对女人是个温情又散漫的人，不愿意被哪个女人拴住，可他现在居然有了大阏氏。

“有了，去年秋天新婚的，大君很宠爱大阏氏，把她看作自己最名贵的珠宝。”铁益说。

“大阏氏……说什么？”不由自主地，阿苏勒对这个嫂子产生了敬畏的心。他想这个尊贵的嫂子让铁益数千里带一句话给他，想必是什么极重要的话，也许是教训他不要再对大君的位子存什么妄想。

“她就让我告诉您她的名字。”

“她的名字？”阿苏勒愣了。

“她叫苏玛。”

一瞬间阿苏勒再也听不到任何声音，只觉得胸口里面抽动着痛了一下。是啊，十年之后他再回到这片生他养他的草原，很多东西都已经不一样了。

夜深人静，草原辽阔，风幽幽地吹过，铁浮屠武士们点着了篝火，架起射来的几只野兽烤了起来。他们一边等着肉熟，一边在月下哼唱青阳的小调。

阿苏勒一个人坐在河边，远远地看着那堆篝火，听河水流淌的哗哗声。他曾和苏玛还有苏玛的姐姐乌央玛一起在这片河滩上玩过，他忽然间想起很多很多跟苏玛有关的事来，有的事他已经忘了很久。那时候苏玛小小的，不会说话，走路笨笨的，容易跌倒。跟她绝艳的姐姐乌央玛比起来，苏玛那么不起眼，乌央玛是一只羽毛斑斓的孔雀，苏玛只是孔雀尾羽下的一只灰鸭子。他们三个是朋友，一起在河滩上奔跑，苏玛跟在乌央玛飘舞的红裙后面，伸手去抓乌央玛手里的草编蚱蜢，可是追不上。苏玛蹲在地下呜呜地哭，编蚱蜢的哲甘笑着去把她抱起来，哄她说还会帮她再编一只，苏玛就又抹着眼泪笑了起来。

阿苏勒想起苏玛帮他裁的腰带，苏玛教他吹的笛子，苏玛在火炉上把他的靴子烘干，他睡不着的夜里苏玛坐在他身边默默地摸着他的额头……

“大那颜，要是大阏氏还没嫁给大君，你会娶大阏氏么？”一个声音忽然出现在他背后。

阿苏勒惊得站了起来，发觉是铁益悄没声地走到他背后了。铁益拍拍阿苏勒的肩膀，示意他跟自己一起坐下。阿苏勒心里忐忑，有种被人看穿了心事的窘迫。

他低头想了很久，摇了摇头，“不是那样的，苏玛是我的好朋友啊。”

“其实我也觉得大那颜不会娶阏氏的，我在南淮城里藏了两个月，也听说了那个羽族的女人。跟羽族女人比起来，阏氏可是还差着不少呢。”铁益揪起一根枯草在嘴里慢慢地嚼着。

阿苏勒一惊，随即想到连铁益这个木头样没心眼的家伙都知道了他和羽然的事，这个秘密只怕是尽人皆知了。

“可是羽然自己就是不明白，”说着，他轻轻叹了口气，“也许是她自己不想明白吧。”

“女人，你永远都不懂她们在想什么的。我跟大那颜说一个笑话，说一位巫师在祭祀的时候看见了盘鞑天神。盘鞑天神说巫师你有那么大的法力和我见面，我就答应你为你做一件事，你提要求吧。巫帅说，我要一统九州！盘鞑天神说，别乱来，一统九州，那是神使铁沁王的功业，轮不到你，提点别的。巫师冥思苦想，说那就要求点小事吧，我想知道我妻子在想什么，这些天她总是隔着帐篷埋怨我。盘鞑天神沉默了很久，”说到这里，铁益自己也忍不住哈哈哈地笑了出来，“过了会儿，盘鞑天神说，我亲爱的巫师，我们还是来谈谈一统九州的事情，你想自己成为铁沁王呢，还是让你的儿子成为铁沁王？”

铁益笑得用手撑在地上，捂着肚子。阿苏勒却依然是默默的。他的神情让铁益也觉得有点难过，笑着笑着，铁益笑不出来了，坐在那里双手挠头。

“我没事的，就觉得自己很小孩气，觉得苏玛嫁给了大哥，以后就不会再管我了……其实我也知道嫁给大哥好，大哥不像二哥，跟很多女人乱来，也不像三哥对女人总是冷冰冰的，大哥对女人很照顾……”阿苏勒这么说着，心里就涩涩的有些发苦，“可我还是觉得阿爸走了，苏玛嫁人了，就再也没人管我了……”

铁益想了很久，深深地吸了一口气，用力拍了拍阿苏勒的肩膀，“大那颜，人家都说我是个很粗的人，这些事我也不太懂。可我知道其实喜欢你的人，还是喜欢你的。十年过去了，很多事情都会变，不过我觉得大阏氏对大那颜是不会变的，大那颜相信么？”

阿苏勒身体一震，一瞬间苏玛的笑容、苏玛的眼神、苏玛手上的温度都再次鲜明起来。他忽地有了信心，觉得身上有股微微的暖意，就像很多年前雪夜里苏玛摸黑去找了一张羊皮来压在他身上，用双臂把他的肩膀和羊皮都搂住，让他不会冻得发抖……

他转头，看见铁益还在抓挠着脑袋想词来安慰自己，满脸为难的样子。

“别叫我大那颜了，你叫我阿苏勒吧。”阿苏勒忽地说。

“行！”铁益愣了一下，干脆地说，“阿苏勒！”

铁益把一只蒲扇大的巴掌伸到阿苏勒面前。

“干什么？”阿苏勒好奇地看着他。

“我在东陆学的，”铁益自己拍掌，啪啪地，响亮有力，“拍掌就是东陆男人间的许诺，一拍巴掌，事情就定了，反悔的就是乌龟蛋儿。在法场的时候你不是也跟那个东陆小家伙拍了巴掌么？一拍巴掌，他就得当东陆的皇帝，你就得跟他订盟。我们一拍巴掌，我就再不叫你大那颜了。”

铁益又把手伸到阿苏勒面前，瞪着一双大眼，“来！来！”

阿苏勒看着伸到自己面前的那只手掌，宽厚、有力、温暖。

于是瀚州清冷的月光下，初冬萧瑟的风中，铁线河边，少年人跳了起来，用足力气狠狠地拍在中年武士的掌心。而后两个人收回手换了一个角度再次击掌，干净漂亮，掌声惊得河面上一尾鱼跃出水面，落回去的时候咚的一声，留下一串串的涟漪。

“不过要当东陆的皇帝，这巴掌可也拍得太大了……”铁益抓着脑袋。

阿苏勒愣了一下，捧着肚子大笑起来，笑声穿云而去，云间月光如水波一样洒下，洒在寂寥的原野上。

五

清晨，吕守愚·比莫干·帕苏尔平趴在豹皮床上，赤裸着上身，女人温软的手按着他的后背，把油脂细细地涂在他褐色的背肌上，借着按摩的温度，缓缓地渗透进去。

吕守愚闭着眼睛，听着帐篷外的风声，昨天夜里今冬第一场细雪飘飘地落了下来，风啸如鬼哭。大阏氏的帐篷附近不准人轻易走动，只是偶尔有马儿打着响鼻的声音。

天地寂静，仿佛只有他、这间帐篷，和这个双手温软的女人。

女人轻轻拍打他的肩膀，吕守愚顺从地坐起。女人给他披上东陆丝绸制成的里衣，而后是一件贴身的羊毡背心。吕守愚站了起来，女人双手从他背后环了过来，为他套上铁甲的胸兜。吕守愚低头抚摩着胸口上的豹子图腾，不由得想起他的父亲，这是他父亲的甲胄，穿在身上那么贴合，就像是度身为他打造的。

想到那个鹰一样的老人，冰冷的甲胄里像是泛起了一丝熟悉的旧日的气息。他想起多年之前，父亲带着他们几个兄弟围坐在火堆边，在初冬的第一场雪里架上整只獭子烤起来。父亲问起逊王的传说，答对的人可以饮一口醇烈的古尔沁烈酒，孩子们还没有沾过多少酒，可是羡慕部落里那些魁伟的男人们，羡慕他们喝着烈酒放声高唱牧歌的样子，于是争着去答父亲的问题，输了的人要在雪地里赤着上身围绕金帐奔跑十圈，而赢了的人捧着属于他的古尔沁烈酒，小小地饮一口，忍着喉咙里那股炭烧似的辣劲儿不咳嗽，生怕其他兄弟觉得自己是孬种。

父亲这个时候会露出罕见的笑，一丝一丝像是刻在他瘦削的脸上。

女人在背后系紧了胸兜的皮带，又托了托他的两臂，示意他端平双臂，吕守愚顺从地抬起了胳膊。女人转到吕守愚面前，为他整理胸甲两侧的绛色长缨子。她低着头，细白的手一次次地梳理着那对长缨，吕守愚低头看着她长长的睫毛轻轻闪动。

“苏玛，你愿意听我说说话么？”吕守愚忽然说。

苏玛不回答，轻轻点着头，把牛皮的护臂紧紧地缠在他的上臂，在另一侧系好带子，手上轻快麻利。

吕守愚沉默了一会儿，舔了舔嘴唇，“不知道怎么开头……我是想说，你答应嫁给我，我真是很高兴，你对我很好，我心里感激。”

“可是有些事我始终没有跟你说，因为我不敢，我怕揭了那些旧疮疤，我在你心里的样子就变了，变成把真颜灭族的那个罪人……”这句话他强撑着终于说出了口，从此再没有了忌讳，“可越是不说，我心里越是害怕。我不敢看你的眼睛，我有时候想你要是能说话多好，这样你就可以痛骂我一场啊，这样我就可以知道你是恨我的，知道你有多恨我。”

“怎么办呢？我逃不掉的啊，我就是把你家园扫平的那个罪人，那是我平生的唯一一场仗。”他的声音微微颤抖起来。

苏玛还是低着头，手上微微一抖。

“那时候我很年轻，第一次跟着九王上战场，一心只想立一场大功劳，让阿爸知道我是他最勇敢的儿子。真颜部对我来说不算什么，我只知道‘狮子王’伯鲁哈·枯萨尔，你的阿爸，是个可怕的敌人。可是草原上的好男儿就是要砍下最难砍的头颅，占有敌人的女人，听着她们大哭……”吕守愚感觉到自己的无力，默默地退后两步，坐在豹皮床上，“我想你听到我这么说，别提心里有多讨厌我，可是我当时真的就是这么想，我只是想告诉你，告诉你我那时有多么蠢。”

苏玛默默地走近他一步，却被吕守愚伸手阻止了。

“不要安慰我，”吕守愚看着她清澈的眼睛，那么美丽的一双眼睛，在他看来却是永远难以揣摩的，“我决心这么跟你说，就不是来找你安慰我的。我知道我做过什么，我是青阳的大王子，我本来可以阻止九王下屠城令，可是我没有……”

“站在河对岸看着别人的帐篷被点着，大火就像要烧天似的，把夜空都照亮，火光里面骑马的武士风一样驰过，把那些哭着逃窜的人一个个砍倒……其实是很美的，有种壮阔的感觉。”他轻声说，“是，我不骗你，那时候我就是这么觉得。因为那些人我都不认识，他们的死活和我没有关系，别人的死活其实跟你都没有关系，只要你不知道他们是怎么活过的。”

“我知道那说出来很羞耻，可我第一次知道真颜部的人都是怎么活过的，是因为我看见你姐姐乌央玛。龙格沁·乌央玛·枯萨尔，我忘不掉这个名字，那之后很久我都常常梦见她一身血的样子，穿着自己的血染红的裙子。她在梦里跟我说：‘我们真颜部的女儿，谁的奴隶，都不做！’

我不瞒你说，第一眼看到你的姐姐，我只想那是个女人，是个漂亮的女人，让人想拥有。我心里发疯似的想她，想她的腰，想她的胸口，想她的嘴唇……可你知道那有多蠢，那不是一个男人想一个女人，那是一头公马在发情。”吕守愚的眼睛沉静而悲伤，“但是转瞬间我就杀了她。直到她的血流在我手上，我才知道自己是杀了一个活生生的人啊，那么美丽，那么温暖的一个人，死了。就像最漂亮的瓷器，打碎了，再也拼不回去……”

“我心里有个声音在喊说比莫干你做了什么啊？你是在杀人啊！你已经杀了许许多多的人！他们中有老人，有孩子，也有女人，她们中很多人就像这个女孩乌央玛·枯萨尔一样……那么美丽，那么固执，那么勇敢。那些都是活生生的人啊！刀砍在他们身上，火烧在他们身上，是会痛的……他们并不都是你要打倒的那个敌人伯鲁哈·枯萨尔，他们都是活生生的人啊！那个声音问我说，比莫干你到底做了什么啊？”吕守愚呆呆地看着苏玛的眼睛，仿佛要从那镜子般的双瞳中照出自己。

苏玛站在吕守愚面前两步的地方，触手可及，但是又那么遥远。

“我生下来就是青阳的长子，我想要的一切都有人给我，我的生日，父亲让人跋涉几千里，为我从殇州捕回一匹我想要的龙血马，路上遭到夸父的袭击，死了几百人。几百人算什么，我不在乎，我有了我想要的宝马，那就够了。可你姐姐死去的那一刻，我真的难过。我一生中从未有那样的难过，有个声音，它在我心里，它说比莫干你是个蠢货，你现在知道了吧，有些东西是你想要却永远得不到的，有些人你可以杀了他们却不要妄想他们会顺从你，有些事做错了一辈子都不能挽回。”

吕守愚的笑容略带凄凉，“其实我说这些，不是要你原谅我。因为我今天要做一个决定，决战朔北部，或者对楼炎·蒙勒火儿·斡尔寒低头，让我青阳的族人从此生活在狼吻下。你已经听说几位家主和木犁的争执了吧？”

苏玛默默，点头。

“其实那一天在金帐里我已经做了决定，可我没有告诉他们。我是想回来告诉你知道，我想第一个告诉你，我已经做了决定，我决定举起剑把朔北狼主挡在北都城外！”吕守愚一字一顿，“我做过错事……我很后悔……我不希望同样的事情发生在青阳族人的身上！”

“盘鞑天神在上，我可以付出一切的代价！”吕守愚·比莫干·帕苏尔手指天空，“我是青阳的主人，我不会让自己的族人变成朔北狼群嘴里的猎物！”

吕守愚看着苏玛，苏玛没有动。她的眸子清亮，仿佛瀑布下的深潭。

吕守愚觉得那涌动起来的热血又渐渐地冷了，结婚整整一年了，他得到了梦寐以求的妻子，却没有得到她的心。跨越不了的是仇恨，况且还有另外一个人始终在她心里，吕守愚知道。就算他用尽了力气要把纠结在心底最深处的那份悔恨告诉她，也是枉然的。吕守愚自己说了的，有些事做错了一辈子都不能挽回。

吕守愚站起来，默默地把重剑挂在自己的腰带上，转身向帐篷外走去。夔鼓已经敲响，贵族们正在向金帐这边汇集，很快他就得面对那些大家族的主人。

一双温柔的手从后面抱住了他，女人温暖的身体从后面紧紧地贴着他的背。吕守愚呆呆地站住，觉得自己的心咚咚地狂跳，随后他感觉到女人把脸贴在他冰冷的铠甲上。他不敢回头，他的眼泪无声地流下来，结婚一年之后，他第一次从心里觉得他拥有了这个女人，拥有了他的妻子。

两个人就这么抱着、沉默着，听着风从帐篷上呼啸而过。

贵族们和将军们踏入金帐的时候，北都城的大君已经坐在了他的宝座上。每个人看到今天的吕守愚都吃了一惊，他穿着豹子图腾的铠甲，手拄一柄重剑。第一眼看去的时候，每个人都惊疑地以为老大君其实还没死，仔细看去的时候才发现那是吕守愚穿着老大君的铠甲，配着老大君的剑。

吕守愚的脸上没有表情，沉默地看着前方，贵族们没有人敢说话，悄无声息地站好。

夔鼓声落定，大合萨最后一个踏入金帐。

“大君，主意定了么？”他问。

吕守愚没有说话，在众目睽睽下起身，缓缓地走到木犁面前，把自己所佩的重剑解了下来，平托着递了过去。

他看着木犁的眼睛，“木犁将军，这是我阿爸的剑，当年就是这柄剑和你一起把朔北的群狼杀丧了胆，退回北方三十年。今天我把这柄剑送给你，这次就让朔北的狼群永远不必回来了吧？让它们把骨头都埋在北都城的城墙根下！”

六

深夜，颜静龙掀开了大合萨的帐篷帘子。老人静静地坐在帐篷中央，看着那只小耳鼠巴呆一粒一粒地吃粟米。

“大合萨，叫我有什么事？”颜静龙问。

“跟你说说话，你最近都是没精打采的，我看了担心。”大合萨低声说。

“我没事，就是累了。”颜静龙坐在羊皮毡子上，“大合萨不该占卜这一战的胜负么？大君今天都说了要对朔北正式开战了。”

“你知道尊格尔台大汗王怎么死的么？”大合萨低声问，却没有等待颜静龙的回答，“他把自己算死了，他一直想算清自己的未来。”

尊格尔台大汗王其实是一个羽人，羽族数百年来最伟大的星相大师古风尘在蛮族的封号。他是逊王最忠实的朋友之一，任何一个巫师都知道他的故事，颜静龙也不例外。人人都说尊格尔台大汗王在星相上的研究害死了他自己，因为他想算出他和一个女人的未来，虽然无边的算式无数次地证明了他和女人没有缘分。

“活到我这样的年纪，对于知道自己的未来已经一点兴趣都没有了。”大合萨低声说，“不必占卜，贵族们要问这一战的结果，应付一下就好了。”

颜静龙点了点头。

“我知道你在想什么，”大合萨接着说，“可是那个女人跟你没有关系，痴想又有什么用？”

颜静龙苦笑了一下，无力地靠在帐篷上，“是啊，那女人怎么会跟我有关系？”

“大阏氏归了大君，只有一个人心里难过；不归大君，没有一个人好过。还能怎么样？”大合萨说。

“谁会难过？世子么？”颜静龙摇头。

“不，真正难过的不是世子，是大阏氏自己。”大合萨幽幽地说，“我也年轻过，懂得女人的心。”

“听说是和大君约定，一定要救回世子来……”

“不要再叫世子了，如今的青阳部只有四位那颜，大阏氏如果诞下男孩，才是世子。”

“大君也很期待大阏氏生下男孩吧？和他最心爱的女人，生下草原未来的大君。”颜静龙低低地笑，“看他那么迷恋大阏氏的样子，我都觉得他一辈子不会再碰别的女人了。”

“阿摩敕，你说了这么多，我知道你对大阏氏的关心。可是，还是忘了吧，”大合萨的声音严厉起来，“你和那女人，其实从未有过任何关系！”

“不忘又能怎么样？苏玛那样的女子，草原上的好男子有几个会不喜欢？可是……为什么搞成这样？”颜静龙抓着自己的头，苦笑，“最后难过的，还是她自己……如果早知道这些，还是不认识大那颜更好吧？那样真颜部的公主嫁给青阳部的大君，多完美。”

“如果你真的猜到了结果，又能改变么？如果你真的能改变，那么你最初就猜错了。”

颜静龙想了想，默默地点头。

“阿摩敕，你要振奋起来！我需要你冒险去做一件极重要的事，为这事你也许会死，可是这关系到青阳的存亡。”大合萨说。

“什么事？”

“你必须连夜出城，试着向九煵、沙池、澜马、阳河四个部落求援。”

“大合萨不相信木犁将军能打败狼主？”颜静龙一惊。

“你看他说得信心百倍，可他哪里有什么把握打败楼炎·蒙勒火儿·斡尔寒！朔北狼主三十年前败在老大君手里，只是因为轻敌，如今他已经是一条成精的老狼，不会再犯愚蠢的错误。木犁虽然勇敢，可是在我们青阳只是个将军，就算大君把佩剑送给他，给了他调动兵马的权力，可那九帐兵马中，又有多少人真的老老实实听木犁的？在那些贵族眼里，木犁不过是个能打仗的老奴隶而已！而楼炎是谁？他从长大成人就是草原上的英雄，他一声令下，朔北部几十万男人愿意跟着他去死！”大合萨摇头，“双方的实力差距太大了！”

“为什么是我？”

“因为你是我唯一的学生，会是青阳部未来的大合萨。你代表了盘鞑天神。那些贵族他们至少还畏惧盘鞑天神，你去求援，也许他们看在盘鞑天神的名义上会救青阳部。老大君在世的时候，被其他几部要挟，处死了澜马部的达德里大汗王。那是澜马部中最支持青阳的人，除此之外，我们在那四个部落里，已经没有什么可信赖的盟友了。”

“大合萨自己为什么不去？”

“我已经老了，”大合萨低声说，“我该和自己的部落一起死去，你还年轻，如果你害怕，就别回来。”

颜静龙一愣，触到了大合萨的眼神，老人的眸子一闪，随即黯淡下去。颜静龙没有来得及看清他的眼神。

“我明白了。”颜静龙起身。

“尽快回来，木犁很快就会开战，城里的粮食不太够了。”大合萨轻轻抚摸着巴呆的小脑袋，“木犁太想打这次决战了，他是拿他自己的命在赌。他只有一条命，只有一次机会赌博。”

七

胤成帝五年十月，深秋。

东陆，下唐国南淮城。这是南淮最好的时节之一，紫梁河边名闻东陆的秋玫瑰大片大片地盛开了，清晨下了霜之后，秋玫瑰或婉约或浓烈的红色被包裹在洁白的霜里，远看去仿佛画家不慎把最美的几种红色染料泼洒在霜白色的画布上，慢慢融汇在一起，这种美美得让人沉吟。这个时节，下唐的文人们雇了梭船，在天未亮的时候暖一壶酒，沿着紫梁河漂流而下，船漂过紫梁桥，酒杯在手，令船家掀开帘子，就看见河滩之上，雾气之中，花色和霜色冰火共融。

以前这个时节，南淮城里的大臣们总找不到息衍，熟悉息衍的人就会告诉他们，息将军乘船去河上了。往往一整天，他带着一壶酒一张琴就在水上漂着，懒洋洋地眺望远方，乐悠悠地和船家说话。紫寰宫里真有什么大事要找他，内臣只能跑到紫梁河边上一路带马小跑一路高呼：“国主急召息将军入宫觐见……国主急召息将军入宫觐见……”

河上的梭船里，便有一艘会悄无声息地泊岸，一身散袍一口佩剑的息衍带着些微酒气登上岸来。

想到这些旧事，息衍无声地笑了起来，仰头看着天窗外流过的浮云，听着水从屋顶滴落的声音。昨夜下了一场小雨，早晨起来屋顶就漏水了，从他搬到这里来一直是如此，一直没人修。息衍有时候会想这就是南淮城的深牢大狱？这没准什么时候自己就塌了的深牢大狱，关得住什么要犯？

不过至少关得住他。他在南淮的“盘城狱”里已经住了快半年，这间阴暗逼仄的牢房看着时时要倒，却总也不倒。这有点像他的案子，按说他是这里排第一的要犯，他的案子要皇室的御史台来审，审完还得请天子剑来行刑，可是快半年了，御史台的大人们连影子都没看见，连狱卒们对这位昔日位高权重的贵族将军都有点不耐烦了，话里话外的意思是早审早好，人头砍下，一了百了。

过道尽头传来锁链抽动的刺耳声音，外面的牢门被拉开了。刺眼的阳光里，一个黑色人影沿着过道缓缓走来，一身颜色近乎纯黑的厚重大氅，脚步声沉重，似乎是穿着牛皮的重靴。息衍熟悉那种重靴的声音，那是军中的制式靴子，来的无疑是一个军人。

那个人站在了息衍的牢房前，隔着两重铁栏。他身边跟着一个点头哈腰的狱卒。

“钦差大人，这个就是罪臣息衍了，可别小看他，下狱前是南淮城里数一数二的人物呢，现在是落水狗了。”狱卒用手指往牢房里指指点点。

“嘘，”钦差竖起一根手指压在嘴唇上，“毋庸多说。”

“息衍，起来了，这位是羽林天军，陛下的钦差。钦差大人问你话了！别懒洋洋的。”狱卒踢了一脚铁栏。

“好了，我要单独问话。”钦差挥了挥手。

狱卒识相地退了出去，从外面锁上了牢门，深牢里面只剩息衍和钦差两个人。钦差抬眼看着牢房里唯一的透光处，那个天窗，低低地叹了口气，“这里一股阴湿的臭气，又只有一扇天窗透亮，你居然能忍着在这里住上半年。有的时候我不得不佩服将军的耐心。”

“一个罪臣，还要挑拣牢房的不好么？”息衍懒洋洋地起身，走近铁栏边，“不过这里摇摇欲坠的，我确实有些担心没等天启七御史来审我，哪个雨夜屋子塌了，我直接被压死在里面了。”

“他们应该给你戴着三重铁铐，关进地下十丈的深狱里，上面镇一块几千斤的大石封住牢门，只留一个小口投食。要关御殿羽将军，那样才够点意思。”钦差话里带着一股笑意，他摘下头上的兜帽，露出一张英气逼人的脸来，只是有些懒洋洋的，倒有几分息衍的模样。他一身上下都是皇室羽林天军的制式甲胄，大氅的领子上有皇室军队才能佩戴的火蔷薇军徽。

“怎么这个时候来？你在羽林天军任职，离开驻所跑到南淮来，冒的险太大了。”

“我这次是公务。我持有天启七御史联名的信函，问百里景洪调将军的卷宗。你以为我是个假钦差么？”钦差笑，隔着铁栏递过一个油纸包。

息衍打开来看，里面是几块新制的酥合斋小点心，鸭油酥、樱桃烧饼、笋丁烧麦和水煎牛肉饺，还带着热气。钦差又从那袭笼罩全身的大氅下拿出一个锡瓶，打开塞儿，浓郁的酒香就溢了出来。钦差又从大氅下拿出一个白铜的小盒子来，里面是些炸得酥脆的花生米……谁也不知道他把这些东西藏在身上哪里了，就这么一个个掏出来，一会儿七八样精致的吃食递进了息衍的牢房。

钦差拍了拍身上，“没有了。”

息衍嘴里嚼着一粒炸花生米，笑，“羽林天军的大氅用处真多。”

“就图它一个宽敞。”钦差说，“将军别挑拣了，早上才到南淮，马不停蹄在早市上买的，吃完又有好一阵子只能靠牢饭过活了。”

“不挑拣，谢圭你熟我的胃口。”息衍就着锡瓶小饮，“你在羽林天军春风得意吧？居然被委以钦差的重任。”

谢圭摇头，“未必有那么春风得意，这个肥缺是我花钱买的，为了来见你一面。”

息衍拿着锡瓶的手停顿了一下，“有什么事那么紧急？”

“按照将军的吩咐，派出去的人都有情报回来。正像我们猜测的，翼霖身边最受宠信的是一个东陆人，名叫华碧海。而有人说去年夏天，一支旅队在晋北的八松城买了不少夜北马，据说是要去瀚州北部。那个旅队为首的是一个老人，常常穿着黑色的长袍，被一帮称他为‘老师’的年轻人包围着。”

息衍微微点头，眯起的眼睛里有一缕锐光，“山碧空，他曾是喜皇帝的国师，出使青阳部之后就再没有人见过他。辰月这次几乎是倾巢出动，雷碧城、山碧空、华碧海，应该都是教长级的人物。”

“有些迫不及待的感觉，不知道为什么，似乎他们也面临很大的压力，否则不会三大教长一次全部出动。相比起这次的行动，殇阳关不过是一次练兵。如果瀚州是朔北部取胜，青州是翼氏取胜，辰月等同于掌握了大半个北陆，那时候他们一定会挑唆蛮族和羽族向东陆进兵。”

“翼天瞻应该已经在青州登陆，虽然只有他一个人，但是他仍有翼氏斯达克家族部分人的支持，还带着贵为皇女的羽然，他应该可以阻止华碧海的图谋。”

“我也相信短期内青州不是我们的软肋。从我们的情报看，翼霖并不是一个老练的权谋家，他要获得羽族诸城邦的支持并不容易。而且他的对手是天武者，他的叔祖。”

息衍沉吟了一会儿，“最大的问题还是在瀚州，楼炎是个可怕的领袖，只要他突破了北都城，瀚州将再也没有可以阻挡他的关隘，他随时可以南下，趁海流平静的时候渡过天拓海峡，进逼淳国毕止城。”

“如今的淳国是无法阻挡朔北狼主的吧？”

“举蛮族六部之兵南下，单单一个淳国，肯定无法阻挡。丑虎华烨手里只有三万风虎，而蛮族每个男人都是骑兵，能够调动的兵力是华烨的十倍。”

谢圭沉默了，虽然他来此地之前所做的推断和如今息衍的推断毫无区别，但是亲耳听见息衍说这样悬殊的实力对比，依然觉得心寒。天驱武士团在殇阳关之战后还未来得及休养生息布置战略，可藏在暗处的敌人已经发动了新一轮进攻。潮水般的进攻，没有喘息之机。

“嬴无翳的动静如何？”息衍喝着酒，淡淡地问。

“嬴无翳从南蛮部落中迅速补足了兵员，现在赤旅雷骑的兵力配备恢复到了殇阳关大战之前的状态，只是训练还有欠缺。白毅已经失去对楚卫兵权的控制，此时嬴无翳如果强击楚卫在青衣江一线的防御，楚卫国都清江里都将陷入危机。为此楚卫在青衣江的防线增援了两个军团，沿江建起了二十五座卫城，白日举烟夜间燃火作为号令，互相策应。但是这恐怕无法阻挡嬴无翳的雷骑，嬴无翳以骑兵战术闻名，从不做攻城拔地的事。只要他获得在青衣江西岸登陆的机会，五千雷骑会越过卫城的防线直击楚卫内地，没有人能够追得上雷骑军。他对于楚卫的进攻，会像风炎朝之前北蛮进攻天启那样无从防御。”

“不错，没有了白毅，楚卫山阵一触即溃。那是一支白毅亲手练的兵，别人是带不来的。”

“但是嬴无翳没有任何进击的迹象，赤旅两个军团共计两万人，已经做好了开战的一切准备，却一直驻守沧澜道不出。”

“嬴无翳在观望，他要看的就是瀚州的战局。他当然能觉察到楼炎的威胁，他也知道，如果楼炎成为北都城里的大君，仅仅依靠淳国是挡不住他的。如果蛮族加入东陆的战局，对嬴无翳不利。那个男人是立志要一统东陆让大胤四州十六国都变成离国的，他不会允许蛮族染指他的国土。”

“所以将军的判断是，如果蛮族真的南下，嬴无翳会反过来辅助皇室，对抗蛮族？”谢圭挑了挑眉。

“未必会辅助皇室，但是他一定会是楼炎在东陆遭遇的最可怕的敌人之一。东陆极南之地的雄狮和瀚州极北之地的恶狼，他们是绝对不会允许对方活在自己的领地上的。”息衍笑笑，“我想我能猜透嬴无翳这个人的心思。”

“将军有什么布置么？”谢圭问。

息衍沉思了片刻，“继续搜集情报，以我们现在聚集起来的实力，和辰月正面开战没有取胜的机会。辰月的来势很大，但是要实现他们的战略还有很多障碍。翼氏和朔北部能否壮大，是他们胜负的关键。此外，立刻带信给古月衣，请他无论如何劝说晋北侯雷千叶加强军备，以防羽人突袭海岸。”

“虽然受到了初召……可是古月衣并非我们的成员，他会接受我们的指派么？”谢圭迟疑，“他不懂的东西还太多。”

“会，他出仕于晋北，为晋北国守土安民是他作为武士的职责。”息衍说，“而且古月衣这个人，我也能猜透他的心思。”

谢圭想了想，一笑，“都说将军狡黠如狐，能猜透那么多人的心思，那能不能猜透我的心思？”

息衍横了他一眼，“你饮酒太多，心思糊涂，好比一摊烂泥，我猜不出来。”

谢圭轻笑，伸手进铁栏里抓了锡瓶出来，痛饮了一口。他是个嗜酒如命饮酒如水的人，如果不是因为要省着一点给息衍，绝不会坐在一旁干看着人喝酒。

“北都城守得住么？”谢圭用袖子擦了擦嘴。

“以青阳的兵力，其实还在朔北部之上。但是吕嵩新丧，他是北都城里唯一能够号令各大家族的人。我有些担心新的大君吕守愚太过软弱。不过青阳部仍有吕豹隐、柳亥、铁晋、铁益这些成名的武士，上次出现在北都城里那个射箭的年轻武士，自称不花剌的，似乎也不是软弱的角色，如果我没有猜错，是直接效命于大君的鬼弓武士首领。聚集了这批人，北都城必然有一战的机会。”息衍眼睛微微发亮，“此外，我们在北都城里可也不是没有安排人手。”

“哦？”谢圭眉峰一动。

“我有一个学生，你见过他的，他叫吕归尘。”息衍笑。

谢圭愣了一下，也大笑起来，“果然，将军早有远见，在北都城安插下重兵。如果辰月知道我们向北都城派出了天驱武士团的一位宗主，苍云古齿剑的主人，想必他们会退出一千里开外吧？”

“不知道是该笑还是该苦笑，”息衍叹了口气，“天驱的圣物，让辰月信徒也畏惧的西切尔根杜拉贡，它的主人却是一个只有十七岁的孩子。”

“所有孩子都会长大。”谢圭淡淡地说，“我初遇将军的时候也是个孩子。”

息衍已经把锡瓶里的酒和那些点心小食一扫而空，谢圭伸手进去，把器皿一件件地取出来重新藏回大氅里。藏好之后从外面丝毫看不出来，配上谢圭那样英挺冷峻的脸，谁也不会猜想这个尊贵的帝都钦差在自己的军服里藏了那么多七零八碎的东西。谢圭还跳了跳，确认走路的时候不会发出奇怪的响声。

息衍满意地伸了个懒腰，舒服地靠在牢房的墙壁上。

“我走了，还有最后一件事，也是我这次来南淮的使命。”谢圭说。

“关于我的案子？”息衍微微点头。

“是，天启七御史已经开始着手将军的案子，他们初步为你拟定的罪名是私通蛮族的叛国大罪，当斩刑。”谢圭打量周围，“这个看起来随时会倒塌的牢房，你能活着离开这里么？”

息衍沉默了好一会儿，“谢圭，我有没有对你说过我当过山贼？”

“有印象，不过将军说起这些事的时候总是遮遮掩掩的，让人琢磨不透真假。”

“我忽然想起我是个山贼的时候，一身破衣裳，一双破麻鞋，一口剑，喝多了乡里的劣酒就躺在山坡上看蓝天，看远处山谷那边一层层的梯田，山谷里有很清澈的池塘，一个山村就围着池塘，几栋茅屋，黄昏的时候炊烟慢慢地升起来。”息衍漫不经心地说，“很美的，让人怀念，看着看着就想这么睡过去。”

谢圭静静地听着，不说话。

“谢圭，山贼按律该如何？”息衍忽然转头看着谢圭。

“山贼算大盗，按帝朝刑律，当斩刑。”

息衍笑笑，仰头长长地舒了一口气，“反正我的一生总是按律当斩。现在我天天就看着那个天窗，日影从东升到西斜，天空的颜色不断变化，云慢慢地流过，有时候还有一只鸽子会在那里歇脚，咕咕地叫……看着看着，还是想这么睡过去。”

谢圭默默地想了一会儿，歪歪嘴，一笑，“那将军就好好睡一觉，我这个钦差还得去拜见下唐国主。”

谢圭的脚步声尚未消失在走道尽头，息衍已经阖上双眼，仿佛睡熟了。

八

离国，九原城。

夜深人静，水漏的声音在深宫中回荡，棋盘边的两人仿佛木雕，一个人拈着棋子高悬在半空，久久不落，另一人却闭着眼睛，手肘撑在小桌上，几乎要睡着了。

红烛快要烧尽了，这步长考用了嬴无翳几乎半根蜡烛的时间。谢玄早已露出漫不经心和疲倦来，他盘面占优，实地和外势兼备，再有两子就是雪崩之形，嬴无翳苦苦经营的一片棋子将被冲得荡然无存。

“谢玄啊，我忽然想起一件事来。”嬴无翳把棋子放在了一旁，看来仍旧不能下决心，眼睛却还死死盯着棋盘。

“王爷用这样的语气，大概又是什么难办的事情要我去解决了吧？”谢玄缓缓睁开眼睛，他的眼睛清亮如水，不像是个昏昏欲睡的人。

“呵呵呵呵，”嬴无翳笑得开怀，“果然我这些属下之中，你最了解我的心意。我忽然想，就像我这片棋子一样，息衍是不是快要死了？”

“差不多了吧，按律该砍头的罪，除了弑君，他都犯齐了。擅用兵权、私纵囚犯、里通外国、结党乱政……如果查案的人仔细，还不难发现他其实是天驱武士团的宗主之一。他之所以直到现在还好好地住在南淮城的深牢大狱里，是因为他有皇室赐予的官爵，这罪不能由下唐国来判，而要等待天启七御史的裁决。而七御史谁也不想惹这个大麻烦，他们从春天开始拖，一直拖到秋天，不过该判的罪总要判，按照律法，贵族用刑都在春季，御史们拖不过这个冬天。”

“堂堂御殿羽将军，帝朝伯爵，只是为了救一个北蛮贵族被砍头？息衍若是这么便宜就死了，我们当初五千雷骑在涩梅谷口和他杀得不分胜负，是否显得我们太过无能了？”嬴无翳笑了两声，“会有人保他么？”

谢玄摊摊手，“息氏虽然也是望族，不过息衍是个小小的分家出身，在家族里说不上有多少靠山。他的朋友里不乏位高权重的，不过都是在殇阳关曾经跟王爷当对手那一票名将，现在白毅被削去兵权，华烨在北方屯田，谁还有能力为他在帝都活动？倒是听说晋北侯雷千叶很热心他的事，派了一个使团带着金铢进京拜会诸位御史，为息衍求情，这也是御史团拖拖拉拉始终不出发的原因之一。不过，晋北国在皇室的眼里和我们离国差不多，都是乡下诸侯，雷千叶纵然是雪山里的一只白虎，在公卿那里未必能受待见。”

“这么说息衍是死定了？”

“少说七八成。”

嬴无翳若有所思地点点头，摸着下颏的短须，“我记得我们还在天启的时候，你曾说要多花点钱收买些公卿大臣为我们所用。你收买的人里可有天启七御史中的什么人？”

谢玄笑，“天启七御史的名字，都列在第一批要收买的名单上。属下做得非常稳妥，所以不但送了钱，还拿到了他们的回条，还有其他一些大大小小的把柄在我们手中，无非是僭越、贪贿、蓄妾、荒淫什么的，每一件说出来都让御史们名声扫地。所以王爷如果想用这条线来保息衍，我有九成的把握。”

嬴无翳一拍膝盖，“那就保他一保！不过只要保他不死，千万别把他从牢里放出来了。”

“属下领会王爷的意思了。”谢玄又笑，“明早我就办，不过御史们收到我的信，只怕脸色会比大牢里面的息衍还难看。”

“朔北狼主真的会南下么？”嬴无翳仍是低头看棋，声音却忽地变了，低沉而森严。

“不知道，没有人了解楼炎这个人，但是如果他攻克了北都，令整个蛮族人选举他为大君，他就有南下的实力。”谢玄低声说，“根据我们的情报，至少朔北狼主无所谓敢不敢的问题，他不是吕嵩，不是治国的君主，他是个杀人的武士。”

“如果真的出现那种情况，白毅、息衍、华烨这些人会和我们联手吧？”嬴无翳眯着眼睛，冷冷地看着谢玄。

“会！我们这些人虽然是死敌，但是我们都不希望东陆变成蛮族人的战场。”谢玄说得斩钉截铁。

“是，”嬴无翳缓缓地笑了，“不过其实我心里很有点希望和这位朔北狼主在战场上相遇，让我看看一个老家伙在牦牛都能冻死的北方龟缩了那么多年，是什么让他活了下来，还要回来向他敌人的儿子们复仇。”

“可惜如果真是那样，就算我们击败了北蛮，得到的不过是一个铺满尸体的东陆。”谢玄长长地叹了口气，“对了，有消息说，我们的国师雷碧城先生似乎在帝都很得皇帝的赏识，如今赐住在太清宫初阳殿里，俨然已经是皇室的国师了。推荐他的人是喜皇帝的姐姐，封号凌洛长公主的白凌波。”

“这条辰月的老狗，果然是个钻营的好手啊。”嬴无翳拍掌。

“如今想起来，国师第一次觐见王爷的时候，王爷已经知道他的身份了吧？”

“这个世上只有辰月的追随者才会用那种半神半人的口气说话。当时我没有告诉你和张博，但我确实知道雷碧城的来历。”嬴无翳在灯下抬眼，看着谢玄，一阵风吹过，他深褐色的眼底有火光一闪。

“一个天驱武士懂的事情，我也都懂。”沉默了一会儿，嬴无翳低声说。

“王爷当时也是想借助辰月的力量为我们所用吧？”

“是啊，雷碧城也许看上去是个疯子，不过辰月使者的力量，是这世上任何人都要敬畏的。我宁愿和东陆四大名将为敌，硬冲白毅的伐山之阵，也不愿面对孤身一人的雷碧城。”嬴无翳说到这里沉默了一会儿，声音越发的低沉凝重，“辰月就是这么一个组织，你永远不知道他们能做到什么，也不知道他们为何要这么做。”

“雷碧城想从皇室那里得到什么？”

“我不知道，”嬴无翳猛地落子，砰然作响，“不过，无论辰月或是天驱，任何人敢挡在我们的路上，我们就要把他踩在马蹄下！”

这一落子，嬴无翳仿佛猛虎出闸将军临阵，有种无形无质的气宇从他身上四下冲出，那双褐色的眸子里霍然有一股狰狞的意味。一子落定，嬴无翳便又是那个东陆战场上所向披靡的雄狮了，和刚才长考时那个紧缩眉头的贵族老人全然不像是一个人。

“王爷……”谢玄说。

“看这一步你怎么应！”嬴无翳大笑，“你棋力再强，未必滴水不漏！”

“王爷……”谢玄这次一边说，一边瞟向一旁的屏风。

一个白衣裳的小女侍刚刚转出屏风，就被嬴无翳的落子声和低喝镇住了，转而又听见他放声大笑。小女侍也不知是为什么，惊得脸色煞白，手里端着一个托盘，瑟瑟地抖，托盘上一个汤盏里的热汤抖着抖着就溢了出来。

嬴无翳看到这个小女侍，愣了一下，有些勉强地把僵在脸上的笑收好，整了整外衫坐好，倒像是放肆的学生看见了老师。

小女侍小心翼翼地把汤盏端上，谢玄闻见对面飘来一股浓重的药味，汤里大概加了人参、鹿血和黄芪一类补身的草药，汤熬得极浓，药也下得足，补身体也确实有用，不过气味简直能把人熏得晕过去。

谢玄最怕吃药，他知道嬴无翳一样怕吃药，这对君臣像两个少年人一样，即便受了刀创箭伤，也不过用一点排毒止血的药一抹，包扎完毕继续上马。嬴无翳自己也曾说进汤补令人不耐烦，是天启那帮看见刀就瑟瑟发抖的老废物，为了苟延残喘多活几年研究出来的法子。平日里进再多的补药，战场上一刀下去，人头落地，还是一具窝囊的尸体。

嬴无翳皱了皱眉，吸了一口气，憋住呼吸，端起汤盏来一饮而尽。谢玄看嬴无翳那脸色，比刀架在他脖子上好不了多少。

“王爷，夫人说，夜深了，王爷已经和谢将军下了一晚上棋了，应当注意身体，早些休息。”小女侍收起托盘和汤盏，却没有立刻离去。

嬴无翳脸色有些不好看，看了看棋盘，想了想，对小女侍挥挥手，带着几分离国主人应有的威严气派，“告诉夫人，说我知道了，这一局下完就睡，让夫人先休息吧。”

“那婢子就这么回报夫人了。”小女侍小心翼翼地退了下去。

谢玄琢磨不透地笑着，嬴无翳挥手招呼他看棋，“女人的叮嘱不要太放在心上，她们总是这么婆婆妈妈。我们接着来，看我这一步，你这雪崩之势未必能成。”

“好说。”谢玄整理衣袖。

嬴无翳目光落在棋盘上，谢玄已经布下了一子。他愣了一下，发觉这一子又抢先断了他的要害，谢玄那片棋子如一柄长刀在嬴无翳的阵营中凌厉地斩下，虽然只是棋盘上的操演，却凛然带着一股杀气。嬴无翳心里一惊，知道刚才自己长考出来的那一步早已被谢玄看到，一边暗暗叫自己镇定，一边集中精神盘算。他以前好下快棋，最恨长考这种事，喜欢落子如飞如雷霆连震的爽气，不过最近学了谢玄的长考，自己觉得有些进境的。

可这一次他无论如何都不能集中精神，脑海里仿佛有些钟儿琴儿鼓儿铙儿乱七八糟地响，倒像是个乡里的草台班子吹拉弹唱。目光在某个棋子上定了一会儿，就不知不觉地飘走，停在一个莫名其妙的地方。略略一定神又想起那个小女侍细细的声音来，“那婢子就这么回报夫人了。”

他脑袋开始嗡嗡作响，提到夫人二字他就头大，好比寝宫里站着千军万马。

“谢玄，不如我们封了棋盘，明日再……”他抬起头看着谢玄，想打个商量。

他愣了一下，发现谢玄早已把衣袖衣带整理好了，正把袍领的扣子扣上，一副收拾好了就要拜别的样子。

“好说。”谢玄笑笑，也不辞别，转头就走。

“你！”嬴无翳气得瞪眼。

“王爷，有人催着睡觉却也不是个很糟糕的事情啊。”谢玄呵呵地笑。

嬴无翳愣了一会儿，终于无可奈何，伸手拂乱了棋盘，看着谢玄的背影，“也罢，这一局算你赢。息衍的事，不可忘了。”

“好说，”谢玄并不回头，漫步而去，“我知道这个人王爷要留到我们一统天下的战场上来杀。”

九

胤成帝五年十一月，瀚州北都城。

天空阴霾，昨夜新下的雪把朔方原变成白茫茫的一片，天气越来越冷了，现在下的雪整个冬天都不会融化，一层层越积越厚，直到春天冰河开冻的时候。青阳和朔北两大部落隔着城墙已经对峙了两个月，至今还没有打一次仗，青阳部的武士们没有看见过朔北的白狼，渐渐地呼都鲁汗也不来列阵了，只是每天依然有一个朔北武士扛着大旗插在北都城的北门前。

这标志着战争还只是刚刚开始。

但是北都城里的存粮已经不多了，草原上有点财产的人家，入冬都会准备好成串的干肉和一罐罐的乳酪，只有奴隶和穷到连头牛都没有的贫苦牧民才会吃马吃的燕麦过活。但是如今燕麦也是个好东西了，大君下令把燕麦和干肉磨碎，糅在一起打成饼子分给上上下下所有的人，无论是贵族还是奴隶。奴隶们固然感恩，贵族们却是又恼火，又不安。很显然干肉已经不够了，一边开始宰杀准备留到明年春天的牛羊，一边把燕麦拿出来给人吃。可是人吃了马的粮食，马就只有饿肚子，瀚州草原上的骏马，饿了掉膘很快，一个月就能饿得骨瘦如柴。大君当然不想看见自己精锐的虎豹骑都骑着瘦马去和朔北人打仗，这么做只是不得已。

要熬到开春还有三个月。

不花剌在寒风里缓缓揉着自己的手，一个好射手绝不能有一双僵硬的手，没有事的时候，不花剌总在揉自己的手，因为下一刻他可能就会开弓。他听着身后有人唱着叫不出名字的牧歌，咿咿呀呀，古老苍凉，让人想到一匹离群的野马走在茫茫草原上，几千里长路，远望去只有衰草连天。

歌声里夹着金属在砺石上摩擦的刺耳声音，不花剌回过头，看着木犁坐在一张羊皮垫子上，把一柄重刀横置在自己膝盖上，手把一块砺石磨着刀刃。他的身边还放着六把刀，形制、长度、质地和重量都各不相同，有东陆产的弯刀，手工精致，仿佛一件礼器，也有粗糙沉重的长柄双手刀，刀身毫无光泽，就像是一片岩石。这些天里木犁一直在磨刀，磨刀的声音日夜响在北都城的城头，木犁磨着刀，看着西北方，有时候沉默，有时候低声歌唱。

不花剌知道木犁在等一个人，他在等朔北狼主楼炎·蒙勒火儿·斡尔寒。

等待总是让人心里焦虑，可是木犁不，他看向西北方的目光很平静，有时候他不磨刀了，静静地坐着，依然看着西北，整个人就像沙漠里风化的一块石头。不花剌开始不明白木犁为什么能那么安静，在金帐里对着那些大贵族怒吼的时候木犁分明凶得像头野兽。后来不花剌想明白了，大概从三十年前朔北狼主退回北方的那一天开始，木犁就已经预料到那个男人会回来。

他等了楼炎三十年，三十年等下来，足以让人从焦虑变得安静。

“用得上这么多把刀么？”不花剌看着木犁手中的刀。

“驰狼的骨头很硬，这样刀口砍崩的时候有刀可换。”木犁低声说，看也不看他。

“可真不像一个老人家说出来的话。”不花剌淡淡地说。

木犁冷冷地看了他一眼，不说话。

“我得休息一下了。”不花剌笑笑。

他旁边就有一张厚厚的羊毛毡子,他坐了上去,身体歪歪斜斜地放松。不花剌在城墙上一直有这么一张毡子，因为在过去的两个月里不知有多少个晚上,他就睡在这里,身下垫一片毡子,身上再用一张毡子挡风而已。

有时候睡到深夜里，不花剌睁开眼睛，看见木犁面无表情地坐在不远处，在细雪里缓缓地磨刀。

可他们不太说话。

木犁背后站着一百个精壮的年轻人，清一色的简陋皮甲，清一色的阔口弯刀，每人背后插着一支粗木投矛，一双能走长路的宽大脚板上裹着柔软的鹿皮。城下还有两千九百个这样的年轻人，都是木犁的子弟兵。木犁从奴隶中选拔了这些年轻人，亲手教会他们用刀，鞭打他们告诫他们战场上的规矩，也把他们看作自己的兄弟。木犁不相信贵族，他只相信奴隶，从一个奴隶崽子到青阳最有名的武士，木犁的心底深处大概一直把自己看作一个奴隶。他坚守着一种奴隶特有的骄傲，冷漠地对待老大君吕嵩·郭勒尔·帕苏尔以外的任何贵族。

在北都城里，不花剌也有一千个人，他们每一个都穿着牧民常穿的黑毡大氅，有一匹自己亲手从小马驹养大的骏马、一张自己手制的弓和一袋子狼牙箭。大部分时候他们打猎为生，接到了大君的命令才会出现在北都城里。青阳部的一千名鬼弓是专属于帕苏尔家主人的军队，任何人都不得不对这支军队抱有戒心，一千名射雕的好猎手也许不足以击溃一支骑兵，可是在草原上他们任何人都能用一支狼牙箭在百步外杀死一个尊贵的人。帕苏尔家的主人总是带着骄傲的口气向别人赞美自己的一千名鬼弓为“青阳的猎鹰”，而把威胁隐藏在其中。

不花剌知道木犁为什么很少跟自己说话，因为他的一千人事实上都是贵族，是被大君授予贵族身份的特殊的猎人，他们出现在北都城里的时候享有特殊的权力。

不花剌伸手到袍子里摸索着，摸出了一支老竹的笛子，看得出那是支很有年头的玩意儿了，外面的竹皮在千百次的摩挲后泛着一层润泽的光，褐黄的颜色像是琥珀。他试了试音，吹起了一支北都城里很少人听过的曲子。笛声低沉呜咽，仿佛草原上的卷云低垂。

木犁的子弟兵们默默地听着木犁的歌和不花剌的笛子声，发觉那两个乍听起来完全不同的调子却有着一模一样的节拍，笛子声和牧歌声微妙地融合在一起，渐渐地笛子声低沉下去，像是草原，牧歌声飞扬起来，像是草原上的骏马。

木犁停止了磨刀，也停止了歌唱。他低头默默看着自己膝盖上的刀，沉默着。

不花剌继续吹笛子，带着一丝淡淡的笑容。

过了很久之后，木犁的子弟兵们听见木犁喉咙里又传出了低沉的哼唱声，还是刚才那首古老的牧人之歌，和不花剌的笛子声慢慢地融合在一起。就着歌声和笛子声，木犁一下下地打磨战刀，磨刀声如风声雨声马嘶声中渐渐突显出来的高亢的战鼓。

胤成帝五年十一月，北都城外的草原上卷云低垂，歌声和笛声飞出很远，几千个年轻人沉默地听着。

“来了。”不花剌停止吹笛，站了起来。

他歪坐在毡子上的时候像是个懒散的牧民，可是一旦站了起来，就像是被弦扯紧的弓背，略略弓着腰，狼一样抬头在天空中巡视。

“什么来了？”木犁问。

“那里。”不花剌冲着西北方的天空扬了扬下巴。

那片苍白色的天空里多了几个漆黑的小点，在云下盘旋，隐约传来的鸟鸣带着嘶哑凄厉，绝不悦耳。但是平坦开阔的草原上依然看不到人影。

“听声音是秃鹰的鸣叫，它们在不远的地方。”不花剌在心里默默地估算了一下，“不超过二十里。”

“秃鹰下是谁？”木犁那对褐黄的瞳子仿佛虎眼，盯着不花剌，“呼都鲁汗，还是楼炎？”

“猎人们把秃鹰看作神鸟，因为它们为猎手指示野鹿和黄羊群的方向。它们总是在这些活物头顶上盘旋，等着猛兽来捕杀了猎物，把剩下的腐肉留给它们。我们就靠着这些秃鹰去搜寻猎物。”不花刺低声说，“但有的时候，秃鹰也会跟随着狼群前进，因为它们知道狼总是要捕猎的。当狼群靠近猎物的时候，它们会激动得上下翻飞，发出饥饿的叫声。”

“楼炎来了么？不超过二十里？他等不及了么？”木犁站了起来，把正在磨砺的狼锋刀慢慢卷进一张小牛皮里，“楼炎，他也等得很辛苦了。”

“我们需要派斥候去亲眼看一看，”不花刺向木犁行礼，“木犁将军，就让我去吧。”

“大君不会想看见自己的雄鹰在第一次交战时作为一个斥候死去吧？”木犁冷冷地说。

不花刺淡淡地笑，带着草原男儿特有的威武和骄傲，“我是个猎人，把马背看作自己的家，让我亲眼去看一看朔北的狼群。即使遭遇上了，我也可以轻松地逃回来。”

木犁微微闭上眼睛，很久才再次睁开，“我不需要逃回来的斥候，我需要一个能够把敌人引入包围圈的斥候。你能做到么？”

不花刺挑了挑眉，“木犁将军的包围圈会在哪里？”

木犁把一张羊皮摊开，上面是北都城周围的地势图。他指着城西面一条弯弯曲曲的河流，“城外西边七里是台纳勒河，这条河从彤云大山发源，流经北都城附近的时候，是由北向南的。它不算很宽，现在枯水，大概有五十步宽，最深的地方可以没到一个男人的肩。不过它的河面已经结冰，冰上可以行走，骑马过也没有问题。我们迎击敌人的位置就在台纳勒河的东边，你把敌人引到台纳勒河的西边，然后从冰面上过河。敌人过河的时候，冰面很滑，他们势必只能慢慢前进，这时候我们会把骑兵压上去射箭。”

“如果台纳勒河只有五十步宽，冰面上不可能站很多人，最多一两百个。我们如果这时向他们射箭，他们最多伤亡一两百人，大队会退回河西边。”不花剌说。

“你说得对，此时敌人会撤回河西边，用弓箭和我们对射，我们也无法追击，因为我们也不能过河。但是，”木犁指在台纳勒河的下游，“在这里我知道有一个很窄的地方，那里封冻的时候冰会结得很厚，骑兵可以快速通过。在敌人被吸引着在河边和我们对射的时候，我们的一万骑兵已经绕了过去冲他们的后背。这时候他们就会腹背受敌。我并不在乎呼都鲁汗的骑兵，我们只是要防备楼炎的白狼团。”

不花剌想了想，微微点头。

一名鬼弓武士在城下牵来了不花剌的战马，黑骏马以铁蹄刨地，嘶吼着甩动大旗一样的长鬃。

不花剌走了几步又回头，“木犁将军早就想好了这个战法了？两个月里你一直看着西北边，是已经决定在台纳勒河边决战？你怎么会知道楼炎会走那条路？”

“因为台纳勒河西边的一个谷地里埋着上一次战争阵亡的狼骑兵，楼炎会去祭奠他们。另外，那条路是上一次楼炎进军北都城的路，我当时带着骑兵在台纳勒河边和他作战，诈败把他诱进城里。楼炎那个男人的性格，一定会走上一次的路来攻占北都城，只有这样才能洗刷他三十年来的耻辱。”木犁看着西北方天空中那些翻飞的秃鹰，“我所知道的楼炎·蒙勒火儿·斡尔寒，是个凶残的魔鬼，也是个让人不能不尊敬的英雄。”

“被青阳部的木犁尊敬的人，世上已经不多了吧？”不花剌向城下走去。

“记住，无论你对于自己的骑术多么有信心，都不能和狼骑兵交战！如果你距离任何一匹白狼只剩下三百步，你就很难再逃了。”木犁在他背后冷冷地说。

黑骏马如风一样奔驰在草原上，不花剌摸索着自己背后两侧的箭囊。他的箭囊和其他人不同，箭囊是扇形的，每个箭囊二十五支狼牙箭，分为两排一格一格插好，两只箭囊交叉着捆在他的背后。这样一共五十支利箭在不花刺身后就像一面打开的东陆折扇，这对箭囊是父亲留下来的，不花刺熟悉每一支箭的位置，他永远记得哪些位置已经空了哪些位置还有箭，他的手伸向背后，一定会有一支箭在那里等着他。

他比其他鬼弓武士发射的速度快三倍。

他重新检查箭囊是因为他能感觉到周围有危险在逼近，虽然他没有觉察到什么异样，但是那匹警觉的黑骏马从出城的一刻开始马耳始终如枪尖那样竖起。他已经越过了台纳勒河的冰面，现在随时都可能遭遇朔北部的军队，那时候他只有一张弓和五十支箭。

他感到庆幸，雪已经覆盖了地面的每一寸，这样他在奔驰的时候不会扬起什么尘埃。否则在这个开阔的地方任何人一眼就能发现他。对于一个斥候而言，生死之间的距离等于你被发现时和敌人之间的距离。

黑骏马慢了下来，不花刺并没有用马刺催促它继续奔跑。他握紧了弓，弦上带着一支箭，警觉地环顾四周。最后黑骏马打着响鼻停下了，白茫茫的雪原中央，不花刺独自立马眺望，看不见周围有任何活物的痕迹。他没有放松警惕，他熟悉自己的马，这匹马在捕猎中锻炼出来的追踪猎物的技巧是聪明的猎手也不能相比的。

他终于注意到黑骏马停下的原因了，在前方的雪地上，有着浅浅的脚印，却不是大队骑兵经过的样子，那样的话整片雪地会像是被翻过来似的露出下面漆黑的泥土。不花刺竭力辨认那些脚印，却无法断定那是人的或者狼的，看来一支不大的队伍在雪停之前曾经从这里经过，脚印被雪覆盖了。

他想了一下，决心抓住这唯一的线索。这时候在北都城附近的应该只有朔北部的人了，他要知道这些人是去哪里，也许正是通往一直没能发现的白狼团的驻地。

黑骏马在他的命令下跟随那些模糊的脚印慢慢地前进。显然这匹战马流露出极大的不安，只是由于主人的驱赶才不得不前进的，它走得很慢。不花刺的心里隐隐约约笼罩着一层阴影，他感觉到雪下面似乎是一条路，这些脚印是沿着一条荒废了很久的路前进的，周围的雪地里似乎有一些躺着的巨石。他以前在南方狩猎，并不熟悉北都，也从未有人告诉他北都附近有这样一处地方。

他环顾四周，发觉马正在慢慢向着低处走，雪越来越深。这是一片很大的低洼地，雪会从高处往低洼地堆积。雪已经没过了战马的小腿，这样下去很快就要不能行进了。

这时候一块黑色的巨石出现在前方，不花刺带马接近那块巨石，伸手扫去上面的积雪，读出了上面的文字。那是以蛮族和东陆的两种文字刻就的碑文，碑文的第一句是，“这个霜年的第十一个月，战死七万五千人之后，青阳和朔北在这里休战订盟，结为翁婿，以这墓园里埋葬的勇士们的灵魂起誓，在我们有生之年保持和平……”

不花刺狠狠地打了一个寒战。他终于明白为什么自己始终感觉是走在一条路上，大雪覆盖下确实有一条路，那是一条神道，通向三十年前两部战争里死难者的墓地！

他全身的肌肉猛地绷紧，四下张望，周围白茫茫的一片。他是站在一片方圆数里的谷地的正中央，仿佛站在一个巨大漩涡的中心。天上开始飘细雪了，以不花刺的鹰眼也看不了一里远。他踌躇了很久，因为那些脚印此时忽然清晰起来了，一个连着一个指向前方。

不花刺微微眯起眼睛，他终于压下了心里的不安，策马前行。雪越下越密，雪幕里隐约传来唱颂的声音，似乎是一个巫师在不远处行祭祀的仪式。不花刺感觉到自己的血流加快了，快要接触到敌人，他反而无所畏惧。他思索了一下，无声地跃下马背，他担心黑色的战马在雪地上太显眼了，而他自己背后披了一张反毛的羊皮，最适合在雪地里隐藏踪迹。他弯着腰，踩着没到大腿的雪前进，弓始终半开，弓弦上带着一支箭。

唱颂的声音越来越清晰了，白茫茫的雪地里，隐约有黑色的人影出现，人数很少。不花刺拉起羊皮把自己的头也盖住继续逼近，他不敢大口呼吸，生怕呼吸的白气被对方发觉。他终于看清楚了，看清楚的瞬间他没能克制住惊恐，不由得大口喘息，一股股白气在空气中弥散。

有人把数十丈长宽的一片雪地整个地翻开了，连下面的泥土也被挖到五尺以上的深度，露出不知多少骨骼。这些战死勇士的遗体并排躺在那里，每一具尸骨都是侧卧，微微蜷曲着腿，一具贴着一具，贴得紧紧的。数千具，或者数万具，没人能数得过来。不花剌从未见过那么多的尸骨，这让他想起龙冢的传说，据说龙是有灵性的神兽，知道自己将死，会默默地游向海洋深处历代祖先沉眠的坟墓，那里是一片龙骨的世界，巨龙的胸骨一架架覆盖在海底平原上，仿佛无数屋宇。

不花剌很小的时候听到这个传说，曾想亲眼看见祖先遗骨的龙，在它死前是何等的悲凉。如今他看到这些人骨，强烈的悲辛令他一时间几乎控制不住自己。

被翻开的墓地前，有人把骨骼表面泛着红色的骷髅头垒成了一座四方的尖塔，足有一人半高，就像是一座巨大的墓碑。骷髅塔前一具具泛红的尸骨被整理出来，平躺在白雪里。不花剌忽然意识到那些都是狼骑兵的尸骨，狼骑兵的食物和一般草原牧民不同，他们死后骨骼会慢慢泛出一种古怪的苍红色，这是朔北白狼团自称“红骨的勇士”的原因。

不花剌视野里只有两个人，他们都穿着深红色的大氅，手提着祭祀用的犀角刀，背对着不花剌。靠近骷髅塔的那个人看背影似乎更加高而瘦削，站在一旁低头肃立的则雄壮魁伟。不花剌缓缓地开弓，瞄准那个高瘦的背影。他还没有决定是否要在这里杀死对方一人，这也许会影响他诱敌的大事。

那个高瘦的人并未意识到背后有危险在逼近，他低声哼唱着祭祀的歌，一具一具地抚摸那些苍红色的骷髅。这些骷髅脖子上大多挂着铁链，上面穿着已经锈蚀的铁牌。高瘦的人一个个地辨认那些铁牌，低声说着什么。说完之后，他就摘下骷髅头骨垒在那座骷髅塔上。

不花剌注意到他露出来的胳膊是生铁般的黑色，干枯遒劲，轻易就把一具几乎完整的骷髅拧断了脊梁，摘下头骨来。他没能遏制住自己的好奇，再次向前逼近了大约十步，终于可以从风声里辨别出那人低沉嘶哑的声音了。

“安心睡吧，你的儿子已经长大，他是个英勇的武士了。”高瘦的人抚摸一具骷髅的头骨，说完之后，他把头骨拧了下来堆在骷髅塔上。

“你的妻子改嫁给一位勇敢的战士，生下了一个勇敢的孩子，虽然长得并不像你，可是也和你一样坚强。”他走到下一具骷髅前，“就当作是自己的儿子吧，安心睡吧。”

“你的狼死了，但它生下了狼崽，非常健壮。安心睡吧。”他又拧下一颗头骨。

当他辨认出另一具骷髅脖子上的铁牌后，抚摸着那骷髅的头顶，沉默了很久，“你的家人都死了，你的狼也死了，你没有后代。”

“还是安心地睡吧。”他也拧断了这颗头骨，“你的同伴们已经回到了这里。”

“你的儿子是个懦夫，我已经为你教训了他，安心睡吧。”

“你的弟弟在北方带领着一个上千人的大家族，你可以安心睡了。”

“你的妻子背叛你和男人通奸，我已经代你砍下了她的头。安心睡吧。”

不花剌感觉到自己心脏里的血管就要炸开，那个苍老的声音在他耳边回荡。这个人在三十年之后依然能从那些铁牌中辨认出每一个曾经忠于他的狼骑兵，他回来祭奠为他而死的武士们了，木犁猜的一点都没错。不花剌知道那个老人是谁了，草原上独一无二的楼炎·蒙勒火儿·斡尔寒！

他就要拉弓发箭，却看见朔北狼主身后的那个人摘下头上的风帽，回头冷冷地笑了。那人剃光的头顶上是一条黄金文出的蛇！他看着不花剌，那种不屑的笑纯粹是在看一个死人。

那是“黄金王”呼都鲁汗，朔北部的一对父子全都在这里。

不花剌已经不能发箭了，呼都鲁汗对他冷冷一笑的时候，无以复加的恐惧像是半空里扑下的魔鬼，把他整个地环抱在怀里。不花刺闻见了空气中躁动不安的异味，他猛地回头，看见了狼！

巨大的、白色的狼。

那匹狼简直是狼中的皇帝，体长差不多等于猛虎，肩高和北陆骏马一样。它在萧瑟寒风中无声地抖动着雪白的长毛，粗壮有力的爪子陷入雪地的时候不发出任何声音，一双碧莹莹的眼睛直直地看着不花刺。它已经把不花刺看作了可口的猎物，血管里涌动着对血液的渴望。它距离不花刺只剩下三十步。

“如果你距离任何一匹白狼只剩下三百步，你就很难再逃了。”

木犁的话在不花刺的耳边再次响起，就像是雷鸣似的。他疏忽大意了，更糟糕的是他完全不了解这种来自极北荒原的驰狼，他想这匹狼其实早已经盯上了他，在他踏入这片墓地的时候。所以战马才显露出那种不安。

不花刺急退，巨狼几乎是在同一瞬间发起了扑击。不花刺甚至没有开弓的机会，他被陷在雪里了，无法躲避。驰狼的一击，快得就像是北陆最好的骏马。这时候驰狼忽地停顿了，这匹野兽似乎也意识到什么危险，猛地掉头向一侧望去。随着一声雄浑的嘶吼，不花刺的黑马踏着积雪极快地逼近，雪地挡不住这匹从小跟随不花刺的神骏，它不停地跳跃，避免自己被陷住。

逼近巨狼的瞬间，黑马人立起来，两只碗口大的马蹄向着巨狼的头顶踩下。草原上的马对付恶狼只有四只铁蹄有用，普通的狼在公马的蹄子下不得不暂时退缩。但是就在黑马站起来的瞬间，巨狼也舒展狼腰站了起来！它站起来更胜黑马，足有两人高，挥舞两只前爪就要插入黑马的胸口。

即使是普通的狼，利爪一下也可以撕裂马腹。这时黑马两只有力的后蹄猛地踏地，大片的积雪扬起，那匹黑马竟然四蹄离地跃起到一人高的空中，用尽全身力量一弹，两只后蹄同时踏向巨狼的腰间。柔软的狼腰是狼身上的要害，巨狼不得不拧身避开了这次攻击。

黑马落地，对着不花剌凄厉地长嘶。不花剌扑上马背，伸手在马身上一摸，满手都是温热的血。刚才那个瞬间，巨狼的利爪还是在黑马的胸口留下了三道极深的血印。黑马忍着剧痛，载着主人向东面狂奔，它通人性，知道回到那里就安全了。

马血一连串洒落，仿佛盛开在雪里的花。不花剌把这马看作了他的兄弟，他不知道这样奔驰这匹马还能坚持多久，任何时候都可能倒下。他觉得剜心般的痛，在后背一次拔出三支箭，开弓射向巨狼。他们之间距离不远，巨狼目标又极大，三支箭全部命中。那头野兽痛苦地嚎叫了一声，嚎声震得不花剌耳朵剧痛。巨狼没有倒下，不花剌箭上的力道足够射穿五层叠在一起的牛皮甲，可是射在巨狼身上不过没入了三寸。巨狼低头咬住那些箭，血淋淋地拔了出来。

它再次发出了嚎叫，这一次不是因为痛苦，而是狂怒。它以胜过奔马的速度直追不花剌而去，与此同时，周围的积雪里三头同样大小的巨狼猛地跃起，加入了追赶不花剌的队伍。它们已经在那里蜷伏了很久，等着这一人一马新鲜的血肉。

十

青阳九王吕豹隐·厄鲁·帕苏尔在城墙上远眺，他的视野中，木犁的三千奴隶子弟正列队出城。在北都这座黑色巍峨的巨城下，三千人看起来没有多少。天上开始飘雪了，他们渐渐地远去，似乎要被这场茫茫细雪吞没。九王眯着眼睛看向队伍的最前端，干瘦的老人肩上扛着剑齿豹的大旗。

九王背后，城墙之下，一万六千名虎豹骑精锐沉默着待命，他们每个人都披挂皮毛饰边的精铁铠甲，马鞍上斜插着一掌宽的阔口重刀，那些精选出来作为战马的神骏意识到大战即将来临，铁蹄缓慢有力地刨着地面，克制着对冲锋的渴望。

一名黑衣斥候疾步登城，“大汗王，木犁带领全队共三千奴隶出城。”

“我看得见。”九王淡淡地说，“不花剌呢？木亥阳呢？铁晋呢？还有三大家族的骑兵呢？”

“不花剌的一千鬼弓也已经从南面的城门出城，可没有人看见不花剌。我们不敢跟踪鬼弓，他们出城后我们已经失去了他们的行踪，不过从路线上看，他们会走迂回的路线，最后和木犁的军队汇合。”

“草原上没有人可以跟踪鬼弓，就像没有人可以跟踪鹰。”九王点了点头。

“铁晋将军的一万骑兵正在整装，预备出战。木亥阳将军的一万骑兵正逼近北门，应该也是要出城。几大家族所部的骑兵还没有动静。”

“合鲁丁、脱克勒和斡赤斤家族的主人们不会听从一个老奴隶的指挥吧？即使那个老奴隶配着吕嵩·郭勒尔·帕苏尔的剑。”九王冷冷地笑了。

一骑快马闪电般地驰到城墙下，又是一名武士疾步登城。九王所属的那名黑衣斥候起身，悄无声息地隐藏在护卫武士们背后。新来的武士一张黝黑的面孔，披着简陋的牛皮筒子铠，一双大脚上裹着鹿皮，鼻孔上穿着一枚铁环。那枚铁环是奴隶的标记，主人会在铁环上刻下自己的名字。铁环是大半个圆，没有封口，在奴隶小时候就穿在鼻翼上，奴隶长大之后铁环就和肉长在一起。这样逃跑的奴隶不得不撕裂半边鼻子扯下那个铁环，才能永远甩掉主人的名字，即便如此，鼻翼上的缺口也会永远标记他奴隶的身份。

奴隶武士跪在九王面前亲吻地面，“尊贵的大汗王，我是木犁将军的部下，木犁将军已经侦查到朔北部主力逼近的消息，我们将在台纳勒河边和朔北开战。木犁将军请大汗王所部的虎豹骑精锐在侧翼夹攻。”

“看看你的背后，我已经为木犁将军准备了一万六千名虎豹骑武士，当你们和狼主开战的时候，我们会冲击他们的侧翼，草原上的任何军队都无法抵挡虎豹骑的全力冲锋，请木犁将军放心。”九王缓缓地说。

奴隶武士回头看了一眼城下，九王忽地举手指向天空，一万六千名虎豹骑武士同声拔出马鞍上的重刀，指天咆哮，同时一万六千匹战马昂首嘶鸣，巨大的声浪仿佛要把空气里幽幽飘落的雪花也震散。在这样的一支军队面前，似乎脚下坚实的城墙也会被撕纸般粉碎掉。

为首持旗的铁牙武士猛地挥舞大旗，把旗杆重重地顿在地上，武士们又在几乎同一瞬间停止了咆哮，紧紧地拉着缰绳控制住自己的战马。声音平息下去，在场的人却仿佛刚从雷电交加的雨云中逃脱出来，耳朵里嗡嗡作响，很久听不见其他声音。

“明白了！我会这样回报给木犁将军！”奴隶武士再次亲吻地面，起身下城，跃上马背疾驰而去。

黑衣斥候从九王的护卫武士们背后闪出来，凑近九王耳边，“大汗王比三大家族的主人更加尊崇，我们也无须听从这些奴隶的指挥……”

“不，在北都城里，如果还有一个人能指挥我的军队，那个人毫无疑问是木犁。”九王挥手打断了斥候，“大君也等待着凯旋的消息，他期待着我们全力配合木犁的进击。”

他沉默了一会儿，淡淡地笑了，“而且，对于将死的人，何苦吝啬和善的面孔呢？”

斥候一愣，九王却不再理睬他，向着城下持旗的铁牙武士挥手，令大军开拔。他的脚下，数百杆剑齿豹大旗如连云般经过，铁蹄轰鸣。九王眺望远方那支小小军队最后的背影，嘴里低低地哼着一支歌。

只有黑衣斥候距离九王最近，听清了那首悠扬的挽歌，歌词被稍稍地更改过了。

“瞧，每天凌晨听得见
夜莺唱的古尔沁之歌
它哀悼那名叫木犁的奴隶的死亡
对他，没有追忆，只有哀伤
这年头，没有人开口欢笑
这年头，世上因兵戈而无片刻安宁

这年头，谁让我看见过娇红的脸蛋？

这年头，哪有光阴顾得上欣赏玫瑰？”

此时此刻，不花剌正在雪地中疾驰，他压低身形几乎是趴在马鞍上，借此减少风对自己的阻力。他在马腹的侧面摸了一把，满手都是冰冷的汗，很快就冻成了冰碴。

他后悔自己的冒进。他应该完整地执行木犁的命令，只是侦查和引诱朔北部的军队，但他没能控制住自己的好奇心，离开战马去窥探斡尔寒父子，如果当时他还在黑骏马的背上，就不会让狼悄无声息地逼近到身边。他太自负了，从他握住父亲的弓以来，就从心底相信自己是草原天空里桀骜的鹰，没人能够追捕他，即便是楼炎·蒙勒火儿·斡尔寒。

驰狼的速度是他始料未及的。他知道狼在追逐猎物的时候也会爆发出令人惊恐的高速，但是依然无法和草原上最好的骏马相比。但现在他的马已经濒临极限，而驰狼那股可怕的气息就在他的脑后。那不是狼身上常有的腥臊气，而是令人作呕的血腥气，不花剌对这股气味不陌生，在尸横遍野的战场上总是弥漫着这股味道。

这些狼的食物是人！

不花剌对于木犁说过的话已经没有怀疑，这些狼是以沿路的牧民作为补给，从北方回来的！

黑骏马在雪地上画出巨大的弧线，但是这对于驰狼完全没用，沉重的身躯没有让驰狼变得笨拙，驰狼们敏捷地转弯紧随，那些锋利的狼牙距离马尾只有一丈多远，也许一次发力狂奔，驰狼就能够把锋利的爪插进马的胸膛里掏出心来。

前方就是封冻的台纳勒河，河对面会有木犁的军队在那里列阵，不花剌却没有信心自己的马能够支撑到那里。他不敢回头，但是他预感到驰狼还有余力，它们不会允许这个猎物蹿过河面，当战马不得不在光滑的冰面上缓慢前进时，驰狼就获得了最完美的捕猎机会。

不花剌伸手摸索自己背后的羽箭。他发箭的速度很快，但他依然需要瞄准，在这样的高速下他无法转身瞄准。

“哈察儿。”他紧紧抓住黑骏马的长鬃，低声喊它的名字给它勇气。这匹马已经跑疯了，他从小养育这匹马，从未见它跑得那么快，如果不是这一次的神速，驰狼们已经享用了他们新鲜的血肉。

他已经看见冰封的河面了！他死死地盯着前方，急速地思考自己该怎么办，也许他可以不踏上冰面沿着河岸奔驰，这样对面的木犁可以派人救援他。

他的瞳孔忽然放大！在前方的细雪中，一匹巨大的、白色的狼！它斜向里冲过来截住不花剌的去路，猛地刹住，抖动全身，身上的积雪飞散，那身晶莹的白毛仿佛直竖起来。它以利爪刨雪，发出了低沉而悠长的嚎叫，迎着不花剌的马头直冲过来。

不花剌回头，看见自己的背后只有两匹驰狼。

他被这些畜生包抄了。他是草原上最好的猎人，熟悉狼的性格，这些天性嗜血的动物有时候聪明得让人吃惊，会分成几队把羚羊群逼到山崖下围杀。可不花剌从未当过狼的猎物，他没有想到，在他绕着巨大的弧线带着驰狼在雪地里奔行时，有一匹已经悄悄离队，走了笔直的路线，阻挡在自己的面前。

“如果你距离任何一匹白狼只剩下三百步，你就很难再逃了。”

木犁的话很快就要应验，此时前方的驰狼距离他有五十步，后方的只有不到十步。他是一个射手，他现在陷入的恰恰是射手的绝地。不花剌所习惯的是隔空百步杀死敌人后回撤，可如果他陷入了人群，就算他发射的速度再快，总比不过持刀的武士上来挥刀一斩。这些驰狼每一头都胜过数名精锐的持刀武士，它们挥舞的利爪远比铁刀更可怕。

他就要死了，死的时候他背后还有四十七支箭没有发射。

电光石火的瞬间，父亲的声音穿越了十几年的时间重现在不花剌的耳边。父亲的教导很多，不花剌不可能每一条都记得清楚，可是那句被遗忘了很久的话忽然间变得百倍清晰。

“如果鬼弓陷入了人群，该怎么办？”十二岁的时候，不花剌提了这个问题，此时他已经可以在百步的距离上射落大雁。

父亲默默地握住不花剌的手，把他小小的手握紧在弓上，让他不得不紧紧抓住弓背。

“射箭，孩子！射箭，别停！”这八个字是父亲全部的答案。

不花剌猛地握紧了弓。是的！就是这样！他的手里还有弓，他的背后还有箭，一个鬼弓不能这样死去！即便在绝地里，他仍能射箭！

“哈察儿！”他猛地拍在马脖子上。

黑骏马明白了他的意思，发狂般向着前方的驰狼撞去。不花剌忽地在马背上站了起来！他右手从背后准确地取到了三支狼牙箭。在背后驰狼猛扑起来的瞬间，不花剌全力蹬踏马鞍，整个人离开鞍面飞起！他从马背上跃起了不可思议的六尺高度，远高于驰狼的头顶。哈察儿依旧疾驰，不花剌和它瞬间分离，驰狼也停不下，抬眼看着猎物像是大雁般从头顶掠过。

哈察儿一头撞在前方的驰狼身上，挥舞的利爪立刻在哈察儿的肩膀上增加了几道伤痕，肌肉外翻出来，鲜血喷涌。而这匹桀骜凶悍的烈马也没有放过驰狼，它得了一个空隙，用尽全力咬在驰狼的喉间，公马的牙齿虽然比不上狼牙锐利，却也不容轻视。前方截击的驰狼喉咙里鲜血涌出，暴跳着往后逃窜。

此刻哈察儿已经不可能避过身后的两匹驰狼了。然而，不花剌已经落地！他无须在疾驰的马背上转身瞄准了，他发箭的速度比普通的鬼弓还要快三倍！不花剌三箭上弦，全力引弓，弓背发出接近绷断的咯咯裂响。在这个瞬间不花剌完成了瞄准，三箭齐出！

满弦发射的情况下，不再是前一次的结果。三支利箭准确地贯入一头驰狼的脖子和头部，坚硬的颅骨被洞穿，那匹驰狼惨嚎着张牙舞爪，利爪扫在旁边另一匹驰狼的身上，阻挡了另一匹驰狼的扑击。

不花刺毫无停息，狂奔而前。哈察儿通人性地奔跑回来，不花刺飞身上马，哈察儿立刻掉头奔向台纳勒河的方向。

木犁的三千奴隶子弟已经在台纳勒河的东岸列队，木犁仍在磨刀，三千奴隶子弟兵绝大多数都是徒步，在木犁的背后整齐列队。雪大起来了，大片大片的，仿佛冰冷的鹅毛。

风中传来了马嘶，三千人一齐看向台纳勒河的西岸。一匹黑骏马急速从风雪中现身，随即是两头近乎雪白的巨狼，它们暴怒着追击猎物，跳跃、扑咬，身形时而清晰时而隐没在雪幕中，仿佛虚幻不真的精灵。

所有人不约而同地倒抽了一口冷气，队列中隐隐出现了骚动。他们中没有人见过那么巨大的狼，别的狼在它们面前都是豺狗。

木犁猛地举起手，这个动作是叱令所有人安静，“再大的狼，也还是畜生！”

他从雪地里起身，用那片牛皮卷起所有的刀，一柄接着一柄插入马鞍侧面的革囊里，只留下那柄小牛皮包裹的狼锋刀提在手上。他的战马是一匹墨青色的高头大马，和木犁一样瘦削，四条腿的线条凌厉如刀锋，因为上阵前的紧张而剧烈地呼吸着，胸廓高速舒张，露出清晰的肋骨，巨大的双眼中透出一股凶悍的气息。这种马在东陆被称为“透骨龙”，价格高昂。它和朔北部的战马一样是瀚州北方的薛灵哥种，薛灵哥是朔北部领地上的一条大河，春夏两季河边野草丰美，野马群经常去那里交配产仔。这匹透骨龙的父亲，是三十年前青阳部和朔北部订盟时朔北部进贡的一匹纯血野马，木犁特别珍视这匹战马，从驹子开始亲手一把把草喂养大，在马草和燕麦之外，还喂给它活鸡和野兔，这匹马会像野兽一样把这些小东西咬死之后撕裂了吞下去。

所有人都不约而同地避开了这匹危险的透骨龙，透骨龙喉咙深处开始发出野兽捕猎前的咆哮声，低沉可怖。

最后，木犁把吕守愚赐予的那柄重剑捆在背后。如今这是他权力的象征，他可以借这柄剑指挥整个北都城的军队，砍下所有不听从命令的人的头颅。

不花剌的战马距离本阵只剩下不到五百步，他踏上了冰面，不得不减缓速度。驰狼也不得不减缓速度，但它们有锋利的爪子，可以抓入冰面，打着蹄铁的黑骏马却不住地打滑，驰狼的速度明显占了优势。

木犁翻身上马，低声叱令自己的属下，“不要跟在我马后，没有我的命令，谁也不要离开本阵！”

透骨龙咆哮而出，急速逼近冰封的河面。黑骏马艰难地往前一步步挪动，滚热的血一滴滴洒落在冰面上。不花剌已经无法再次发箭，他上一次暴烈地张弓，已经损坏了那张手制长弓的背筋，这样的弓无法射出威胁驰狼的箭。驰狼已经越来越近了，不花剌拔出了腰间的弯刀。

暴烈的马嘶声震着不花剌的耳朵，他看向前方，一匹墨青色的瘦马跳上了冰面，那股子骁勇像极了他的哈察儿。那是木犁的透骨龙，这匹危险的战马也打着蹄铁，落在冰上立刻打滑。它却似乎没有害怕，四条刀削一样瘦长有力的马腿压低，四蹄紧紧按在冰上。它是冲上冰面的，巨大的冲劲让它飞快地滑向了已逼近岸边的不花剌。

木犁在滑动中抖掉了狼锋刀上的小牛皮，透骨龙和哈察儿擦肩而过的瞬间，不花剌看见狼锋刀上铁光刺眼。透骨龙开始失去控制地旋转起来，木犁单手举刀过顶。驰狼们警觉地看着这个不速之客，它们立刻决定进攻，在前面的驰狼人立起来，双爪向着木犁的头顶扑下。

直指天空的狼锋刀忽地划出一道刺眼的铁色弧光。那是一个近乎完美的圆，在驰狼立起的瞬间，自上而下劈开了它的胸腹。扑面而来的狼血染红了木犁全身，驰狼沉重的身躯倒在了冰面上。透骨龙的旋转还未停止，第二匹驰狼急欲为死去的同伴复仇，它试图俯下身前冲！

而木犁从马背上跃了起来，落地的瞬间，狼锋刀插入冰面，帮助他定住了身体。这个瘦小的老人缓缓直起身，紧紧地握着刀，盯着最后一匹驰狼。透骨龙有些可笑地从驰狼的一侧旋转着滑过，驰狼却没敢趁机攻击。驰狼也死死地盯着木犁，绿莹莹的狼眼里透着无法压抑的凶性和隐隐的畏缩。

木犁不动，就像一枚钉子扎在冰面上。

驰狼终于意识到自己并没有什么取胜的把握，前面那匹狼的遭遇告诉它这是难于对付的敌人。它孤独而凶戾地嚎叫了一声，缓慢地一步步往后退。它和木犁间的距离达到大约三十步的时候，它转身向着西岸回撤。

直到它登上岸边的雪地，才又回头看了木犁一眼。它喉咙里的血缓缓滴落，刚才哈察儿的撕咬重创了它。

木犁和它对视了一会儿，转身一步步走向东岸。那匹透骨龙缓缓地跟在他背后，不时地回望西岸，警告驰狼不得逼近。驰狼转身向着西边远去，很快隐没在风雪里。

不花剌抱着哈察儿的脖子，哈察儿倒在地上，身下一摊鲜血，胸廓急速地舒张着，做最后的呼吸。木犁看了一眼，马腹上的伤口中，有一道已经整个裂开了，马肠从伤口里滑落出来，上面结满了血色的冰碴。谁也不能想象受伤如此重的一匹马，怎么能以那样的速度跑过那么长的距离。

不花剌抚摸它的长鬃，觉得自己的腹部也痛得像要裂开。他愿意做一切的事情来救助这个朋友，可他什么办法也没有。他想起这匹黑马还是匹黑得发亮的小驹子的时候，缩在他的怀里，在他的手心里舔羊奶。

现在哈察儿又一次缩在他怀里了，伸出舌头轻轻舔了舔他的脸。

“杀了它，它现在很痛苦。”木犁拔下胸前的短刀扔在不花剌面前的雪地里。

不花剌抓住那柄短刀，紧紧地攥在掌心里。木犁转过身去，不花剌在他背后拔刀，哈察儿低低地哀嚎了一声。不花剌的一刀准确地刺进了它的眉心，洞穿颅骨切断了脑络，这样的死亡痛苦极短暂。不花剌脱下自己的黑氅盖在哈察儿身上，他深深地呼吸，还能闻见哈察儿暖和的气味。

“是匹好马。”木犁拍拍不花剌的肩膀，“它是为了你才拼了命跑回来。”

“我知道。”不花剌面无表情。

“想为它报仇么？很快就有机会，你看，机会越来越近！”木犁冷冷地看着河对岸，雪尘漫天扬起，那是大队的骑兵正在扑近，雪尘中想必裹着苍狼的大旗。

不花剌默默地站了起来，转过身背对着己方本阵，立刻有两名鬼弓武士上来为他装箭。一支支漆黑的狼牙箭被填入箭囊中的每一个缺口，武士们一边装箭，不花剌一边摸索着那些羽箭，最后一次默记它们的位置。他知道接下来的战斗会更加惨烈，他甚至不知道自己是否能活着回来装下一批箭。

不过无所谓了，他的马死了。从他的马倒地那一刻起，他更加坚信这场青阳部和朔北部之间的战争结果，是只有一方能在战争结束的时候笔挺地站在草原上。他深深地呼吸，克制着那股失去朋友般的、锥心的疼痛，他告诉自己这就是真正的战场。不是用一支箭在两百步外杀人，你甚至看不清被你射死那人的血是什么颜色的，这是战争，会拼到最后一个武士鲜血流尽。

“这时候我们的骑兵已经过河了吧？”不花剌看着河对岸飞扬的雪尘。

木犁点了点头，“已经过河了。”

“木犁将军要对我隐瞒到什么时候？”不花剌转头看着木犁的眼睛，“我所做的还不能证明我自己么？”

木犁眉峰一跳，“你想知道什么？”

“我们没有骑兵过河突袭朔北部的背后，首先，木犁将军所部没有什么骑兵，骑兵都掌握在贵族们的手里，很难调动。其次，如果我们真的要在背后发起突击，那么以木犁将军的性格，一定会在决战前线，不会留守佯攻的河东岸。是不是这样？”不花剌大声说。

木犁沉默着，冷冷地和不花剌对视。

“我是一个贵族，木犁将军是不会相信一个贵族的，所以木犁将军不会告诉我真正的战术。”不花剌毫不畏惧木犁那对森冷焦黄的眼睛，“木犁将军的猜测是，只有自己的军队在交战的第一阵中获得优势，我们这些贵族带领的军队才会赶上来分享战功。所以，如果木犁将军现在在河东岸，那么，东岸就是我们第一场战斗发生的地方，而且是必胜的一阵！”

“我们会后撤一里，呼都鲁汗看不见我们的军队，可能会踏冰渡河。在他们一半人渡过台纳勒河的时候，我们进攻。我们必须压制他们渡河，靠三千个奴隶，逼得他们不得不撤回河西岸。但是冰面很难承受太多人，大队人马一齐撤退会压垮冰面。我们就吃掉他们困在西岸的军队。”木犁缓缓地说，“这就是真正的战术。我们需要赢第一阵，可我们只有三千个步战的奴隶。我不指望贵族们，在战场上我不会把命赌在靠不住的援军身上。”

不花剌默默地把手向着木犁伸出，木犁看着他骨节嶙峋的手，皱着眉头。

“不敢握我的手么？我不会因为一个老奴隶握了我的手就大喊真是太脏了，一个下贱的奴隶握了我的手。”不花剌一字一顿地说，“因为，我只是一个猎人。”

“猎人？”木犁斜眼看着不花剌。

“我是个有一千个兄弟的猎人，你有三千个兄弟，你愿意握个手么？”不花剌说。

两人默默地对视，不花剌的手悬在半空。木犁的眼睛森冷，不容一丝感情，仿佛面对敌人。在不花剌就要抵挡不住收回目光的时候，木犁的眼睛深处，什么东西微微一跳。木犁伸手，握住了不花剌的手，极大的力量，极短暂地握手。随即木犁放开了，往后退了一步。

不花剌抖了抖略微疼痛的手，“现在你有四千人，三千木犁的子弟，加上一千名鬼弓。”

“一万四千，”木犁回望身后，北都城在他看不见的极远处，“虽然我不相信贵族，但我依然请求他们攻击朔北部的侧翼。那些人里，我对铁晋·巴赫·莫速尔的一万骑兵有些把握，铁晋做决断的时候太犹豫，但在我们开战后，他应该会在合适的时间切入战场。”

“一万四千，朔北部会有多少人？”

木犁摇头，“我们没有准确的情报，但是如果我没有猜错，这是楼炎一生中最终的复仇之战。他会带着他全部的人来……十万个男人！十万匹战马！三千匹白狼！”

第六章 狂奴之血

一

吕守愚以鞭柄轻轻敲打“雪漭”的脖子，这匹极西骏马缓缓地登上山坡，迎风抖了抖雪白的长鬃。

这片小山被称作“忽炭”，蛮族语言中是指牧民少女的一种腰带。这片山不高，是彤云大山一条小小的支脉，由东向西，横亘在北都城的北面。每年春天这里的爬地菊开得最盛，娇嫩的黄色一直延展到远处的台纳勒河边，山形也越发地柔和起来，仿佛少女的腰肢。年少时吕守愚喜欢在这一带跑马，马蹄翻飞，黄花起落。吕守愚最喜欢的一刻，就是骏马一发力冲上山坡最高处昂首嘶鸣，那时候他会舒张胸怀猛吸一口带着草木香的空气，就像喝了酒一样有些醉意。

而此时此刻他眼前只有白茫茫的雪野，一眼看不到头，天空里雪片翻滚，寒风带着细而凄厉的啸声。他握着缰绳的手冰凉，腰间的铁剑敲打在甲胄上，发出单调的撞击声。

他仅仅带着一百人，守卫金帐的一百名精锐武士，这些都是他一手培养起来的部下。他没有告诉其他人他要出城，包括苏玛。原本他应该坐镇金帐等待决胜的消息，但是当木犁的部下来到金帐禀报说木犁的子弟兵即将出城决战时，吕守愚默默地站了起来，走出了帐篷。帐篷外他的战马“雪漭”和一百精锐武士已经准备就绪。

率领这一百人的是吕守愚的伴当班扎烈，在吕守愚的伴当中他刀术最精，也最得重用，此刻他按住刀柄，立马在吕守愚身后一步，警惕地四顾。风雪太大了，这让班扎烈很不安，这里距离台纳勒河也只有不到五里，接近前锋所在的位置，很难说不会遭遇突前的朔北部小队，这么大风雪的天气，瞪大眼睛也只能看到百多步远，一旦遭遇，双方都措手不及。

吕守愚迎着风雪，久久地不说话。他是看向西边，班扎烈知道那是决战即将发生的地方，可惜在这里他们什么都看不见。

“大君，听动静还没开战，风雪那么大，朔北人是不是敢来可难说得很。”班扎烈抖了抖身上的老羊皮氅，洒落一片积雪，“天太冷了，还是小心身子。再说雪这么下，一会儿就结成冰壳子，我们下山时候马蹄会打滑，不如回城等消息吧？”

“靠三千人能打败楼炎么？”吕守愚依旧遥望远方，轻声问。

班扎烈愣了一下，“三千人？朔北部这次，怕是来了几万人吧？”

“除了木犁将军的本队，还有多少军队已经就位？”吕守愚又问。

班扎烈知道吕守愚话里的意思。他想了想，“现在得到的消息，是不花剌的一千鬼弓和铁晋的一万骑兵都已经就位，九王的一万六千虎豹骑、木亥阳的一万骑兵也已经出城，正在路上。”

“三万七千人，加上木犁将军的三千人，一共是四万，能够打败楼炎么？”吕守愚再问。

班扎烈愣了一会儿，摇摇头，“不知道。”

“北都城里能调动的军队有十万人，可现在能用的只有四万人。”吕守愚扭头看着班扎烈，“至少有六万人还在北都城里屯着不动，即便这能用的四万人，有多少能够按木犁将军的命令行事？”

班扎烈抓了抓头，“说句实话，谁会听一个奴隶的？虽说按身份木犁将军早不是奴隶了，可是有几个贵族真把他看作贵族？木犁将军自己都说自己是个奴隶。”

“我任命木犁将军为统率北都城所有武士的人，这也没用，是不是？”

班扎烈低下头，避开了吕守愚的目光，“也不是说没用，只不过让贵族们听木犁将军的，总不太容易。”

吕守愚轻轻叹了一口气，“我也知道，所以我不能待在金帐里等消息。我得用自己的一双眼睛看着战场，我得自己押着所有人上阵。木犁将军这时候需要我站在这里，所以就算雪没了我的头顶，我也不能回城。”

吕守愚拍了拍班扎烈的肩膀，转回头去。班扎烈看着他的后背，“主子，有句话我想说。”班扎烈犹豫了一会儿，换回了这个亲密的称呼。他从五岁起就是吕守愚的伴当，一生性命都拴在这个主人身上，是死忠的部属，也是无话不说的朋友。可吕守愚当上大君之后，围绕他的人多了起来，班扎烈也跟着众人把称呼换成了“大君”，不知不觉地就疏远了很多。

“你是我的朋友，无话不能说。”吕守愚淡淡地说。

班扎烈舔了舔干裂的嘴唇，“主子现在是北都城的大君，草原的主人，按说人人都该听主子的差遣。可主子是新登位，有些事比不上老大君，贵族们表面上恭敬，心里对主子可说不上顺从。如今朔北部大兵压境，哪个贵族不想保存自家的兵力？就算主子站在这山坡上看着，一道道命令发下去，他们也少不得拖拖拉拉，推三阻四。”

吕守愚沉默了一会儿，“很多年前，我的爷爷纳戈尔轰加十六岁，打败了东陆的风炎皇帝。我听说那时候风炎皇帝手下有苏瑾深、姬扬、李凌心、叶正勋四大名将，每一个都力敌万人，又合东陆诸侯数十万大军，战车头尾相连一直绵延到天边。而我的爷爷合青阳诸姓贵族之兵，军令一发，莫敢不从，最后以弱克强，逼得风炎皇帝结城下之盟，那是为什么？”

班扎烈想了想，摇头，“主子，钦达翰王那时候合诸姓贵族之兵，靠的可不只是大君的威严。钦达翰王有青铜之血，是草原上无双的武士，而且杀戮很重，战场上一人后退，则杀一人，一个百人队后退，则杀尽一个百人队，若是哪一姓贵族敢私自带兵后退，则灭他的族。这法子，主子学不来的。”

“我知道我学不来，我不是爷爷那样的英雄，没有他的威严，也没有帕苏尔家家传的青铜血，我若是学了他的法子，贵族们就要对我拔刀相向。”吕守愚轻声说，“但是，我有我的法子。”

“主子有什么法子？”班扎烈一愣。

吕守愚笑笑，挥鞭向西，“很快，你就会知道。”

不花刺努力睁大眼睛看着西面，但是风雪太大了，他看见的只有一片白茫茫。即便是鹰的目光也无法穿透这片雪，同时呼啸的风声充斥了整个天地，他无法凭着听力分辨敌人的距离。

他缩回雪窠子里，强迫自己缓慢地呼吸。他不敢大口呼气，一个人呼出的白气也许会被风雪掩盖，可是三千人呼吸的大片白气就可能被敌人提早觉察。周围的雪窠子里藏着木犁和他的三千子弟兵，全部是步兵，所有的战马都被鬼弓武士们带到了东南方大约两里之外。不花刺要求留在这里和木犁的子弟兵们一起打第一阵，这样他会掌握合适的时机向后面的鬼弓们发出进攻的信号。

木犁选择的伏击位置距离台纳勒河不到一里，这里的草原地势不平，几百个雪窠子隐没在积雪下，没有防备的战马可能拧伤蹄子，同时这些雪窠子也是很好的藏身地，那些坚忍的奴隶武士们把羊皮的毛面朝上搭在头顶，远看去和雪地毫无分别。

不花刺觉得寒气已经把整个胫骨吞没了，正要咬掉他的膝盖。他不像那些奴隶武士穿着简陋的鹿皮鞋，鞋子里面填满干草，不花刺脚上是一双高筒的牛皮马靴，靴子冻得坚硬，像是一敲就会碎掉。他默默地咬着牙，丝毫不动，他的哈察儿就埋在西边不到一里处台纳勒河边的白雪下，他不想自己那匹勇敢的马有个懦弱的主人。

有人在旁边拍了拍他，递过来一只陶罐，罐口拴了简陋的麻绳。不花刺接过来嗅了一下，一股辛辣刺鼻的酒味。不花刺冲那个递陶罐给他的奴隶武士笑了笑，那个年轻的奴隶武士也冲他笑了笑，黝黑的皮肤，雪白的牙齿。

不花刺喝了一大口酒劲糙烈的粗酿土酒，觉得一股灼热从舌根一直往四肢末端蹿去，仿佛被冰住的血慢慢恢复了流动。有人从他手上夺去了那个陶罐，那个人是木犁。这个瘦小的老人如一头凶悍的豺狗般弓腰伏地，一边把陶罐凑到嘴边，一边死死地盯着一柄刀的刀柄。

那是木犁随身的几把刀之一，他把刀几乎全部插进冻得坚硬的泥土里，只剩下半尺刀身和刀柄露在外面。

“对方的前锋会是白狼团么？”不花刺压低了声音。

木犁缓缓摇头，声音极低，“白狼团是狼主的珍宝，他不会轻易把驰狼放在最前面。”

“那前锋是骑兵还是步兵？”

“骑兵，呼都鲁汗统领的大队骑兵！”木犁把陶罐里的酒一口喝干了，“他们已经过河，距离这里不到半里！”

不花刺心中一凛，忽然看见木犁那柄刀的刀柄微微地震颤起来，发出低而锐利的蜂鸣声！

“刀！”木犁低声喝令。

“刀！”周围听见他声音的几个奴隶武士同时低声呼应。

“刀！”更多的人听见了之后呼应。

这个命令以极低的声音极快地向外传播，每一个接到命令的武士都缓缓地拔出了弯刀，三千柄弯刀出鞘的低声连成悠长的一片。所有奴隶武士都采取半跪的姿势，深深低下头，几乎是蜷伏在雪窠子里，双手持刀收在腰间，刀锋斜斜地指向上方。

此刻如果从正上方看去，三千柄弯刀半埋在雪里，就像一片钢铁荆棘。

没过一会儿，不花刺也能感觉到地底传来的震动了，那震动很快数百数千倍地增大，仿佛地震，又仿佛地底有一头巨兽用它的背脊暴躁地拱着地面要破土而出。木犁说得没错，那是大队骑兵奔驰时震动了地面，那柄插进泥土里的刀就是木犁的斥候。

每个奴隶武士都抓起一把雪含在嘴里，木犁也一样。不花剌学着做了，那股刺骨的寒冷几乎要把他的口腔也冻裂，但是冰冷的水流过喉咙让他冷静，他呼吸的白气也被雪完全地吸收了。不花剌尝试活动手指，他的指节发出微声，被对面的木犁微微挥手阻止了。木犁的目光转向那柄插在土里的刀，那柄刀震得极快，发出的蜂鸣声却被马群逼近的声音完全吞没了。

头顶上掠过了巨大的风，风里带着马的腥臊气，浓重得让人反胃。那是多少匹马？几千匹？上万匹？不花剌已经无法判断，朔北部前锋的人数超过了他的想象，朔北武士们似乎完全没有防备埋伏而是全军压上了。然而埋伏只有三千步兵。

不花剌深深吸气，不再呼出。那柄刀震得几乎要从泥土中跳了出来，铁蹄声仿佛就在头顶，下一个瞬间也许马蹄就会踩烂他们的头，可是没有人发出进攻的命令。

不花剌忽地感觉巨大的黑影压了下来！他仰头，看着一匹战马，薛灵哥种的战马，正四蹄腾空从他头顶掠过！这个瞬间他对面那个递酒给他的奴隶武士忽然弹了起来，他蜷曲的身体展开时，就像一片被弯曲的钢，弯刀在空气里闪动，没入了那匹战马的腹部。战马被自己的冲劲带着仍旧向前，奴隶武士双手死死地握刀不动。马血暴雨般淋在不花剌的头上，骏马从腹部到两腿间，一道深一尺，长四尺的巨大伤口，骏马翻滚着倒在雪地里，大堆的内脏从伤口里滚了出来。又一个奴隶武士起身，一刀扎透了那个被甩落的朔北武士的喉咙。

随着第一击，整片钢铁荆棘发动了。大群的朔北骑兵同时到来，他们的阵形堪称完美，前锋平齐如一条直线，上百匹战马前后差不过半个马身。隐藏在雪窠里的奴隶武士们轮次弹起，刀光在空气中一闪而没。朔北武士们来不及拔刀就已落马，而后面紧随的人甚至看不清前面发生了什么，只觉得有光闪过，随即最前面的武士大批落马。

奴隶武士们敏捷地闪避着后面的战马，如果被这些骏马践踏到，任何人都会骨骼折断。他们让过了一队朔北武士之后，再次起身对空推出弯刀，又是上百匹战马被开膛破腹。此时从上空看下去，钢铁荆棘从雪里整齐地弹出收回，带着低沉的嚓嚓声，密集得没有马匹落脚的地方。

不花剌从未见过这样整齐有效的进攻，精锐的朔北骑兵在这种战术下几乎是被屠杀。淋漓的鲜血很快在雪地上染红了狭长的一片。

“埋伏！停下！”有人用朔北的口音高呼。

后面的骑兵急忙勒住战马，他们应该庆幸这还不是全速冲锋，否则他们甚至停不下来，只能互相践踏。但是他们的战马刚刚停在那些危险的雪窠附近，奴隶武士们就再次露头，弯刀平挥。锋利的刀刃把马蹄一只只砍了下来，战马哀嚎着倒地，滚落在雪里的朔北武士还是被一刀割喉。奴隶武士们的刀术简单有效，他们不会把多余的砍杀浪费在失去战斗力的敌人身上，精密得就像机括。

“踩过去！踩过去！”又有人高呼。

朔北骑兵们给战马加鞭，这些战马跃起踩向了雪窠里。这一次他们有了防备，朔北人都是好骑手，朔北部的马也是草原上最好的马，践踏进攻立刻取得了效果，不花剌亲眼看见一名奴隶武士刚刚推出弯刀，刀就被朔北武士俯身挥刀给隔开，随即他的战马踩烂了那个奴隶的头。

那匹战马取得了短暂的胜利,却落入了雪窠里,落地时马蹄歪了一下，影响了它的速度。这个瞬间对于不花剌来说已经太长，他张弓发箭，洞穿了朔北武士的头颅。更多的战马落入了雪窠里，运气不好的直接拧伤了马蹄，奴隶武士们半身埋在雪里避过践踏之后，立刻扑上去挥砍马腿。

人的吼叫和马的吼叫混合在一起，鲜血也混合在一起，仿佛一群野兽在冰天雪地中狩猎另一群野兽。不花剌张弓发箭，再张弓发箭，鲜血在他的脸上结冰，他觉得自己就是一具射箭的机器。他从未体会过这样的战场，在这里停下一瞬间就会死，不想死的人就要不断地挥动武器。

上万人的骑兵大队被死死地挡住了，再不能推进分毫。神骏的战马在这些奴隶武士们的面前没有用武之地，朔北部的武士们阵形散乱，有些策马践踏，有些下马步战。

一骑骏马跳得极高，两只前蹄对着不花剌的脸笔直地踩落。不花剌毫不闪避，也无需瞄准，仰头拉弓，一箭射出，从马腹部钻了进去，穿透马的身体，狼牙箭头从朔北武士的大腿上方突了出来。那名武士还没有来得及拔出武器，一个瘦小的身影踏步上前，一刀砍下了他的头。

木犁右手一柄弯刀，左手提着狼锋刀，笔直地站在不花剌面前。他看着不花剌，满脸鲜血流动，眼里闪着凶狠的光。

“进攻！”他说。

“进攻？”不花剌看着木犁。以三千人对上万骑兵，埋伏成功已经是幸运，他们本没有进攻的机会。

“不进攻会死在这里，我们还要拖更长的时间。”木犁说。

不花剌明白了他的意思，他不知道进攻的结果，但是他们现在必须从士气上压倒敌人，否则迟早会被消耗光。不花剌用力点头。

“孛斡勒！”木犁猛地跳出雪窠，卸去了包裹狼锋刀的小牛皮，挥刀指天咆哮，“进攻！进攻！进攻！是时候让朔北的群狼试试我们青阳豹子的牙齿了！”

“是时候了！”不花剌也大吼着跳出雪窠，弓弦绷响，一道漆黑的箭影近乎笔直地射出，贯穿了距离他最近的那名朔北武士的胸膛。羽箭带着他倒栽下马鞍，失去了主人的战马从不花剌身边擦过。

更多的奴隶武士和他们一起跳出了雪窠，每个人都沐浴在鲜血里，高举弯刀大吼，“进攻！进攻！进攻！”

潮水般的声音震惊了每一个朔北武士，他们已经心惊胆战了，现在又看着不知多少人从雪里爬出来，一个个仿佛从地狱里爬出的魔鬼。

不花剌从背后拔了他最右下方的一支箭，张满弓射向天空。箭带着凄厉可怖的鸣声蹿入天空，消失在茫茫飞舞的大雪里，就像一个被释放的凶魂。那是他的“鸣骸鸟之箭”，在最危急的时刻召集所有鬼弓武士的箭，很快一千名黑衣射手就会用夺命的箭覆盖这片战场。

“不要用弓箭！会伤害到你的同伴。”木犁从他身边闪过，把手中一柄弯刀塞在不花剌手里。

“同伴？”不花剌微微愣了一瞬，他并不看低这些奴隶武士，但他是鬼弓的首领，他的同伴只是那些黑马黑斗篷的鬼弓武士，他很少把其他人看作战场上的同伴。

背后传来了铁器裂风的声音，不花剌不假思索，猛地低头，旋身推出弯刀。

不花剌从朔北武士的心口里狠狠地拔出腰刀，灼热的鲜血泼洒在他的脸上，他的手按在那名死去的武士脸上用力把尸体推了出去。他的身边，成百上千的奴隶武士从雪窠里爬出来，挥舞战刀扑向血肉飞溅的战场，千万人的呼吼声把整个世界变为一个咆哮地狱。

不花剌微微打了一个哆嗦，但是已经不容他想什么了。海潮般的敌人扑上来，不花剌低吼着踏上一步，挥刀斩在一名朔北武士的颈根，双手握刀全力压了上去！

二

同时，忽炭山以南一里，茫茫雪野中，六支骑兵大队结成六个巨大的方阵。

方阵前，持旗的武士策马而立，风卷大旗呼啦啦作响。他们每个人的背后都有上万整装待发的骑兵，这些精锐武士站在没到小腿的积雪里，紧紧地挽着他们的战马，人和马呼出的白气如一片浓雾在方阵上升起，几万个青壮的男人和几万匹雄骏的战马，他们凑在一起的体温足以祛退风雪带来的严寒。他们在这里已经站了很久，还没有得到进击的命令。武士们默默地站着，雪积在他们的熟铜盔和黑色的锻铁甲片上，马儿低声打着响鼻。

青阳的六支骑兵精锐，分别隶属于九王吕豹隐·厄鲁·帕苏尔、莫速尔家的铁晋、大风帐的木亥阳以及合鲁丁、脱克勒、斡赤斤三家大贵族。

合鲁丁家族的主人胖大的身体跨坐在一匹火红色的骏马上，眯着眼睛看向西面，缓缓地喝着热茶。他喜欢这种东陆来的饮料，产地在宛州的山中，据说那里终年都被云雾笼罩，所产的茶叶投入热水中会散发出雾一样的蒸气。从遥远的东陆运到这里，每一片茶叶的价格是等重的白银，但价格对于合鲁丁家族的主人而言并不是问题，在茫茫的雪野里裹着貂氅喝这种茶让他感觉到一份尊贵和惬意，就像那些东陆贵族一样。

他看向自己的左右，茫茫的骑兵海，看不到尽头。当这些骑兵冲锋时，他们会汇聚成摧毁一切的铁流，但是现在这股令人敬畏的力量被牢牢地压制在这里。合鲁丁家族的主人满意于自己的命令得到了完美的服从，他的命令是任何一个人一匹马不得超过前面那个持旗的武士。

前方的风卷着战场的咆哮和哀号而来，风里有着浓重的血腥味。

合鲁丁家族的主人厌恶地皱眉，这血腥气污染了茶的清香，他把昂贵的瓷杯带着剩下的半杯茶一起扔进雪地里。他马后煮茶的奴隶急忙上前把杯子捡了回来，紧紧地抱在胸前。

“不要了。”合鲁丁家族的主人摆了摆手。

他转头看向自己背后的百夫长，“前面的战况怎么样了？”

“还没有分出胜负，不过朔北部的大队还在过河，木犁没有支援，坚持不了太久。”百夫长说。

“脱克勒和斡赤斤的骑兵还都没有行动？”

“没有，刚才尊贵的脱克勒家族主人派来一个使者，问我们是否会进击，我回答说我们还在等待最好的战机。”

合鲁丁家族的主人冷冷地哼了一声，“他们想让我们的武士为他们开通向胜利的路么？九王、木亥阳和铁晋的骑兵呢？”

“也都没有行动。”

合鲁丁家族的主人沉吟了一会儿，冷笑，“会有的，会有人忍不住，这些年轻人要跟我比耐心么？我很乐意跟他们比一比。我要一炉新的茶，水要再热一点，这个该死的鬼天气，那个老奴隶为什么要选这个时候？”

一万六千名虎豹骑簇拥着一个人，“青阳之弓”吕豹隐·厄鲁·帕苏尔按着剑柄向西眺望，铁青色的脸上带着淡淡的笑。

“再说一遍，尊贵的合鲁丁家族主人是如何说的？”他淡淡地说。

“会有的，会有人忍不住，这些年轻人要跟我比耐心么？我很乐意跟他们比一比。我要一炉新的茶，水要再热一点，这个该死的鬼天气，那个老奴隶为什么要选这个时候？”跪在他马后的年轻人用惟妙惟肖的语调说，他记性很好，一个字都没有差错。他的牛皮铠甲肩上烙印着合鲁丁家族的狰图腾。

九王又笑了，“合鲁丁家族的主人对茶很有品位，对战场的判断也令人赞叹。是啊，他说得没错，会有人忍不住的。年轻人总是少一点耐心。”

他忽地收起了笑容，挥手指向天空，“传我的令！”

一名武士从他背后闪出，“是！”

“让武士们原地活动一下，好好休息，这么大的雪，不要冻伤了手脚。虎豹骑是青阳的骄傲，我不希望他们任何一个人有不必要的损伤。”

“是！”武士接到命令，翻身上马而去。

九王看了那个跪在他背后的年轻人一眼，“就这样，赶快回到你尊贵的叔叔身边去吧，别让他怀疑你什么。老人家年纪大了，总是多疑的。”

“领九王的令！”年轻人站起身来，跳上一匹战马，向着合鲁丁家族骑兵大队的方向而去。

“这么冷的天，我也想喝点茶啊。”九王看着年轻人的背影，淡淡地说，手上却无声地握紧了剑柄。

他的身边，一万六千名武士松懈下去，活动四肢，搓着手在原地踏雪，原本绷紧的空气松动了，然而每个人都带着一点点困惑的神情。武士们不知道为何得到这样的命令，他们隐隐听到西面传来的喊杀声，那风仿佛来自地狱。

铁晋·巴赫·莫速尔的儿子匝儿花·莫速尔从侧面盯着父亲的脸，揣摩着他的神情变化。然而他什么都看不到，铁晋紧绷的脸上没有一丝表情，这个矮小精悍的男人始终是这样，一张脸仿佛一块锻打出来的生铁般坚硬，匝儿花甚至觉得父亲的脸上没有丝毫温度，因为雪花已经在他浓重的眉毛上堆积起来。

斥候飞马而来，“木犁将军亲自在前线作战，已经阻挡了朔北部骑兵大队的推进！我军三千步兵，一千鬼弓，敌军大约骑兵三万人，已经渡河一万人，后面的仍在渡河！”

“敌人的阵形是什么？”铁晋低声问。

“敌人阵形分散，前军一万人正和木犁将军的本队混战，后军担心冰面开裂，渡河很慢，前军和后军已经断开。”

“三千人，就算有不花剌的鬼弓支援，也撑不了太久。”铁晋沉思了片刻，缓缓拔出长刀，“全军轻装！突袭！绕到敌军背后，和木犁将军两面夹击，我们要用最快的速度吃掉朔北部前军的一万人，要快！否则敌军大队渡河成功，我们又会被两面夹击！”

“敌军大队正在渡河，如果我们改为在河岸阻击，敌军损失会更重。”匝儿花说。

铁晋摇头，“先汇合木犁将军，靠着勇气和一时的侥幸支撑，木犁将军无法支撑很久。”

“父亲，如果我们不能快速吃掉敌人前军，而被腹背夹击，我们可能全军覆灭。莫速尔家的全部精锐都在这里，木亥阳、九王和几个大家族的家主都没动，我们真要先动么？”匝儿花犹豫了一下，靠近父亲耳边。

“总要有人先动。”铁晋淡淡地说，“有些贵族觉得他们不必在这个时候冒险救援，那是他们的事情。”

“又有哪个贵族真的愿意耗费自己的兵力去救一个老奴隶？”匝儿花低下头说。

“你说得对，我的儿子，木犁将军以前是一个奴隶。”铁晋点了点头，“可如果一个奴隶靠着三千个徒步的人能够挡住敌人的万人大队，我们这些被称作贵族的人，带着一万刀盔完整的骑兵，又有什么理由站在后面观望呢？”

“父亲……”匝儿花抬起头，从那淡淡的话里，他能感觉到自己的私心让父亲失望了。

“匝儿花，等到有一天你独自带兵打仗，你就会明白我的做法。在战场上，你总要相信些什么人，那是你的勇气，令你陷入绝境仍能挥刀死战。”铁晋拍了拍儿子的肩膀，“木犁在等我，我知道。”

静候在雪地中的骑兵大队中，忽地有一队全军上马，六支骑兵都被惊动了，那支骑兵迅速地整顿队伍之后，把马鞍上的粮食和杂物抛进雪地里，一万人整齐地拔出马刀。他们每个人只带一匹马、一柄刀、一张弓、一袋箭，带马冲入了浓密的风雪里。他们原先驻扎的地方，只剩下散乱的脚印蹄印和各色杂物。

“是莫速尔家的骑兵出动了！”斥候飞马进入虎豹骑的大阵中央，跪在九王马前。

“木犁没有错信铁晋啊，”九王淡淡地笑，挥挥手，“知道了，就这样。”

朔北部的骑兵正高速渡过结了坚冰的台纳勒河。可那些雄骏的薛灵哥种战马没有机会全速奔驰，它们一踏上台纳勒河东岸的土地，立刻被阻挡。

刚渡河的朔北武士们提着战刀，浑身的热血有如沸腾，期待着进入地狱般的杀人场，可他们立刻发现自己面前是上万匹战马拥在一起，马头和马臀相接，互相挤压。他们根本没有机会上前，前面的人还不断地后退。

仅有三千人，可这些青阳奴隶武士如同三千枚扎在阵地里的铁钉，钉死了朔北铁骑的马脚。

真正投入作战的仅有最前方两三千名朔北武士，他们吼叫着驱策战马、挥舞战刀，试图把雪窠子里跳出来的那些可恶的奴隶杀死。他们原本拥有远超过“孛斡勒”的铠甲和神骏的薛灵哥种战马，步战的武士在他们眼里是一脚可以踩死的蝼蚁。但正是这些蝼蚁，在他们战马的前后左右高速地闪动，在逼近的瞬间挥舞战刀，要么斩断马腿，要么斩断人腿，每一个都凶猛如豺狗，飘忽如鬼魅。朔北武士们焦躁而愤怒的挥砍多数都落空了，他们最初的骄傲渐渐变成了恐惧，他们有种强烈的感觉，世界颠倒了，他们原来是猎人，但如今变成了猎物！

更可怕的是那些漆黑的羽箭，从两翼不断地投射过来，几乎每一枚箭都准确地命中了什么，要么是马的脖子，要么是人的胸口。朔北部武士也会在马上放箭，他们中不乏一些能射落大雕的好射手，可是高速骑行的时候，剧烈起伏的马背会让所有弓箭都失去准头，这时候武士们只能拉满弓向前发射，只求投出去的箭矢密集有力。可是对于那群黑衣的射手而言，每一枚羽箭都是宝贵的，他们亲手削制这些弓箭，制箭的时候向盘鞑天神祝福，愿风的力量被加持于这些箭上。这些箭，每一枚都是用来品尝敌人血液的。

一千名黑衣射手分为了两队，踏着雪尘高速奔驰而来，他们的队形是一线长弧，仿佛一柄斩向朔北军侧翼的长刀。朔北武士们尚未明白过来的时候，他们在颠簸的马背上张弓搭箭，五百支漆黑的羽箭差不多是同时离弦，这一波箭雨中上百人落马。当后面的朔北武士举起蒙着牛皮的小盾试图抵挡时，黑衣射手们把弓指向了天空，这一次他们的箭是射向天空的，更高、也更远，走了一道巨大的弧线后向着朔北军中央坠落，又是上百人落马。那些黑羽箭覆盖的范围异常集中，不过直径五十步的一个圈子里，可箭的密度之高，没有任何人能幸免。

当朔北部的精锐试图出阵劫杀对方的骑射手时，这些骑射手已经鞭策战马在雪地中走出一条大弧，从两侧迅速地脱离了战场，只把飞扬的雪尘留给朔北武士们。

不多时，这些黑衣射手便再次出现在两翼，又一次把致命的箭投射过来。他们的袭扰比正面那些凶猛如野兽的奴隶武士更加危险，更多的朔北武士们没有死于弯刀，而是死于弓箭。

“鬼弓！鬼弓！”百夫长嘶声咆哮着，“举起盾牌！所有人！举起盾牌！”

他回忆起青阳还有这支秘密的军队，他没有想到这支军队会在开战之初就被投入战场，更没有想到这些射落大雕的箭具有何等强大的力量。他自己刚从马鞍上摘下盾牌，一枚黑色的羽箭已经迎面而来，他敏捷地提高盾牌掩护自己的咽喉。只听见低微的闷响，仿佛朽木被利器洞穿，随即他感觉到喉咙间灼烧般的痛，鲜血模糊了他的视线，他向着雪地栽落。

箭洞穿了他的盾牌和喉咙，狼牙制成的箭镞从他后颈露出一个指节长的锐锋。

更多的人落马，浩瀚的雪原上，鬼弓在两翼组成的长刀阵形对陷入混乱的朔北大军反复斩击。

不花剌把弯刀插在雪地里，倚着刀柄喘息，两侧的奴隶武士立刻补上掩护了他的空当。不花剌大口地吸气，剧烈地咳嗽，他是鬼弓的领袖，不想在这个关键时刻休息，不知道多少奴隶武士已经被马蹄踩进了雪地深处，他向着任何方向走一步都会踩到敌人或是同伴的尸体，他在心里对自己大喊说现在只需要作战，不能休息，绝不能休息！可是他不得不承认在近身格斗上，他远远不如这些由木犁亲手训练的奴隶武士。这些年轻人仿佛不知疼痛也不知畏惧，同伴倒下了他们不去救护，只是扑向下一个敌人；自己受伤了他们也不哀号，不花剌亲眼看见一个被砍断了胳膊的年轻奴隶带着血花扑倒在雪地里，随即他狠狠地含住一口雪，同时解下自己腰间的牛皮带子把断臂缠起来以免失血。他含着那口雪再次站了起来，像一只沉默的豹子那样扑向了下一名敌人，他又砍落了两个朔北骑兵，直到他被一杆枪洞穿胸口，他才把那口雪和着鲜血吐向空中，无力地倒在雪地里。

不花刺低下头，看着自己那柄弯刀的刀口已经崩得满是缺口，他想那些年轻的奴隶武士其实也和他一样，体力即将耗竭，战刀近乎崩碎。他们这样的战术是豁出性命的战术，现在他们占据了上风，但是他们的生命力即将耗尽，那时候被压在后面的大队骑兵冲过来，会在一瞬间吞没这支脆弱的步兵。

还有多少朔北武士？还能坚持着挥刀多久？高傲的青阳骑兵会不会来救这些濒临死亡的奴隶？这些杂乱无章的思绪让不花刺浑身没来由地哆嗦了一下。他猛地抬起头，看见一柄长刀从上方直劈下来，带着鬼泣般的啸声。他右侧那个奴隶武士上前一步，横刀架住了那柄刀，但是两刀相交，奴隶武士的弯刀微微一震，崩断了。朔北武士提起战马，随着战马马蹄落下，他借力再斩，一刀把那个奴隶武士的头颅从中央劈成两片。

野兽般的狂嚎和暴怒笼罩了不花刺的内心，他猛抓起一把雪含在嘴里，迎着刀锋前扑。那柄刀斩到他肩头的瞬间，他扬手抓住了那个朔北武士的手腕，锁住了那柄长刀，随即他破损的弯刀在空中划过肃杀的弧线，把那只握刀的手砍了下来。不花刺再踏进一步，全力把弯刀贯穿朔北武士的小腹。

他回头看了那个倒在雪地里的奴隶武士，看着他年轻的脸裂成两半，睁大的双眼里再没有一丝生命的气息。他仅有时间看一眼，他的背后如潮的朔北武士们再次扑到，他竭力想靠着这一瞬间记住那个奴隶武士的相貌，但他明白这是一种妄想。他默默地笑笑，忽地转身，扑向前方，他冲上去，和那些奴隶们并肩挥刀，并肩吼叫。

他感觉不到疲倦了，也感觉不到肩上伤口的痛楚，他分不清身上的血到底是自己的还是敌人的，他不再想什么时候这支军队的力量会耗尽，他想这就是这些奴隶武士的生存法则，只要活着，就继续挥刀。和父亲曾教导他的一模一样，不花刺甚至觉得喜悦。他知道这些奴隶武士们为什么不救助伤者了，因为他们的生命是一体的，就像刚才那个奴隶武士用自己的命换了不花刺的命，不为什么原因，只是为了保存最大的力量去砍杀敌人。

只要最后一个人还活在战场上，这支军队就没有死。

有人紧紧抓住了他的肩膀，不花刺刚要转身挣脱，看见了木犁半边蒙着鲜血的脸。

“不要再突前了，铁晋的骑兵正在接近我们，他们到的时候，我们向两侧散开，让铁晋正面冲一下敌人。”木犁说。

“铁晋来了么？”不花刺的杀气稍稍平复，感觉到身体里的全部力量都被抽干了，几乎就要软软地坐下去。

木犁抖了抖狼锋刀上的血，“贵族里我相信铁晋·巴赫·莫速尔。”

最前面的奴隶武士中忽然出现了波动，他们原本压迫着朔北骑兵不断地后退，但是这强烈的攻势一时间被遏制了。几乎是在同时，不花刺听见了低沉的吼叫，就像是远处山巅的闷雷。

不花刺立刻看向吼声传来的方向。木犁矮小，目光不能越过众人的头顶，旁边的奴隶武士立刻蹲下，让木犁登上他的肩膀。两个人同时抽了一口冷气，同时前面的奴隶武士开始向后缓缓地撤退，他们对面的大队朔北骑兵并不追击，而是缓缓地散开，让出了一条巨大的通道。

一头咆哮的巨兽出现在朔北部的骑兵大队中，它足有三人高，浑身包裹在棕色的牛皮和黑色的铁钉组成的甲胄中，头上六枚磨得发亮的刺角，尖端也都用生铁包裹起来，一个巨大的铁面整个罩住了它的头部，只露出红得如火炭的双眼。它被铁链束缚着，十二个精壮的朔北武士向着各个方向拉扯这些铁链，令它不至于失去控制。可这野兽显然已经兴奋起来了，拼命地甩头，四蹄踏地，身体剧烈前倾。

“后撤！后撤！”木犁举刀，大声下令。

奴隶武士们加速后撤。几乎是同时，十二个朔北武士放开了铁链，那头野兽终于摆脱了枷锁，狂吼了一声，低下头，六枚尖角向前，向着奴隶武士们狂奔而来。朔北武士们全体后撤，只有一名负责拉住铁链的武士没能及时闪开，被一截铁链卷住了腿，在雪地里拖了几十步才自己挣脱出来，带着满身冰雪，掉头往回奔跑。

这头野兽的出现，让在场的所有人所有战马都显得渺小细弱，它奔行起来如同一架满是铁刺的巨型战车，震动着大地，雪尘扬起到两人的高度。不花剌很快意识到这危险远比他想的更大，那野兽奔跑的速度胜于骏马，大约万斤的体重会把任何和它正面相撞的人拍成肉泥，何况还有那些如同长枪的角和甲胄上两尺长的铁刺。

“是‘战锤’，发疯的‘战锤’。”木犁低声说，

“战锤！”不花剌低声重复了这个名字，深深吸气。

这是个传说中的名字，在整个蛮族对抗东陆风炎皇帝的战争中，朔北部和青阳部还是朋友的时候，朔北部曾从北方送来这种巨大的六角牦牛作为援军。它们和殇州夸父驯化来骑乘的六角牦牛同宗，但是朔北的牧人们并不想让它们变成温顺的坐骑，他们挑起野兽天性中凶悍的一面，令它们为了求偶互相残杀，选择最好斗的幼崽养大，用铁枷紧锁它们的脖子，又用带铁刺的鞭子抽打它。被这样养大的六角牦牛是凶猛的魔鬼，闻见血的气息会像食肉的猛兽那样兴奋，它们被送到最危险的战场上，为骑兵冲开一条血路。

木犁和不花剌也立刻后撤。

人无法和战锤比速度，这头凶兽很快追上了撤退中的奴隶武士。闪电般的速度使得它轻易地用尖角挑起了几名奴隶武士，这些年轻人的胸口被碗口粗的角刺穿，仿佛战利品一样挂在上面。几名奴隶武士向着两侧散开，在奔跑中忽地停顿，向后翻滚，同时贴地挥刀。他们试图用这种对付战马的方法来对付战锤，但是出乎他们的意料，弯刀砍在战锤的腿上，根本不能破入，这头野兽的腿被一层坚韧的黑色角质覆盖到膝盖。勇敢的年轻人随即被战锤的蹄子踩成了一摊无法分辨的血肉。

战锤全然不受阻拦，在奴隶武士中肆意地穿梭，它因狂奔而越发兴奋，狂吼着昂起头来，鲜血沿着它的角滴落到铁面上，这新鲜的血腥气让它疯狂。

“引它到雪窠里去！”木犁下令。

被战锤追逐的奴隶武士们立刻向着最大的雪窠奔跑，临近雪窠的时候，他们向着左右分散。战锤无法分辨被积雪掩盖的雪窠，它被自己巨大的力量推动着前进，忽地踩空，陷入了两人深的雪窠中，只露出巨大的黑色背脊。它暴烈地挣扎着，却找不到地方爬上来。

“杀了它！”木犁再次下令。

不花剌和奴隶武士们一起奔向那个雪窠，他距离那个蒙着甲胄的黑背还有十步的时候，听见了震耳欲聋的吼叫。仿佛火山喷发一般，整个雪窠里的积雪向着天空飞起，那头凶兽用尽全力跃了起来，发疯般摆头，把挂在尖角上的那些尸体抛向天空。大片的冰雪塌陷，靠近战锤的十几个奴隶武士全部被卷入了雪窠里，随即落下的雪块砸在他们的身上。那头凶兽再次落入雪窠中，吼叫着，肆意践踏着，充满了虐杀的喜悦，把人的血肉和冰雪一起踩成血泥。

木犁拖着不花剌，一边后退，一边扭头去看不远处的雪窠中，他亲手训练出的年轻人们正在哀号，那头野兽快意昂首刨蹄，浑身溅满了那些年轻人的血浆。他紧咬着牙齿，颌骨处的肌肉凸起刀锋般的一条，眼角微微跳动。

“不能留下那东西，”木犁停下脚步，“否则它还会挡住铁晋的路！”

“交给我。”不花剌把腰刀插在后腰里，拔出了负在背后的硬弓，试了试弦。新的弓会略略影响他的准头，不过这不是问题，他是“鬼弓神箭”不花剌，他可以在百步外以一箭同时洞穿一头狼的两只眼睛。

“所有鬼弓跟我来！射瞎它的眼睛！”不花剌从一名鬼弓那里牵过一匹战马，翻身上马。

二十名鬼弓武士立刻向他靠近，这里仅有这二十名鬼弓，刚带着战马从后面增援上来。

“你的弓箭不管用，即使你射瞎了它的眼睛，凭着气味它还会在我们的阵地上横冲直撞。”木犁拉住了不花刺那匹战马的挽具，“必须杀死它！”

他向着身后挥手，一名奴隶武士带着透骨龙走到木犁的身边。此时战锤再次跃出了雪窠，向着四面散开的奴隶武士们冲去。木犁望着它的背影，默默地把一柄又一柄的刀插入透骨龙马鞍上的刀袋，他还剩下四柄刀，他用力地握了每一柄刀的刀柄，随即翻身上马。

不花刺策马挡在木犁前面，“木犁将军是大君钦点的领军大将，你如果有损，会影响全军的士气。如果要冲锋陷阵，可以由我这样的年轻人去！”

“年轻人，你要学会战场的规则。即使你将来指挥十万铁骑兵，仍有些时候，你得自己握紧刀柄杀出一条路！你是领军的大将，所以这件事只能由你亲手来做！”木犁低声说，以眼神令不花刺退后。

“投矛！”木犁对着后面的奴隶武士们呼喊。

大约一百个奴隶武士立刻向着他靠拢，拔下插在背后的投矛扔在雪地里，这些矛用轻木制成，前面有一枚一尺半长的铁刺，是简单而有力的武器。

“我需要你们中的九个人！”木犁对着那些奴隶武士说。

奴隶武士们互相对视，很短的时间里，他们用眼神决定了他们中最精于投矛的九个人。这九个人走出了队伍，后面立刻有人牵了战马上来。不用木犁下更多的命令，九个奴隶武士每人取了十支投矛，翻身上马，最后十支投矛被木犁从马鞍上翻身捞在手里。

“毒药。”木犁说。

剩下的奴隶武士从鹿皮鞋的侧面摸出了黄铜的细筒，其中一人摘下头盔扔在雪地里。奴隶武士们把这些细筒打开，把里面青绿色的粉末倾倒在头盔中，而后十几个人走近头盔，出乎不花刺的预料，他们解开了腰带向着头盔中撒尿。尿液融化了那些粉末，变成令人不安的青绿色，木犁和骑马的九名奴隶武士都把投矛的铁刺浸泡在里面，当他们把矛头提出来，铁刺表面已经被严重地腐蚀了，蒙上了一层青绿色的锈斑。

十个人举起投矛在空中碰撞，青绿色的液体滴落在皑皑白雪中。而后他们一同策马，奔向了战锤。战锤似乎意识到危险正从它的背后逼近，它在狂奔中猛地停下，四蹄分开稳稳地站住，火炭般的眼睛看着向它逼近的十匹马。木犁率领的十个人在距离它只剩下十步的时候忽地分开驰向两侧，在战锤摆动头部不知该注意哪一侧的敌人时，十个人同时向它掷出了投矛。那些投矛瞄准的都是它的眼睛，那是它最大的弱点，战锤摆动头部，试图以尖角拨开那些投矛，但是仍有一些投矛命中了它的铁面罩，发出轰然的巨响。

第二轮的十支投矛再次被投向了战锤，这一次瞄准的是它防御薄弱的颈部。那里仅仅被牛皮和铁钉的甲胄覆盖，只要能够伤到它颈部的血管，铁刺上的毒药就会进入它的心脏。战锤全力扭动身体，绝大多数的投矛只是刺穿甲胄浅浅地划破了它的表皮，然后立刻被甩开了，仅有一支嵌在它身体里没有脱落。

战锤狂怒地嚎叫起来，似乎那毒药强烈到使它剧痛了。它猛地前突一步，最后一名奴隶武士未能从它的身边逃离，被撞得连人带马翻倒在雪地中，立刻停止了呼吸。

不花刺心里一沉，他知道木犁已经错过了最好的机会，当战锤知道那淬毒的投矛有多么危险之后，它会更加警觉。

木犁带着他的子弟兵们掉头回来，再次向着战锤掷出投矛。这些精选出来的奴隶武士不愧是使用投矛的好手，他们两腿夹紧了马鞍，完全松开缰绳，双手交替投掷，不花刺听说过这种来自东陆的投掷方法，这样同样的人数就可以一次掷出双倍数量的投矛，是步兵对付大队骑兵的好办法。战锤畏惧密集的投矛，不断地摆动身体来把命中它的投矛弹开，它的皮肤本身也如鞣制过的老牛皮一样坚韧，只有正面刺入的投矛才能穿透。这一轮更多的投矛命中了战锤的颈部，毒液进入了这头凶兽的血液里，但是并未使它虚弱，反而更加疯狂。它沉重地喘息着，黑色的铁面下，双眼紧紧盯着木犁所带的十匹马，这些战马在雪地里兜了一个大圈，第三次向它靠近。

不花剌看见战锤忽然前蹄离地，在地面上重重地顿了一下，雪尘扬起一直到它的腹部。他打了个哆嗦，觉察到战锤的用意，那一刻，这头凶兽的眼睛里闪过凶暴至极的光焰，那是野兽对准猎物出击前才有的眼神。

“退后！”不花剌大吼。

已经来不及了，木犁带领奴隶武士们从战锤身后逼近，再次掷出了投矛。战锤没有再闪避，它承受了这一轮攻击，发出一声震耳欲聋的吼叫，前蹄腾空，人立起来。这时候它足有五个人的高度，仅靠着两条有力的后腿支撑，对于处在它正下方的木犁而言，战锤遮蔽了整片天空。

战锤向前扑去，压上全身重量，两只前蹄猛地踏地，鼻孔中冲出两条白色的气柱。就像是一场地震，周围的人隐约觉得地面也发出近乎碎裂的声音，周围数十步内，大片的积雪被震飞起来，把战锤自己也遮蔽了。木犁的队伍立刻被雪吞没了，对于在战锤身边的几个人，眼前所见仿佛一场雪崩。不花剌只能看见最靠外的一名奴隶武士从马背上跌落，那匹矫健的战马被震得离地飞起，斜斜地落地，折断了腿骨。而距离战锤更近的人，受到的冲击只会更大。战锤再次使用了在雪窠里的战术，在雪尘还未落下之前，它跳跃着，四蹄在周围高速践踏。

“跟我上！”不花剌大吼，带着二十名鬼弓冲向战锤。

战锤的身体忽然歪斜了一下，它有力的跳跃被什么东西压住了似的，这东西不甘地嚎叫起来。雪尘渐渐落下，露出了下面的人，是那些落马的奴隶武士。这些年轻人中至少有七人幸存下来，他们拉住了战锤身上垂下的铁链，朔北武士就是用这些铁链来控制战锤的。七个人合力把战锤拉得在原地打转，铁链绷得笔直，似乎随时会断裂。战锤疯狂地摆动头部，但是那些危险的尖角都无法顶到奴隶武士们，这些铁链的长度原本就是计算过的。

一个瘦小的人影忽然从战锤面前的雪地里蹿出，他提着一根投矛，在雪地里狂奔，正面逼近战锤。那是木犁，他迎着战锤的尖角扑上。战锤立刻低下头迎击这个敌人。木犁没有掷出投矛，他在尖角下贴地滚身，闪到了战锤的腹下。六角牦牛腹部是大片的毛，长达十数尺，一直拖到雪里，仿佛一大片黑色的树藤，木犁的身影立刻被那些毛遮掩了。六角牦牛低头看向自己的腹下，忽然，它长长地哀嚎了一声，奋尽全力挣扎，七个奴隶武士拉不住铁链，滚倒在雪里。六角牦牛昂起头，长角对着天空，不花剌这才发现它的左眼被一根投矛刺穿，足有半支投矛深入它的眼珠里，给了这个东西近乎致命的一击。那不是靠投掷的力量，木犁是在六角牦牛低头的时候，借着长毛的遮掩，把那支投矛当作长枪刺了进去。

战锤发疯般旋转身体，它带着那些铁链飞旋起来，来不及伏下的奴隶武士都被铁链击中。那些铁链重达数百斤，不花剌清楚地看见一个向前奔跑的奴隶武士被后面袭来的铁链击中，那个瞬间他的身体就像是一根被拦腰劈断的树那样折断。他倒在了雪地里，再也没有爬起来。

“放箭！”不花剌大吼。

二十枚黑羽箭同时射向了战锤的眼睛，但是被战锤摆动头部避过了，仅仅命中了它的铁面，就像木犁所说的，这对它完全不构成伤害，甚至算不上是挠痒。又一轮二十枚黑羽箭射向它的颈部，但是弓箭并不能洞穿它的甲胄和皮肤，只是令它越发狂怒。战锤向着他们直冲过来，措手不及的鬼弓武士们没有来得及避开，战锤冲入他们的队列中，再次旋转身体。铁链如巨鞭那样抽打在鬼弓们的战马身上，把人和马的骨骼一起打碎成粉末。不花剌在自己的马被击中前的一瞬间从马背上跳了起来，伏地滚身，避过了铁链。他回头，看见雪尘中跟随他的人都已经倒下。

他距离战锤只有不到十步，他已经忘记了后退这件事。他爬起来向着战锤奔跑，一边奔跑一边发箭。战锤背对着他，没有转身，而是猛地卧地，试图用身体把这个敌人活活压死。不花剌狂奔到战锤身边的时候，那个上万斤的身体仿佛巨石一样砸在他面前，带着令人窒息的臭味。不花剌往后跳了一步，仰头才发觉自己仿佛面对一堵接天的墙，刚才射出的那些箭只不过刺进了牛皮甲胄里，完全没有对战锤造成伤害。从没有这样的敌人，让他觉得自己如此渺小。不花剌又抓了一口雪含在嘴里，寒冷无法令他的血冷却，他从后腰拔出弯刀，抓住了战锤甲胄缝隙里露出的长毛，反手持刀扎在缝隙里。

他的刀尖扎入战锤的身体，仿佛在戳几十层叠在一起的老牛皮。他还要继续加力，战锤痛得站立起来。不花剌一手扯着战锤的长毛，一手握紧刀柄，被带得腾空。他脑海里一片空白，手上握不住，被甩到两三个人的高度。落下的瞬间他拧转身体，踩在弯刀的刀背上，弯刀脱离战锤的身体下坠，不花剌攀上了战锤的后背。战锤喉咙里滚动着雷鸣般的吼声，毒药让它的血液加速流动，双眼渐渐变得血红，剧烈的痛楚让它完全疯狂，它环顾四周的人类，后蹄发力，像是一枚离开投石机的石弹，冲向了距离它最近的一群奴隶武士。

不花剌手腕翻转，把战锤的长毛在自己手上缠了几圈，紧紧地贴在它的背上。他被颠得五脏六腑都要移位，而周围都是战锤背甲上的铁刺，他不敢移动，他的脚腕已经在一枚铁刺上磨得鲜血淋漓。他挣扎着甩脱了那只被扎在铁刺上的靴子，双脚摸索着，光着的脚忽地一凉。他踏到了战锤背甲上用于固定铁链的两枚铁环，他把脚伸进去踩实了，缓缓地站了起来。他的双手自由了，立刻伸到背后去摸弯刀，这才想起刚才弯刀已经失落了。他抬头看向前方，大吼，“投矛！给我投矛！”

战锤冲入奴隶武士们中，愤怒地摆头，铁枪般的尖角把一些人横扫出去，另一些则直接被挂在尖角上。更可怕的是战锤的铁蹄和铁链，战锤旋转身体，铁链把身边十几步内的人都打倒，它挨个地践踏那些尸体，发泄着愤怒。有些奴隶武士试图靠近不花剌把自己的投矛扔给他，不花剌努力探出身体去接，却没有抓中任何一支，而那些靠近的奴隶武士一个个被铁链打倒，再被踩成血水。

不花刺看着那些奴隶武士一个个倒下，被践踏。那些年轻人，他们骨骼碎裂，鲜血横流，他们死在这里了，作为一个卑贱而勇敢的奴隶，很少有人会记得他们的名字，即便这场战争青阳获得最后的胜利。不花刺觉得自己的浑身都在疼痛，仿佛被践踏，仿佛被抽打。他想起木犁的话来，如此真切地感到他的同伴正在死去，他那些卑贱而勇敢的奴隶同伴正在死去。

这些是他的“同伴”。

他再次想到了他死去的战马哈察儿，它的尸体在一里外的台纳勒河边的雪下，冻得僵硬。它没能看到这一幕，看到自己的主人不用弓箭，而是用腰刀一个一个地把敌人送进地狱深处；看到飞溅的鲜血里，仇恨和死人的灵魂一起升入天空，化成沉重的、铅色的云。

巨大的愤怒像是蛇毒一样在咬噬不花刺的心，从未有过的感觉包围了他，他忍不住要怒吼，让这匹凶兽在他的吼声中化为灰烬。

他站在靠近战锤颈部的位置，从背上摘下弓，右手拔箭，三箭同时上弦，对准甲胄的缝隙发射。他从未在如此近的距离上射箭，每一支箭都是最大的力量，足足没入战锤的皮肤一尺。战锤再次感受到痛楚，狂吼着开始了新一轮的冲刺，一边冲刺，一边摆动身体，试图把不花刺从背上甩下来。不花刺再次拔箭，仍是三支，对准同一个地方发射。他是射速最快的鬼弓，他还有大概四十枚羽箭，他心里强烈至极的念头是要把这东西射成筛子！

不知多少箭没入了战锤的身体，密集的箭伤加上急速地奔驰，让这头凶兽的伤口也裂开，露出血红的肌肉。不花刺再次伸手向背后，这才惊觉已经没有箭了。焦急和愤怒让他几乎要吼起来，他的面前成排的奴隶武士倒下，他仍旧未能杀死战锤。他踩住铁环，跪在战锤的背上想要拔起那些箭再射。

“不花刺将军！”有人大喊他的名字。

不花刺抬起头，他如此清晰和真切地看见战锤的尖角刺入了一个奴隶武士的胸膛，把他挑到半空中。不花刺看见那张黝黑的脸和被鲜血沾染的雪白的牙齿，他记得那个奴隶武士，埋伏战之前，这个年轻人曾把一个装酒的陶罐抛给他。年轻人用尽最后的力气，把手中的两样东西抛向不花刺，一个黄铜质地的筒、一根粗制的投矛。

战锤摆头把那个年轻人的尸体远远地抛了出去，鲜血在飘着细雪的空气中泼洒出绚丽的色彩，就像是东陆人喜欢在白色的绢上泼洒丹青来绘画，美丽、空旷，又悲凉。

不花刺看着年轻人的尸体落地。他拧开了黄铜筒子，狠狠地插进战锤的伤口里，毒粉散逸出来，几乎令他窒息。他吐出了嘴里含着的那口雪水，握紧投矛全力扎在战锤的背上。

“杀了你这个畜生！”他极尽凶狠地咆哮着。

投矛一再起落，带起浓腥的血，战锤哀嚎着狂奔，不花刺像是趴在它背后疯狂吸血的一只牛虻，一只愤怒的牛虻，它要用自己尖利而细小的嘴杀死这头巨大的牦牛。不花刺的胳膊已经失去了知觉，可他仍在不停地扎刺，那只胳膊似乎已经脱离了他的身体，变成了投矛的一部分。

战锤的身体忽地倾斜，不花刺没有防备，失去了平衡。他再抓不住，随着战锤一起滚在大片的积雪里。他的脑袋里一片空白，直到一匹马从他身边驰过，马背上的人弯腰把他拎上了马鞍。

“战锤……”他略略想了起来，也认出了那个人，那是木犁，他正在透骨龙的背上。

“死了。”木犁说，回头看一眼。

他随即向着四周大吼，“分开！分开！骑兵大队就要来了！”

“是莫速尔家的骑兵大队？他们到了？”不花刺一边问一边扭头去看，雪地里战锤巨大的尸体仿佛一座小山那样卧在冰雪中。他哆嗦了一下，不敢相信是自己杀死了那么一头巨大的猛兽，刚才的一切仿佛是做梦，只剩下脑海里漂浮的那股血腥气还在。

“没有见过你这样的贵族。”木犁说。

“我只是一个猎人。”不花剌嘶哑地回答，他这才发现在刺杀战锤的时候，喉咙已经因为咆哮而完全哑掉了。

“在贵族里我信铁晋·巴赫·莫速尔，还有你！”木犁说。

铁蹄声在身后如狂风般过去，不花剌回头，看见莫速尔家的铁骑兵前锋在高速驰行中，仰天投出了箭雨，对面的朔北骑兵也是在同时进入了射程，同时投出了箭雨，双方箭雨密集得足以在半空中相撞。这是草原上最震撼也最惨烈的骑兵冲锋战，一个男儿的荣耀就是鞭策战马昂然迎着敌人的箭雨奔驰。

避过第一阵箭雨的骑兵们一齐拔出了马鞍上的刀，刀声凛冽，喊杀声入云。至此埋伏战已经结束，双方的主力骑兵彻底接管了战场。

三

台纳勒河以西，雪谷中央，楼炎把最后一颗骷髅放在了骷髅塔的顶部。他的左右各一座苍红色的骷髅塔，上千颗骷髅用它们漆黑的眼眶瞪视着楼炎。这个老人手里不停，默默地把一块又一块铁牌从铁链上摘下来，用一根铁线拧成的细绳穿在一起。

“黄金王”呼都鲁汗站在他背后，没有丝毫要动手去帮助父亲的意思。这是一件楼炎必然亲手完成的工作，擦亮每一片铁牌，在三十年后再一次默读这些狼骑兵的名字。

呼都鲁汗心里有些焦躁，他的骑兵大队已经离开了好一阵子，可还没有消息回来。按照速度推算，先锋现在已经越过了台纳勒河，和青阳部接战了。呼都鲁汗非常清楚，那个逃走的斥候并非仅仅来窥探情报，而是来引他的军队进入包围圈的。但他并不在乎自己的军队踏入这个包围圈，他派出的斥候也严密地监视着台纳勒河东岸，那里没有大队的骑兵出没，青阳部设下的埋伏最多不过几千上万人，呼都鲁汗的三万骑兵可以踏平这些小小的伏兵。

但是久久没有消息回来，这让他隐隐觉得有些不祥。

可他不敢离开父亲身边，因为父亲没有发话。没有楼炎的时候，朔北部十万勇士都效忠于呼都鲁汗，可他毕竟不是真正的狼主。如今楼炎回来了，这个老人简简单单用眼神就征服了所有的勇士，令他们拜伏下去。三十年过去了，狼主的威严没有消散，连呼都鲁汗自己都深深地敬畏着父亲。

他的敬畏，并非儿子对于父亲的，而是普通人敬畏掌握着杀戮权力的英雄。

呼都鲁汗活到三十五岁，仍然不知道父亲的心里有什么，是孤绝的勇气，是沉睡的魔鬼，或者空无一物。

青色的骏马狂奔着接近呼都鲁汗,朔北武士滚下马鞍,向着楼炎跪倒。经过一场拼尽全力的疾驰，骏马嘶吼着不肯安静下来，全身蒸腾着白色的汗气。

“接战了么？”呼都鲁汗终于按捺不住，上去抓住这名斥候的衣领。

“前军苦战！我们渡过河的两万骑兵遭到青阳部的伏击！损失巨大！”斥候喘息着。

“对方领军的是谁？是虎豹骑？”呼都鲁汗低吼。前一个问题是他迫切想要答案的，但是后一个则无须，能够对抗他的骑兵，北都城里只有虎豹骑，青阳部仗以横行草原的铁骑兵。他现在只想知道对方领军的是不是吕豹隐·厄鲁·帕苏尔，那张青阳的名弓。他心里有股火烧般的不甘，他练了十年的骑兵，竟然还是在虎豹骑面前遭遇了挫折。

“不知道对方领军的将领，也不是虎豹骑，是步兵，他们埋伏在雪地里，我们的骑兵经过的时候他们跳起来砍杀战马。前锋的战马一瞬间就损失了几百匹。”

“步兵？”呼都鲁汗抓着斥候衣领的手猛地收紧，“多少步兵？为什么不放马踩过去？”

他不敢相信这个消息，他也是长在马背上的蛮族男子，知道战马冲锋起来那股可怕的速度和力量。冲锋起来的战马就是野兽，不是人的血肉之躯能阻挡的，敢于阻挡战马冲锋的人，会有数万翻飞的铁蹄以潮涌之势把他践踏成泥。蛮族骑兵真正遭遇对手，还是七十年前风炎皇帝带来的厢车卫，那些东陆人靠着包裹铁甲的战车结成长阵才终结了烈马直冲的蛮族战术。

但他也不能不相信这个斥候，这是他最精锐的部属之一，从没有犯过错误。

“大概三四千人，他们藏身的地方都是洼地，战马受阻，强行践踏也试过，很多战马拧伤了马蹄。我们损失的马匹已经超过两千匹，后面的冲锋被马的尸体挡住了。”

“三四千人？”呼都鲁汗心里蹿起一股寒气，“为什么不下马步战？”

“下马的人来不及汇聚，被对方围杀，没有还击的机会。”

“战锤呢？放出战锤！踏平他们！”

“战锤……被杀！”

呼都鲁汗紧紧地抓着斥候的衣领，几乎把他整个人拎了起来，瞪大眼睛怒视他，像是要把他一口吞下去。他还想问什么，可是问不出来，他倾整个朔北部之兵，要以席卷之势扫平北都城，却在第一阵接战时遭遇了让人无法相信的挫败。一切的问题此时都显得可笑，他心里的怒火如果释放出来，可以把这片草原上的雪都烧融了，却偏偏束手无策。

“是‘孛斡勒’，领军的是木犁。”楼炎低低地说，仿佛自言自语。

“果然是木犁！这条老狗还活着！”呼都鲁汗缓缓地舔了舔牙齿，脸上透出一丝狰狞。

他不想流露出不安的神色，可他心里清楚，当他听见“孛斡勒”这个名字的时候，心底掠过一丝因为惊惧而起的战栗。

“孛斡勒”，这支军队居然还存在！

“孛斡勒”在蛮族古语中是“奴隶”的意思，后来则指“奴隶武士”。

在草原上，通常只有贵族和平民可以成为武士，拥有佩刀的权力。而奴隶即使被拉上战场，也不能称为“武士”，只是主人的工具而已。但是七十年前东陆风炎皇帝举国入侵时，蛮族军力不及风炎铁旅的三成，当时的大君纳戈尔轰加在母亲授意之下，恢复了据称起源于逊王的“孛斡勒”制度，大举征募奴隶成为武士。每一个奴隶武士都有权用战功赎回自己和家人的自由，他们中居功至伟者将被授予贵族的头衔，甚至赐予土地、牛羊和奴仆。这个制度震动了所有贵族，令他们惊惧不安，觉得自己高贵的血统和姓氏不再是世袭的权力保障了，那些卑贱肮脏的奴隶崽子也可以凭着战功变成和他们一样尊贵的人。但是无人敢于挑战那时候的钦达翰王，他是草原的救主，盘鞑天神派遣的使者。在那个少年的铁腕下，完全由“孛斡勒”组成的铁浮屠骑兵被迅速建立起来。

这支奴隶骑兵在对抗东陆山阵的时候，惊骇了整个草原上的人，无论是他们的敌人东陆人，还是他们背后的蛮族武士。东陆山阵重铠长枪，结阵防御时仿佛在草原上突然生出的铁棘森林，是一切蛮族骑兵的噩梦。然而奴隶骑兵借助铁浮屠铠甲，以无数死伤强行撕开了山阵的腹地。那是一场钢铁对钢铁的冲击，被蒙上眼睛的龙血马带着沉重的铠甲和奴隶们的血肉，一轮接着一轮，无畏地冲向山阵，上千斤的重量携着冲锋之力撞击在山阵铁棘上，在自己的胸口被洞穿前的瞬间，奴隶骑兵们竭力从盾牌的缝隙间刺向山阵枪兵。东陆人被这种悍不畏死的冲锋震慑了，他们甚至没有时间休整盾墙，下一波的冲锋再次到来，他们不得不用还挂着尸体的枪锋抵挡下去。那一幕的血腥令所有在场的人无法忘怀，在连续的冲击下，山阵枪兵的士气崩溃，终于有一骑铁浮屠撞开了盾墙，撕裂了缺口，那名奴隶武士在胸口被洞穿后仍然抓住一名盾牌手，用手甲上的短刃割断了他的喉咙。那个缺口把整支山阵枪兵带入了地狱，最后的铁浮屠骑兵从缺口杀入，在脆弱的山阵腹地展开了屠杀。防御崩溃的东陆人不得不直接踏入战场和蛮族军队肉搏，随后拥上的数万蛮族轻骑令战无不胜的风炎皇帝第一次尝到了挫败。

“孛斡勒”组成的铁浮屠在那一战中几乎全部阵亡，冲入山阵的“孛斡勒”被东陆武士们围在阵中剿杀，愤怒的东陆武士把这些奴隶武士砍成肉泥。大战结束后,流淌着血腥气的草原上孤零零地跪着最后一名“孛斡勒”，他能够存活只是因为他被同伴们的尸体掩盖了。

数万蛮族人看着这个濒临死亡的奴隶武士，此时，那一年十七岁的钦达翰王拖着受了箭伤的腿，踩着一具具尸体，独自前行数百步走到那个奴隶武士身边。他站在草原的中央，当着所有贵族的面，抓住最后一名“孛斡勒”的手举向天空。

他说：“从今天起，这是我的兄弟！”

从那时开始，青阳部一直有“孛斡勒”制度。大君的亲信从各家族的奴隶中选出骁勇善战的，加以最严格的训练，授予他们持刀的权力。但他们仍旧是奴隶，没有自由，鼻子上戴着刻有主人名字的铁环。直到他们的战功足以赎回他们的自由时，这个铁环才能被摘去。

对于这些奴隶武士，战斗是他们的一切，为了换得自由，他们悍不畏死。他们的战斗力和澜马部的“澜马”们并称,有人说,一个“孛斡勒”抵得上五个装备精良的武士。

但是钦达翰王之后，贵族们反对“孛斡勒”制度的声音也大了起来，之后青阳多年没有战事，也无须维持这支虎狼般的奴隶军队。所以这支军队的人数渐渐被缩减，到最后贵族们不再愿意把青壮的奴隶交出去给大君训练成“孛斡勒”，这个制度已经名存实亡。

呼都鲁汗看向楼炎，这个老人默默地继续着他的工作，这个情报完全没有令他惊动。

“世子，前锋损失巨大，请快做决定！如果再不增援，我们就要放弃台纳勒河东岸的阵地了！”斥候焦急地说。

呼都鲁汗在雪地中踱步，他在脑海中迅速地构思着前线的战况。他熟悉台纳勒河边的地形，甚至知道冰面的厚度。他并不像很多人想象的那样粗豪，心思非常缜密，他很早就猜测双方的第一场接战会发生在台纳勒河边。现在一切如他的猜测发生了，只是多了一支“孛斡勒”军队，却完全打乱了他的计划。

他下了决心，大步走到楼炎身边，“父亲，我们不能放弃台纳勒河对岸的阵地，木犁的‘孛斡勒’人数不会太多，可如果我们撤退，青阳的大队骑兵会追上来掩杀。我们应该立刻增援，击溃了木犁的‘孛斡勒’，我们将彻底摧毁青阳的斗志。”

楼炎仿佛没有听见他的话，把最后一块铁牌穿在铁绳上之后，他把铁绳两端打结。呼都鲁汗看着父亲把那串有几十斤重的铁牌挂在自己的腰间，又从地上拾起了一只扁平的铜匣子，铜匣里是三根暗红色的线香，铜匣打开的瞬间，隐约的香就弥漫在冰冷的空气中。这是呼都鲁汗遵循父亲的吩咐以重价从东陆行商那里买来的，这东西可遇不可求，是长门僧手制的名香“坚红沉水”，东陆人相信这种香可以令死者的灵魂安宁。

楼炎擦着火镰，燃着了火绒，又以火绒一一点燃线香。每一步他都做得极平静也极稳重，就像那些虔信教义的东陆僧侣，最后他把线香插在了两座骷髅塔的中央。三线香烟袅袅地弥散到空中，楼炎看着那烟缕，仿佛出神。

呼都鲁汗等不下去了，单膝跪下行礼，“如果得不到父亲的命令，就让我带兵出战，为朔北部建立功勋吧！”

他起身回头，向着周围招手，守候在周围的数百名朔北部骑兵汇聚过来。这些都是精锐中的精锐，每一个人都是百夫长，能率领一百名骑兵。呼都鲁汗把他真正的骑兵大队屯聚在两里之外，不花剌没有来得及发现他们。呼都鲁汗翻身上马，把华贵的大袍在胸口系好，把袖口打成结。

他看着东面，向武士们下令，“全军出发！”

“真让人迷惑啊！”放马经过父亲身边的时候，呼都鲁汗听见老人低低地说。

呼都鲁汗的大队人马踏着雪尘远去了，马蹄声消失之后，楼炎·蒙勒火儿·斡尔寒抬起了眼睛。他的眼睛带着隐隐的褐红色，像是浸透着血一般可怖，却又平静漠然。他把那串铁牌贴肉缠绕在腰间，缓步向前，走动中近千片铁牌碰撞，发出令人不安的声音。

他站住了，蹲了下去，黝黑枯瘦的大手抹开了一片积雪，雪下静静地卧着一柄青铜的大钺。它是青黑色的，钺身上铸有神秘的兽面纹，纹理中满是斑驳的铜绿，只有刃口新磨出来，沁着森冷的寒光。五尺长的铁木手柄弯成一个弧度，粗细恰好楼炎一握。

楼炎握住它，点了点头。

他转身看着那两座骷髅塔，拍了拍腰间的铁牌，“勇士们，听见战场的声音了么？”

无人回答，只有那些冰冷铁牌啪啪作响。楼炎微微咧开嘴，虬结的胡须遮掩了他的表情，他似乎是笑了一下。他掉过头，拖着钺柄的末端，走向茫茫风雪中。钺在雪地里破出长长的痕迹，凛冽寒风掀起他浓密的须发。

他走得越来越快，渐渐地他开始奔驰，如猛兽，如健马。

他张开了双臂，像是要拥抱整个世界。

他呼吸风雪，举起大钺发出野兽般的咆哮。

树林中传出了几乎同样的咆哮，更加高亢，更加凄烈，遥遥地呼应着他。白色的影子奔行于林中，隔着数十步追随在楼炎左右，先是几条，而后是数十数百。咆哮声汇聚起来，震得周围枯树上的积雪簌簌落下。

天地萧飒，大雪狂落。

四

一匹黑色的战马登上忽炭山顶，斥候翻身下马，疾奔到吕守愚马后跪下，“禀报大君，前方苦战！木犁将军的三千奴隶武士，一千鬼弓和莫速尔家铁晋将军的一万骑兵已经汇合，敌我双方兵力相当，木亥阳将军的一万两千骑兵已经驰援，但是敌军的援军多达三万人，大队人马一边渡河，一边在冰面上架桥！”

吕守愚微微点头，“朔北部的主力动静如何？”

“还没有探查到白狼团出没，但是秃鹰一直在附近盘旋不去。除了白狼团之外，朔北部主力已经全部进入战场，总计骑兵六万人，率领这支军队的是朔北部世子呼都鲁汗，我们的斥候在远处看见了他的旗帜。”

“班扎烈，你是我伴当中最精干的人，伤亡惨重的一万四千人，加上木亥阳的一万两千骑兵，对六万朔北骑兵，胜算有多少？”吕守愚转头看着班扎烈。

“没有胜算，必须立刻催促剩下的骑兵出战。”班扎烈回答，“如果三大家族的主人要在北都城大难临头的时候保存实力，大君就该砍他们的头！”

“我父亲当上大君之初，也是面对楼炎，三大家族带着他们的人口和武士离开了北都城，父亲没办法逼他们，只能靠着一万两千人和楼炎在北都城里死战。当年父亲没有办法的事，现在我也没有办法。”吕守愚淡淡地说，“但是有些事，我还是能做到的。”

“什么事？”班扎烈一愣。

吕守愚从马鞍上缓缓拔剑，“现在我要带着这一百人冲下这个山坡，很快我们就会进入战场，面对几万个骑马的朔北人。你去，你去告诉每一个贵族，告诉他们青阳大君已经突前！所有贵族，如果他们不想被冠以‘叛逆’罪名，就跟着我冲锋！”

“主子！”班扎烈急得顾不上礼节，策马上前，张开双臂挡在吕守愚的马头前，“主子不要冲动！”

吕守愚笔直地看着班扎烈的眼睛，眼神平静而坚定。忽然，他扬起手，响亮有力地抽打在班扎烈的脸上。

班扎烈愣了，勒马后退几步，捂着发烫的面颊，怔怔地看着吕守愚。

吕守愚的眼神依旧平静，“班扎烈，在你的眼里，你的主子就这么懦弱么？带着脸上这个印记去给每个贵族看，告诉他们，不要挡在我的马头前！”

“主子……”班扎烈呆呆地看着吕守愚，“下面是几万个朔北人啊！”

吕守愚猛挥重剑，迎着风雪俯视大地，扯紧了雪漭的缰绳，“班扎烈，我在金帐里说，这一次要让朔北的白狼把骨头也埋在北都城的城墙下。你以为我的决心只是说说么？我是父亲指定的新大君，我早就期待着这么一天，让整个青阳部看我的决心！”

他仰头看着天空，低声说：“父亲，我总要向你证明，你最后选了我，没有错！”

他抖动雪漭的缰绳，抽打在马脖子上，那匹极西骏马嘶鸣着人立起来，吕守愚挺直身体，举剑指空。他的背后，一名武士抖开了青阳部的豹子大旗，旗上那豹子在风中仿佛活了过来，青色的眼睛里闪过狰狞的光。那面大旗的旗杆顶上，系着九条斑驳的豹尾皮。

“九尾大纛……主子，别拼命啊！”班扎烈的声音惶恐。

那面旗帜就是九尾大纛，只有草原大君才能使用的旗帜，许多年之前草原的英雄逊王在他的旗杆上捆着九匹白马的尾毛，这面旗帜被称为“九尾大纛”，它所到之处，必然是大君驾临，远近百里的牧民都来拜见草原的主人。

吕守愚亮出了九尾大纛，等于告诉几万个想杀死他的朔北人，青阳的大君就在这片战场上。

“想杀死我的朔北人……就让他们来吧！”吕守愚回手从背后的武士手里夺过了九尾大纛。

雪漭的两只前蹄落下，后腿猛地踏地前蹿，跃出了山坡，一百名武士拔出战刀紧随在后。班扎烈呆呆地看着这支小小的骑队踏着没马膝的积雪狂奔而下，旗杆上的九条豹尾在雪尘顶上猎猎飘动。

忽炭山以南一里，三大家族的骑兵和一万六千名虎豹骑精锐仍在雪地中列阵。尊贵的合鲁丁家族主人已经没有心思喝茶了，他抓着缰绳的手不断地握紧又放松，不时地嗅鼻烟来让自己安静下来。

黑衣斥候高速奔驰进阵，跪在合鲁丁家族主人的面前，“前军急报！朔北部已经在冰河上搭好了桥，河以西的两万骑兵正在全速渡河！”

“战场上谁有优势？”

黑衣斥候微微迟疑，“混战中难以分辨，但是我军死伤惨重。”

“再探！”合鲁丁家族主人挥手。

前面的黑衣斥候刚刚消失在风雪里，又是一名黑衣斥候驰马而来，“前军急报！木亥阳将军所部未能切断新渡河的朔北部大军，已经在鬼弓掩护下回撤，正和铁晋将军所部汇合。”

“铁晋还剩多少人？木亥阳还剩多少人？”合鲁丁家族主人急问。

“诸军全部被分切开来，铁晋将军正在收拢骑兵，死伤数字不知，但死伤惨重。”

“再探！”合鲁丁家族主人又是挥手。

多达百人的黑衣斥候奔走在战场和本阵之间，几乎是头尾相连地把前线的消息报到合鲁丁家族主人那里，已经有几名斥候筋疲力尽，返回本阵就倒在雪地里，鞭打他都爬不起来。但是合鲁丁家族的主人仍旧不能满意于这些消息，因为他仍未能从这些消息中明判战场的形势。

这个高傲的贵族并非全然没有战场经验的人，这一战青阳已经投入了两万余骑兵和木犁的“孛斡勒”以及大君的亲卫部队“鬼弓”，青阳投入的本钱已经太大，如果失败，元气必然受损。他的骑兵是生力军，如果此刻投入战场，青阳获胜的机会会增加，但是面对六万之众的朔北骑兵，也有可能他送上去的骑兵只不过给木犁和铁晋陪葬而已。

“父亲，还不出战么？要赶在朔北人还没有全部渡河之前啊！”合鲁丁家族的儿子从阵后驰马而来。他叫额日敦达赉·合鲁丁，是个矫健英武的年轻人，是合鲁丁家族主人的长子，也是唯一的儿子。

“现在出战，功劳都是木犁和铁晋的，我们算什么？”合鲁丁家族主人的心里焦躁，“而且未必不会和他们一起全军覆没，朔北部六万骑兵，不能小看。”

“可难道别人在前面死战，我们在后面看热闹？”额日敦达赉比他的父亲更焦躁，“草原上的男子汉怎么能做这种事？”

“大人的事！要你孩子插嘴！”合鲁丁家族主人发怒了。

“我娶了妻子，是大人了！我只知道我们这样回到北都城里，青阳部除了不会说话的孩子，每一个都会指着我们的脊梁骂！”额日敦达赉瞪着眼睛。

“你！”合鲁丁家族主人怒得举起手里的鞭子，差点就要抽在这个不懂事的儿子脸上。

额日敦达赉绷紧了脸往前一凑，正对着父亲的鞭子，像头犟牛似的。

“唉！”合鲁丁家族主人到底没法忍心鞭打自己最宠爱的独子，鞭子高高举起，无力地放下，拍了拍儿子的肩膀，“额日敦达赉，你长大了，学了草原上男子汉的勇敢，可还有很多草原上的事你不懂。”

额日敦达赉一愣。

合鲁丁家族主人挥鞭指着前方，“你只知道朔北部是你的敌人，恨不得把他们一个个砍下头来。可在我眼里，朔北部是草原上的大部落，实力和我们青阳相当。其实朔北原本并没有理由臣服于我们青阳，只是几十年前他们败在吕嵩手里，不得不回归北方，尊我们为草原的主人。如今吕嵩死了，朔北部要求和我们重新划分草原上的势力，有什么不能理解？”

“那就再把他们打回去！”额日敦达赉大声说。

合鲁丁家族主人苦笑，“额日敦达赉我的儿子，草原上没人说过只有青阳才能是北都城的主人，青阳的祖先吕青阳·依马德·帕苏尔是靠着出卖逊王获得了他的权力，这件事不少人都知道。草原上只有最狡诈的狐狸最凶狠的狼能获得猎物，北都城就是猎物，谁有力量谁就可以抢去。”

额日敦达赉愣愣地看着父亲，“可我们是青阳人啊！我们怎么能看着朔北的老狼放肆？”

“你不仅是青阳人！还是我合鲁丁家族唯一的儿子！你给我记住！你

要把命送在战场上，我合鲁丁家族谁可以接替我的位置？”合鲁丁家族主人怒视儿子，“青阳和朔北，实力相当，我们决战对彼此都没有好处，双方实力受损，只会让其他部落趁虚而入。朔北人这次来只是要取得他们本来应得的，大家可以坐下来谈，该给他们的，给他们，他们自然会撤兵。但是木犁这个老奴隶坚持要出战，又有大君的支持，这一仗打下来，再跟楼炎谈判就难了。如果我们失败，我们还得给楼炎更多的好处，木犁这个只知道逞强斗勇的人，才是要把青阳往死路上推的人！”

他挥手阻止儿子说话，“青阳部几十年来的光荣，怕是要到头了……可别牵连大家一起死！”

“主人！脱克勒和斡赤斤两家的骑兵动了！”旁边一个亲卫武士忽地指着右侧，惊讶地高呼。

合鲁丁家族的主人一惊，猛地带马前突一步，看向右侧茫茫的大雪里。果然，雪幕里模模糊糊的骑兵大队中忽然出现了骚动，隐约是上万人一起整装上马，风中传来了战刀出鞘、战马嘶鸣的声音，有人呼喊咆哮，原本低垂的大旗被高扬起来，前锋数千人策动战马小跑起来，这支规模庞大的骑兵属于脱克勒家族，他们所指的方向恰恰是恶战中的台纳勒河畔。

更远的地方，斡赤斤家族的骑兵大队也有了动静，一线黑色的骑兵高速离开本队，笔直地突入风雪中。合鲁丁家族主人预感到那是斡赤斤家族精锐中的精锐，仅有数百人的“白吻虎”，这些骑兵只会跟随斡赤斤家族的主人行动。

“脱克勒和斡赤斤家的两只老狐狸也会忍不住要去抢功？”合鲁丁家族主人大惊。

离开北都城之前，三大贵族家主已经有密约，在“孛斡勒”和其他军队控制战场之前，他们不会贸然把自己宝贵的骑兵投入战场。他们一旦挥兵进击，必须是三家同时行动，而且有绝对的把握彻底击溃朔北军取得最大的战功。合鲁丁家族的主人非常了解自己的这两位老朋友，他们不是额日敦达赉那样血气方刚的年轻人，不可能犯冒进的错误。

整个雪原震动了，脱克勒和斡赤斤家的两万余骑兵跟随先锋，发起了全面的进击。武士们鞭策战马迅速提高马速，看样子是要以最快的速度发起正面冲锋。

“疯了！疯了！”合鲁丁家族的主人大喊，“斥候！派斥候去，看看怎么了！”

一匹火红色的战马从右侧迅速地逼近，合鲁丁家族的骑兵想要出马阻拦，被马背上的武士挥起鞭子劈头盖脸地抽打回去。

“大君帐下班扎烈！挡我的人一律处死！”马背上的人大吼。

“班扎烈？”合鲁丁家族主人一惊，整了整自己的衣领。他知道这个大君帐下的亲信在金帐中地位非常，不是极为紧要的事情，不会是他亲临这里。他紧张地思索，难道是大君的命令使得脱克勒和斡赤斤家族的骑兵无法拖延下去？这又怎么可能？就算是大君的命令，也没法催得那两只老狐狸救火般地急赶。

班扎烈勒马在合鲁丁家族主人面前，笔直地看着他，“盘鞑天神的使者，草原的大君，青阳的主人，他让我带来不容违抗的命令！大君已经带领一百名骑兵亲自进入战场支援作战，万分危急，青阳的每一个武士都应当立刻鞭策战马去救援他！违抗者！视为叛逆！”

合鲁丁家族的主人惊得几乎从马鞍上滚落，“大君自己上阵了？你没有弄错？有没有手令证明？”

班扎烈扭过头，露出脖子上那个还未消肿的手印，“大君在我脸上打了一巴掌，因为我阻拦他，这个就是他的手令！”

合鲁丁家族的主人只觉得脑袋里嗡嗡作响。

额日敦达赉带马靠近父亲，也是急得满脸通红，“父亲，快下令进兵！大君危险！”

“该死！该死！该死！”合鲁丁家族的主人急得全身哆嗦，“该死！”

“进兵！进兵！进兵！”他放声大吼，“全军上马！全军上马！进兵！”

额日敦达赉没有料到父亲会如此急怒，一时间愣在那里。

“愣着干什么？”合鲁丁家族主人的鞭子终于落在了儿子头上，“叫你进兵！你聋了么？”

整支骑兵仿佛苏醒的巨兽，武士上马，长刀出鞘，骏马嘶鸣，大旗飞扬。合鲁丁家族的主人粗喘着，瞪大牛一眼的眼睛看着被风雪隐没的西边的战场。他完全清楚自己在做什么，也完全清楚脱克勒和斡赤斤家族的主人为什么没来得及跟他商量就全速出兵救援大君，他们并不是那么在意吕守愚·比莫干·帕苏尔的生死，但是如果青阳的主人死在战场上，朔北部会挑着吕守愚的人头全力攻城，士气崩溃，北都城沦陷。那时候他们这些贵族也没有和朔北部谈判的机会了，楼炎会像对待最卑贱的奴隶那样对待他们。

“吕守愚……你好！有你父亲的狠劲！”合鲁丁家族的主人在心里低吼，“你好！”

他明白自己小看了这个年轻大君的时候，已经太晚了。

呼都鲁汗立马在台纳勒河的西岸，看着他的大军渡过冰河。他下令在河上架桥，但是骑兵们已经开始不管那几座桥而踏冰渡河了。上万骑兵踏冰渡河，冰面随时可能崩塌，但他不得不冒这个险。渡河的速度必须加快再加快，河对岸两军殊死混战，早一点把兵力投入战场就会获得更大的优势。

大雪让骑兵的冲锋至少失去了一半的威力，战马奔驰的速度不够，双方一旦接战就分不开，只能带马挥刀面对面地砍杀。青阳部的数万人和朔北部的数万人在白茫茫的战场上混在一起，两军的服色都不容易分开，战旗已经起不到指挥的作用，每个武士都是为了活命而全力砍杀。战场上弥漫着血的腥气，皑皑白雪里无处不是人和马的尸首。

对方领兵的将领毫无疑问是冷静而凶狠的人，在混战中他依然组织了几次骑兵突击，把朔北部几万骑兵切断开来，每一块数千骑兵各自为战，呼都鲁汗的命令已经无法送达他们。

他想起自己的父亲来，心里充满了不安和愤怒。楼炎曾经说白狼团视青阳的骑兵为食物而已，但是现在看起来，只有他的骑兵在这里损耗，父亲的三千白狼连影子都看不到。

他看见风雪中一杆大旗，心里一颤，急忙眯起眼睛细看。没有错，是一杆青阳的豹子旗，旗杆上悬挂着九条豹尾皮，呼都鲁汗没有见过那杆旗，但他听说得太多了，他做梦都想把那杆旗攥在手心里。

“九尾大纛！那是青阳的主人！”他回头大吼，“朔北的勇士们，跟我上前，杀死青阳主人，把他的旗帜带给我。我把他的帐篷、他的女人、他的牛羊都赏给你们！”

前所未有的赏赐让呼都鲁汗身边的每一个武士都觉得热血直冲头顶，仿佛在他们面前黄金之国打开了大门，那些妖娆美丽的女人、金顶的帐篷、搀着蜜的奶和连天的牛羊都触手可及。青阳的主人把他自己轻率地投入战场，好比珍贵的猎物自己钻进了圈套，这是一生中绝无仅有的机会。他们以野兽般的吼叫回应呼都鲁汗。

呼都鲁汗把拦在他马前的一名朔北骑兵猛地推开，带马第一个冲出，跟随他的几百个精锐武士舞刀紧随着他。这一队人高速插入了战场，他们每个人都刀术精湛，而且悍不畏死，迅速地砍杀着拦路的青阳武士，逼近风雪中的九尾大纛。一路上更多的朔北武士追随过来，呼都鲁汗以黄金装饰的苍狼大旗一进入战场，每一个看见的朔北武士都发出狼嚎般的呼声以响应，数万人模仿着狼嚎的声音，战场仿佛忽然间变成了一个狼的巢穴。

青阳的武士们惊恐不安地四顾，还没明白到底发生了什么。狼嚎声里，朔北部的士气异乎寻常地高涨起来，原本势均力敌的局面随着朔北武士的振作而改变，青阳部的防线不断地后移。

吕守愚一剑挥去，把靠近他的一名朔北武士逼退，忽然回头，看见了一片刺眼的金光，巨大的苍狼旗招展，持旗的人大笑着接近他。风雪模糊了他的视线，他没有在意这个忽然出现的对手，挥剑横扫，想要把这个敌人也逼退。持旗的人狂笑着把大旗掷向自己身后，从马鞍上抄起五尺长的双手巨刀，策马跃起，对着吕守愚硬生生砍下。

刀剑相格的瞬间，吕守愚觉得是一柄重锤击中了他的剑刃，他无力握住那柄剑。在剑飞旋出去的瞬间，他擦身，避过了那雷霆万钧的一刀。

黄金苍狼旗被后面追上的一名武士一把抄住，抖开来举向天空。前面持双手刀的武士狰狞地笑着，带马退了几步，看着吕守愚，仿佛看一个已经被捆住了的猎物，舔了舔自己雪白的牙齿。他在风雪之中裸露半边上身，肩膀上文着巨大的瀚州地图，剃光的头顶中央，则是黄金的龙兽图腾，无数粗大的金链仿佛甲胄笼罩了他全身。

"朔北部世子呼都鲁汗？"吕守愚知道自己面对的是谁了，他默默地从马鞍上拔刀。狼锋刀，这才是他真正趁手的武器，他也是木犁的学生。

两边的护卫武士靠近主人，列队相向，九尾大纛和黄金苍狼旗在风中卷动。

"吕守愚·比莫干·帕苏尔，我想要你的旗，"呼都鲁汗笑，"我不要其他的，你的帐篷和女人，我已经许诺分给我的武士们。"

吕守愚冷冷地看着他，缓缓抓紧了狼锋刀的刀柄。他没有说一句话，嘴唇抿得极紧。呼都鲁汗看着对方的眼睛，也用力握住了双手刀的刀柄，对方的沉默出乎他的意料，这个年轻的青阳大君听说是个无用的人，可是却没有露出害怕的神情。呼都鲁汗本想以威势让他的士气低落，可是他现在看不清吕守愚的眼神。

吕守愚忽地带马上前，狼锋刀举过头顶，全力劈斩，咆哮，"我的旗？"

呼都鲁汗举刀格挡，感觉到手腕一震，被挫痛了。

"我的帐篷？"吕守愚举刀再斩。

"我的女人？"吕守愚吼叫着第三次斩落。

"可以！"吕守愚双手握刀，劈斩中吼声如雷，"可以！杀了我就可以！"

呼都鲁汗连续封挡四次，终于一把抓住了狼锋刀的刀背，锁住了狼锋刀。他的左右，双方护卫武士带马冲上捉对砍杀，呼都鲁汗感觉到兴奋了，他舔着自己的牙齿，觉得能舔出血的味道来。他倾斜上身向着吕守愚施压，大笑。

“没有让我失望！很好！吕守愚 · 比莫干 · 帕苏尔，我喜欢你这样的男人！我改变主意了！杀了你这样的男人，占有你的帐篷和女人，才是我呼都鲁汗的荣誉！”他咬紧牙齿，嘴角咧开。

此刻，忽炭山以南的雪地里，只剩下一万六千人的虎豹骑仍然列队待发。九王吕豹隐 · 厄鲁 · 帕苏尔站在大旗下，平静地看着西边，班扎烈立马在他旁边，急得满脸通红。他本以为九王是第一个会去救援大君的人，却没有料到在全部骑兵都出动之后，九王依然下令待机不发。

吕守愚冲入敌阵的消息并未令九王震惊，听到的时候，他还淡淡笑了一下。

“班扎烈，不用着急，比莫干 · 帕苏尔不但是我的侄儿，更是我的主人，在大君还是个王子的时候，我就决心向他尽忠。在北都城危急的时候，更不会例外。”九王背着手，在风雪中缓缓踱步，“但你知道一个领军大将，他对战场的判断是不容置疑的。在我看来，虎豹骑出战的时机还未成熟，所以就算大君下令，我的虎豹骑也不会挪动哪怕一匹战马。”

“那……九王需要什么样的时机？”

“你知道我被称作‘青阳之弓’，弓箭的秉性是如何的？”九王含笑看着班扎烈。

班扎烈一愣。

“弓箭的秉性，是一发而致敌死命！我平生每一次领兵，当我自己出现在战场上，就是这一战结束的时候！”九王用力拍着班扎烈的战马，“所以，当我命令虎豹骑出战的时候，他们的刀会清洗整个战场，六万个朔北男人会死去，朔北部三十年的积累，会在瞬间被抹掉。”

他挥手指向西面，“我的一击，会彻底结束这场战争！”

“而那一刻，”他一字一顿地说，“就快要来了！”

五

“离北都城不远了！所有人跟上！不要掉队！”铁益回头，竭力让自己的喊声压过风声。

他背后是一百匹龙血马、一百匹驮马和一百名铁浮屠骑兵。骑兵们骑乘自己的龙血马，拉住驮马的缰绳，顶着风雪紧紧尾随前面的同伴。驮马背上是捆扎起来的全副铁浮屠盔甲，这些驮马也有野马的血统，完全可以充当优秀的战马，这样他们全速奔驰起来，不会比轻骑兵慢。

铁益心里焦急，渡过铁线河之后他们从南逃的牧民那里知道朔北部的十万大军已经围困了北都，草原上的牧民都不会书写，这样口口相传的消息未必靠得住，但是铁益不怀疑，他知道朔北部和青阳部迟早会有一场战争。过去的十年里，每年春天按例贵族们都要给大君演兵，以示自己练兵的功劳，而每次看完草原上的万人演兵，铁晋铁益这对兄弟都会在夜里聚在一起说话，这个时候常常是铁益喝酒，铁晋皱着眉一口口抽闷烟，过了很久铁晋才会抬起头来低低地说一句，“这样的兵，对付朔北，难说有把握。”

一匹青黑色的战马从后面加速跟上逼近铁益，铁益回头看了一眼，是阿苏勒。他把身形伏低在马鞍上，免得正面迎风，半边脸上罩了一层雪花，嘴唇透出一股生青色。

“还有多远？”阿苏勒和铁益并马前进。

“雪太大了，看不见彤云大山，估摸着很近了，前面再有十几里或者二三十里，旁边这条冰河肯定是台纳勒河，我们沿着河走。”铁益说。

晴天的时候，牧民们都是远眺着宏伟的神山彤云大山慢慢走向北都城的，但是在大风雪里，在一望无际的草原上，除了冰河，他们找不到任何标记指明道路和距离。

阿苏勒忽然伸出手，拉住了铁益的缰绳，同时拉紧自己那匹骊龙驹的缰绳，大喊："停下！全军停下！"

"怎么？"铁益低低地喘息，茫然地看着阿苏勒。

"如果北都城的四面都被围困，我们现在贸然逼近，有可能陷入敌军的包围。"阿苏勒环顾聚集在自己身边的铁浮屠武士，"我们需要先派遣斥候，同时全副武装，从现在开始我们随时可能遭遇敌人。"

铁益愣了一下，用力点头，"是！世子的东陆兵法学得就是好！太着急了，也许会遇上大队敌人。"

他顿了顿，"派遣斥候没问题，但是我们不能穿铁浮屠甲胄。"

"怎么？"阿苏勒不解。

"世子，你知道北都城里有多少铁浮屠铠甲？"铁益指着周围武士们，"只有一百具，多一具都没有。老大君瞒着贵族们，用了不知道多少骏马皮毛去东陆换铁料，如果算起价格，这些铠甲就像金子那么贵。还有这些人，他们为了骑龙血马，穿铁浮屠甲胄，已经训练了十年，一个也损失不起。这支骑兵本来就是为了对付朔北准备的，如果朔北人知道我们恢复了铁浮屠，他们就会有所防备。所以除非大君亲自下令，任何人不得动用铁浮屠。"

"大君派铁浮屠来救我，也真是舍得……"阿苏勒说。

铁益沉默了一会儿，咧嘴笑笑，拍拍阿苏勒的肩膀，"你是他弟弟啊！"

阿苏勒的心里一跳。他在东陆待得太久，对于这个当上了大君的哥哥，心里已经很陌生了。直到铁益说出这句话，他忽地又想起小时候吕守愚总是带着一点点鄙夷一点点关爱抚摸他的头顶，就像抚摸一头瘦弱的小羊。

"巴鲁！巴扎[①]！"铁益大喊。

两名武士从人群里策马而出，是铁益的两个儿子，阿苏勒的贴身伴当，跟着阿苏勒在东陆待了十年。铁益并未把他们看作身份特别的人，直接编入了铁浮屠中，这样两个矫健雄壮的年轻人确实也配得上那副铠甲。

① 巴鲁和巴扎是吕归尘两个伴当铁颜和铁叶的蛮族小名。

“留下你们的铠甲，去前面探路，不要离开河边，有任何发现立刻回来告诉我！其余人，原地戒备！”铁益下令。

铁颜和铁叶给龙血马加上几鞭，驰入风雪中，其余的武士驱赶驮马围成圈子，把龙血马和人都围在中央，开始整理箭囊。

不一会儿，冰河上游传来了马嘶的声音，似乎有人骑马高速逼近。所有铁浮屠武士在几乎同一瞬间摘弓，把箭矢指向冰河上游。

“等等！”阿苏勒上去按住了站在最前的那名武士的手臂。

人影逼近，铁益吃了一惊。那是铁颜和铁叶，他们没有离开多久，算时间顶多放马跑上半里路。铁益的第一个念头是敌人就在前面，他们在风雪中突进得太厉害了。铁颜和铁叶急拉缰绳，停在铁益两侧，脸上混杂着震惊和不安的神色，两个人的嘴唇都在哆嗦，可偏偏一句话都没能说出来。

铁益一把抓住铁颜的衣领，“有敌人？”

铁颜摇了摇头，他不善言辞，瞪大眼睛看着父亲，努力地想着该怎么说。

“我们没遇到敌人……哥哥也别说了，看看旁边的河就知道了。”铁叶说。

所有人都把目光投向冰封的台纳勒河。冰面干燥，雪花落上去并不堆积，被大风吹向河东岸，所以冰面上没有多少雪。几乎透明的冰层有一尺多厚，昨天他们还曾看见下面有小鱼慢慢地游动。此刻这条河也依旧平静，一点事情也没有发生。

“那边！”看向上游的武士首先发现了异样，大喊起来。

阿苏勒往上游看去，那里白皑皑的冰面忽然被涂上了一层颜色，那是一抹极浓重的红色，显得鲜艳而突兀，就像一张白纸水墨画上不小心染上了朱砂。那抹红缓缓地向他们推进，很快半条台纳勒河都变成了赤红色的。阿苏勒跳下马背，踏着冰面走到河中央，铁颜和铁叶跟着他。红色仿佛一匹绸布在冰面下缓缓地卷开，随着水流娓娓地摆动。很快，红色漫到了他们脚下，在一尺多厚的冰层下绵绵无尽，向着下游而去。

“是血，”铁叶低声说，“上游在恶战，冰层裂开了，死人掉进河里……这是他们的血……”

其实已经用不着他解释了，这里的每个人都上过战场，知道“血流成河”的意思，可是他们中没有人真的看过血流成一条河。多少人的鲜血可以染红一整条河？没有人知道。武士们绷紧了脸，深吸一口冷气，握住了腰间的刀柄。

阿苏勒低下头，默默地看着自己脚下，冰下鲜红妖艳的血水平静地流过，血水里浮着一具年轻武士的尸体。他的脸上泛着淡淡的蓝色，无神的眼睛透过冰面，看向天空里。大概是所有的血都流尽了，他在鲜红的河里显得尤其洁白。他漂到阿苏勒脚下的时候，惨白的眸子像是一闪，让人误以为是看了自己一眼。铁叶觉得一股寒气针一样扎到他背后，他看见阿苏勒默默地蹲下去，伸出手按在冰面上。

那层冰是活人和死人的分界。

年轻人缓缓地随着水流走了，阿苏勒的耳边忽然响起白毅曾经唱过的那首葬歌，悲痛和寒冷一起浸入了他的身体，他捂着胸口咳嗽起来。

十年后他再次回到故乡，迎接他的不是亲人的笑脸，而是千万人的血。

“把他们推到河里去！”铁益的哥哥铁晋此刻正在台纳勒河的上游举刀咆哮。

冰面上已经出现了大片的坍塌，数千朔北武士被压制在河岸边，他们还在挥刀死战，可是已经支撑不住。背后是冰冷的台纳勒河，前面是占据绝对优势的青阳武士，他们被紧紧地挤压在一起，无法列成有利的阵形来防御，青阳铁骑兵挥舞马刀，狂喜地斩杀。人和战马的尸体堆积在河岸上，鲜血从河岸流淌到冰面上，流进冰洞里，落水的朔北武士们垂死挣扎，河面上翻动着赤红色的水波。

朔北部的骑兵主力已经被压着退往台纳勒河西岸。在青阳部的大队骑兵拥入战场之后，战局立刻改观，朔北骑兵被孛斡勒打乱了阵形之后，又被铁晋切割成小块，无法发挥薛灵哥战马的优势，此刻人数占优的青阳骑兵就占据了上风。他们结成阵形，把朔北骑兵推向台纳勒河边。朔北部在河东岸的队伍崩溃了，武士们不得不撤向西岸，准备在西岸收拢队伍再战，青阳部随后追杀。如木犁所预料的，冰河上临时搭建的木桥无法让被追杀的朔北骑兵迅速通过，他们不得不踏上冰面。冰面很快崩塌，此时还留在东岸的几千朔北武士已经成为青阳武士刀下待宰的野兽。

此刻，台纳勒河西岸，呼都鲁汗往东岸看去，看着他的人成排倒下，仿佛砍草，眼角剧烈地跳动。他的背后，数万朔北骑兵正在重新整队。那些人还能消耗青阳部大军多少时间？可能时间不剩多少了，一旦青阳人杀死了河东岸最后一个朔北人，他们就会架桥对西岸发起进攻，他们会用弓箭为掩护，在大队骑兵过河之后发动冲锋。呼都鲁汗不知道那时候他残存的骑兵能否整队完毕，列出有利的阵形。

他没和那个年轻的青阳大君战斗很久，虽然他已经占据优势，但是忽然切入战场的大队骑兵让他失去了亲手杀死青阳大君的机会，海潮般的后撤中，他不得不跟着回撤。

他旁边插着他的黄金苍狼旗，幸存的武士们正以此为目标汇集过来。他没能拿到九尾大纛，就差一点点，再给他一点点时间，青阳大君的那颗人头就要吊在自己的马脖子下了，他咬着牙，心里暴怒，活像是一头让猎物走失的狼。就差一点点，如果他手里有那三千人，他也许已经胜利……虽然他也知道这只是想想，那三千人是呼都鲁汗看了也心惊胆战的，他们不可能被什么人指挥。他们不是人，所以他们只听那个魔鬼的。

那个魔鬼是他的父亲，叫楼炎。

他看见河岸上最后一个朔北武士被一杆骑枪刺穿胸膛挑了起来，就像件战利品被炫耀，而后扔到了冰洞里。河岸上的青阳武士们举刀对着天空，发出了最后一击前的呼喊，声音仿佛要震开天空里浓密的雪云。

“这帮杂种！他们以为已经可以砍下我的头了！”呼都鲁汗咬着牙。

早已准备好的剥皮松木被投向冰河中，孛斡勒们在那些松木上铺设宽板，一座足以供战马通行的浮桥很快就要搭建完毕，而河上同时开工的有六座浮桥。呼都鲁汗已经无法派兵上去破坏这些浮桥的搭建，青阳武士都张弓搭箭站在河边，只要朔北部逼近，就会被箭雨射成筛子。呼都鲁汗不由得要佩服这些青阳的杂种了，计算很精密，他们甚至考虑到了这条河的宽度，考虑到可以用箭雨来掩护河上铺设宽板的孛斡勒。

“整队！”他缓缓地下达了命令。

他不解释，他从不对部下解释。他现在可以掉转马头，带着幸存的武士逃走，但是他不会这么做。他看着天空，一个挨一个舔着他的牙。这是朔北部世子呼都鲁汗该做的决定，一个草原英雄的决定。如果这一次逃走，呼都鲁汗将永远无法面对自己英雄的父亲，也无法从他的手中继承草原上第二强的大部落。呼都鲁汗知道无论自己做什么，痛饮烧喉的烈酒，拥有数百个妻子，徒手拧断牛头，杀死一切敢于抗拒他的人……他还是无法向父亲证明他是可堪接管朔北部的人。楼炎看他的眼神永远像是在看一只养熟的小狗。呼都鲁汗不能退后，这是他证明自己的机会，用自己的颈血。

他把目光从天空里移向河面，从马鞍上操起双手刀，浮桥已经铺设完毕，成千上万武士策马加鞭，大吼着越过冰河，汇聚成无坚不摧的铁流。

“长枪！”呼都鲁汗下令。

长枪手从刚刚整好的队伍中策马趋前，把枪尖并成排。

“弓箭！”呼都鲁汗再次下令。

其余的人摘下马鞍上的弓，搭上箭，斜指天空。

“准备好你们的刀，看我的旗！”呼都鲁汗拔起黄金苍狼旗，扛在自己肩上。

“杀！”他挥舞大旗，策马而出。

数万人跟着他发动了冲锋，他们在台纳勒河东岸的困境在这里不再有，西岸无边无际的草原，才是骑兵决胜的战场。

“我军骑兵主力已经逼退朔北部世子呼都鲁汗本队，全军渡过台纳勒河反击。朔北部已经收整队伍，两军正在河西岸决战！大君受了轻伤，被木犁队掩护着退后，现在在河西岸督战。”斥候急报到忽炭山下九王马前。

九王听着，默默地点头，远处震天般的喊杀声证明了这条情报。班扎烈立马在九王身边，听到这个消息舒了半口气，可是大君居然受了轻伤，他心里不由得又焦躁起来。

一名千夫长策马靠近九王背后，“大汗王，若现在还不进攻，战功都要被那些人抢去了，我们虎豹骑何时落在别人后面了？”

九王缓缓地竖起手，示意他不必多说，“真正的战功，没有人能从我们手中抢走。你觉得真正的战功是什么？”

千夫长愣住了。

“击退呼都鲁汗没有用，三十年之前我的哥哥郭勒尔也曾击退楼炎，可是三十年后他们又回来了，比以前更强大。”九王轻声说，“我所说真正的战功，是永远结束这场战争。我们要杀死六万个朔北男人，从此朔北部只剩下老幼和女人，他们会变成我们的奴隶，从此之后，草原上不再有朔北部……就像不再有真颜部那样。”

“灭族？”千夫长瞪大了眼睛。

九王转向斥候，“探查到狼群出没的痕迹么？”

“没有，进入战场的都是骑兵，呼都鲁汗的部下。据说不花刺在河西岸看见过驰狼，但是只有三匹。我们派出的斥候有五十人之多，都善于追踪野兽的足迹，却没有传回任何狼群出没的消息。”

九王沉思了很久，微微点头，“楼炎在想什么？仅有三千人的白狼团大概也不够挽救现在的败局了吧？”

他拔出佩剑，“那么，就是现在！”

随着他拔剑，上万名骑兵从雪地中起身，整顿马鞍翻身上马。最后一只沉睡的骑兵野兽苏醒了，也是最强大的，它已经等待得太久了。

九王缓缓挥剑向前，“进击，你们是我青阳的虎和豹，让其他人看看你们的爪牙。厄鲁·帕苏尔一生领兵，只要最大的战功，这一次，那是六万颗朔北男人的人头！带回最多人头的，我请大君赐他‘铁牙武士’的称号！”

没有人说话，回答他的是千万匹战马的长嘶。

青阳部的豹子旗和朔北部的苍狼旗在战场上交错，骑兵在第一轮冲锋之后混杂在一起，开始绞杀。被逼到绝境的朔北武士比青阳武士更加凶猛，凭借劣势的兵力和青阳武士艰难地战平。没有人能在这战场上前进一步，前面就是敌人的刀或者同伴的后背；也没有人能后退一步，后面更多的同伴挥舞着刀往前冲杀。一波又一波的武士在马刀下扑倒，一波又一波的武士冲上去接管了战场。

不花刺在阵后眺望，他得到的命令是退后者杀，一千名鬼弓武士守在这里，任何回头的人都会被黑羽箭贯穿头颅。

这场战斗已经持续得太久了，不花刺心底有一丝隐忧。他没有料到朔北部在溃败后还要再战，兵力占据了优势的青阳部迟早会取得胜利，朔北部只是在消耗他们仅有的男人。不花刺知道北方很寒冷，那里没有南方草原那么多的人口，但是每一个男人都强健如熊虎，朔北部以三十年休养生息获得的兵力，就甘心这么被消耗掉？而这样的结果对于青阳也是惨胜，也许只有一万个活着的男人能回到北都城。

他计算着双方剩余的兵力，朔北部也许还有三万个能战斗的男人，青阳有五万，积雪中的尸体超过五万。五万人在草原上是个颇有规模的部落了。

他忽地凛然。他听见了悠扬的号角，从朔北部阵后传来。

“朔北部还有伏兵！”他心里转过这个念头，抬眼看过去。

雪野中，视线尽头，一杆大旗卷着飞雪猎猎地飘扬，上万人的大队随着号角声带马逼近。战场上的喊杀声忽地弱了，武士们不由得向着西边望去，看那面旗，那是一面青阳的豹子旗。

“虎豹骑。”不花剌低声说。

青阳之弓在最后瞬间射出了他的箭。不花剌已经猜到了九王的战术，他带领骑兵从木犁所说的冰河最窄的地方踏冰过河，那里的冰面还未破损，从而迅速地切入了敌人阵后。时机完美无缺。

整个雪原都因这样的一支军队而沉默了。一万六千名虎豹骑无视面前横尸遍野的战场，他们有条不紊地调整队形，拉开了长达两里的一字阵，最前排的骑兵平整如线，每两匹马之间，左右只有一步的距离，前后不过差半个马身。

号角声中断，数万人的目光汇聚到一字阵前那匹马的身上，马背上的武士居高临下俯视战场，仿佛主宰一切的皇帝。他举手向天，停顿了一瞬，猛地向前挥出。一万六千柄战刀同时出鞘，每一匹战马身边都带着一道铁青色的刀光，虎豹骑们同时放松了勒紧的缰绳，被死死束缚住的、一万六千匹战马的力量在同一瞬间被释放出来，如雷霆、如狂潮、如他们头顶正狂落的暴风雪。

呼都鲁汗觉得心里燥热的血慢慢地冷却了。从他看到那面大旗的瞬间，他已经清楚了这一战的结果。但他仍旧握紧了双手刀的刀柄，握住这刀柄，他就还未倒下。

虎豹骑的一字阵仿佛一道平直的刀锋，凌厉地从战阵中切过。他们又像是一把钢铁的梳子，梳齿扫过的地方，朔北武士们纷纷倒下，青阳武士们握着刀惊叹地看着那些绝尘而去的虎豹骑的背影。几乎没有人能够反击，养精蓄锐的战马、优良的甲胄、整齐划一的动作，让这支军队无人能敌，他们毫不停留，风一般驰过。虎豹骑们从战阵中扫过之后，队形仍不变化，他们在远处拉住战马，掉转马头重新整队，新的生力军占据了最前方的位置，然后他们发起了第二轮屠杀。

战场中的青阳武士们也看傻了，就算他们中有人曾经看不起这些骄狂的虎豹骑，但是此时每个人都生出一种羡慕和赞叹来。不愧是青阳部精锐中的精锐，那是盘鞑天神的刀，所到之处，寸草不生！

木犁抛去手中伤痕累累的狼锋刀，从马鞍上拔出他的最后一柄刀，刀如狼牙，刀身上一丝丝花纹如流云纷乱。那是一柄东陆出产的牙刀，刃口闪着乌金色的暗光。随着木犁一刀自下而上的斜挥，血雾向空中弥漫，挡在木犁马前的朔北武士自左腰到右肩斜斜裂开了一道口子，甲胄和肌肉在这一刀中彻底断裂，仿佛切纸般轻易。

木犁一脚甩开马镫，把那名朔北武士的尸体踢飞出去，他转身高举牙刀对着身后的武士们吼叫，“前进！前进！前进！虎豹骑已经来了！这是最后的决战！谁拿回朔北老狼的人头，就是我们青阳的宝刀，是几百年后还被人传颂的英雄！青阳的男人……每个都该当英雄！”

铁晋从一名朔北武士的心口里抽出腰刀，推开尸体，转头迎着风雪，看着那个老人挥舞战刀，拉直了脖子，仰天呼喊，脖根处的青筋跳动。

他举刀向天，心里灼热的血就要像火山那样喷涌出来，如果他不喊，他的胸膛会炸开。

他跟着咆哮，“前进！前进！前进！”

整个雪原在呼应他们，数万青阳男人举刀指天，“前进！前进！前进！”

男人们的血被点燃了，这是他们一生中不会再有的机会，把自己的名字载入史册。木犁说得对，每个人都在想，青阳的男人，生来就该是英雄！

九王注视着远处的战场，目光追逐着雪尘中耀眼的一点金光。那点金光在战场上左冲右突，所到之处虎豹骑的一字阵列被截断，但是武士们很快就把阵列中的空当填补上，接着向前冲杀，一片又一片的朔北武士倒在刀下，又被马蹄践踏。

“呼都鲁汗，我也喜欢黄金，却不会愚蠢到用它来装饰我的战旗。”

九王笑笑。

他轻轻地叹了口气，“那和把自己的人头挂在旗杆上等人来摘取有什么区别呢？”

他的双眼中有狰狞的光一闪，仿佛利刃从砺石上脱离的刹那。那张铁青色的脸上，惋惜的神情一扫而空，取而代之的是令人心悸的冷漠。他挥动手臂，一队虎豹骑精锐随着他进入战场。

呼都鲁汗抹了一把脸，把鲜血冻成的冰碴抹掉。他的战马快要支撑不住了，胸腹如风箱般剧烈地开合，嘴角泛出了白沫。他也很想摔下马背就此睡着，但他回头，看见虎豹骑的一字阵列又一次在远处收拢队形，补上了缺口，很快他们又要发起冲锋了，也许这一次冲锋就会葬送朔北部仅存的士气。

“世子……再不走就来不及了！”他的一名伴当立马在他背后，喘息着说。

那个伴当不是个胆小鬼，跟着他杀了几十个青阳人，这么说只是因为这确实是最后的机会。呼都鲁汗犹豫了一下，他想到要走，他已经尽了力，再不走只有成为青阳的俘虏。如果他死了，他的几百个妻子就会变成别人的女奴，被人压在身体下玩弄，这个念头让呼都鲁汗心里狂躁难忍，像是有只发情的公猫在那里抓挠。

弓弦声和尖厉的啸声从背后同时到达，呼都鲁汗猛地伏低在马背上。他转过头，看见那个伴当慢慢地从马背上栽了下去，后心里插着一枚白雕羽的箭。不远处，一个脸色铁青的青阳人举着弓，身后数百名虎豹骑武士列队，其中一人高举着豹子旗。这支队伍封住了呼都鲁汗最后的退路。

呼都鲁汗舔了舔嘴唇，“吕豹隐 · 厄鲁 · 帕苏尔，青阳之弓，我听过你的名字。”

九王把弓收回囊中，“很好，那就不必介绍自己了。呼都鲁汗，我要你的头颅，作为这一战的功勋。”

他的双手缓缓按在马鞍两侧，深深吸气。森寒的青光从马鞍两侧交错射出，伴随一声刚锐至极的长鸣。青阳九王吕豹隐·厄鲁·帕苏尔双手长刀仿佛鹤翼般缓缓展开，他亮出了自己真正的武器，乌沉沉的眼睛看着呼都鲁汗，帝王般睥睨自雄。

呼都鲁汗感觉到自己的呼吸被那刀上的煞气压迫了，九王双刀展开的姿势中蕴含着巨大的力量，那是用刀几十年的好手才会拥有的力量，那对刀被这力量牢牢地束缚着，仿佛九王身体的一部分。呼都鲁汗笑了，他感觉到自己的末日已经到了。他不再想自己的几百个妻子了，随她们去吧，变成谁的女人已经和他呼都鲁汗没关系了，可他在死前还未能夺下北都城，未免有点遗憾。他曾经向往着和这位青阳部战功第一的亲王用铁骑兵在草原上决出生死，但没有想到要用刀剑、用武士的方式了结。

“草原上从没有人说起青阳九王的武术，我就以为你永远都是站在你的铁骑兵后面。”呼都鲁汗舔了舔满是血丝的牙齿，“看来我错了。”

“我砍下狮子王龙格真煌·伯鲁哈·枯萨尔的腿时，他也不相信。”九王淡淡地说。

“是啊，我糊涂了，你这种向往战场的男人，身体里怎么会没有杀人的冲动呢？”呼都鲁汗举起自己的双手刀，扫了一眼崩碎的刀刃。砍下太多青阳人的头颅后，这柄刀已经废掉了，可也是呼都鲁汗仅剩的一柄武器，他的护卫们要么死去，要么被隔开在远处，他只有把最后的尊严寄托在这柄刀上。

一队朔北骑兵从不远处向着这边驰来，似乎是想来救援。

呼都鲁汗扭头向着他们怒叱，“滚开！这是我和青阳九王之间的事！”

“你们退后。”呼都鲁汗对自己身边仅剩的几名护卫说完，带马上前，和九王隔着几十步对视。

九王慢慢活动着双手手腕，双刀扫着雪花，“很聪明，也有胆量，我会让你像一个勇士那样死去。”

他猛地带马前冲，双刀左右平展，仿佛飞鹰展翅滑翔在空中。这是他必杀的刀术，他不想给呼都鲁汗什么机会，在部下面前过马一刀杀死朔北世子，是一件荣耀。那些扑过来救援的朔北武士没有听从呼都鲁汗的命令，高速地插入呼都鲁汗和九王之间。这些杂兵令九王勃然震怒，他的刀只斩领军的大将，不是为这些杂兵准备的。但为了取下呼都鲁汗的头颅他也不在乎破例一次，他左手刀平挥，右手刀纵劈，连续两段，完美的十字斩切，目标是挡在他正前面的那个朔北武士。

对方裹在一件御寒的老羊皮袍子里，抖开袍子劈手抓过呼都鲁汗的双手刀，反身向着九王斩击。

在这样凌厉的攻势下他居然选择了对攻！

九王听见他身上发出了仿佛甲片撞击般的声音，令人不安。

武器相交，金属轰鸣，九王感觉到剧烈的酸麻从手腕一直传到肩胛，他的双刀和呼都鲁汗破损的双刀交击，竟然像是砍上了一堵铁墙！

他带马闪开几步，震惊地看着自己手中的双刀，细微的裂缝从刀刃慢慢向着刀背蔓延，金属发出了折断前的垂死哀鸣。这对战刀是他年轻时候从一个东陆行商手里买来的，两柄钢质绝佳的河洛制器，跟了他几十年，为他斩下了有数的几颗头颅，可每颗头颅的主人，他们的名字都在草原上被传颂。那个武士只用了一击，一击就毁掉了他最珍爱的武器。

那个武士单手把呼都鲁汗的刀举过头顶，而后猛地一挥，空斩一记。那柄刀碎裂开来，金属碎片射入雪地里，半截断刀也被随手扔在了一旁。

他慢慢抖开了蒙住全身的羊皮袍子，把它高高地抛入背后的风雪中。那是一个老人，裹着一块没有硝制过的生羊皮，露着半边肩膀和一条臂膀，皮肤黝黑，胳膊干枯得像是朽木，提着一柄巨大的青铜钺。浓密而杂乱的须发几乎遮住了他的整张脸，唯有那双血红色的眸子，莹莹发亮。他缓缓地活动身体，穿在一根铁绳上的数千块铁牌碰撞着发出那种令人不安的响动，每一块牌子上都刻着不同的名字，却带着相同的仇恨。

“父亲！”

呼都鲁汗的声音颤抖，被他强行压抑的恐惧忽地都释放了出来，他的袍子下，浑身都是冷汗。他意识到自己可以活下去了，因为站在他马前的是他的父亲，朔北狼主楼炎·蒙勒火儿·斡尔寒，草原上最伟大的英雄之一。那个苍老而魁梧的身躯为他挡住了寒风，挡住了雪片，挡住了青阳九王的刀光，呼都鲁汗忽然有种感觉，在他孩提时代有过的一种感觉，在父亲雄伟的身影笼罩之下，他无须畏惧。

“呼都鲁汗，你做得很好，确实流着我的血。”楼炎嘶哑地说。

他血红色的眼睛直视九王，带着战马缓缓前进。九王竭力想要保持镇静，可他的心脏急速地跳动，令他怀疑自己脸上的血管也正在疯狂地跳动，已经把自己的恐惧完全暴露给了敌人。他想起牧民们的传说，传说里这个老人是个魔鬼，他根本不是人，人类不会有这么一双就像是鲜血中浸泡出来的眼睛！

九王在勒马缓缓后退，虎豹骑们也不敢突前，这个老人逼着数百骑精锐缓缓地撤退。

“吕豹隐·厄鲁·帕苏尔，你也很渴望我的头颅吧？作为你的另一件功勋。”楼炎嘶哑地问，声音出人意料的平静。

“你没有带白狼团？”九王低声说。他的斥候没有发现狼群出没的痕迹，白狼团没有来，但是他们的狼王来了。这是一个可怕的疏忽。

“难道我一定在狼背上么？”楼炎低声说，“天真的孩子。”

他缓缓举起青铜钺，喉咙里发出狼一般的低嚎，就像呼都鲁汗杀入战场时一样，朔北武士们以狼嚎呼应他。即将崩溃的朔北骑兵们不知道从哪里来的勇气，就近结成小队，发疯般向着楼炎的方向靠近，只一瞬间几十个朔北武士就集结在楼炎身后。九王心里微微颤抖，这些朔北武士们仿佛被狼魂附身似的，喉咙里发出低沉而凄厉的嚎叫，眼瞳里像是也渐渐泛出楼炎那样血红色的光。

“发箭！”他下令的同时急速后撤。

虎豹骑急忙张弓搭箭。但是楼炎在九王下令的同时发动了战马，疾电一样射入了虎豹骑的大阵，只有他一人，面对数百虎豹骑，谁也没有想到他以狼主身份会采用这样危险的战术。最前面的虎豹骑刚刚举弓，箭还未来得及射出去，楼炎已经到了他面前，他惊恐中以弓弦去割楼炎的脖子。楼炎微微偏头，闪过了弓弦，他把自己的青铜大钺猛地抛向空中，伸手把那个虎豹骑从马鞍上抓了过去。那个远比他魁梧健硕的虎豹骑在他手里就像是一个婴儿，没有任何反抗的余地。楼炎把他举在空中，双手抓住他的脚腕，左右撕扯。他的双臂极长，朽木般的胳膊爆发出不可思议的力量，那名虎豹骑被他生生撕成两片。浓腥的血仿佛在半空里炸开，淋在楼炎的身上，他仰头迎接这场血雨，带着猛兽享受到新鲜血食时的畅快神情，而后扔掉了两片尸体，举手凌空抓住落下的大钺。

所有人都呆住了，那血腥的场面和恶魔般的老人令虎豹骑们怀疑自己身在何处。

狼嚎声覆盖了整个雪原，伴之以秃鹰在高空里凄厉的鸣叫，在这种天气里秃鹰居然会起飞，只有一个原因，那就是有太多新鲜的食物了。

“不！不是！”九王忽然高呼，“那些秃鹰不是自己出来觅食，它们出来是因为……”

他回头看着秃鹰叫声的方向，那里的雪原不再沉寂，有什么东西在积雪下面滚动，一大片，一大群……它们嘶吼着逼近，强忍着对于血肉的渴望。

那是狼，大群的白狼，它们很长时间没有移动，静静地趴伏在雪地里，直到大雪掩埋了脚印，所以斥候们没有发现狼群出没的痕迹。白狼的毛色和积雪没有任何区别，狼背上的武士们以反毛羊皮盖住了全身，靠着巨狼的体温温暖自己。难怪秃鹰一直没有离开战场，总能听见它们的声音，这些该死的食腐鸟和狼群共生，狼群的位置瞒不过它们。

不花剌微微打了一个哆嗦，他已经看清了狼群最前方那头喉部受伤的巨狼，是哈察尔在它的喉咙上留下了伤。它走得比其他狼更快，狼眼莹莹发亮，因为它急欲复仇。

三千匹骏马般的白色巨狼，它们在远处站住，一齐抖动皮毛，把毛里干燥的雪花抖干净了。狼背上的武士们慢慢直起身体，举起了宽刃的战斧。所有青阳武士都沉默地看着白狼团，数万人的战场一时静到了极点。狼群发动了，它们先是缓步而行，继而是小跑，越来越快，它们开始狂奔，这些野兽的血已经滚烫了，狼群中低嚎声前后左右呼应着，那是猎食的信号，它们扑向了前方数万个猎物。

浓烈的腥风从雪原上卷过，数千条白狼，数千个白色的影子，奔跑起伏，仿佛翻滚的雪浪，仿佛雪崩！

数万匹战马惊恐地嘶鸣起来，它们不顾主人的鞭策，疯狂地掉头后撤。这些雄骏的动物忽然间都成了懦夫，它们宁可互相挤压，互相践踏，只要能够逃脱这些狼爪牙。青阳大军的优势一瞬间瓦解了，虎豹骑也无法控制他们的战马了，一字阵列在离狼群还有数百步远的时候已经溃散，那股越来越浓的狼腥气让武士们更加恐惧，又恶心得想要呕吐，即使他们面前满是沾血的尸首时，他们也没有过这种感觉。

“整队！整队！”九王举刀大吼。

楼炎带动战马，缓缓地向他逼近。

已经来不及整队了，狼群冲入了人群。当先的一头巨狼如愿以偿地尝到了人血的滋味，它站起来，几乎有两个人的高度，扑下的瞬间把一名虎豹骑的头整个地咬了下来，牙齿间响起令人心胆俱丧的咀嚼声。更多的狼紧跟着扑上，它们尖利的爪划开马腹，直接抠出还在跳动的马心，或是以巨大的重量把战马压倒之后，扑上去撕咬。狼骑兵们每一斧都斩下一颗头颅，他们把这些战利品的头发两两打结，挂在自己的脖子上，又驱使巨狼去寻觅下一个猎物。恐惧的魔鬼抓住了每一个青阳武士的心，目睹同伴的死，他们完全丧失了抵抗的信心，只顾彼此挤压着后撤。而朔北部的薛灵哥战马却不畏惧白狼，残存的朔北武士们发动了反击，混在青阳武士的队伍里斩杀。

战场已经成了朔北狼群的围猎场，这个猎场里的猎物是青阳的男人。

“举刀！”楼炎忽地咆哮。

九王惊得举起开裂的双刀封挡在面前，而事实上楼炎距离他还有十步之遥。几个忠勇的虎豹骑冲上去挡在九王面前，楼炎伏在马鞍上，大钺平挥出去。一击之下，他斩断了两名虎豹骑的腰，还斩下了两匹战马的头颅。楼炎伸手把喷出的热血涂抹在自己裸露的身体上，继续逼近，没有人再敢挡在九王前面，九王只能一退再退。

楼炎伸出一根手指指向九王，又指着周围那些虎豹骑。

“哈哈哈哈哈哈，”恶魔般的老人沐浴在滚烫的鲜血中，仰天狂笑，“我的女婿，你只留下这样的对手给我么？青铜家族的狂血呢？让整个草原都震动的铁浮屠呢？没有了么？没有了么？只剩下这些瘦羊？”

“青阳已经死了。”楼炎缓缓地垂下目光，看着喘息的九王，“吕豹隐·厄鲁·帕苏尔，我很喜欢你的头颅，很适合做成一只杯子。”

他的目光彻底压垮了九王的信念。九王脱手甩掉双刀，掉转马头后撤。

楼炎并不追逐。他在马鞍侧面摘下战斧，甩手掷出。这柄凶蛮的武器切割空气，发出慑人心魄的呼啸。九王背后举旗的军士在临死的一瞬间感觉到了，他转回头，看见乌黑的铁光刺入了自己的眼瞳。战斧把两眼以上的整个头盖骨掀飞到空中，那具尸体紧紧地攥着战旗落马，脚还扣在马镫里被惊恐的战马拉着远去。

象征勇气和尊严的豹子旗沾着血，在雪地上拖出鲜红的花纹。九王不敢停留，那眼神在他的背后追逐他，仿佛飞翔于虚空中的魔鬼，冰冷的牙齿就贴着他的后颈。他发疯般鞭打战马，冲入茫茫的雪幕。

“不必太着急，青阳之弓，很快，我就会去取我的杯子。”楼炎望着九王远去的背影，缓缓地说。他勒住了战马，拉扯手指粗的铁链，收回了战斧。

数以千计的白狼向他靠近，簇拥着这位狼王，狼骑兵把武器和盾牌举过头顶敲击，发出震耳欲聋的轰响。围绕着白狼团，数万朔北骑兵重新整队，这些男人沉默地把死去的族人推下战马，然后翻身上马。呼都鲁汗的黄金苍狼旗再次被高举，但是没有人欢呼，几万双眼睛看着楼炎。

对待这个老人，他们不像对待呼都鲁汗那样喧闹，他们的沉默有如膜拜神。

楼炎慢慢地踩着马鞍站了起来，他高踞于群狼之上，遥望着台纳勒河上踏着冰面溃退的青阳大军，举起青铜大钺指向北都城的方向。

“朔北的男人们！前面就是北都城，把今天变成我们称霸草原的日子！每一个阻挡你们前进之路的人，都应杀死！”

于是神谕传下，朔北的男人们发出了野兽般的嚎叫。

不花剌的一千鬼弓没有移动位置，他们仍能结阵防御，看着周围潮水般撤退的青阳骑兵。不花剌没让他们执行命令，此时用箭射穿逃兵的头颅也没有任何意义了，青阳已经失败了，不可挽回。他扭头，木犁拉着透骨龙站在他身边，沉默着。从楼炎现身战场的时候开始，木犁就一直沉默，脸上没有任何表情，似乎并不惊讶，对于自己浴血博得的优势被瞬间摧毁，他也没有流露出沮丧或者愤怒。

“原来朔北真有三千匹白狼。”不花剌低声说。

“是，那就是白狼团，楼炎·蒙勒火儿·斡尔寒的白狼团。”木犁说。

“靠他一个人就逆转了整个战场的士气……这种事真要亲眼看见才能相信。”不花剌伸手往自己背后摸去，他的箭囊已经空了，再来不及填充，朔北部已经发起了决胜的冲锋。他收起了弓，从地下拾了一柄战刀。一只枯瘦有力的大手伸过来，把刀夺下来扔在一旁。

木犁把透骨龙的缰绳交在不花剌手里，“带着你的部下，掩护大君撤退，快！骑我的马，它不怕狼，而且和你的马一样快！”

不花剌扭头看向另一侧，吕守愚趴在雪漭的马鞍上，身上盖着大氅，仍旧昏迷不醒。他的伤势不算很重，昏迷是因为脱力，他和呼都鲁汗的战斗持续到木犁的孛斡勒冲上去隔开了呼都鲁汗，死里逃生的吕守愚在马鞍上喘息了几下，胸口的一道轻伤裂开出血，随即昏迷过去。他直到昏迷都握着狼锋刀，他守住了自己的旗，没让呼都鲁汗得逞。

“木犁将军，你呢？”不花剌抬头看着木犁的眼睛，可那双焦黄的眼睛里什么都没有。

“我会为你争取时间，大君和虎豹骑都必须平安地撤离战场，否则我们会失去对抗朔北部的机会。我们不能在这一战里失去一切。”木犁说完，转身走向他的子弟兵们。

“你在等什么人么？”不花剌对他的背影大声喊。

“是，我在等那头狼，我要在这里了结和他之间的仇恨。”木犁站住了，转过身，透过绵密的风雪看着不花剌，在他们之间有溃退的骑兵匆匆闪过。

“我已经很老了，几个人能有幸在自己老死前了结一辈子的仇恨呢？”木犁点了点头，“我很高兴。”

“大君，请跟我来！”不花剌拉过雪漭的缰绳，把自己的黑氅解下来披在吕守愚的肩上，一手抓起九尾大纛。数百名鬼弓向着他靠拢，在他们中间九尾大纛再一次竖起，那象征青阳的尊严，即便溃败也不能倒下，武士们要靠着它的指引退回到集结的地点。

不花剌用手紧紧地揽住吕守愚的肩头，感觉到他的身躯在微微地颤抖。原来他已经醒来了，但是伤痛加上失血已经剥夺了他的意志，他极度虚弱。

“毕竟是草原的主人，做到这一步也不容易了吧？”他心里想。毕竟不是奴隶，不必为了自己和一家人的自由而拼上命。他又一次想起那个年轻奴隶被战锤的利角刺穿而后抛向天空的一幕，那泼洒出来的鲜血就像是东陆画家笔下的泼墨虹霓，绚丽却又哀婉。

木犁回头看了一眼透骨龙，忽地击掌，说：“驾！”

透骨龙长嘶一声奔驰起来，不花剌紧紧拉着雪漭的缰绳，他转过头，看着木犁的影子越来越小。

“结人墙！凡我木犁的武士，一步也不能后退！后退的人，我亲手砍下他的头！”木犁用衣角把牙刀上的血擦干，“我们要在这里拖住朔北人，否则他们会一直追击到北都城下，骑兵来不及集结，会拥挤着入城，那是狼主最期待的机会，他一举就能拿下城门。”

孛斡勒们看着彼此的眼睛，最后的骑兵正通过那六座浮桥，台纳勒河西岸很快就只剩下这些奴隶武士了。可是木犁没有下令撤退，仅存的千余人要对抗朔北的数万之众，不会有生还的机会。没有人说话，奴隶们低头看着自己包裹着鹿皮的脚。

“将军，我们不想死在这里……贵族们逃了，为什么我们要留下？”一名奴隶武士打破了沉默。

“告诉我你母亲的名字。”木犁说。

奴隶武士愣了一下。

“告诉我你母亲的名字！”木犁低喝。

“其其格。”

“真是漂亮的名字，她还活着么？还是一个奴隶吧？她在哪个贵族的帐篷里？”木犁的声音低哑，却柔和起来。

“在斡赤斤家的帐篷里当奶妈，她刚刚给我生了一个弟弟。”

木犁点点头，扫视他一手训练出来的子弟兵，“我把你们每个人看作我的兄弟。我的奴隶兄弟，你为什么加入木犁的军队？只是因为这样能给你带来光荣么？或者你来是要为那些贵族效忠，要当他们的狗，要为他们捕猎，要为他们战死，把你的血献给他们高贵的种姓？”

所有人都摇头。

木犁转身面对那个站出来说话的奴隶武士，“你的母亲很期待你立下战功能为她赎回自由吧？她很为你骄傲，是不是？”

“是！”奴隶武士毫不犹豫。

“你已经没法把自由带给她了，我的兄弟，可至少让她能活下去！如果朔北的狼骑冲入北都，等待你母亲的只有凌辱和死，她的皮被剥下来蒙在盾牌上，头发被割下来绞成绳子，尸体被送去喂狼。我的兄弟，你想活到亲眼看见那一切么？”

奴隶武士一震，呆住了。

“你们每个人踏上战场，都有自己的原因。我也一样。但是现在回头看看那座城，”木犁回身，遥指风雪里那座看不见的大城，“我们每个人，无论为了什么拿起刀，都得守住那座城！”

“我很想我妈妈活下去。”那个奴隶武士低声说完，回到了队伍中。风雪呼啸，再无一人说话。

“结人墙，骑兵全部过河之后，截断浮桥。”木犁下令。

“骑兵全部过河之后，截断浮桥。”一名孛斡勒重复了这个命令。

千余人默默地散开，拔出了腰刀。这支队伍在数万人的朔北大军面前显得如此弱小，可他们依然挺起了胸膛，用仅仅罩着层牛皮的胸膛对着暴风雪、薛灵哥战马的铁蹄和白狼的爪牙。

“我的兄弟们，我只是个老奴隶，没有什么可以赏赐你们。我给你们我所有的一切，我不会撤到东岸去，我会和你们并肩而立。”木犁走到所有人前面，站住。

六

阿苏勒立马在台纳勒河的东岸，面前赤红色的河水缓缓流淌，他的背后是上万具尸体渐渐被风雪掩埋，身边是幸存的青阳武士们风一般驰过，向着北都城的方向撤退。没有人注意到这个沉默的年轻人，青阳武士的勇气被狼群击溃了，他们心里只有“活命”这个念头。青阳部败了，阿苏勒明白。对于一支军队而言，最重要的士气已经崩溃，如果此时朔北人追上来砍杀，可以像收获麦子那样轻松地把青阳武士们的命收走。

他来晚了，却又不得不亲眼目睹这片惨痛的战场。其实早一些也没有用，他没本事逆转这个失败，他只有一个人一匹马和一柄刀，在千军万马的战场上，依旧是个无足轻重的孩子。

风雪迷乱了他的视线，千余名孛斡勒的身影时而清晰，时而模糊。

驻守在浮桥边的孛斡勒看着最后一队骑兵驰过浮桥之后，开始挥刀斩断捆住剥皮松的绳子。阿苏勒心里一惊，在他茫然的瞬间，六座浮桥散开，成了一堆随水而去的松木宽板。孛斡勒们回头走向了他们的队伍，和他们的伙伴并肩站立。阿苏勒这才明白他们并没有准备撤回来，河西岸雪尘遮天，朔北人的复仇就要来了。

他忽然看见了孛斡勒们队列前方的老人，那个熟悉的背影横着一口刀，昂着头，雕像般矗立。他瘦削而干枯，像是古树般不可动摇。十年之后阿苏勒还记得那个背影，那时候木犁常常在傍晚的时候来看他练刀，最后又总是不屑地从鼻孔里哼一声，一言不发，掉头离去，留给他的总是这样一个孤独却倨傲的背影。

“木犁将军！”阿苏勒大声呼喊。

木犁听见有人喊他，隐隐约约地，他好像听见过这个声音，却想不起来了。他转过头，看向河东岸，看见了那个骊龙驹背上的年轻人。他的记忆有些混乱，也许是因为失血太多。他闭上眼睛摇了摇头，忽然记了起来。他的脑海里是一幅画面，夕阳之下一个赤裸上身的男孩挥舞着沉重的刀，一次次劈斩木桩，又一次次被弹得后退。男孩白皙的脸上满是灰尘和汗，脏得就像一个从马厩里滚出来的小奴隶。

木犁觉得那笨拙的挥刀姿势简直是对刀的侮辱，却记住了他的眼神。无论多么疲倦，怎么大喊，那个男孩的眼瞳始终清亮，不染尘埃。刀的戾气不能侵蚀他的灵魂，他挥汗如雨，举刀过顶，大声呼喝，可是木犁觉得那个蒸着热气的躯壳里其实站着一个悲伤而怯懦的孩子……他站在很远的地方，一动不动。

如今他回来了，他居然长得那么大了。木犁隔着风雪看他，看不太清楚，只能想象那个悲伤和怯懦的孩子，骑着一匹白色的马，眼瞳清亮，不染尘埃。

“世子，你回来啦？”木犁淡淡地说，笑了笑。

他转过头去，面对扑来的人潮，再不回头。

听到“世子”两个字的时候，阿苏勒感觉到自己心里隐隐痛了起来，像是一柄薄薄的刀在那里划了道伤口。他几乎就要忘记“世子”这个称呼了，他再次回到故乡，父亲已经死了，苏玛嫁给了哥哥，他没像父亲曾经说的那样成为保护族人的英雄“长生王”，也许父亲本就是说了句戏言安慰他小小的心，试图告诉这个儿子自己有多爱他，但是吕嵩·郭勒尔·帕苏尔那样的男人不会因为爱而把青阳的未来交给一个懦弱的儿子。如今一切都不一样了，就像对他的称呼从“世子”变成了“大那颜”。

可是木犁依然叫他世子，也许只是个口误，也许是因为许多年过去了，在木犁的心里阿苏勒还没有长大。他的记忆还停留在阿苏勒十岁的时候，然而他就要死了，这份记忆就要消亡。

阿苏勒猛地给战马加上一鞭，沿着河岸狂奔起来。

铁晋紧紧按住胸口，以防那道箭伤裂开。在第一场冲锋中他被流箭命中，但是他截去了箭尾，一直坚持，他知道领军大将倒下对这支万人队的影响。但是现在那枚留在身体里的箭镞已经把创口扩大了，如果他继续策马奔跑，那枚箭镞也许会更深，伤到心脏。他艰难地喘息，他还想再坚持一会儿，他剩余的三千余骑兵刚刚撤到东岸来，他需要坚持到这些骑兵重新集结做好防御。

一匹骏马以极高的速度逼近他身旁，马背上的人在疾驰中伸手按在他的肩头，“哥哥！”

铁晋惊喜地扭头，看见铁益的脸，他几乎忘记了胸口的痛楚，伸手握住了弟弟的手腕，“你到了！”

“来晚了！”铁益咬着牙，看见河对岸的孛斡勒武士们正砍断那些剥皮松木之间的皮绳。确实太晚了，他抵达战场的时候，胜负已经定了。

他感觉到手腕上的剧痛，那是铁晋在加力。

“集结！快集结！木犁拖不了太久，朔北人会渡河！”这是铁晋最后一句话，随后他失去了知觉，在疾驰的马背上失去平衡，一头栽在雪里。

他略微能放下心了，这支骑兵是他和铁益一起练的，铁益能够指挥他们。

铁益跳下马，把铁晋从雪里扶起来，解下自己的大氅裹在他身上，回头说，“巴鲁巴扎，保护你们的伯父，带着所有人撤回北都城下结阵。”

他从执旗的武士手里抓过战旗，转过头看着河西岸，看着千余人站在风雪中的背影，低声说：“我守在这里，我要看着朔北人过河。你们若是远远地看到这杆旗，那就是我回去了，朔北大队就跟在我背后，你们要做好一切准备，死守城门。可别想着有多少时间，朔北的薛灵哥马很快。”

“父亲要自己当斥候么？”铁颜把伯父扛在肩上。这个小伙子已经长大，远比他声威赫赫的伯父更加魁伟。

铁益摆了摆手，示意他们不必多说。他忽地一惊，发现刚才还立马在河边的阿苏勒不见了。他急忙看向左右，依然没有找到。

“大那颜在哪里？”他对身边的铁浮屠武士大喝。

“刚才……往下游去了。”一名铁浮屠指着河岸。

“他是要……”铁益明白过来，“该死！”

他也想过要去把木犁那个死犟的老东西抢回来，可是他明白那做不到，木犁决定的事情不可动摇。他们需要拖延朔北人争取宝贵的时间，这样溃散的军队才能再次集结，无论是守城或者是在城下迎击朔北人，他们都需要时间准备。铁益能做的仅是守在这里把朔北人过河的战报及时送回北都城。但是阿苏勒显然没有想那么多，他向着下游去了，必然是在寻找坚实的冰面过河。铁益还记得这个孩子拾起刀挡在自己的叔叔和苏玛之间的事，那次几乎震惊了青阳所有贵族，十年过去了，他也还是那个惹祸的性格。

铁益看着自己身后不到一百个人，深深地吸了口气，“人马披甲，准备冲锋。”

“将军，大君的叮嘱是铁浮屠没有手令不能调动，而且敌军太多，现在仓促出击，我们会有危险。”一名铁浮屠说。

“大那颜如果死在这里，我就不必回北都城了，把自己的头送回去给阏氏就可以。”铁益喃喃自语，“我答应过那个小姑娘要把活的大那颜带回去给她……”

“小姑娘？”那名铁浮屠武士愣了一下。他立刻就明白了，北都城里流传着大阏氏和大那颜之间的故事，和东陆达官贵人间的风流韵事一样被津津乐道。

“不要在别人面前说出什么奇怪的废话来，否则我把你的头拧下来！”铁益明白自己就说了奇怪的废话，一掌拍在那名武士的头盔上，放声咆哮，“人马披甲！准备冲锋！”

这是军令，再没有犹疑的机会，铁浮屠们抖开了身后驮马背上的油布，马背上乌青色的铠甲上流动着森严的光。

狼群冲入了孛斡勒组成的人墙，它们的利爪仅用了一瞬间就把最前排的奴隶们撕成碎片，带着热气的血肉吸引了这些野兽，它们扑在尸体上撕咬。这时候后面的奴隶发动了，他们以投矛刺向白狼的头部，几头白狼被刺中了，痛得嚎叫起来，伸出利爪把扑上来的奴隶武士们拦腰扫成两段。更多的奴隶甚至无法接近白狼，狼骑兵们掷出了战斧，准确地斩入奴隶们的头颅，保护了自己的坐骑。这些朔北武士一辈子生活在狼背上，狼仿佛他们身体的一部分，狼的爪牙和狼骑兵的战斧组成了没有破绽的战争机器，互相援护，交替进攻。

奴隶们用在骑兵身上有效的战术完全失败了，他们一队又一队地冲上去，一队又一队地倒下。但他们不停，更不后退，他们肩并肩，一样互为援护，交替进攻。他们从小一起训练，如同兄弟，兄弟的手就是他们的手，他们的命是捆在一起的，只要还有一名孛斡勒活着，这支军队就活着。一名孛斡勒在距离白狼不到三步的地方被战斧劈中了肩胛，他没有倒下，而是跪下了，用尽力量绷紧了背。他身后的孛斡勒跟着冲上，踩在他的肩膀上腾空跃起，在空中挥刀横扫。这一刀准确地斩中了一匹白狼的鼻梁，削去了它的双眼。白狼刚刚哀嚎着立起来，更多的孛斡勒冲上，十几个人围在白狼身旁，用刀插进它的腹部。他们围住那名狼骑兵和垂死的白狼，举刀劈斩，那股疯狂比狼更像狼，让人想起群狼扑在死去的野牛身上抢夺肉块。但这小小的胜利没有维持多久，后面的狼骑兵狂怒地掷出数十柄战斧，把这些孛斡勒砍倒在白狼的尸体旁，此时狼和它的主人已经血肉模糊辨不出面目。

木犁提着刀在孛斡勒中四顾，他始终没有冲锋，可是他的子弟兵越来越少了，只剩下几十人围绕着他，狼群则如铁桶一样包围了他们，再外一圈是朔北骑兵们高举武器呼吼着助威。

“楼炎！”木犁忽然吼叫起来，“楼炎！你出来！我知道你在这里！你出来！”

没有任何征兆，随着木犁的吼叫，周围忽然安静起来，所有白狼往后退却。孛斡勒们周围忽然空出了一片雪地，狼骑兵们隔着几十步看着他们。白狼们俯下身去，狼骑兵们离开狼背，站在雪地里，也俯下身去，贴近地面。

这时候只剩下一匹白狼依旧站立，四条粗壮的腿撑得笔直，风掀起它的长毛，狼背上的老人轻轻地抚摸着那些长毛，看着木犁，血红色的眼睛里透着怜悯和叹息。风暂时停下了，晶莹剔透的雪花垂直落下，落在木犁的刀和楼炎的钺上，三十年后这对宿敌相遇，隔着雪幕对视，很久没有说话。

“木犁，你老了。”楼炎低声说。

“楼炎，你还是老样子，喜欢说那些故作高深的话。”木犁目光如电，牙刀空挥，放声咆哮，“来啊！你还没死，我也还没有，在北方是不是等得很着急？你现在很开心？来！杀了我，你会更加开心，杀了那个曾打败你的奴隶。楼炎我知道你心里很着急，恨不得冲上来咬断我的喉咙，我给你这个机会！”

楼炎出人意料地镇静，“你来这里是为了什么？为了战胜我？还是要把你自己的命葬送在这里，尽你对青阳部的忠诚？”

木犁不再说话，提刀扑上，快如奔马。楼炎挥手，阻拦在他和木犁之间的狼骑兵们迅速地闪开了一条路，楼炎单手提钺指向木犁。木犁距离楼炎只剩下几步距离，忽地跃起，右手牙刀划出肃杀的弧线，带着迫人呼吸的力量向楼炎的肩膀斩落。楼炎没有移动，动的是他胯下的巨狼，那头狼偏转头，准确地咬住了木犁的牙刀，那柄东陆出产的名刀在狼牙下轻易地碎裂了。又是一道肃杀的弧线，铁光直指楼炎的脸，那是木犁左手拔出了一直捆在背后的重剑，那是吕嵩·郭勒尔·帕苏尔生前的佩剑，是他统率青阳大军的凭证。楼炎忽然收回了钺，以钺柄的铁木横封，架住了木犁的重剑，这必杀的一剑在楼炎那里仿佛一个孩子的把戏。木犁还未落下，楼炎左拳猛地击出，命中他的胸膛，把木犁瘦小的身体凌空击出一丈！

木犁在雪里翻滚，按着胸口爬了起来，面容狰狞，脸上青筋跳动，“来啊！老狼！再来！别停！让我杀了你！”

“木犁，我曾经那么欣赏你啊！那时候你在我眼里是一匹凶狠的狼，磨尖了牙齿和爪子，想要扑上来咬断我的喉咙。那时候你还是个没有地位的奴隶崽子，除了那些刀一无所有，你要用我的颈血换取你的自由和荣耀。和那样的木犁对敌，让我激动得手会发抖。可是看看你自己，看看现在的木犁，你只是青阳部的一头老狗，吼叫着要为主人尽忠。”楼炎喟叹，“看到你这样，我有些难过。”

楼炎掉转狼头，缓缓地离去。

“楼炎！”那份羞辱让木犁撕心裂肺般地吼叫，他高举重剑，奔向楼炎的背影。

楼炎抓着白狼的长毛，并不回头，随手摸到了自己的战斧。他半转身体，把战斧掷了出去。木犁看见一个黑影逼近，不由自主地竖起重剑挡在自己面前，战斧呼啸着盘旋，击中了剑刃。木犁感觉到自己心口刚才被楼炎击中的地方忽地痛得像要裂开，他退后一步，吞下了一口腥咸的唾液。被反弹的战斧在空气中划过巨大的弧线，重新回到楼炎掌中。楼炎勒马回顾，直视喘息着的木犁，微微摇头。

“木犁，不要白费力气了。你现在只是想死，失去了求胜的心，你的人生已经结束。”楼炎一个字一个字地说。

他看着木犁，笑了。他胜利了，三十年之后他彻底摧毁了这个桀骜的奴隶崽子。不是靠他的斧和钺，是靠意志，他摧毁了木犁的信心。把他从骄傲的青阳英雄打回到一个将死的老奴隶。这是一个男人最大的快意，杀了木犁怎么能和这种胜利相比？怎么能有一种复仇像这样畅快？

木犁看懂了楼炎的笑，他忽然觉得自己说不出话来了，他失去了说话的力量，脑海里仿佛有千万人对着他大喊：

“你的人生已经结束！”

“你的人生已经结束！”

“你的人生已经结束！”

这让他想起他还是个小奴隶崽子的时候，做过一个可怕的梦，梦见那些贵族围绕着他，俯视他，指着他，每个人都大喊说：

“你是个奴隶崽子！”

“你是个奴隶崽子！”

“你是个奴隶崽子！”

他剧烈地喘息着，双手抓着剑柄，剑尖无力地垂在雪里。

“你的人生已经结束……你是个奴隶崽子……你的人生已经结束……你是个奴隶崽子……”那些人的喊声要撕裂他的耳膜。

“不！我不愿意结束……我还没有结束！”他想要大吼，声音从喉咙里出来，却是嘶哑的呻吟。

他的视线模糊了，楼炎的背影慢慢远去，他拖着脚步往前挪动，忽然那股被他咽下去的腥咸唾液重新涌了上来。他用手捂住，吐了出来。他移开手，怔怔地看着掌心的红色。他感觉到生命和血一起慢慢从他的身体里流淌走，他意识到自己真的是老了，其实早该死了。楼炎看穿了他的把戏，他并不是来求胜的，他来求他自己的结局。其实他自己心里都不知道，原来他是那么渴望楼炎巨钺劈下的瞬间，那是将军木犁应有的结局。

楼炎那个魔鬼，不仅是杀人，也把人的心作为玩具。他不给木犁英雄般的结束，木犁可以死，作为一个战败的奴隶。

狼骑兵们重新跨上狼背，跟随着楼炎离去。楼炎去向了西边，这意味着他暂时放弃了夺取北都城，孛斡勒和浮桥被毁使他损失了宝贵的时间，此时青阳溃军已经重新集结起来，靠着接天的北都城墙，他们应该可以守住。大队骑兵跟随呼都鲁汗的黄金苍狼旗，尾随在白狼团之后。剩下几百名朔北骑兵们带马上前，砍杀最后的几十名奴隶武士。

木犁在奴隶们的哀号中仰起头，默默地对着天空，雪花飘落，在他的瞳孔里变得越来越大，晶莹剔透。漫天的雪……多年之前也是这样一个雪天，十四岁的木犁杀死了他的主人，后来这样大的雪总在他的梦里飘飞。那个十四岁的孩子杀死了主人之后，仿佛丧家之犬那样在雪地里逃亡，背后是嘈杂的吼叫声和马嘶声，他感觉到自己就要被这个世界的寒气冻死了，他的生命随着体温渐渐地流走，他跑不动了。

就这么死了吧，他想。他扑倒在雪地里，扑倒在一匹黑色的马前。他抬起头看着马背上的人，想看他怎么杀死自己。他看见的是个陌生的年轻人，眼睛里有一道白翳，冷峻威严。那个年轻人叫吕嵩·郭勒尔·帕苏尔，是他新的主人，他的朋友，他的君王。而现在郭勒尔已经死了，再没有人能救他。

所以他就要死了。

木犁缓缓地跪下，仰首对着天空。

最后一名孛斡勒旋转着倒在雪地里，朔北骑兵们围绕了木犁。现在只要轻轻一刀，他们就可以取走这个垂死老人的命。但是朔北武士们犹豫着没有动，因为楼炎并未说可以杀死他。短暂的沉默后，一个巨大的身影从人群中闪出，他大步走向木犁，臂上的铜盾中弹出了一截厚重的剑刃。

那居然是一个身高达到一丈五尺的夸父。夸父武士沉默地抬脚踩在木犁的肩上，抓住他的头发，把剑刃压在他的后颈里，朔北武士们一齐退后。

夸父武士听到了急速逼近的马蹄声，他从那声音里面觉察到危机，于是扭过头。那是匹青黑色的战马，沿着河岸而上，以迅雷之势切开了朔北骑兵的队伍直冲进来，马上的人影双手撑鞍，在马背上站了起来。他跃起了，双手握刀，刀长五尺，旋身劈斩。这一系列动作行云流水，一气呵成，优雅中透着肃杀之气，完全不是蛮族武术的大开大阖。朔北骑兵们甚至来不及反应，已经让他逼近了木犁。

夸父武士不得不回身防御，他一脚踢开木犁，以剑刃荡开了那柄长刀，觉得手腕一震。对方那名武士落地，立刻俯下身体，仿佛跪拜。夸父武士还没有明白这个动作的目的时，已经感觉到了扑面而来的凛冽杀机。他几乎是本能地向后跳跃，以夸父的身高和步长，他一次全力后跃就掠过了近一丈的距离。也正是这一丈距离救了他的命，在他后跃的一瞬间，足长五尺的青色刀光飞扬而起，仿佛空气中扬起的一幅青绢，刀上的寒气森严刺骨。

夸父武士喘息着，敬畏地看着他的敌人，他现在不得不正视这个身高只有他一半的蛮族人类了。那样缜密的武术中杀机四布，青阳武士在落地的瞬间已经进入了下一次进攻的准备，他那个似乎是跪拜的动作是为了积蓄力量发起撩空的杀手刀。两次进攻间不容发。

“桑都鲁哈音。”他以双盾护在自己的胸前，低声报上了名字。

他略略有些惊讶，因为他发觉他的对手不过是一个十七八岁的年轻人。一身小牛皮甲，外罩白色的大袖，乌黑的头发在头顶扎成鞭子，是地道的蛮族装束，神气却仿佛东陆纤秀的贵族少年。年轻人清澈的眼睛里隐隐流露出怒气，他绷紧嘴唇，右手森严妖异的长刀虚挥一记，五尺长的刀刃完全阻挡了桑都鲁哈音再次突袭木犁的道路。

年轻人的背后，木犁虚弱地倒在雪地里，木然的双瞳望向天空中，仿佛一具尸体。

一骑黑色的骏马从朔北武士们后面走出，马背上的老人一身黑色的大氅，风帽垂下来遮挡了他的面容，“青阳部，吕归尘·阿苏勒·帕苏尔。”

“你知道我的名字？”阿苏勒心里一颤。

“因为你曾在战场上和雷碧城宿命般地相遇，雷碧城告诉我他遇见了一个少年，看见天驱的神器‘刀中影月’在他手中复活了。我们曾以为幽长吉之后，不会再有人能唤醒这柄邪刀。”

“辰月。”说出这两个字的时候，阿苏勒强行克制住战栗。惊惧仿佛一个水泡从他心底极深处幽幽地浮起。任何一个曾经目睹殇阳关惨状的人，再次听到辰月的名字，都仿佛被毒蛇缠绕。老人的装束和雷碧城一模一样，辰月的使者总是用黑色的长袍笼罩自己，像是来自死人之国的使者，他们步履所到之处，战火燃烧。阿苏勒预感到这场战争背后隐藏着更可怖的东西，辰月教徒出现在朔北部的军队里，这是危险至极的兆头。

“山碧空追随诸神的脚步，已经七十年。”

“那么，我们是敌人了！”阿苏勒微微俯身，他亮出了拇指上的鹰徽，“铁甲，依然在！”

最后一个字脱口而出的瞬间，他把长刀交到左手，反手持刀，全力蹬地，向着山碧空发起了冲锋！山碧空没有机会冥想，他在呼吸间足以令天地色变，可他甚至没有时间做一次悠长的呼吸。阿苏勒的进逼如同一只大雕在半空转折向着猎物俯冲而去，他发动的瞬间，山碧空已经感觉到眉心中间有一道渗入骨髓深处的寒气，仿佛是那柄邪刀的刀锋紧贴他的皮肤。

桑都鲁哈音几乎在同一刻发动，向着右边平行移过五尺，完美地阻挡在阿苏勒和山碧空之间。他双手在面前交握，小臂上两面铜盾架起一道坚不可摧的屏障。阿苏勒侧转身体，右手按住影刀的刀柄，借着前冲和转身的两重力量，影月全力斩击在铜盾的中央。

息衍的“逆手鹭行双合斩”！

金属撞击的巨响让双方都感觉到牙齿酸痛，夸父的巨大力量此时占尽了优势，桑都鲁哈音的身体只是稍稍后挫，仿佛一张巨弓微微弯曲，就抵消了阿苏勒的全力挥斩。影月的刀刃没入铜盾中两分，但是铜的韧性令盾牌在巨响中保持原状没有崩碎。

阿苏勒左手撤离刀柄，按在影月的刀背上，用尽全力恢复了身体的平衡。

桑都鲁哈音深深吸气，挡住对方的冲锋，下一轮的进攻就轮到他了。他还有余力未发，他占尽了优势。就在这个瞬间，他感觉到自己的呼吸无法继续，被一股阴寒的力量截断了！仿佛虚空中一柄看不见的刀从正面切斩在他的喉咙间，刀上带着足以把人的骨头冻裂的彻寒。

“不可能！”他心里大吼。

他已经挡住了阿苏勒的斩击，他清清楚楚地看见自己的铜盾封住了那柄妖异的五尺长刀，可他从眉心到胸臆间都有剧烈的痛楚，让他不能不相信自己是被那一刀完全地斩中了。

影月在阿苏勒左手按上刀背的瞬间发生了变化，阿苏勒以手抓住了刀身，刀刃割破他的手指，鲜血渗入了刀身的金属花纹里。那片本已光亮如满月的刀再度发生变化，那些隐没在金属表层下的暗纹亮了起来，铁青色的光芒急速地暴涨和消退着，仿佛那柄刀在急促地呼吸着。阿苏勒在常人不可能做到的情况下平衡身体，静止中再次发力，力量却不亚于刚才挟着冲锋之势的雷霆一击。

东陆刀术，息衍的“切玉劲”，影月的刀锋再次没入铜盾两分。

桑都鲁哈音看着那柄邪刀上一闪一灭的光芒，呼吸不由自主地也跟上那光芒闪灭的节奏。他明知那是个错觉，却不能抗拒，他身体上的疼痛真实可怖，他觉得鲜血已经在顺着喉管灌入他的胸膛，他的喉咙已经裂开了，那身体里的裂痕还在延伸，他随时会被隔着盾牌透过来的刀寒彻底吞噬。但他不能让开，他压住呼吸，强迫肌肉收缩，以全身的力量要把阿苏勒推出去。

一只消瘦修长的手按在桑都鲁哈音的肩膀上，手心带着淡淡的温暖。

山碧空在瞬间完成了一次冥想，平和纯净的力量注入桑都鲁哈音的身体，和他的灵魂发生了一次共鸣。桑都鲁哈音觉得仿佛有另外一个人在他的身体里低沉悠长地呼吸了一次，这个呼吸中他的全部力量恢复，那股阴寒的刀劲被强行推出了他的身体。

这是反击的机会！他的双手紧握，发动了铜盾的机括。铜盾光滑的表面上，忽然有鳞片状的东西弹出，构成一层荆棘，锁住了刀身。同时桑都鲁哈音全身发力，凶蛮地前冲，凭着他庞大的身体和足以扳倒一头六角牦牛的巨力，阿苏勒这样的对手会立刻被压倒，仿佛大潮卷走沙滩上的贝壳。

阿苏勒没有预料到这样的变化，他感觉到刀柄忽然变得像块红热的铁。力量的角逐中他完全不是桑都鲁哈音的对手，他连退了五步，后退之势无法遏制。他双手拧转刀柄，影月锋锐的刀刃绞碎了盾上的铜鳞，阿苏勒终于解脱开来，拖刀闪在一旁。桑都鲁哈音收住力量，转身面对阿苏勒，举起双手剑刃，踏上一步。

“影月是一柄魂印之器，应主人的血召，刀中所寄宿的灵魂会侵入你的意识。”山碧空低声说，“但你是一个夸父，你强壮的身体足以抵挡那些怨魂的侵蚀，我也已把创生之力赋予你，从现在开始你不必畏惧他的武器。”

桑都鲁哈音再进一步，发出雷霆般的咆哮，双手交握，双盾上的铜剑架成十字。阿苏勒看见那个沉重的十字如山一样砸向自己的头顶，没有把握影月可以架住这样的一击，只能仰身闪避。桑都鲁哈音双手拳落空，砸在地面上，双铜剑一齐没入雪地中。他的双剑仿佛灼热的炭一样，瞬间融化了冰雪，露出下面漆黑的泥土。

阿苏勒抓住木犁的衣领，横刀防御，缓缓后退。

桑都鲁哈音双臂缓缓展开，他以至虔诚的目光看向天空，双剑刃上忽然泛起了火红的颜色。他开始旋转，剑刃的火红色越来越耀眼，就像河洛熔炉中的铁水，温度不断上升。他旋转的速度也越来越快，渐渐地，阿苏勒再也看不清他的身形，桑都鲁哈音剑刃带着凄厉的呼啸，整个人如巨大的陀螺那样向着阿苏勒推去。他所到的地方，冰雪融化，蒸气升腾，朔北武士们心惊胆战地看着这一幕，如同见到神迹。

阿苏勒没有办法阻挡桑都鲁哈音，这个夸父武士可叹可怖的力量配合山碧空的秘术，根本是无可防御的。阿苏勒看不清桑都鲁哈音的动作，而那致命的高温在几步之外已经有热浪扑面而来。

又有马蹄声，沿着河岸而上。仅仅一匹马，蹄声轰然如雷鸣。

桑都鲁哈音没有停下，此刻他已经占有绝对的优势，无论来的是什么人，他足以把人和马一起绞成碎片，焚烧成焦炭。那一骑逼近的时候，把一名试图策马上去阻挡的朔北骑兵生生地撞开，武士被撞离马鞍，一匹上千斤的薛灵哥被撞得四蹄腾空，口吐鲜血。对方没有停顿，向着桑都鲁哈音后心刺出长枪，乌黑的长枪足有一丈二尺长，枪头巨大，上面缀着的铁环巨震。

长枪和桑都鲁哈音灼热的剑刃相撞，一截铁质的枪头横飞出去。桑都鲁哈音的剑刃不停，斩中了那匹马的胸口。桑都鲁哈音觉得浑身疼痛，仿佛用足的力气却砍在一面铁墙上，他几乎被弹得退回去。不可思议的是，他的剑刃没能把那匹马开膛，金属马铠完全吃掉了他的力量。马背上的骑兵刺出秃头的长枪，桑都鲁哈音这才发现那杆枪整个都是铁制，削去枪头之后依旧锐利。

他一手死死抓住铁枪的枪柄，对方骑兵的烈马顶着他后退。桑都鲁哈音踩穿积雪触到实地，竭力止住后退的势头，另一手铜剑再次斩下。

又是两尺长的铁杆横飞出去，但是对方骑兵仍然把仅剩下八尺的铁枪扎刺出去。

桑都鲁哈音没有选择，他没穿甲胄，即使穿上也挡不住这样挟着马力的直刺。他再一次抓住枪杆，再斩！

铁枪剩余七尺，对方仍旧不停。桑都鲁哈音咆哮着，反而上前一步，身体前倾，以肩膀扛住那匹马的脖子，咬牙再不后退。他抓住了枪杆，这一次直接斩向中央！

对方那名青阳武士手里只剩下四尺的铁杆，他忽地把铁杆抽回，高举过顶，用尽全力对着桑都鲁哈音的顶心抽打下去。桑都鲁哈音高举手臂格挡，这一轮攻防双方都用尽全力，此时已经是强弩之末，抽打中对方拉着战马后退，桑都鲁哈音也缓步后移。他猛地后跳了一步，对方骑兵也拉住战马不再上前，双方喘息着战平。

桑都鲁哈音这才真正看清了对手，那匹扑近的骏马和它背上的武士笼罩在乌黑的钢铁甲胄中，不露皮肤，仿佛是用整块的黑钢锻打出来的。他刚才击中战马的胸口仅仅让那件钢铁甲胄中央向内崩碎了一圈，却不裂开。桑都鲁哈音无法想象这样的金属，他的一记剑斩可以把一拳厚的铁板切成两半，切口平滑。而那匹被撞飞的薛灵哥骏马躺在雪地里，已经奄奄一息。

“铁益。”阿苏勒知道那件威严的铁面下是谁。

铁益弃掉了手中半截铁枪，缓缓拔出腰刀，“阿苏勒，我们回撤，我可不想朔北的老狼再赶回来。”

“铁浮屠，果然堪称独一无二的甲胄。”山碧空赞叹了一句。

“快！”铁益低喝。

阿苏勒蹲下去，把木犁瘦小的身体扛在自己背上。他忽然发现自己居然长得比木犁还高了。他背着木犁走到自己的骊龙驹旁，把他扶上了马背，自己也爬上了马鞍。铁益带马靠近他，两匹马并肩回退，两双眼睛紧紧盯着桑都鲁哈音和山碧空，铁益的腰刀和影月在两侧翼护。

“你们可以走，我们会有其他决战的机会。”山碧空轻轻挥手。

他这么说着，眼睛一直看着远处的河岸上，大约一百名和铁益一样装备的骑兵已经列出了虎豹骑曾使用的一字阵，一百杆铁枪的枪头指向这殿后的数百名朔北骑兵。

“走！”铁益忽然拉住阿苏勒的缰绳转身疾驰。

阿苏勒环顾周围，他们奔驰在红色的雪地里，雪里无处不是尸体。青阳部最后的“孛斡勒”全部战死在台纳勒河以西的战场上，这些年轻人至死没能赎回他们的自由。

“你看见了么？那个年轻人眼睛里的仇恨……”山碧空看着被铁浮屠护卫着离去的阿苏勒，低声说，“桑都鲁哈音，我们所做的事，会让整个世界仇恨我们吧？”

“无论如何，我会追随在老师的马后。”桑都鲁哈音站直了，仰起头。

山碧空轻轻点头，拍了拍这个学生宽厚的肩膀，“你们以我为导师，可是这一路上如果没有你们，我也许早就死了吧？”

他掉转马头离去，桑都鲁哈音大步跟着那匹健马飞奔。

铁浮屠的快马逼近北都城门，铁益没有打起大旗，这意味着朔北军没有追来。阿苏勒一路上把手伸进木犁的衣服里摸着他的心跳，他慢慢放下心来，这个老人虽然虚弱，可是心跳依然平稳有力。他在距离青阳军阵前还有数十步的时候拉住了骊龙驹，战马直冲到九尾大纛所立的地方，阿苏勒心里一震，看见吕守愚被班扎烈扶着，一手撑着马鞍喘息。看见阿苏勒的瞬间，吕守愚的眼神一闪，微微把头扭开。

阿苏勒扫视周围，这支惨败的军队透出一股绝望的死气，虎豹骑失去了往日的骄狂，其他的几部骑兵也低垂了战旗，以示对那些战死武士的哀悼。仅仅半天之前这支军队还足以横扫北陆草原，现在他们每个人都仿佛失魂一样，目光呆滞，伤痕累累，受伤濒死的战马发出低低的哀嚎，雪还在下。

他回来了，却没有人会欢迎他。这时候没人知道该说什么，用尽力量也挤不出一个笑容。

“去找大夫！”他回头对一个铁浮屠武士下令。

一只手握住了他的手腕。阿苏勒低头，才发现木犁已经醒来了，只是目光依旧空洞，往日那对凶狠的眼睛只剩下两颗焦黄的瞳仁。

合鲁丁家族那边忽然传出了号哭的声音，阿苏勒心里一动，猜到了什么。他往那边看去，一个年轻贵族趴在一个老人身上号啕大哭，跟着他，所有合鲁丁家族的骑兵都跪了下去，哭声震得地面都颤抖。阿苏勒不认识那个叫额日敦达赉的年轻人，但是他依旧模模糊糊记得合鲁丁家族主人的长相，现在那个老人躺在雪地里的一张毡子上，心口插着一支箭，伤口处的血迹已经干涸。

合鲁丁家族的主人死了，这让这场惨败更加沉重。吕守愚挣扎着直起身，却不知说什么，又扶着马鞍慢慢坐在地下。

额日敦达赉号哭着高举双手，从现在开始他就是合鲁丁家族的新主人了，可他失去了父亲。他对于自己曾劝父亲出战悔恨到了骨子里，他恨自己的年轻和冲动害死了父亲，更恨那些狼一样的朔北人，年轻的额日敦达赉恨这片天地，他此时才领会到父亲纵然是个阴险狠辣的人，却对他始终都抱着那么深的爱。可他却永远也无法报答父亲了。

他回过头，看见阿苏勒马鞍上的木犁，愣了一下，忽然腾地站了起来，吼叫着从一名护卫腰里拔了刀，大步冲着木犁而来。阿苏勒一惊，影月自然而然地出鞘，横封在他和木犁面前，刀上的血迹未干，影月透着邪异的辉光。

“主子！主子！”合鲁丁家族的几个武士竭力拉着额日敦达赉，可是他们拉不住这个疯牛般的主人。

斡赤斤和脱克勒家族的少主人都是额日敦达赉的好朋友，脸色阴沉地拔了刀，走到额日敦达赉身边，两位家主彼此对了对眼神，没有起身阻止自己的儿子。阿苏勒面对这三个虎狼般的年轻人，缓缓带马后撤。额日敦达赉他们不认识阿苏勒了，也不在乎这个人从何而来，他们眼里只有木犁，谁拦着他们，他们就要谁的命。铁益带马向着阿苏勒靠近，手暗暗地摸到了刀柄上去。

“世子，你要记住！男人心里要有求胜的血！”木犁忽然用异常平静的声音对阿苏勒说，“不要胆怯，不要畏惧！”

他甩开阿苏勒跳下了马背，向着前方伸出手去。他的动作里带着巨大的力量，即便是悲怒的额日敦达赉三人也被他镇住了，暂时停下了脚步。木犁焦黄的眼珠里再次有了那种凌厉的、桀骜的，甚至狂妄的神气。

这个老人强硬地昂起头，孤零零地站在那里，站在北都城的城门前，面对怒目而视的贵族们、虚弱的大君和数万幸存的青阳武士。他那股倔强的劲头，好像是就算敲断他的脖子，他也会把眼珠翻着对着天空。他没有低过头，从奴隶到将军，脖子总是这么硬得让人想要敲断。

万籁俱寂，只有千千万万雪片落下，慢慢堆积在一起的声音。

木犁忽地用脚尖挑起了雪地中遗落的一柄刀，他抓住了刀高举起来，从自己的后颈劈下！

“木犁将军！”阿苏勒大吼，他从马背上扑下，向着木犁狂奔。

他看见这个老人低下了头，在生命的最后一刻木犁低头了，但这只是为了让那柄刀从后面砍下自己的头颅。老奴隶的头颅滚落在雪地里，血泉如此绚丽却又悲伤地涌向天空，阿苏勒和对面扑近的不花剌一起停下了脚步，他们两人之间，苍老而枯瘦的无头身躯缓缓倒下。

阿苏勒感觉到那股从内而外的痛楚，血慢慢地冷了下去。他几乎站不住了，只能拖着脚步前进。他跪在木犁的尸体旁，默默地把他抱起来，贴在自己胸口。他竭力想忍住泪水，可是泪水无声地滚落下来。他想对着周围的人大喊，却不知道喊什么，只想说他死了啊！他死了啊！为什么啊！

额日敦达赉三人站在原地默默地看了一会儿，扔下刀，转身默默地走开了。其他人也都把头扭转开去，仿佛什么都没有看见。吕守愚举手支着额头，好像他的头重得要掉下来。阿苏勒看不懂这些人的眼神，在人群中找不到熟悉的身影。他记忆里的很多人已经死了，有人还没死，却永远地离开了他。当他十年后再回到自己的家乡，一切都不一样了……

他抱紧木犁的身躯，仰天倒在雪地里。

图书在版编目(CIP)数据

九州缥缈录. 5,一生之盟:百万册纪念版/江南著. —北京:人民文学出版社,2019

ISBN 978-7-02-015227-8

Ⅰ. ①九… Ⅱ. ①江… Ⅲ. ①长篇小说—中国—当代 Ⅳ. ①I247.5

中国版本图书馆 CIP 数据核字(2019)第 086781 号

责任编辑 赵 萍 涂俊杰
装帧设计 李思安
责任印制 苏文强

出版发行 人民文学出版社
社 址 北京市朝内大街 166 号
邮政编码 100705
网 址 http://www.rw-cn.com

印 刷 三河市宏盛印务有限公司
经 销 全国新华书店等

字 数 285 千字
开 本 890 毫米×1290 毫米 1/32
印 张 10.75
印 数 1—20000
版 次 2015 年 11 月北京第 1 版
2019 年 6 月北京第 1 版
印 次 2019 年 6 月第 1 次印刷

书 号 978-7-02-015227-8
定 价 43.00 元